中国当代文学经典必读

中国当代文学经典必读

1998中篇小说卷

吴义勤 ◎主编　朱旭 ◎点评

ZHONGGUO
DANGDAI
WENXUE
JINGDIAN
BIDU

百花洲文艺出版社

图书在版编目（CIP）数据

中国当代文学经典必读. 1998中篇小说卷 / 吴义勤主编. —— 南昌：百花洲文艺出版社，2020.12
ISBN 978-7-5500-3860-8

Ⅰ. ①中… Ⅱ. ①吴… Ⅲ. ①中国文学 – 当代文学 – 作品综合集②中篇小说 – 小说集 – 中国 – 当代 Ⅳ. ①I217.1

中国版本图书馆CIP数据核字（2020）第197604号

中国当代文学经典必读·1998中篇小说卷

吴义勤　主编

出 版 人	章华荣
责任编辑	郝玮刚　蔡央扬
书籍设计	方　方
制　　作	何　丹
出版发行	百花洲文艺出版社
社　　址	南昌市红谷滩区世贸路898号博能中心一期A座20楼
邮　　编	330038
经　　销	全国新华书店
印　　刷	江西千叶彩印有限公司
开　　本	850mm×1168mm　1/16　印张 18.5
版　　次	2021年1月第1版第1次印刷
字　　数	300千字
书　　号	ISBN 978-7-5500-3860-8
定　　价	39.80元

赣版权登字　05-2020-181

邮购联系　0791-86895108
网　址　http://www.bhzwy.com
图书若有印装错误，影响阅读，可向承印厂联系调换。

我们该为"经典"做点什么?

吴义勤

当今时代,对经典的追怀和崇拜正在演变为一种象征性的精神行为,人们幻想着通过对经典的回忆与抚摸来抵抗日益世俗和商业化的物质潮流。在这一过程中,一方面,经典作为人类文学史和文明史的基石与本源,其价值得到了充分的认同与阐扬;另一方面,经典的神圣化与神秘化又构成了对于当下文学不自觉的遮蔽和否定。可以说,如何面对和正确理解"经典",正是当代中国文学必须正视的一个问题。

什么是经典呢?就人类的文学史而言,"经典"似乎是一个约定俗成的概念,它是人类历史上那些杰出、伟大、震撼人心的文学作品的指称。但是,经典又是无法科学检验的主观性、相对性概念。经典并不是十全十美、所有人都认同的作品的代名词。人类文学史上其实根本就不存在十全十美、所有人都喜欢、没有缺点的所谓"经典"。那些把"经典"神圣化、神秘化、绝对化、乌托邦化的做法,其实只是拒绝当下文学的一种借口。通常意义上,经典常常是后代"追认"的,它意味着后人对前代文学作品的一种评价。经典的标准也不是僵化、固定的,政治、思想、文化、历史、艺术、美学等因素都可能在某种特殊的历史条件下成为命名"经典"的原因或标准。但是,"经典"的这种产生方式又极容易让人形成一种错觉,即"经典"仿佛总是过去时、历时态的,它好像与当代没有什么关系,当代人不能代替后人命名当代"经典",当代人所能做的就是对过去"经典"的缅怀和回忆。这种错觉的一个直接后果就是在"经典"问题上的厚古薄今,似乎没有人敢于理直气壮地对当代文学作品进行"经典"的命名,甚至还有人认为当代人连写当代史的权利都没有。

然而,后人的命名就比同代人更可信吗?我当然相信时间的力量,相信时间会把许多污垢和灰尘荡涤干净,相信时间会让我们更清楚地看清模糊的、被掩盖的真相，但我怀疑，时间同时也会使文学的现场感和鲜活性受到磨损与侵蚀，甚至时间本身也难逃意识形态的污染。我不相信后人对我们身处时代"考古"式的阐释会比我们亲历的"经验"更可靠，也不相信，后人对我们身处时代文学的理解会比我们亲历者更准确。我觉得，一部被后代命名为"经典"的作品，在它所处的时代也一定会是被认可为"经典"的作品，我不相信，在当代默默无闻的作品在后代会被"考古"挖掘为"经典"。也许有人会举张爱玲、钱钟书、沈从文的例子，但我要说的是，他们的文学价值在他们生活的时代就早已被认可了，只不过新中国成立后很长时间由于意识形态的原因我们的文学史不允许谈及他们罢了。

这里其实就涉及了我们编选这套书的目的。我认为，文学的经典化过程，既是一个历史化的过程，又更是一个当代化的过程。文学的经典化时时刻刻都在进行着，它需要当代人的积极参与和实践。文学的经典不是由某一个"权威"命名的，而是由一个时代所有的阅读者共同命名的，可以说，每一个阅读者都是一个命名者，他都有命名的"权力"。而作为一个文学研究者或一个文学出版者，参与当代文学的进程，参与当代文学经典的筛选、淘洗和确立过程，正是一种义不容辞的责任和使命。事实上，正是出于这种对"经典"的认识，我才决定策划和出版这套书的，我希望通过我们的努力，真实同步地再现21世纪中国文学"经典化"的进程，充分展现21世纪中国文学的业绩，并真正把"经典"由"过去时"还原为"现在进行时"，切实地为21世纪中国文学的"经典化"作出自己的贡献。与时下各种版本的"小说选"或"小说排行榜"不同，我们不羞羞答答地使用"最佳小说"之类的字眼，而是直截了当、理直气壮地使用了"经典"这个范畴。我觉得，我们每一个作家都首先应该有追求"经典"、成为"经典"的勇气。我承认，我们的选择标准难免个人化、主观化的局限，也不认为我们所选择的"经典"就是十全十美的，更不幻想我们的审美判断和"经典"命名会得到所有人的认同，而由于阅读视野和版面等方面的原因，"遗珠之憾"更是不可避免，但我们至少可以无愧地说，我们对美和艺术是虔诚的，我们是忠实于我们对艺术和美的感觉与判断的，我们对"经典"的择取是把审美和艺术放在第一位的。说到底，"经典"是主观

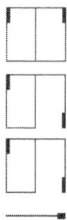

的，"经典"的确立是一个持续不断的"过程"，"经典"的价值是逐步呈现的，对于一部经典作品来说，它的当代认可、当代评价是不可或缺的。尽管这种认可和评价也许有偏颇，但是没有这种认可和评价，它就无法从浩如烟海的文本世界中突围而出，它就会永久地被埋没。从这个意义上说，在当代任何一部能够被阅读、谈论的文本都是幸运的，这是它变成"经典"的必要洗礼和必然路径，本套书所提供的同样是这种路径，我们所选的作品就是我们所认可的"经典"，它们完全可以毫无愧色地进入"经典"的殿堂，接受当代人或者后来者的批评或朝拜。

感谢百花洲文艺出版社对我的经典观的认同以及对于这套书的大力支持，感谢让这个文学工程可以在百花洲文艺出版社这个平台美丽绽放。我们的编选仍将坚持个人的纯文学标准，而为了更好地阐析我们的"经典观"，我们每本书将由青年学者对每一篇入选小说进行精短点评，希望此举能有助于读者朋友对本丛书的阅读。

目 录

李佩甫　败节草 / 1

叶兆言　别人的房间 / 59

艾　伟　到处都是我们的人 / 100

东　西　目光愈拉愈长 / 136

池　莉　小姐你早 / 169

莫　言　牛 / 230

败节草/

/李佩甫

一

儿时，他的记忆是从一株草开始的。

那时候，他还没有正经名字。

只知道：爷叫捆，爹叫绳，他叫辫儿。都是喉咙喊出来的。

记得，娘上地时常把他捆在一根绳子上，一头拴在娘身上，一头拴在他身上。娘在前边割豆子，他在后边的豆地里爬，活活一个土孩子。娘割得太远时也会把绳子解开，让他带着一根绳子爬，绳长，也落不太远，不会出事的，他就这么爬着爬着站起来了。他走路并不是人教的，而是在田埂上摔出来的。他在田野里爬来爬去，爬着爬着就走起来，而后他栽倒在高粱地里，就摔在一株小草的跟前。他趴在那里，像气肚儿蛤蟆似的，很久很久站不起来。眼前晃着那么一株小草，整整一个上午，他就一直趴在那里望那株草。那草曾给他留下了深刻的印象，以至于成人之后，他仍然记得那株小草的状态。那是一株很瘦很弱、细线一样的小草，秆是青色的，微微泛一点灰，泛一点点白，草节上还有一些麻麻淡淡的小黑点，让人看了心寒。他说不出为什么会害怕，可他就是怕，那么弱的一株小草，他怕。后来，也是到了后来，他慢慢地伸出小手，抓了那草。当他把草抓在手里时，他发现那草已经散了，草是自动散的，草散成了一节一节的，他抓在手里的只是一些碎了的小节节……为什么呢？为什么会散呢？这个疑问也许只是一个讯号，一个存留在小小脑海里的讯号，完整在一刹那间分解了，脑海里却留存了一个疑问。一直到很久，大些了，当他成为一个割草孩子的时候，他才知道那叫"败节草"。这时候"败节草"成了他生命中的第一个记忆信号，他就这样记住了"败节草"。

然而，记忆是延伸的，与"败节草"有关的是一段声音，如果没有这个声音，他也不会记得如此深刻。

那其实是一个字。

就在那片高粱地里，他还拾到了一个字，他听见有人说："脱！"

那个字像是突然从天上掉下来的，带一种不容置疑的果决，很突兀。那个字很干，很硬，是哑声迸出来的，就像是夹板一样，一下子夹住了什么，夹出了一片橘红色的恐怖。那个字还甩出了一阵簌簌的声响，一股甜腻腻臭腥腥的气味……"脱"很生动，就这么"咚"一下打在了他的耳膜上！尔后他的记忆曾不断地对这个字进行修饰，一次一次地增补删改。在以后的很多日子里，他曾无数次地重复过这个"脱"字，他曾经一个人偷偷地躲在麦秸垛里默念"脱、脱脱脱……脱！"那个字太生动了，他念了就笑，念出了很多愉悦，也念出了五光十色的韵味，于是就有了"白亮亮"的感觉。这个字跟"白亮亮"有机地联系在一起，联系出了更多的内涵。在时间中，"白亮亮"有了无限的扩展，直至定位。于是在一片青色的高粱地里，他看到了麻子五爷和幺婶。这是记忆的重复，还是那么一个"脱"字……这个"脱"字终于跟"白亮亮"勾在了一起。

就这样，"脱"字成了他儿时的第一个玩具。他是在心里玩的。

"二脱"和"一脱"是有差别的。一脱仅仅是一个字，是嘎嘣脆；二脱却是一组字。在那片青色的高粱地里，高粱叶子哗啦哗啦响着，那些字就像是炸豆一样一个个迸落在他的头上。

"脱。"

"……桂生……"

"草。"

"红叶他爹……"

"草。"

"红叶他爹……"

"草！"

"……"

这些字是需要时光来翻译的。他看到的是情景，在情景中麻子五爷

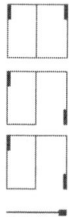

肩上搭着一件土色的汗褂，光脊梁站在那里，歪着一张汗津津的麻脸；幺婶身上背着一捆草，头上蒙着蓝花格格头巾，头深深勾下去，而后是草捆慢慢地坠落在了地上。接着，幺婶蓦地摘下蒙在头上的蓝花格格头巾，只见她半弯着腰，一双手"唰、唰、唰、唰……"眨眼之间，在四周的高粱棵子上刷出一堆叶子来，随手铺在了地上，接着，她一件件地脱去身上的衣服，赤条条地躺在了高粱叶子上，夕阳照着一片白亮亮的沉默……

后来，在时光中，经过一次次咀摸，一次次把玩，他隐隐约约地明白了那组字的含义。他先是在语气上感觉到了"脱"字的深刻。他觉得那不是一个字，那是一种不可抗拒的力量。为什么说脱就脱呢？为什么别的人就不能让幺婶脱呢？在村街上，他亲眼看见幺婶把一碗饭泼在了石磙身上，因为石磙趁她不备，在她屁股上轻轻拍了一下。石磙那样壮，可石磙还是吓跑了……当然，等他认了一些字之后，他首先懂的就是这个"脱"字，他认为"脱"的真实含义就是脱了衣服用肉体说话。很生动啊！接下来，他又逐渐明白了那组字的外延，在特定的环境里，他在那组字里品出了对抗的意味，"脱"是命令，"桂生"是抗拒，那抗拒是一步一步的。他在第一个"草"字里品出了低贱，在第二个"草"字里品出了不屑，在第三个"草"字里品出了带有威胁成分的鄙夷。他曾经有很长一段时间不明白"红叶他爹……"是什么意思，不明白"红叶他爹……"跟这件事的关系。慢慢，慢慢，他才品出了对抗的剧烈，在那片高粱地里，这是幺婶最为强烈的一次反抗！桂生是幺婶的男人，而对应的回应却是"草"；在万般无奈的情况下，幺婶抬出了"红叶他爹"，红叶肯定是一个女娃，却有这么一个好听的官名：红叶。红叶是谁？而红叶她爹又是谁呢？这是一个语码，是一个暗号，分解后他得出结论，这不是大李庄人……可是，她的力量仍不能抗拒麻子五爷，回应她的还是一个"草"字，看上去虽简简单单，可幺婶无奈了，她再次强调了"红叶他爹"……而麻子五爷最后喊出的那个"草！"字的含义极为丰富，那里边包含着在平原上可以傲视一切的东西……可那又是什么呢？

在一个时期里，他看见幺婶的三个儿子在茁壮成长。幺婶的三个儿子大国、二国、三国全都长得虎头虎脑的，一个比一个壮实；而那时候他却像麻秆一样瘦小，他的碗也小，他只有一个小木瓯，他饿。

在村街里，幺婶的三国曾很有气势地对他说："辫儿，你过来。"可是，待他一走过去，小小的三国一下子就把他推倒了，摔他一个满脸花！

他反抗过，他曾经把幺婶家的三国引到一块埋了蒺藜的地里，而后把他一下子推倒，让三国滚了一身蒺藜……可是，大国、二国、三国一起来了，他们把他按倒在地上，差一点就把他掐死了……大国说："让他喊爷！"他不喊，他实在是不想喊。二国说："不喊让他吃屁！"于是，三个国一个个褪下裤子来，坐在他的脸上一人放了一个响屁！屁很臭，一股子红薯味。他哭了。

后来，他把这次反抗的失败归咎于红薯。这是关于屁的总结，从三个国放出的屁里，他闻到了足量的红薯味，那就是说，幺婶家的红薯多！三个国有足够的红薯可以吃，而他，却从没吃过一块完整的红薯。

时间仅仅过了三年，在这三年里，他看到幺婶一次次地上地割草。而割草的幺婶却一次次地躺倒在田野里，像败节草一样分解开来，让麻子五爷用肉体说话……麻子五爷嘴里喊出的那个"脱"字已经失去了那旧有的霸气，而变成了一种温和的絮语。那字后边也常加上一个"吧"，那"吧"肉肉的，带一股黏黏糊糊的气味。每到最后，麻子五爷总要捏着一个地方，说："凉粉豆。"

什么是凉粉豆呢？

当麻子五爷又一次说过"凉粉豆"之后，就再也不见幺婶上地割草了……

突然有一天，他看见麻子像死灰一样蹲在村街的一个墙角处，他像是眨眼之间老了。他蹲在那里，手里哆哆嗦嗦地捧着一只老碗，正在"哧溜哧溜"地喝面条，这时候幺婶走了过来。幺婶挺身从麻子五爷身边走过，就在她将要走过去的时候，她却突然勾下头，"呸！"一下，朝麻子五爷碗里吐了一口唾沫，而五爷连头也没有抬，他只是缓慢地动着筷子，木然地望着那口吐在碗里的唾沫。久久，他像是终究舍不了那碗面条，竟然把那带有唾沫的面条吃下去了……

在那一刻，他简直是目瞪口呆！

于是，在他很小的时候，他就凭着那一株草和一个字的启示，在无意间接近了平原的精髓。

二

辫儿到了八岁才算有官名，那官名是一位当过私塾先生的小学老师起的，先是唤作李金斗，后又改成了李金魁。

关于这个官名，他们全家曾有过一次认真的讨论。

日光晃晃的，捆坐在门槛上眯细着眼儿，一边捉虱一边摇着头说："怕是太贵了吧？草木之人，只怕压不住。"

绳是站着的，绳说："人家没收钱。"

捆："驴性！我说钱了吗？我是说这名儿贵气了。"

绳说："那，弄个石磙压压？"

捆气了，说："……你下地去吧！下地去！……"接着，他看了儿媳妇一眼，说，"我看，还是叫狗蛋吧，名贱人不贱。"

女人正在纳鞋底子，女人说："娃大了，狗蛋不好听，别叫狗蛋。"

捆说："还是叫狗蛋吧。"

女人很坚决地说："不叫狗蛋。"

这家一向是女人说了算的。捆就说："去吧，绳，再跑一趟，去领领教。"

于是，绳颠颠地又去找了老师，而后拎着一张纸回来了，说："老师说，就加个鬼吧。"

捆有点疑惑地说："加个鬼？"

绳瓮声瓮气地说："老师说的，加了个鬼。"

捆说："我看看。"说着，就把那张纸拎过来，拿在手里，颠来倒去地看了好几遍，说，"那'斗'还在呢。加个鬼就镇住了？"

绳说："人家说能镇住。"

于是就叫了李金魁。往下讨论的就是大事了。捆说："我看，就让金魁跟他舅去学木匠吧，好歹是门手艺。"

女人说："太小了吧？"

捆说："起根学是门里滚，大了就失灵气了。"

绳说："成一个张瓦刀也就十年的光景。"

捆又说："成一个张瓦刀就可以坐酒席上了，净吃好菜。"

女人也没再说什么。女人只说："虽说是他舅，也得封刀礼吧？"

捆说："那是。礼不能缺，至少得（送）封刀肉。"

女人说："一刀血脖也得五块钱，也别说后腿了……"

家里没钱，连五块钱也拿不出来。捆就说："这事我办了，我去办。"说着，就把手里的旱烟一拧，半弓着腰很大气地走出去了。

那时候，刚有了官名的李金魁正在地里捉蚂蚱。捉了蚂蚱可以用火烤着吃，很香。李金魁满地扑蚂蚱，捉一只，就用毛毛穗草串起来，已串了两串了……这时才听见有人叫他："辫儿，辫儿。"他抬起头，看见爷一颠一颠地走过来，对他说："娃子，你有了大号了，记住，你叫个李金魁。"

李金魁说："爷，我有名了？"

捆说："有名了，俩鸡蛋换的。这名儿不赖吧？好好记着，你叫李金魁。"

听了这话，不知怎的，他的腰就有些直，一个小人硬硬地站着，说："知道了，我叫李金魁。"

于是，捆说："走，跟我进城去。"

李金魁从没进过城，眼一亮，说："爷，你真带我去？"

捆说："真带你去。"

李金魁说："是去我表姑奶家吧？"

捆说："城里人规矩大，去了也别动人家东西。"

李金魁："我不动。"

到了城边，李金魁突然伸手一指，万分惊奇地说："爷，爷，你看那是啥？那是啥？！"只见"呜"的一声巨响，两条亮亮的铁轨上，游动着一间间绿色的小房子，眨眼之间，小绿房子一扭一扭地游走了……

捆说："火车，那是火车。"

李金魁呆呆地说："还会叫呢……"

到了城里，路就宽了，很宽。爷说，那是油路。油路两旁还立着一根一根的高杆，杆子用线连着，每根杆子都伸出一个草帽样的东西，看上去很光滑。爷说，那叫电灯，不喝油，喝电，电在线里裹着……城里楼很多，也很高，多是两层，也有三层五层的，人上去是一坎台一坎台走的……商店里摆满了一管一管的东西，爷得意地说，那是牙膏，城里人刷牙用的，所以城里人牙白。还有糖果点心，好像卖啥的都有。商店里的人都戴着蓝袖子，女人一个个都白……爷说："别看，你可别看，那东西勾人。"李金魁的眼不够用了，痴痴地走，人傻了一样，像是满地在找眼珠子……

后来爷带着他七拐八拐来到了表姑奶家。表姑奶家住的是红瓦房，一排一排的，表姑奶家住在第三排。进门后，表姑奶就说了两句话，一句是："来了？坐吧。"爷嘿嘿地笑着，说："娃子要进城看看，我就带他来了，让他看看他姑奶家阔不阔……"停了一会儿，表姑奶又说："这是谁跟前的孩子？"爷说："绳家的。也不会说个话。"表姑奶轻轻地"嗯"了一声，就再也不说什么了。而后是一片沉默，很久很久的沉默，那沉默像锁一样，一下子把爷的嘴锁住了。爷就干干地笑着，可他笑着笑着就笑不下去了，一个人也不能总笑呀！他在那儿坐着，手就像没地儿放似的，一会儿放在胸前，一会儿把他的旱烟杆拿在手里，烟锅一直在烟布袋里挖着，挖着……城里的表姑奶就那么高高在上地坐着，穿着很好的衣服，板着一张干干的柿饼脸，一句话也不说。有很长时间，李金魁望着爷，他发现爷就要哭了，爷的脸非常难看，爷脸上的血丝一条一条胀了出来，像是陡然间爬满了蚯蚓……一直到很久之后，李金魁每每想到他第一次去表姑奶家的情景，就深刻地体味到了两个字的含意，那就是"尴尬"。"尴尬"二字是他先有了体验，才有了认识的。那是一种叫人死不得又活不得的滋味。坐得太久了，坐得人都有些发木了，可那沉默却一直没有被打破。这时，李金魁把小手伸进了裤腰，他是想抓痒的。可他的手刚一贴近裤腰处，立时就感觉到了什么，在那一刹那间，他脑海里"轰"了一下，那也许是他生命中的第一次顿悟，立时有了醍醐灌顶之感！他慢慢、慢慢地从裤腰里掏出了小手，小手里高擎着那两串蚂蚱……他举着那两串蚂蚱，由于紧张，用略显磕巴的童音说："姑……姑奶，也……没啥拿。"立时，表姑奶那高扬着的头垂下来了，她吃惊地望着这个乡下小人儿，望着那一双黑黑的小眼睛；接着，她又望了望那两串串在毛草上的蚂蚱，大张着嘴，好久说不出话来……这时，只见里屋跑出一个年龄跟他差不多大小、花蝴蝶一般的女孩，女孩一脸欣喜地跳出来，跺着脚高声说："我要！我要……"顿时，表姑奶笑了。表姑奶的脸像松紧带一样弹回了一抹笑意，也弹出了一抹慈祥，她笑着说："这孩子，你看这孩子……

好，好。拿着吧。"爷的脸也松下来了，他讪讪地笑着，说："你看，也没啥可拿的……"表姑奶淡淡地说："来就来了，还拿啥？"接着又说，"这孩子怪机灵的，叫啥名呀？"爷慌忙说："小名叫个辫儿，大名叫李金魁。"表姑奶看了他一眼，说："这名儿好哇。"爷说："胡起的，草木之人，就是个口哨。"表姑奶摆了摆手，说："孩子，你过来。"爷赶忙推他一把，说："去吧，见见你姑奶。"李金魁慢慢走上前去，站在那城里老太太的跟前，表姑奶把手伸进兜里，从兜里掏出三块钱来，放在了他的小手里，说："拿去吧。"李金魁勾着头一声不吭，就那么站着。爷又赶忙说："还不谢谢姑奶………"

出了门，李金魁默默地掉了两滴眼泪。

在回去的路上，爷默默的，他也默默的，谁也不说话。仿佛不是人在走，是城市的街道在走，街面在眼前一闪一闪的，可他什么也看不见了……那两串蚂蚱一直在他的眼前晃着，而爷常挂在嘴上的"城里的表姑奶"却在他的眼前訇然倒下了，两串蚂蚱成了"城里表姑奶"的"祭品"。小小的两串蚂蚱催生了一个思想，那味道是许多个日日夜夜之后才咂摸出来的。

当爷俩路过一个集市的时候，爷才开始活泛了。他停住步子，突然小心翼翼地说："金魁，爷喝二两吧？"小人儿停下来，诧异地望着爷，他发现爷脸上竟有了一丝巴结的意味。爷说："要不，一两也行？"俗话说麦熟一晌，人的成熟也是在一瞬间完成的。李金魁从兜里掏出钱来，默默地递给了爷。爷接过钱，拿在眼前看了，讪讪地说："我只喝二两。"于是，爷俩在街边的小摊坐下来，爷要了二两散酒，一小碟花生，"嗞、嗞"地喝着，爷的脸红了一小块，那红像补丁一样。爷说："酒是人的胆呢。"而后又回过头来，看了他一眼，说，"要盘煎包吧，我的孙子还没吃过水煎包呢。"说着，他站起身，要了两盘水煎包，一盘放在了自己跟前，一盘放在了李金魁的跟前，他先伸出三个指头捏了一个塞进嘴里，嚼了，又咂了咂指头上沾的油，待咽下去后才说："吃吧，香着哩。"煎包太香，不顶吃，这么三下五除二地就吃完了。爷看了看他，他看了看爷，爷又说："罢了，一不做二不休，既吃就吃好它，我孙子还没喝过肉胡

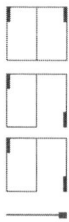

辣汤呢。"说完，他站起身，又一人盛了一碗胡辣汤……仍是爷先嚼了一口，问："尝尝，辣不辣？"他赶忙也尝一口说："辣。"而后，爷小声吩咐说："金魁，回去可别给你娘说。"

可是，一回到家，爷就像变了个人似的，进门就一蹿一蹿地嚷嚷道："他姑奶亲着哪，这回可让咱金魁见世面了！……"娘问，吃饭了吗？爷就说："哪能不吃饭？不让走啊，他姑奶死拉活拉的，就是不让走。看看，都看看，吃一嘴油！"爷进屋后就像个小磨似的，转着身子吹嘘道，"闻闻，都闻闻。叫咱娃说吧，叫娃自己说，他姑奶亲着呢！……"

爷仅喝了二两酒，却又一次生动地叙说着城里的见闻，滔滔不绝地讲述"他表姑奶"家的"神话"……这可以说是他们家的保留节目了，爷百说不厌。可是，当爷说出一嘴白沫子的时候，却见孙子独自一人在院子里站着。娘探头朝外看了说："这娃咋啦？"爷说："轻易不进回城，他姑奶亲，怕是受不住了……临走时还塞给他两块钱呢。快拿来让你娘看看。

可是，李金魁就是不进去。他站在空空荡荡的院子里，像个小木桩似的立着，一句话也不说。后来爷出来了，爹出来了，娘也出来了，三个人转着圈问他，问他是怎么了。可李金魁仍然一声不吭地在院子里站着，两眼呆呆地望着天空，人就像傻了一样……爷摸了摸他的头，说："不烧啊？"

最后，他慢慢地嘘了一口气，还是说话了。他说了一句让三个大人都莫名其妙的话。他站在院子里，望着眼前的茅屋，说："窗户太小了。"

三

只有两块钱。

也正是那两块钱改变了李金魁的命运。

两块钱不够封一刀礼，所以，李金魁最终也没有成为"李瓦刀"。然而，就是这两块钱加上六个鸡蛋，使李金魁成了大李庄小学的一名学生。

那时上学便宜，学费才一块六毛钱，书费五毛，加起来一共两块一，还是不够，爷去代销点里卖了六个鸡蛋，三个鸡蛋一毛，算是交上了书费——剩下的三个鸡蛋，爷死缠活缠的，跟代销点的洪昌费了半天嘴，才换了五支铅笔和一块橡皮，橡皮是饶头。洪昌不愿了，洪昌骂道："舅？俺舅，你又来了？把账清了吧。你欠的账还没清哩。"爷说："鳖儿，不救你你死牛肚里了！……"洪昌说："这是这，那是那，两码子事。"爷又说，"饶一块吧，饶一块。"洪昌板着脸说："你今儿赊一两，明儿赊一两，一两一两可都在账上记着呢……"说着，他又骂起来，"嗑瓜子嗑出个臭虫，你算个啥球仁！也敢来一回回蹭？"爷脸上红了一小块，爷说："饶一块吧。洪昌，将来你侄瓜子不定结个啥果，要是……"洪昌哈哈大笑，洪昌说："三岁看大，就这两筒鼻涕……"爷趁他说话的当儿，伸手抓了一块橡皮……洪昌赶忙去夺，见夺不过来，就在爷的头上狠狠地捋了三下，爷仍然笑着说："又跟你叔乱哩？……"说着扭头就跑，到底把橡皮赖下了。

就要开学了，他还没有书包。上学的书包是娘连夜用碎布头缝的，作业本是他自己用捡来的烟盒纸缉成的。烟盒纸有的太皱，娘给他在石头下压了一夜，总算平展了。第二天背上书包上学时，老师点到李金魁时，他愣了片刻，在众人的哄笑声中匆忙站起身来说："我……是我。"老师为此多看了他两眼，说："你就是李金魁。"他小声说："是。"老师"哦"了一声说："李金魁同学，你坐下吧。"

上学了，入学知识是可以产生思想的，在以后的日子里，李金魁总是想起爷逃跑时的情景。为了二分钱一块的橡皮，爷拧着身子一蹿一蹿的，跑起来像夹了尾巴的狗一样，那样子引得村人们哈哈大笑。代销点的洪昌没有真去追赶，洪昌只是做出了一种要追赶的样子，那得意扬扬的神情使他刻骨铭心。以后爷每次撞见洪昌，那眼神总是躲躲闪闪的，像偷了他什么一样。这种感觉是从物质渗到精神的，是一种在时间中的升华，是从一次次的咀嚼和品味中得来的。在时光中他发现了给予和索取的奥秘，那就是无论多么小的东西，给予都是高高在上的，就如洪昌的那张脸；而索取是低贱的，索取在心理上永远处于劣势。你给了人家一点什么和拿了人家什么，那感觉是绝对不一样的，这种关系有一种本质上的差别。这个烙印伴着他读完了六年小学，在这六年里，他一边认字一边用那些字来体味和丰富感觉。他是蘸着感觉来认字的，所以他认字认得很快，学字的能力也是超常的。

在这六年时间里，他一共用了一万八千三百四十六张烟盒纸，香烟

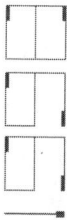

的气味伴着他度过了许多个日日夜夜。他的烟盒纸作业本在大李庄小学是独树一帜的，他的绰号在大李庄小学也几经变换，有一段时间，学生们都叫他"红锡包"，又有一段时间，又叫他"白锡包"，还有人叫他"白河桥"，也有人叫他"哈德门"，还有人称他"飞马"，都是香烟的牌子。因此所有的老师都认识他，都知道本村有一个叫李金魁的学生。他的烟盒纸作业本因为不合尺寸常常摆在一摞作业本的上边，每个老师批改作业的时候，都忍不住要多看两眼，先是翻过来看一看烟盒纸上的图案，然后才去批改写在烟盒纸上的作业，改的时候也格外细致。如有错处，老师第二天是一定要在课堂上讲一讲的，每到这时，老师就显得格外兴奋，老师站在讲台上"哗、哗"地扬着那由烟盒纸缉成的作业本，高声说："同学们，看看这道题是怎么错的？为什么会错呢？一个小数点啊？！……"同学们望着那些在讲台上空飞舞的花花绿绿的烟盒纸不由得又一次哄堂大笑！就这样，烟盒纸使他在大李庄小学成了学生们的笑料，烟盒纸也使他在大李庄小学出了大名。毕业的时候，整个大李庄小学独有李金魁一人考上了县一中。

这是烟盒纸的胜利。

那一年的夏天，发通知的时候，李金魁正在田里割草。捆一蹿一蹿地走来说："娃子，中了，咱考中了。"李金魁正赤条条地在玉米地里蹲着，手里握着一把小铲，一身的汗水。他抬起头看了看站在田边上的爷，而后才从玉米棵子上取下那条烂裤子，匆匆穿在身上，腰一拧，欢欢地跳出来说："爷，是县中吧？"捆扬着手里的那张纸说："是。光彩呀！就你一个。走，进城给你表姑奶报喜去！"

李金魁愣了片刻，却又慢慢地把那裤子脱下了，依然挂在玉米棵棵上，往地里一蹲，说："爷，我不去。"

捆手搭凉棚看了看孙子的下身，笑着说："咋？鸭娃儿大了？"

李金魁脸一红，不由得又磕巴起来，说："不……不去。"

捆说："你看这娃，你看你这娃……"捆只说了两句，就再也不说了，孙子的眼正望着他呢。阳光下，地边上，一个黑黑的小泥人，眼很毒，那光蜇人，看着看着就把爷看小了。捆挠了挠头，讪讪地说："不去就不去吧。"过了一会儿，他又说，"头前队上出了咱两棵树，作价八十，还没给呢……"

在那个夏天里，捆一直跟在新任队长李大牙的后边，絮絮叨叨地说："队长，那树，那树可是好树，还不该给哩？"

李大牙最喜欢的事就是敲钟，他每天都站在村头那棵挂有一口旧钟的老槐树下，用力敲响那口锈迹斑斑的大钟，让人们下地干活。李大牙敲完钟只给了他一个字，李大牙说："虫！"

捆说："结了吧，那树，你给结了吧。"

李大牙还是一个字："虫！"

捆巴结地笑着，磨着身子给队长说好话，再敬上一支烟，说："明明说好的，说是麦罢给，那树……"

说急了，李大牙就龇着一口黄牙说："虫！闹什么？队里没钱。"

捆急了，说："不是有烟款吗？说过要给钱哩，咋就不给呢？"

李大牙扔下一句话："你告我去吧！"说了，扭头就走。

捆仍笑着跟在队长的屁股后……

就在那个暑期里，割草娃子李金魁一直不敢在村街里走。他背上草捆回家时总要绕一个很大的弯，他是怕在村街上跟爷爷碰面。他自从碰上了几次之后，就再也不从村街里过了。他不止一次看到队长李大牙在捋爷的头，爷总是像孩子一样弓身站在身材高大的李大牙跟前，而队长一次一次地捋爷的头，一边捋一边说："捆，你个老虫！你个酒眯瞪。我还不知你吗？你欠洪昌的酒账结了吗？"爷个儿小，爷被他捋得像陀螺一样在他身前转着，可爷仍然笑着，爷总笑着说："别乱，别跟你叔乱……那树，还是结了吧。"

后来他才知道，爷的确欠着洪昌代销点里的酒账。他总是偷偷地在洪昌那里赊酒喝，是那种五分钱一两的红薯干酒，他一两一两地赊着喝，喝出了脸上的那一小块红，也欠下了一笔一笔的酒债。洪昌跟李大牙是儿女亲家，洪昌不说话，李大牙是不会给的。

在夏日的村街里，李金魁眼前一片刺痛。他眼前总是出现爷的那白苍苍的头，爷的头一垂一垂的，就像是一蓬乱草……他觉得李大牙捋的不仅仅是爷的头，李大牙捋的是他的眼泡。他眼疼。他不敢去看。可为了那八十块钱，爷仍然不屈不挠地跟在李大牙的身后，爷总是不厌其烦地说："这是两码事，洪昌是洪昌，队里是队里……"

于是，李金魁哭了。一个小人儿因为没有办法在偷偷地哭泣。他躲在

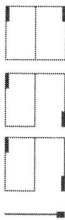

麦场上默默地想了一个晚上，满脸都是伤心的泪水。头上有月亮，水一样的月亮，月亮很大很圆，可月亮一点儿也帮不了他，月亮离他太远了。一直到了后半夜，他悄悄地摸到了爷住的牲口棚里，对正起夜撒尿的捆说："爷，那钱，你别再去要了。咱不要了。"

捆背对着孙子，一边撒尿一边说："咋不要？树是咱的，咱凭啥不要？"说着，他系上腰带，转过身来，很自信地说，"金魁，你放心，爷能要回来，误不了你开学。鳖儿答应过的，就是拖拖……"

李金魁轻轻地吐了口气，默默地说："爷，我去要吧。"

捆诧异地看了看孙子："你？"

李金魁说："我去。"

捆怔了怔，说："要不让你娘出面？娘们家好说话。"

李金魁重复说："我去吧。"

捆说："你想试试？试试也成，你已是县中的学生了，对不对？"

捆又说："他要骂，就让他骂两句，骂骂也长不到身上。他要打你就哭，打滚哭……"

李金魁不语，他垂下眼皮，像个小鬼魂似的飘出去了。

三天后的一个早晨，风凉凉的，当队长李大牙趿拉着鞋，大声地咳嗽着，匆匆赶到村口敲钟时，却见老槐树上绑着一根绳子，绳子上吊着一个小人儿，人下是一双脚，脚尖下点着一摞碎砖头，那砖头摇摇晃晃的，眼看就要倒了……李大牙吓了一跳，定睛一看，那人竟是捆家的孙子——李金魁！

李大牙吓坏了，忙说："金魁，娃子，你……你你你……这是干啥呢？！下来，快下来吧。"

李金魁苍白着一张小脸，轻轻地吐一口气，说："给我树钱。"

李大牙说："娃子，有话好说，你先下来……队里确实没钱。"

吊着的李金魁喉咙里"咕噜"了一下，两手拽着绳套，再吐一口气，默默地说："我知道你不想给……"说着，只见他脚尖一踢，脚下那摞碎砖头"呼啦"一下倒下去了，一个人整个吊在了树上……

这时，李大牙的脸都白了！眼看就到了上工的时候了，村人们马上就要涌出来了，真到了那时候，一村人都会说，是他在逼一个小娃上吊！真到了那时候，他就是浑身是嘴也说不清楚了……他忙扑上去抱住了李金魁的两条腿，连声说："我给我给我给……我立马给！"

李金魁身下有了依托，又吐一口气，喃喃说："你真给？"

不料，李大牙竟哭起来了，他张着大嘴，一把鼻涕一把泪地说："我真给。我不给我是孙子，你是爷，你下来吧！"

李金魁又说："你别揪我爷的头……"

李大牙说："我不揪，我再也不揪了，你只要下来……"

李金魁说："你要再揪我爷的头，我就死在你家大门口。你信不信？"

李大牙忙说："我信。我信了！"

此刻，李金魁呆住了。连他自己都不相信，事情竟然解决了，就这么简简单单地解决了？！……

事后，使他感到惊讶的是，一根绳子竟然有这么大的力量？！爷跑了整整一个夏天都没把钱要回来，眼看着没有办法了，他没有任何办法。天不能帮他，地也不能帮他，爹、娘、爷，谁也帮不了他，他已无路可走了。其实，他是非常怕李大牙的，他怕他已经怕到了极限，他的心也已经抖到了极限。李大牙野得就像是头牛一样，在村里没有人是他不敢骂的，没有人是他不敢收拾的。在大李庄所属的十个队里，他是最厉害的一个队长啊！可是，可是呢，一根绳子就产生了一个办法。那只是一根草绳，是捆草用的绳，绳在这里好像是没有一点用处，绳是无势的，绳也仅仅是圈成了一个套，挂在了树上……于是，没有办法也就成了办法。这个梦幻一般的过程他一生都受用不尽，只是在事过之后，他才发现，一根绳子可以产生一种定力，一根绳子也可以产生一种办法，这是一种从无到有的认识，也是一种从死到生的体验。于是，十三年的时光，十三年的感觉在这一刹那串了起来，串出了一种对人、对自然的再认识，串出了一种生的顿悟。那时，他一口气跑到田野里，躺在草地上，眼望蓝天，满含热泪地高声喊道："草啊，那生生不灭的草啊！"

夏天过后，当李金魁背着铺盖卷，兜里揣着他自己要来的八十块钱，兴冲冲地到县城中学上学去的时候，他也背走了一种无畏的豪气。

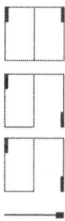

一路上，捆唠唠叨叨地对孙子说："到城里要小心些，城里人悭哪。要是有难处，就去找你表姑奶，你表姑奶家阔着呢……"

李金魁一声不吭，只默默地走着。来到了城里的集市上，李金魁突然说："爷，你坐下歇歇脚吧。"捆说："算了。我闻不得香味，那味烧眼。"李金魁拽了他一下，说："爷，你坐。"捆说："歇歇也干歇歇。"说着，就在一个饭铺前坐下了。只见孙子堂堂地走过去，片刻时光，就端来了两盘水煎包，两碗肉胡辣汤，四两烧酒，一碟花生米。捆愣愣地望着孙子，正要说什么，只见孙子重新背上铺盖卷，说："爷，你慢慢吃吧，我去了。"

捆呆呆地望着孙子，眼里泪汪汪地叫道："金魁呀……"

李金魁回过头来，说："爷，钱我给过了，你吃吧。"

四

李金魁略显口吃的毛病，是上中学时才开始明朗化的。

那是因为一个叫作李红叶的女同学。

在记忆里，红叶首先是一种声音，童年里的声音。那声音是从三国的娘——幺婶嘴里吐出来的，带有一股高粱叶的气味。在夕阳的红烧里，高粱地像一蓬铺天盖地的火焰，火焰在风中"哗哗"响着，忽红忽绿，飞舞着一个橘红底镶金边的声音……尔后，在漫长的时光里，"红叶"逐渐地幻化成了一个符号，一个淡化了的印象。

印象的重叠是在县城中学里完成的。开学的第一天，李金魁坐在教室里的第五排第四个座位上，听到手拿花名册的老师高声喊道："……李红叶。"只见坐在他前边座位上的一位穿橘红短袖衫女同学应声站了起来："到。"

"到"字像珠儿一样打在了他记忆的神经上，那声音脆生生地敲开了岁月的闸门，有一种东西像水一样漫出来了，于是记忆中童年里的"红叶"与坐在教室里的红叶重合了。重合产生了猜测，那么，那个"红叶"与这么一个红叶是不是一个人呢？

红叶就坐在他的前边。李金魁不由得想看一看她的脸，想看一看她长得什么样子，可他看不到。他看到的只是乌黑的头发和脖子上的一小块白，那一小块白上还长着一颗紫红的小瘊子，那个小瘊子在她的衣领处时隐时现，她每一次勾动脖颈，那小瘊子就醒目地跳了出来，倏忽就又不见了。在一段时间里，这个诱人的小瘊子弄得李金魁心烦意乱，它就像虱子一样在他的眼前晃来晃去，叫人忍不住想去捏一下，一下子把它捏下来！李金魁自然不敢。

后来，李金魁为此骂过自己，他说，你他妈的是来上学的，还是来看人家脖子的？你也不想想你是个啥东西？！看黑板！

此后，他就再也不看她的脖子了。

然而，在李金魁的内心里，仍然存着这样一个念头，他很想知道这个红叶与童年里听到的那个"红叶"是不是一个人。可是，开学很长时间了，他一次也没有跟她照过面，他甚至不知道她到底长什么样。这个叫李红叶的女同学并不住校（那么，她一定是城里人了），她一下课背上书包就走了。按说平日里也是有机会的，可他坚持着不去主动看她，这样一来，机会也就失去了。这似乎是一个漫长的等待，也是一个深藏在内心里的向往。

有一段时间，李金魁经常到学校附近的一家废品收购站去。他偶然发现那家废品店里有许多收来的旧作业本，那些写过的作业本是论斤称着卖的。上中学了，作业太多，不能再用那种烟盒纸当作业本了，再说他也没时间去捡烟盒了。于是这些很便宜的旧纸就成了他的作业本。那个管废品收购站的人是个歪脖，人家都叫他歪叔，他也跟着叫歪叔。开始的时候，歪脖二分一斤收来的废书纸，卖给他五分钱一斤，待买过两次后，有些熟识了，他知道这个歪脖也爱喝两口，就给他买了两瓶散酒掂去了，说："歪叔，你看，整天来麻烦你。"歪脖非常高兴，就说："学生，你说哪儿去了，你叔是一个收废品的，哪值得你这样？这……这……太不像话了……"可此后，待李金魁再去废品店时，歪脖就说："学生，你进来挑吧，随便挑，你叔一分钱都不收你的。"就这样，一来二去的，他跟歪脖成了忘年交的朋友了。有一天，他刚从废品店里出来，迎面碰上了三国。于是，一个久远的谜语就此解开了。

那天，三国肩扛着一布袋红薯叶，胳膊上还挎着一篮子红薯，像逃荒似的在路上走着，一边走一边四下看，一下子撞在了李金魁的身上。看见李金魁时，他愣了，想说话又有点不好意思。李金魁说："三国，你干啥

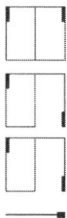

呢？"三国见李金魁不记仇，就咧嘴笑了笑说："我娘让我给我大伯送点红薯叶。我大伯爱吃红薯叶。"李金魁见他累出了一头汗，就说："三国，我帮你拿点。"说着，他走上前去，从三国手上取下了那篮红薯。这样一来，三国轻松了许多。三国甩着手说："你知道我大伯是干啥的？"李金魁说："不知道，你大伯干啥？"三国说："我大伯是校长，我大伯是县一中的校长啊！"李金魁"噢"了一声，再没说什么。三国说："我大伯戴的眼镜一圈一圈的！"李金魁笑了，三国忙说："真的，真的，骗你是孙子！"校长家就住在县一中的后边，是一个小院。来到小院门前时，李金魁站住了，他对三国说："三国，到地方了，你去吧。"三国说："走吧，你帮我拿了这么远，一块去吧，也认识认识我大伯！"李金魁本也想去，看三国那语气，就把红薯篮往地上一放，说："你自己去吧，我还有节课呢。"

过了大约有一个星期，有一天，轮到李金魁值日打扫卫生，他正在教室扫地时，突然发现门口一黑，有一个女同学匆匆走了进来。这位女同学在门口处站了一下，而后快步走到他跟前，突然说："李金魁，你为什么不理我？咱们是老乡啊！"李金魁一怔，慢慢直起身来，他先是闻到了一股香丝丝的气味，看见站在他面前的是一个秀气的椭圆脸姑娘，穿一身米黄的格格衫，脸儿白白的，两眼大大的，嘴角处汪着两个浅浅的酒窝……片刻之间，他脑袋里"轰"的一下，像有什么东西炸了个洞似的，积存了很久的东西重又漫了上来……他的心咚咚跳着，人却一下子被激住了！他干瞪着两只眼睛，就是说不出话来，那句话在喉咙里卡住了很久很久，最后才勉强地、结结巴巴地说出来："你……你……你……你就是……是红……红叶？"

李红叶有点吃惊地笑着说："是啊，我就是李红叶。怎么了？你不知道？同一个教室里坐这么久了？你是真不知道还是假不知道？"

李金魁心里积存的东西太多了，那旧有的印象也太深刻了，他仍然没有转过弯来："你……你你……就是……是……红叶？"

李红叶当然不明白他心里曾经有过两个"红叶"，看他急得说不出话来，脸都憋红了，就转了话题说："那天你不是跟三国一块儿到我家去了吗？你为什么不进去呢？"

李金魁这时才有点缓过劲来，他说："三国？……"

李红叶说："三国是我二叔家的孩子。"

李金魁说："噢，噢。也……也没什么事……"

李红叶说："没事就不能坐一坐了？我早就听同学们说，有个人整天不说话，光啃干饼子，菜也不舍得吃，竟考了第一，原来是我的老乡啊！"

李金魁脸红了……

李红叶忙说："好，好，你扫吧。我爸说，让你有工夫到家去玩。"说完，就快步走出去了。

李红叶走后，李金魁仍然呆呆地立在那里，手里拿着那把笤帚，一直愣了很久很久……他在心里一遍一遍地重复说：她就是红叶，原来她就是"红叶"呀！

"红叶"由声音还原成了一个鲜活的人，这是他始料不及的。那童年里的印象在无限地扩大，织出了一个稠密的关系，在高粱地里飞出的两个字，竟然在现实中化成了校长的女儿，这是多么大的惊喜呀！这时他受的刺激实在是太大了，从这天起，他居然变得口吃起来，他总也说不好第一句话，越是激动越是说不出话来，一到说话的时候，他就不由得紧张，一张嘴就卡壳，非得过上一会儿，才会逐渐地缓过劲来。他为此非常沮丧，说话时就更加地注意，谁知越是注意越坏事，磕巴得就更厉害了。于是，从这天起，他又成了学生们的笑料。

红叶就在他的前边坐着。每当同学们哄堂大笑的时候，她总是不由得要转过脸来，朝他投来同情的一瞥。怎么说呢？人在人眼中是会变的。红叶初看他时，他不过是一个又黑又瘦的家伙，穿得破破烂烂的，脖子脏得像车轴一样，也不知道洗，身上还有一种很难闻的气味。可是，看着看着，他在她的眼里就发生了一种说不出来的变化。也许是可怜他的处境，也许是因为熟悉产生了一种亲情，她总是越来越多地注意到了他的眼神，她在他的眼神里看到了一种光，那光是别的男孩身上所没有的。每当他的口吃引起同学们哄堂大笑时，他总是默默地、孤零零地站在那里，一声不吭。这沉默又激起了她更多的同情。不知从什么时候起，她陡然产生了要帮他一把的愿望。

一天，临上课时，有个绰号叫"大嘴"的同学突兀地把他拽住了。

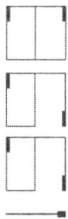

"大嘴"是县公安局长的儿子，平时就有些霸道，说话横横的。他一把拽住李金魁说："结子，我那支蓝杆笔找不到了，是不是你拿了？！'

李金魁一怔，说："啥……啥……啥……笔？"

"大嘴"学着他的结巴语气说："你说啥……啥……啥笔？——钢笔！"

"哄"的一下，同学们笑了，立时都围了上来，他们望着他，那眼光很复杂。于是，李金魁沉默了片刻，说："是，是我拿了。"

"大嘴"得意扬扬地说："哼，我想着就是你！贪，下课给我拿回来！"

人们的目光像箭一样在李金魁的身上射来射去，可他却一声不吭，他再没说什么……

第二天上午，李金魁迟到了。在众目睽睽之下，他匆匆走进教室，把一支蓝杆钢笔放了"大嘴"的课桌上。"大嘴"拿起笔看了看，有点诧异地说："我的笔好像……是这一支吗？"

李金魁说："是……是。"

不料，刚刚上了两节课，坐在前边座位上的李红叶"呀"了一声，说："我这儿多了一支笔，这支笔是谁的？"说着，她高高举起那支笔，那正是一支蓝杆钢笔！

同学们全都看着那支笔，而后又齐刷刷地回过头去看"大嘴"……"大嘴"大张着嘴愣了一会儿，才说："我的我的，是我丢的。贪！"

此刻，李红叶拍案而起，厉声说："冯相义，你怎么能这样？！你太不像话了！你怎么能乱怀疑呢？！"

"大嘴"看了看李红叶，又望望李金魁，嬉皮笑脸地说："这关你什么事？我又没逼他，是他自己承认的……"

这时，李金魁冷冷地看了"大嘴"一眼，看得"大嘴"身上一寒，竟乖乖地把那支笔给李金魁送过来了……

这天晚上，李红叶突然来到李金魁的寝室门前，有点激动地高声叫道："李金魁，你出来一下。"

已是秋末了，风寥寥的，带着些微的寒意。可人的心却很热。两人一前一后来到了校园后边的操场上。天很高很远，星星一碎碎地亮，月光洒下一地银白，周围汪着一片暧暧昧昧的黑，不远处校舍里的灯光亮着一盏一盏红，显得很温馨。李红叶默默地说："你为什么要承认呢？你不该承认的。"

李金魁一张嘴就噎住了，话一直在喉咙里卡着，他过了一会儿才说："人……人家……怀怀……疑咱咱咱……"

李红叶说："他怀疑你，你就承认吗？他要怀疑你杀了人，你也敢承认？"

李金魁不语……

李红叶说："那支笔是你在商店里买的，对吧？"

李金魁说："是。"

李红叶望着他说："你怎么能这样呢？要是那支笔找不到怎么办？你不就成……小偷了吗？"

李金魁说："偷偷……偷就偷吧。人家已已……经怀疑了。我……我就是是不承认，他也照……照样怀怀疑……一……一个'穷'字在我脸上写着，他能……不怀疑吗？"

李红叶很惊讶地望着他："你这人真奇怪，人家一怀疑，你就认了，也不解释？"

李金魁说："他怎么就不怀疑你……你呢？他怎么就不怀疑别……别人呢？他怀疑就说明他认定是我了，解释有什么用？"

李红叶说："你怎么能这样想呢？"

李金魁说："这就是穷人的逻辑。"

李红叶嗔道："你再这样说我不理你了。"

李金魁说："对。你别理我。理我沾你一身穷气，划不来。"

李红叶说："你再说……"

李金魁说："我不说了，我走了。"说着，扭头就要走。

李红叶一顿脚说："你站住！"

李金魁扭过脸来，说："有话你说吧。别说你让我站住，是个人都能让我站住……"

李红叶气得直跺脚，说："你你……怎么这么犟啊！"

夜里，李金魁睡不着觉了。他眼前总是晃动着红叶的影子，红叶的发辫，红叶的脖子，红叶的脸儿，红叶的眉儿，红叶的眼儿……那影像是一

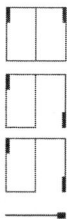

帧一帧地、一片一片地在他眼前出现，而后又是一段一段地放大。一个姑娘在他的脑海里翻来覆去地搅动。整体上看是模糊的，那仅是一个亭亭的白色剪影；局部又是清晰的，逼真的……那颗痦子叫人多想摸一摸呀！往下就出现了"白亮亮"的感觉，不管他怎么想，最后总要落到"白亮亮"上，一片"白亮亮"！……接下去又叫他有点后怕。他对自己说，金魁呀，可不敢瞎想啊！你是谁呀？人家又是谁呀？人家可是校长的女儿，人家是金枝玉叶呀！再说，你不能让人家可怜你，她是看不起你才可怜你，你可不能让她可怜哪！收心吧你，收心吧。还是好好退回来，读你的书吧，前程要紧哪！……这么思来想去的，他怎么也睡不着。于是，他咬着牙一轱辘从床上爬起来，独自一人在校园里的操场上跑了二十圈，跑出了一身的大汗！

紧接着，期中段考时，李金魁仅考了第七名，还是班里的。于是，他一下子懵了！他悄悄地跑到校外的一片杨树林里，狠狠地扇了自己三个耳光！他说：金魁呀金魁，你完了！

此后，李金魁才开始真正退却了。他不再看她了，也不再想她了，一门心思钻在了书本里。夜里，为了避开她，他常常到那个邻近的废品收购站里去，在那里一边为歪叔看门，一边读书。

然而，李金魁越冷，李红叶却越热，她越来越感到李金魁的与众不同。那寒寒的目光总让她忍不住地牵挂。校长的女儿，长得又漂亮，学校里有多少小伙想跟她说话呀！可是，却有这么一个黑小子，连看都不看她一眼，这是她无法忍受的！她总想骂他一顿，可一走到他跟前时，她身上的力量就消失了，剩下的只有猜测和柔情。有一段时间，她总是悄悄地给李金魁送吃的，有时候是两个白馍，有时是一个鸡蛋……偷偷地塞到李金魁的课桌抽屉里，不让任何人知道。而李金魁却总是不动声色地给她退回去。这在两人中间成了一种较量，一种意志的较量，你送，我就退，你越退，我越送。终于有一天，李金魁烦了，他找到李红叶说："李……李红叶，你你你……别再送了。你你……也别可怜我。我一个乡下人，你可怜我耽误事。"李红叶也冷着脸说："我为啥要可怜你？谁给你送了？你怎么知道是我给你送的？是你自己心里有鬼吧？"李金魁说："那那……那好。我给你说，你要再送，我就吃了，我吃也白吃，吃了也不感谢你！"李红叶说："你吃不吃关我什么事？谁让你感谢我了？！"说完，她扭头就走，走了几步后，她在心里忍不住笑了。

此后，李金魁对自己说，反正我也说过了，贱就贱到底！我就白吃你，谁让你送的？！于是，李红叶再送什么，李金魁就吃，吃了也不理她。他就是要让她知道，我这人说到做到，吃也白吃！他想，我就这样，"肉包子打狗！"她就不会再送了。谁知，这倒给了李红叶一个具有隐蔽性的喜悦，一个姑娘深藏在内心里的小秘密。人一有了秘密，那心气就不一样了，李红叶像是浑身都长了眼睛，时刻关注着他，这反而造成了无形的贴近。她送得更欢了，隔三岔五的，她都要给李金魁送点什么，有时，她实在没什么送了，就上街去买上几块糖……她甚至动员当校长的父亲给李金魁申请到了每月可以补贴六块钱的助学金！可是，在教室里，两个人谁都是冷冷的，一句话也不说，形同陌路。

寒假快到了，临放假前的一天，李红叶在收拾书包的时候，突然在书包里发现了一包软绵绵的东西。她悄悄地打开一看，竟是整整一打手绢！在那时候，她虽然是校长的女儿，一次也从没见过这么多手绢。十二条啊，整整十二条！她的脸"唰"的一下就红了，红得发烧发烫，她的心都快要蹦出来了！那种感觉是她从未有过的，她真想大喊一声……可是，她仅是匆匆地背上书包，快步走出了教室，她觉得要是再晚一会儿，她就疯了！

李红叶背着书包像游魂似的在街上走着，她不知道自己要干什么，只是走，不停地走……也许是等待太久了，企盼太久了，她虽然并不期望有回报，可在她的内心深处，还是有那么一点点怨气的，她也替自己不平。可是，突然来这么一下子，这几乎是给她以摧毁性的打击！她简直不知道自己该怎么办了。走着，走着，她来到了县城最大的一家百货商店。在商店的柜台前，她忍不住问了手绢的价格，她平时买的是两毛五一条的，那已是较好的了，而这种有各种图案的手绢却是五毛钱一条的，是商店里最贵的一种……她喃喃地说："他真敢哪，他真敢！"

傍晚，在县城边的小桥上，她截住了背着铺盖卷准备回家的李金魁。她一见他，就激动地说："李金魁，你呀你呀……你怎么能这样哪？谁让你给我送手绢了？！"李金魁站在那里，连头都没抬，说："你……你……弄错了吧？我我……连饭都吃……吃不饱，我会给你送手绢？！"

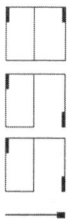

李红叶一怔，说："不是你是谁？你还不承认？"李金魁说："我早就给你说过了，我……我是个吃白食的。我会干那种事？"说着，他把铺盖卷往肩头上一撂，径自走去了。李红叶没有办法了，喊道："你真无赖呀，李金魁！"李金魁立时勾回头说："城里人，你这话说对了。我就是一个十足的乡下无赖！"

　　整整一个寒假，李红叶都是在心焦火燎中度过的。她脑海里驱之不去的是那一道寒寒的目光，那目光就像刀子一样刻在了她的心上……她一天到晚都心神不宁的，人像垮了一样。过年的时候，她实在是熬不下去了，就以看二叔的名义骑车跑到乡下去了。可她仅在二婶家待了不到一个时辰，就让三国领他去了李金魁家。进了门，就见一个弓腰老头半仰着身子，扛着一把扫帚，嘴里淌着长长的口涎，痴痴地看她，一边看一边喃喃说："这是谁家的闺女？跟画儿一样！"三国忙说："这是老捆，金魁他爷，你别理他！"可李红叶却迎上去说："爷爷，我是李志尧家的女儿。跟金魁是同学……"老捆一听，凑得更近些，看了又看，说："噢，志尧家的。咋跟画儿一样？！听说你爹当大官了？！"三国抢先大声说："我大伯是校长！县中的校长！"于是，老捆喊道："快，金魁，来客了！"李金魁从屋里走出来，倚在门旁站着，说："来……来了？是……是串亲戚的吧？"李红叶看了他一眼，说："是，串亲戚的。顺便来看看……"此时，家人们都围上来了，老捆兴奋得一蹿一蹿地说："看看，志尧家的，真是跟画儿一样啊！是咱金魁的同学。他娘，还不烧火打鸡蛋？快烧火！"李红叶忙拦住说："不麻烦了，别麻烦了，我是顺便来看看，一会儿就走……"李金魁也说："算算，咱家这样，人家也不会在这儿吃……"老捆转着圈说："就是，也没啥好吃的……有红柿呀，咱有红柿呀！"坐了片刻，老捆那一喷一喷的唾沫星子让李红叶受不了了，她终于说："我走了，我得走了。"李金魁说："我送送你吧？"李红叶就等这句话呢，她站起身就走。一家人送出门，老捆说："让金魁送，让金魁送吧。"可是，李金魁刚出家门，却又被老捆叫住了，老捆一把把他拽到屋里，瞪着眼压低声音说："金魁，娃子呀，长胆了没有？"李金魁怔怔地望着爷。只见老捆喘着粗气咬牙切齿地说："……你把她日了！你要敢把她日了，她就是你的媳妇了！"听了这话，李金魁身上的火苗"噌"一下蹿起来了！

五

那个字是从他心里长出来的。

那个字在开始时仅是一个小芽儿，是个模糊不清的概念，是一种颜色和声音，尔后经过了时光的浸染，它逐渐长成了一棵树。

当那个字脱唇而出时，连他自己都吓了一跳！他没想到那个字竟然一直在他心里长着……

本来，李金魁送红叶出来，在村路上，两人都默默地走着，谁也不说话。等出了村，李红叶说："我知道你不想送我，嗯？"李金魁笑了笑，不语。李红叶说："你要不想送我，你就回去吧。"说着，就独自一人推着车子往前走，李金魁也跟着走。李红叶回头看了他一眼，嗔道："你呀，你呀……"天很冷，路上一个人也没有，当她看到路边的一个草庵时，就红着脸说："坐一会儿吧？"说着，便朝着那个孤零零的草庵走去。草庵还是夏天里遗留下的，地上还铺有发黄了的麦草。李红叶大着胆进了草庵，她先从衣兜里掏出一条手绢铺在了麦草上，坐下来，而后又掏出一条手绢铺在了身边处，说："坐吧。"李金魁站在那里，呆痴痴地望着她……李红叶脸"喷"地就红了，说："你坐呀，老看着我干什么……"就在这时，李金魁心里陡然起了一股狼烟，那个字像子弹一样迸然射出：

"脱！"

"脱"字来得太猛太快，也太突然了，它在李红叶的心上射出了一片红雾！她不由得颤了一下，一时浑身发软，愕然地惊叫道："你，你……？！"

李金魁也愣住了。他的头"轰"的一下，像是炸了一样。话已出唇，他不知道该怎么办了，他只是愣愣地站在那里……

片刻，还是李红叶先醒过神儿来，她红着脸，用蚊子样的声音呢喃说："李金魁，你真无赖呀……"

李金魁站在那里，默然不语……

李红叶脸红得像绽开的花一样，她望着他，柔声说："怎么？你生

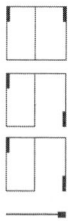

气了？你呀你呀……"说着，她微微闭上眼睛，开始解扣子了，她一边解着扣子，一边呢呢喃喃地说，"你真想看吗？你要真想看你就看吧……"说着，她脱去了穿在身上的外衣，勇敢地把贴身衣服一层一层撩起来，顿时，两只白兔一样的乳房扑噜一下露了出来，那是多么白呀！在那一片团白的尖尖儿上，弹着两颗晶莹的紫葡萄！

李金魁眼前一片"白亮亮"！他猛地扑了上去，先是用两只手提住了她的两只乳房，那滑软像热油一样一下子溅到他心里去了，他急切地埋下头去，下意识用嘴叼住了那弹弹软软的紫葡萄，叼了这只，又去叼那只……两人立时烧成了一团火焰！李红叶紧紧地搂着他，嘴里吐着一串断断续续的燕语："你呀你呀你呀呀……"到了这时，李金魁已是昏头昏脑了，他又下意识地去解她的腰带，他从小到大从没束过腰带，他不知道怎样才能解开，他只是用力去拽……久久，当他终于把皮带扣弄开的时候，却见李红叶满脸都是泪水……李金魁怔了一下，手慢慢松开了。片刻，李红叶睁开眼来，流着泪说："你要是真想要，我就给你吧，我什么都可以给你……"说着，她伸手把下身的衣服也褪去了，把整个身子都裸露在他的眼前……可她这样做的时候，身子却开始抖了，她整个身子都瑟瑟地抖着，抖得像寒风中的树叶，此时此刻，她的身上一片冰凉！

李金魁说："你抖了。"

李红叶说："我，没抖……"

李金魁定定地望着她，说："你抖了。"

李红叶垂下头喃喃说："我……有点害怕。"

李金魁站起身来，咬着牙说："我穷，我野。可我不会坏你。你要不愿意，我绝不坏你。"

李红叶望着他，小声说："我只是有一点点怕……"

李金魁把衣服往她身上一扔，说："穿上衣裳吧。"

李红叶坐在那里，一边穿着衣服一边流着泪说："你坏，你太坏了……"

李金魁朝草庵外边看了一眼，说："走吧。"

李红叶仍坐在那里，喃喃说："我起不来，我起不来了……"

李金魁吓了一跳！忙回过头来，说："你……病了？！"

李红叶软软地伸出一只手，说："我软，我身上软。

李金魁又问："你是不是病了？"

李红叶说："抱我吧，把我抱起来……"

在回城的路上，李红叶一直在默默地淌眼泪。李金魁说："你哭什么？我又没咋你？"可她一声不吭，只是默默地掉泪。到了城边上，李金魁站住了，说："我不送了，你回吧。"他这样一说，李红叶也站住了。李金魁又说："天不早了，回吧。"说着，扭头就走。不料，李红叶却返回来跟着他走……又走了一段，李金魁站下了，说："好，我再送你一段。"两人重又折了回来。就这么翻来覆去地你送我我送你，天很快就黑了。最后，在县城里的一盏路灯下，他说："我就站在这儿，看着你走。"进了城，李红叶不再流泪了。她站在那里，望着他说："我看着你走。"李金魁说："你走。你要不走，我就一直在这儿站着，我在这儿站一夜！"李红叶勾下头去，一声也不吭。过了一会儿，她说："我问你，你为什么要送我那么多手绢？"李金魁说："我不知道该送什么。我只是不想欠你太多。"李红叶说："你已经欠我了，我让你欠我一辈子！"说完，她扭头骑上车疾驶而去。

在那个寒假里，那个字在李金魁的眼里成了一颗金豆。那只是一个字哇，一个字的使用竟产生了如此巨大的征服力！那是校长的女儿呀，那是……多么地！有时候，他会兴奋地跳起来，对着一棵树说："脱！"那个字真是余味无穷啊。他在那个字里读出一种新的东西，那是他还从未体验过的东西。他像重放电影一样回味着在草庵时发生的故事，他一点一点地倒着读，在脑海里，那画面一个扣子一个扣子地动着，叫人激动万分！油灯下，在爷住的牲口棚里，当老捆提着裤子问他："花儿掐了没有？"他觉得他一下子就成熟了，他读懂了爷的这句话。他什么也没有说，只是笑了笑，很自信地笑了。

后怕是见了那个红×之后。开学不久，他在学校门口看到了一张布告。在那张布告上，他看到了一串醒目的红×！那红×像炸弹一样矗立在他的眼前。那上边写着"某某某"的名字，名字上打着一串红×，那是一个被枪毙了的强奸犯……他在那张布告前站了很久很久，整个人就像傻了一样，他不知道自己是怎么走回去的，只觉得脊梁骨一阵发凉！他心里说：李金魁呀李金魁，你差一点就毁了你呀！！

在一个时期里，李红叶和李金魁又成了陌路人。两人仍坐在一个教室里，还像往常那样，谁也不理谁。可在两人的内心里，却有了微妙的变化。李红叶更多是一种羞涩，她甚至就不敢正眼看他，一看他就脸红，一看他就不由得咬一下嘴唇，可她的衣服却换得很勤，她身上开始透出一种成长中的女性姿态……而李金魁却是有意地躲避，那躲闪是由后怕而产生的恐惧。那目光仍是寒寒的，但寒意中多了一点"贼"色，多了一点防范。话是更少了，但出人意料的是，他说话磕巴的毛病却好了一些，他只是说第一句话时有点磕巴，往下就自然了。后来，他开始更多地出现在操场上，出现在一群学生的中间，自从他击败了"冯大嘴"之后，他已成为乡下学生的主心骨了。

天说热就热了。这年夏天，天热得有些异常，空气里弥漫着一股说不出来的气味。突然有一天，睡了一夜之后，早上起来，李金魁发现校园里到处都是大字报！整墙整墙的大字报……更让人吃惊的是，校长李志尧的名字是倒着写的，上面还打着三个刺目的红×！！一切都来得十分突兀，叫人都来不及想。这天上午，倒也照常上课了，铃声响过后，校园里出奇地静，老师一个个都绷着脸，很紧张的样子，在教室里，李金魁又发现李红叶是趴在桌子上的，她一直不抬头，就那么无声地趴着……到了第二节课的时候，只听校园里一片"哄"声，同学们纷纷探头往外看，有的甚至跑出了教室……这时，只见一群年轻教师高喊着什么把校长李志尧揪到了教室前边的空地上，校长挣着身子，仍是很严肃地说："干什么？你们想干什么？！"可陡然之间，他的眼镜被打掉了，紧接着是一桶糨糊兜头浇了下来！一向高高在上的校长，顿时一脸惨白，他就这么一下子像落汤鸡一样地勾下了头……就此，校园里的铃声再没有响过。

那是一些既让人激动又叫人不安的日子。学校不上课了，城里的学生一个个兴奋异常！乡下来的学生却一个个沮丧万分。李金魁心里说：完了完了，前程完了！在一片混乱中，有的乡下学生打起铺盖回家去了，留下的人也仅是跟着城里的学生瞎起哄。"冯大嘴"在一夜之间竟然成了学生的司令……于是，李金魁毅然卷起铺盖，搬到废品店去住了。

这个决定对李金魁来说，是十分痛苦的。这是他人生的又一次选择。这就是说，他要切断与家乡的联系了，在前程无望之后，他也绝不回去了。这是一次精神上的放逐，也是情感上的背叛，他的心与昔日的大李庄村越来越远，前程无望，回头也无望啊！从此以后，他要自我漂流了。他把两瓶好酒摆在了歪叔的面前，说："歪叔，你说句话吧。"歪叔乜斜着眼，看了看他，说："学生，你愿意当一个收破烂的？"李金魁说："只要你要我。"歪叔把酒瓶盖用牙咬开，一人倒了半碗酒，很爽快地说："喝了这碗酒，我就收下你！"于是，李金魁端起那酒，一下子倒进喉咙里去了，喝了酒，他泪流满面，泣不成声地说："我亏呀，我太亏呀！我是第一名啊！"

在城里收破烂，在他看来也是没有办法的办法，是破罐破摔。心是痛的，那疼痛烧出了满眼的仇恨。可究竟恨什么，却又是说不清的。每当他走在大街上的时候，就不由得咬着牙，尽量躲着熟人走，一句话也不说。他把仇恨憋得足足的，他几乎把自己憋成了一个沉默的火药罐！与白日相比，他的夜晚却日渐丰富。废品店收的书越来越多了，他就整夜整夜地在这些书里泡着……正是这些夜晚使他那备受压抑的情绪得到了宣泄。

在以后的日子里，李金魁总是想起那些个晚上。那些夜晚对他来说是战栗中的享乐，是蜗牛一样的伸展；又像是生命中的一次小憩，没有目的，也不必特意地记住什么。这是一种精神上的偷窃，是随意地采摘禁果，他就滚在那些收的书堆里，蜷着身子，一本一本地翻，那偷来的喜悦不是用言语可以表述的。直到有一天，关上着的门板突然被拍响了，那是个细雨蒙蒙的夜晚，门板"咚咚"响了两下，而后又是两下，在这一刻，他的心已跳到了喉咙口，他惊惧地叫道："谁？！"门外没有回答……在匆忙之中，他随手把那本正在看的书"嗖"的一下扔在了废纸堆里，然后跳起来，几步走到门板后，再次叫道："谁呀？"仍是没人应声。于是，他疑疑惑惑地开了门，就在这时，一个黑影飞快地挤了进来，那影儿嗦嗦的，带着一股嗖嗖的寒气。他很快就明白了，是李红叶！李红叶就像变了个人似的，她的头包着，一脸憔悴，哆嗦着嘴唇说："李金魁，你救救我爸吧！他就快要被人打死了！"说着，她呜呜地哭了起来。李金魁站在那里，身子一下子凉了半截！他木然地说："怎么……救？"李红叶呜咽着说："他就关在学校的小楼里……"往下就无话了，谁也不说话，只有目光一点一点地往前探，而后又缩回来。片刻，李金魁说：

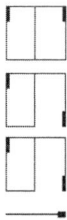

"你让我想一想，我得想想。"李红叶看了他一眼，说："你要是怕受牵连……"没等她把话说完，李金魁生硬地打断说："你……得让我想想！"

李红叶走后，李金魁顺手从地上拾起了一根捆废品用的麻绳。他把那根麻绳拿在手里，翻来覆去地看着，绳子一扣一扣地从他的手上捋过，那感觉麻丝丝的。后来，他把麻绳绾成了一个活扣套在了脖子上，心里说，俞，我欠她吗？这是把我往火坑里推呢！

第二天夜里，李红叶又来了。她默默地问："你想好了吗？"李金魁说："想……想好了。我想了想，我确实欠你。"李红叶说："你也别这样说。你说吧，你想要什么，我什么都可以给你。"李金魁笑了笑，说："我……我可是个收破烂……"李红叶流着泪说："你是想污辱我？到这种时候了，你还要污辱我？"李金魁说："我不是这意思，你也知道，我不是这意思。"李红叶说："那你是啥意思？你到底是去不去？"他说："你看，你这是把我往火坑里推呢。"她就那么直直地看着他，良久之后，她说："我看错人了，我真是看错人了。"说着，她泪流满面，扭头就要走。李金魁上前一把拽住她，就往后边拉。李红叶用力地挣着身子："你……又想干什么？"他仍是紧拽着她不放，一边走，一边说："我是个兔。你也知道，我是个兔……"拐过了废纸堆，在一垛一垛的旧麻袋的缝隙里，李红叶蓦然发现，她爸爸就在一堆旧麻袋片里躺着！李红叶的嘴立时张大了，她悲喜交加地说："你呀！怎么……"紧接着，李红叶刚叫一声，"爸爸……"李金魁马上说："他已经睡着了。你就让他睡吧，他说他已经半个月没睡一个囫囵觉了。"李红叶默默地望了望父亲，而后悄没声地退了出来，她望着他，激动地说："你是怎么……？"李金魁把身上的衣服脱下一半，露出了脊梁上勒出的那一道道带血丝的绳痕，说："我把你爹背出来了。我不欠你了吧？"李红叶默默地看了他一会儿，细声说："就在这儿吗？"李金魁说："啥……你说啥？"李红叶不语，她开始解扣子了，她把衣服上的扣子一个一个都解开……这时，李金魁走上前去，一把抓住她，定定地说："现在是你欠我了。"李红叶说："是。我欠你。"说着，就要往下脱……李金魁果决地说："别。你可别。我就愿意让你欠着。"

李红叶说："你……怎么这样？"

李金魁说："我就这样。你欠着吧。"

六

欠着真好。

有人欠你，总欠着，这是什么滋味呢？——真好哇！

在废品店的那些日子里，他几乎是越来越自觉地播撒着人情的种子。他最愿意干的事就是让人家"欠着"。在那条街上，甚至是在整个废品回收系统，只要是有人找到他头上，不管让他干什么，他都会一口答应。当然，一个收破烂的，人家也不会求他干什么大事，也就是帮着拉拉煤、修修房、搬搬家什么的。这虽都是些小事，可人情却不论大小，人情就是人情，欠着就是欠着，这是一笔笔记在心灵上的债务。时间一长，口碑就出来了。

李金魁要的就是这样一种感觉，这也是他在心理上保持平衡的一种办法。人已经贱到了这个样子了，剩下的还有什么呢？那就是感觉了。感觉就像是一个储蓄所，存了些什么，只有自己心里知道。那像乱草一样的头颅在人前是低着的，在感觉里却是昂着的，那里写着一个"贪"字。

三年后的一天早上，李红叶找他来了。李红叶穿着一件紫红色的风衣，默默地站在他面前，说："我爸出来了。"他"噢"了一声。李红叶又说："我爸已经出来了。"他就说："噢，你爸出来了。"李红叶说："我爸想见见你。"说着她把一沓钱递到李金魁的手里，"你去洗个澡，理个发，换件衣服……我爸要见你。"这句话李红叶说得很平静，可李金魁却受不了了。他说："校长出……出来了，我应该去看看他。可这……"李红叶说："我爸已经到市里了……"李金魁说："那我就不用去了吧？"李红叶说："你必须去。"李金魁想了想说："还非去呀？去就去吧。你别给我钱，你给我钱干什么？"李红叶说："你……怎么还这样？"李金魁重又把那沓钱塞回去，说："咋也是个收破烂的，还怕人笑话？我有钱。"

李金魁是穿着一身旧工作服去的。去的时候，他想了想，也不能空着手呀，于是就上街买了两瓶酒、两筒好茶叶，就那么提着去了。到了市委门前，警卫拦住他说："找谁呢？"他说："李志尧。"警卫上下打量

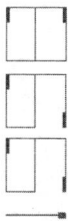

了他一番，说："你跟李主任是什么关系？"他说："老乡。"那人很干脆地说："李主任不在！"李金魁笑了，说："不在？不在就算了。"正在这时，李红叶快步从里边走了出来。她说："小董，这是我表哥，让他进来吧。"李金魁仍是笑着对那警卫说："啥表哥呀，也就是个老乡吧。"

进了大门，李红叶一边引着他往前走，一边小声说："我让你换衣服你为什么不换呢？你那农民习气要改一改了。"他说："要是改不了呢？"李红叶说："还是改一改好。"看李红叶说得很严肃，他也就不再说什么了，只默默地跟着走。绕过一个小花园，李红叶领他来到了一座小楼前。那是一座两层的小红楼，墙上长满了绿茵茵的爬山虎，看上去十分优雅静谧。再往里走，人的脚步就显得重了，心里却很空，李金魁暗暗掐了自己一下，说，怕啥呢？不就是见个人吗？进了楼，来到了客厅里，李红叶站在那里说："爸，他来了。"只听沙发里"嘎吱"响了一声，说："哦，来了，坐吧。"这时，李金魁才看清坐在皮沙发里的李志尧。他的身子稍微直了直，那一头白发看上去梳理得很整齐，却一脸疲倦的神色，人显得很麻木，很冷淡。李金魁把手里提的东西放下，而后他按村里七连八扯的辈分叫道："七叔……"李志尧摆了摆手，只说："噢噢，坐吧，坐坐。"对李金魁提来的东西，他连看都没看。待李金魁坐下来，李志尧默默地看了他一眼，用和缓的语气说："我刚到市里，一时还没顾上去看你，怎么样啊？"他说："还那样吧，还行。"李志尧挠了一下头上的白发，淡淡地说："哦。有什么困难吗？"他说："没啥。"李志尧又说："有啥想法可以提出来嘛。想不想到市里来呀，啊？……"到了这时候，李金魁的牙咬起来了。他沉默了很久，心里的火苗一蹿一蹿的。他心里说，机会来了，你的机会来了呀，你说呀！可是，他望着靠在沙发上的那张脸，那是很乏的一张脸，那张脸上似乎有一种让他感到惊恐不安的东西，他说不清那是什么……就在他发愣时，只听李志尧问："听说，你读了很多书？"李金魁含含糊糊地说："也……没读多少。"接着，李志尧"哦"了一声，慢声慢气地说："我这里嘛，也需要一个人。你来当秘书怎么样啊？"李金魁猛一下有点晕乎乎的，他觉得头有些沉，不知道该说什么好了，就吞吞吐吐地说："怕……怕不行吧？"李志尧直了直身子，微微地笑着说："……秘书嘛，最重要的一条，就是要可靠哇。"说着，他的眼突然睁大了，目光一下子变得十分锐利！李金魁心里突然"咯噔"一下，像是有什么东西泛上来了，那东西漂漂的、凉凉的，叫人不由得发怵。那是什么呢？李金魁想不明白，他只觉得头更重了。于是，在这最关键的时刻，他居然又结巴起来了："我……我……我……不不行，怕怕怕……是是真……真不行。"看他说话磕磕巴巴的，李志尧皱了一下眉头，他有些失望地往沙发上一靠，眯着眼看了看他，连声说："噢，噢，是这样。你是还有别的想法喽？"李金魁怔了怔，心里说，说吧，你得说了，说呀！于是，他正了正身子，喃喃地说："也没啥想法。要说……想法……我还是……想上学。"李志尧"噢"了一声，那"噢"声很长，往下就再没有话了……

后来，李金魁离开那栋小楼的时候，脸色黄蜡蜡的，人就像害了场大病一样，满身都是虚脱的汗水。他知道他已失去了一个极好的机会，失去了也就永远失去了。

他突然想哭！

李红叶出来送他，竟也有意地跟他拉开了一点距离，两人都默默的。到了分手时，李红叶终于忍不住说："你……怎么又磕巴起来了？！"

李红叶恨恨地说："你知道你放弃的是什么吗？"

李金魁默默地说："你已经不欠我了。"

李红叶说："你是说我还欠着你呢，是不是？"

李金魁说："清了。谁也不欠谁。"

李红叶说："你会后悔的。"

李金魁轻轻吐一口气，硬撑着说："我从不后悔。"

李红叶最后看了他一眼，扭头走去了。那一眼哪，叫人……

一个月后，李红叶送来了一张表。那是一张上大学的"推荐表"。而后，李红叶说："我再也不欠你什么了。"李金魁望着那张表，很久没有说话。他还能说什么呢？不料，李红叶说："我顺便告诉你，我要结婚了。"李金魁沉默了片刻，说："跟……谁？"李红叶说："军人。是个军人。"李金魁木木地说："好好……事，那是好事。"李红叶说："你不是会送礼吗？不送我点什么？"李金魁刚要说什么，李红叶立时打断他，冷冷地说："你欠着吧，我也让你欠着。"

拿到那张表后，李金魁一天都没说话。他心里说，李红叶要结婚了。

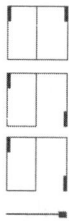

李红叶已经是人家的人了。李红叶说，一个军人……他在一张废报纸上一连写了九十九个李红叶。写到三十一个的时候，他心里像是塞了块砖；写到七十一个时，他加了一个"脱"字；写到最后时，他把那张旧报纸团了团，扔了。

第二天早上，他围着县城一连跑了三圈，一边跑一边气喘吁吁地背道：香稻啄余鹦鹉粒，碧梧栖老凤凰枝……

一听说他要上大学，废品店的歪脖眼都瞪大了，说："城里有好亲戚？"

他说："没有。"

歪脖说："有好连手？"

他说："也……没有。"

歪脖说："真没有？"

他说："真没有。"

歪脖说："那是烧高香了。金魁呀，你是烧高香了！"

李金魁默然，他眼里湿湿的……

歪脖说："别说你高兴，我也高兴。老难，老难。"

按说，推荐上大学，办手续是很困难的，有一个一个的公章要盖。可李金魁长期以来送出的"人情"也到了兑付的时候了。市里盖过章的表已经有了，剩下的就是顺水人情了，这是谁都愿意做的。所以，他几乎是没费什么劲，就把手续办了。在临行前，废品回收公司的主任又特意奉送了一份礼物，那就是在上大学期间，工资照发。其实他只是在主任搬家时给他刷过两次墙，主任一句话，工资就照发了。

走时，他本意是想去看看李红叶的。他心里说："金魁，不管怎么说，你欠了人家，是你欠了人家呀！"可李红叶已经走了，到部队结婚去了。于是，他回了一趟家。老捆一听说孙子要上大学了，就一蹿一蹿地跑出去，到处跟人说："冒烟了，冒烟了，俺家老坟里冒烟了！"

七

上大学的时候，他总是梦见那株草。

在梦中，那株草带着一股苦艾艾的气味。草是那样小，青麻麻的，带着褐色的斑点，一节一节地散落在他的眼前……而后他就醒了，每到这个时候，他一准醒，一醒就再也睡不着了。这时候，他就会不由得想起李红叶，一想李红叶他的心就乱了。他心乱如麻！有时候，他会一骨碌从床上爬起来，恨不能站起就走……可过一会儿，他就会说，罢了罢了。

然而，那件事情却一直在他的脑海里悬着。有时，他会说，你真蠢哪，事到了你头上，你都不敢做？

大学真是一个让人思考的地方。在省城上大学的那几年里，李金魁在省城既没有朋友，也没有熟人，课又不多，于是，他大多时间就窝在寝室里看书，看着看着就又不由得想起了那件事情。他说，你是怕吗？你怕个鸟啊？你说在那种时候，你磕巴什么？你早不磕巴晚不磕巴，怎么偏偏在那个时候磕巴起来了？你一磕巴不当紧，把一个好前程磕巴掉了，你不光磕巴掉了一个好前程，你还丢掉了一个好女人呀！

那么，你是闻到什么了。你一定是闻到什么了。究竟是什么让你害怕了呢？是小红楼的那种静谧吗？是红木地板发出的那种声音吗？还是那语气、那声调让你感到不安了？想想，应该说都有一点，可又不全是。人是要往高处走的，对不对？人家已把话说到那种地步了，人家是想让你当秘书的，市里的秘书啊！那是多少人争都争不来的。这里边当然包含着一种暗示，一种允诺，一种让你可以意会的……那是多么多么！可你却"短路"了。学了电之后，你知道了什么是短路，可后悔已经晚了。你真的不后悔吗？

你说，不后悔。可为什么呢？

大学上到第三年的时候，他终于把答案找到了。应该说，这个答案并不是他自己找到的，是李红叶告诉他的。在暑假里，李红叶给了他一个字："贼！"就这个字，一下子嵌进他的骨头缝里去了。

就在那年的暑假里，当他提着礼物去看李志尧时，却发现李志尧已经从那栋小红楼里搬出来了。更让人无法相信的是，曾经高高在上的李志尧居然搬到一个破车库里去住了。当时的情境真是惨不忍睹啊！东西乱七八糟地堆在那间破车库里，书一堆一堆地扔在地上。白发苍苍的李志尧双手捧头，默默地瘫坐在一张破藤椅上……那个鲜艳无比的李红叶，此刻却丑陋无比地挺着一个大肚子在收拾东西……当李金魁走进去时，曾经显赫一时的李主任却慌忙站了起来，佝着腰说："金魁回来了？坐吧，快坐。"

说着，四下看了看，发现实在是没地方可坐，就慌忙把那张破藤椅让出来，往前一拉，"你坐，你坐。"他没有坐，他只是惊愕地立在那里，一时不知该说什么才好。李志尧说："放假了吧？"他说："放假了。"就在这时，李红叶抬起头，冷冷地看了他一眼，说："李金魁，我爸已经下台了，你还来干什么？！"李志尧赶忙说："金魁能来看我，我很高兴。不要这样说嘛。"李红叶"哼"了一声，把那张满是蝴蝶斑的脸扭过去了，而后说："你走，你走吧。"接着，李志尧小声嘟哝着解释说："……很多事都是集体决定的。这不是我一个人的问题，我要上诉，我还是要上诉的。"李红叶满脸含泪地怒斥说："爸，到这个时候了，你还说这些干什么？！"李志尧赶忙说："好，好，不说，不说了。"李金魁十分尴尬地在那里站了很久，那沉默简直让人喘不过气来。最后，当李金魁离开那间车库的时候，李红叶站在车库的门口，用怨恨的语气说："李金魁，你真'贼'呀，想不到你这么'贼'！"

李金魁还能说什么呢？他脑海里"訇"的一下，像是天窗开了……

这个字是很伤人的。可这个字用得太准确了，这个字让人茅塞顿开呀！是啊，你贼，你确实"贼"。这个"贼"是与生俱来的。在那样的时候，在要你做出选择的关键时刻，你骨头里的"贼"起作用了。那时你就知道你是一株草，自生自灭的草啊。你一生下来就处于败势，你只是一点一点地生长着，你的身量很小，你的基点也很小，再小的脚印也是你自己的，是你一步步走出来的。你是在小处求生，在败处求存的。当你攀缘而上时，你仅仅是为了借力。可失去自己，你就成了绑在人家身上的一件东西了，一旦绑上去，你就不再是你了，万一……没有了自己，你还怎么活呢？

从这个角度说，"贼"是从土里生出来的。那是一种长在骨头眼儿里的警觉，是先天的防范，是一种生存本能的敏锐。万幸，你磕巴得真是时候啊！

可是，你同时也放弃了一个曾经滋润过你的女人。那时候她是多么美丽呀！那时她对你是一个多么大的诱惑呀！你的心痛过，你甚至几乎要发疯，可你都忍下了，你是能忍的呀。是的，那时候，你已发现了她身上的某种细微的变化，当她的父亲出来之后，她的语气一下就变了。也许她自己并未觉察到，可你感觉到了。也仅仅是过了三年，三年之后，想不到哇，她就成了一个挺着大肚子的"她"了，竟是那样丑的一个"她"！那么，旧日的她呢？鲜艳到哪里去了？那惊人的美丽又到哪里去了？时间真是可怕呀！

就这么一个"贼"字，使李金魁彻底领悟到了退却的艺术，完成了从感性到理性的一次升华。这件事对他来说，是坐了一次精神监狱呀，他熬煎的日子太久了！他记住了那次"磕巴"，在后来的日子里，那次"磕巴"在他人生的记忆上划上了一个深深的印痕。一天晚上，当他来到大学校园的操场上，一连跑了十圈之后，他又是独自一人大汗淋漓地站在那里，默默地仰望着省城的夜空，心里说：李红叶，对不住了。

第二天，他跑到邮局给李红叶寄了二百块钱。那时他虽说是带工资上学，可他一月也不过才三十六块钱。寄去这二百，等于他从牙缝里抠去了半年的生活费。然而，事隔不久，那钱又原封不动地被退回来了。没有附一个字。

李金魁心想，她是想让我欠着她呢，一直欠着。

四年大学一晃就过去了。当毕业临近时，刚好也到了文凭吃香的时候。一时，同学们都开始四下奔波，期望着能在省城里找到一个好的单位。只有李金魁没有动。他知道，动也是白动，因为他在省城里根本就没有门路，不过，按他的成绩，也是有可能留校的。可他想了又想，还是决定回去。

临离校前，李金魁做了一件让全班同学都感到意外的事情。那天，当他们高高兴兴地去照毕业照时，路上，李金魁突然说，同窗一场，就要分手了，我请大伙吃顿饭，咱们最后再聚一次。听他这么一说，同学们都怔了。平时，他们都知道李金魁是个吃干馍就咸菜的主儿，打菜从来都是一分二分地打，从未见他动过荤腥，有同学开玩笑叫他"素人"。由于他平时也很少说话，从不跟人开玩笑，于是在大学里，他就又有了一个绰号，叫"素人"。这次毕业分配，应该说，他是最差的，也是最让人同情的。说话就要分手了，人一走，从此就天各一方了。他怎么会请客呢？这话让人有些感动。于是，就有人说，吃也不能让你掏。这样吧，要吃就吃好些，咱们大家一块凑个份子吧。李金魁说，不用凑份子，说过了，我请。有人不相信地问，你真请？他说，我真请。于是，一班三十六个学生，乱哄哄地进了一家饭馆。吃饭时，班长问，上酒吗？他说，上。班长怔

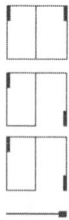

怔地望着他，说好家伙，四桌呀！至少一桌也得四五十呀！你……他说，放开。结果，酒一上，就有了很多感叹，喝着喝着，有人就哭了，说李金魁，平时太不了解你了，真够哥们儿啊！于是又纷纷留下了地址……走时，李金魁又是最后一个离校的，他帮人扛着行李，把外地的同学一个个都送上车，而后握手告别。把同学们弄得都掉泪了，一个个都分别对他说，金魁呀，同学四年，就你这一个真朋友啊！

然而，在同学们中间，却没有一个人知道他是背着铺盖卷步行回去的……

八

李金魁从省城回来，当他把那一张纸交上去之后，就由不得他了。

他先是从市里被放到了县里，县里又把他放到了坟台乡。乡里呢，也好像没地方搁似的，就把他放到了乡农机站。乡农机站紧挨着乡政府，都在一个灶上吃饭。李金魁是学文的，不懂农机，就每天在乡政府院里晃晃悠悠的，举目四望，很孤独啊。他心里想哭，面上却是笑着，见人敬支烟。一天，乡长把他叫住了，乡长说："金那个啥，你过来。"李金魁就过去了。乡长挠了挠头说："李金魁是吧？"他说："是。"乡长说："你那个吧。乡总机生孩子去了，你替她守守电话，如何？"李金魁说："成，成啊。"乡长拍拍他说："行，小伙子诚恳。"就这样，他替乡话务员守了一个月的电话。

那时，在坟台乡，乡总机是唯一对外的通信工具。乡里方方面面如果有什么事，都是瞒不过总机的，因此，总机室也就成了信息中心，乡里的干部们有事没事总喜欢往这里凑。要是谁有了长途，李金魁就跑去叫一叫，这样一来二去的，乡里的情况他就基本摸清了。于是，不到一个月，在乡政府大院里，谁都知道新分来一个叫李金魁的大学生，说起来，都是一个评价：那人诚恳。

到了这时，李金魁霍然明白了，磕巴是一种诚恳哪！刚守电话时，李金魁对电话还不太熟悉，说话不免有些紧张，他一紧张就打磕，说头两个字时总是磕磕巴巴的。想不到，这反倒换来了为人诚恳的评价。说话稍稍打磕的人，紧张是免不了的，但紧张造成了一种专注，说话时总不由得要盯着人家的脸，这就给人以认真的感觉，你只要认真说，面部肌肉就跟着生动起来，生动加上磕巴，这就是诚恳了。李金魁得出这个结论后，还偷偷地对着镜子试了几次，就觉得很好。以后，他曾专门对着镜子练，只练头两个字，他说你只能磕巴这头两个字，可不能再往下磕了，再往下可就毁了。他对着镜子说："你……来……来了？……"心里跟着说，很好哇！

月末，李金魁在总机室里接了一个县上的电话。电话里的口气很随意，也很大气，电话里说："胖妞吗？"李金魁马上说："胖妞生……生孩去了。"电话里就说："你是谁？"李金魁说："我是新分来的大学生，叫李金魁，是替她的。"电话里"噢"了一声，说："胖妞还干不干了？"李金魁说："那我就不知道了。"电话里沉默了片刻，说："你去把乡长给我叫来。"李金魁顿了一下，说："你是哪一位？"电话里说："告诉他，王木贵。"李金魁慌忙找乡长去了。见了乡长，李金魁心里"咯噔"了一下，说："乡长，王木贵电话。"乡长忽地站了起来，急走。一边走一边回头看了他一眼，说："你认识王县长？"李金魁说："不……不认识。"乡长不再问了，匆匆抓起电话，说："王县长……"只听电话里熊道："好你个老吴，咋搞的？你真是有人没地方使了？让一个大学生给你守电话？！你要是真使不上，给我退回来吧！……"乡长一听就慌了，赶忙解释。李金魁一看这情形，悄悄地从总机室里退出去了。

第二个月，乡长就不让他再守电话了。这时刚好赶上乡里的计划生育宣传月，乡妇联主任又把他借到了计划生育小分队。乡妇联主任叫王翠花，是个很泼辣的女人，她本就有几分"颜色"，再加上她丈夫是县银行的行长，这就更增加了她说话的分量。她对乡长说："那个大学生让我用用。"乡长笑着说："用吧，别用坏了。"妇联主任说："老吴，你这话可够粗了，小心我骗了你！"乡长哈哈大笑说："粗不粗妇联主任知道！你要用，我就让你用，你还咋的？"说着，他把李金魁叫过来说，"金那个，你归她使了！可别让她把你用坏了。"妇联主任也笑着说："当乡长的，没一点正经！金魁，你可别听他的……"李金魁说："大……大姐，我听……听你的，你让我干啥我就干啥。"乡长说："听听，你赚用了。童子鸡啊，咋用都行。"妇联主任咯咯地笑起来，竟然笑出了眼泪。李金魁这句话使王翠花心里燃起了一丝柔情。她说："学生，你别听他胡咧咧，你跟着大姐，大姐不会亏你。"

就这样，李金魁又成了乡计划生育小分队的一员，跟乡妇联主任到村

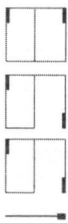

里搞结扎流产去了，一搞又是一个多月。在这段时间里，每每进村的时候，王翠花就交代众人说："紧脸。都给我绷紧脸！"开始李金魁还有点不大适应，慢慢也就适应了。有一次，在半坡村，小分队在村里给妇女们检查的时候，王翠花的喉咙喊肿了。下来的时候，王翠花捂住半边脸，随口说："谁那儿有小药？明儿给我捎来点。"立时，李金魁说："我……我那……那儿有。"王翠花说："冬凌草吧？"李金魁说："冬凌草、三黄片都有。"王翠花说："行，捎几片吧，我牙也疼。"于是，第二天早上，李金魁特意到乡卫生院去了一趟，买了一瓶冬凌草，一瓶三黄片，一瓶草珊瑚，给妇联主任拿去了。王翠花看了看，什么也没有说，就把药收下了。到了小分队要解散的时候，王翠花当着大伙的面一人发了六百块钱的奖金，而后又私下里给了李金魁六百，说："上头有规定，这钱我当家。大兄弟，咱俩是一千二！"李金魁不要，说："大姐，这一段跟着你学了不少东西。这钱我不要，我也花不着。"王翠花一嗔脸说："拿着！年轻轻的，正用钱的时候，叫你拿着你就拿着。"说着，把钱硬往他怀里一塞，又笑着说，"你是大学生，有学问人，跟我能学个啥呢？"李金魁正色说："就学了一招，紧脸。"王翠花笑了，说："这算个啥呢？"李金魁说："你这'紧脸'学问大了。在基层工作，面对的都是老百姓，也没啥文化，有时候你讲理是讲不通的。但是脸一绷，他先就怵了三分，这首先让他看清了自己的位置，这是告诉他，你是官，他是民。往下的工作就好做了……"王翠花一怔，心里热热的，说："到底是大学生，说出来一套一套的。不过，在下边工作，也就得这个样儿。"这么一来，两个人就又近了三分。

女人是经不得表扬的。尤其是带几分豪气的女性，只要夸对路了，她可以成为你的死士。于是，王翠花又跑去找了乡长，说："把李金魁调我那儿吧。我看这小伙子诚恳。"乡长说："咋，用了还想用？"不料，王翠花脸一紧，说："这可是正经事！"乡长又挠了挠头，说："研究研究吧。"王翠花就紧着问："啥时研究？"乡长就打哈哈说："真是急着用呢？夜里你就先使着……"这话一说，气得王翠花直跺脚。

两天后，李金魁却又被借到乡"人大"去了。乡"人大"只有一个人，是个老头。这老头原是乡党委副书记，年纪大了，就退了二线，到乡"人大"当了主席。乡一级的"人大"平时事情并不多，只是到了换届时才忙活一阵。现在离换届时间还有一个多月呢，只是有些表格要填，可郭主任要借人，乡长也不能不借。就这样，借来借去的，李金魁又成了老郭头的人。跟着郭主任，他只是每天填些表格，再往上头送送表格……老郭头是一个很古板的人。不吸烟不喝酒，人落了势，牢骚就很多，有时不免骂骂咧咧，李金魁就听着。有一天，老郭的女人突然病了，送到医院一看，竟得的是癌。女人就落泪了，给老郭说："回去吧，这不是咱得的病。"这么一说，老郭也掉泪了。两人正伤心呢，李金魁头一个到医院里来了，他手里提了两匣点心，往桌上一放，说："老……老郭，听……听说婶子病了，我来看看。"说着，他从兜里掏出一千块钱，往床上一放，说，"这钱不是别的，是我搞计划生育那会儿得的奖金。我一个人，也用不着，多多少少的，是个意思，给婶子补补。"老郭忽地站了起来，说："金魁，你这是……"李金魁说："郭主任，你已退了二线了，我也犯不上来巴结你。我知道，这点钱也起不上多大作用，是个心意吧。"老郭就默默地站着，竟说不出话来了。待李金魁走后，老郭的女人说，这人看着眼生，谁呀？老郭说是新来的。老郭的女人就说，这人真实诚啊！后来病一天天重了，老郭就问女人，还想吃点啥？女人说，啥呢，也都吃过了。就是那樱桃，觉着老好。老郭搓了搓手，说眼看入冬了，哪还有樱桃呢？女人说，我也就是说说。这话，老郭上班时就顺嘴说出来了。李金魁听了，一句话也没说，就连夜进了省城，来回跑了三百多里，买回了两瓶樱桃罐头，当时就送过去了。女人也就吃了两颗……临死时，女人还说，人家待咱恁好，咋还报人家呢？郭主任送走女人，再上班时，就直接去找了乡长，说："把金魁给我吧，我那里缺个秘书。"乡长见老郭头也争着要，就说："这事得研究，研究研究再说吧。"

两个半月后，乡长又把李金魁叫去了。乡长背着手在屋里来回走了几步，突然问："'省组'也有人？"这句没头没尾的话把李金魁问愣了，他说："啥……你……说啥？"乡长这才把一沓信拿了出来，说："你的信。"李金魁接过信看了一眼，他明白了，这都是些同学的来信。时间过了两个半月，他们大概一个个都安排好了，这才陆续给他来了信。在这段时间里，信来得很密，他先后收到二三十封了。李金魁见放在最上边的那封信，用的是省委组织部的信封，说："是一个同……同学。"

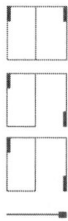

乡长"噢"了一声，说："组织部的。"李金魁说："是。"乡长在屋里走了一圈，有点忸怩地说："有机会认识认识？"李金魁说："那可行。"乡长就再没话了。过了几天，乡长当着老郭头和王翠花的面宣布说："那个啥，我考虑了一下，金魁就留乡里吧，政府也需要人。"老郭说："我这正忙呢，说话'人大'就开会了……"乡长说："人你先用，算借的。"

乡"人大"将要选举时，事情又出来了，按上头的要求，坟台乡候选班子的平均年龄超了三岁。于是老郭头又找了乡长，说："上头说，年龄超了。"乡长说："超多少？"老郭头："三岁，超了怕人家不批呀。"乡长说："球，也就是个形式。"老郭说："上头有政策。补个年轻的不就降下来了？"乡长说："都到这时候了，你说补谁？"老郭头说："咱乡最年轻的就是金魁了。要是给他补个副乡长的名，这年龄就降下来了。"乡长说："不就是候选人嘛，一个变成两个。成。"这么一来，李金魁就成了副乡长的候选人了。乡长还特意嘱咐说："给金魁说一声，可是假的。"

夜里，老郭头找了李金魁，说："金魁，我给你弄上了，你是副乡长候选人了。"李金魁赶忙说："郭主任，别。你千万别……别弄，我资历太浅，弄不成净让人笑话。"老郭头说："弄不成？我还非叫弄成不可！你等着吧。"说罢，偬偬地走了。

结果，在选举的头一天，那个正式的副乡长候选人出事了，他在村里叫人按住了屁股，于是县上一句话，就取消了选举资格。到了这时候，李金魁才知道，老郭头有个侄儿在县委组织部当干事呢。

就这样，三个月零二十一天之后，一纸任命下来，李金魁成了副乡长。

九

那个日子，是让李金魁永远不能忘怀的。

秋天里，李金魁抽空回了一趟家。那时乡里已有了一辆吉普车，他是坐吉普车回去的。回到大李庄时，天已半晌了，在离村不远的一片槐林里，李金魁看见一个球样的东西在地上翻动着，那东西竟还拖着一个长长的尾巴……他一时心动，就让车停下来，独自一人走了过去。在一片灿灿的黄叶里，他看见了他的爷。爷的腰已弯到了九十度，看上去人就像皮球一样，一滚一滚的，他手里正拖着一个竹箅，在林子里搂树叶呢！当他走到跟前时，老捆原地转了一个圈，半仰着身子，慢慢地拧着脖子朝上去看他，他赶忙叫道："爷。"老捆喉咙里"咕"了一声，一只手半捂着耳朵，眯着眼看了他一会儿，突然说："李乡长回来了。"他心里一酸，差点流出泪来，他说："爷，你别这么说。"不料，老捆却一挪一挪地朝树林里走去了，片刻，老捆又一团一团地走回来，他背在后边的手里拿的是一个四条腿的小木凳，他用袖子在小凳上抹了一下，说："李乡长，你坐吧，不脏。"李金魁头皮都要炸了，他说："爷，你别再这么说了……"老捆又拧着脖子往上看了看，说："是还没'正'呢？"李金魁说："正是正了……"老捆说："正了就是官身了。坐吧，别嫌你爷脏。"李金魁仔细地看了看爷，发现爷没有一点儿戏耍的意思，爷说得一本正经，爷眼里甚至洋溢着抑制不住的喜悦。于是，他在爷面前坐了下来，爷颤颤地伸出手，在他脸上抚摸了一阵，爷的手很粗，摸上去涩辣辣的，爷说："李乡长，当官就是不一样哇，看这脸也润展了。"李金魁说："爷，别这么说了，人家笑话。"老捆说："真真白白的，笑话啥？"李金魁叹口气说："这一年多了，我没往家拿过一分钱……"老捆说："啥钱不钱的，你给爷长脸了！这比啥都强哇。像铜锤家，老表亲，十多年都不走动了，头前会儿上又来了，提两匣点心！你娘要给你留着，我说咱李乡长还缺这一口？！……"接着，老捆又说，"你还记不记得，你上学走时，一家伙给你买了两盘肉包，两碗胡辣汤，把爷撑的呀！……"说着，老捆很幸福地笑了。

听爷这么一说，李金魁掉了两眼泪。到了这时候，李金魁才撕心裂肺地体会到，生活是一种关系呀！活在什么样的关系层面里，你就有什么样的人生。爷的话让他觉得遥远，甚至觉得可笑。可爷的感受是真切的，真切得让人心痛！他觉得他跟爷的距离越来越远了，已远到了无话可说的地步……爷当然不会知道，他的乡长是怎么当上的。

那也是一场战斗啊！

严格地说，吴乡长几乎是被挤走的。两人最早的较量是在酒场上。"斗酒"是吴乡长最乐意干的。在坟台乡，都知道吴乡长酒量大，他也好斗。只要一上酒场，他非要喝倒一个不行，这是他的嗜好，也是他的

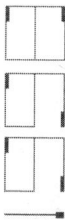

毛病。那时候，乡干部的威望大多都是在酒场上立起来的，有很多事情也是在酒场上定的。常常是喝到七八分的时候，乡长说，那事就这样定了啊？！众人就说，定了！所以，在乡里干事，假如你不会喝酒，就等于不会工作。李金魁初当副乡长的时候，每逢酒场，吴乡长总喜欢开他的玩笑，说金那个啥，你不会喝可不行啊！来，来，喝一盅，好好练练。于是，李金魁就替他喝了一盅又一盅，而后就说，我不行了，真不行了。吴乡长乜斜着眼说，投降了？李金魁就说，投……投降了。吴乡长就说，举双手投降！于是，李金魁就站起来，举起双手说，我投降了。吴乡长就哈哈大笑说，好！算了，投降就算了。以后，每逢酒场，吴乡长就故技重演，一次次地戏耍他。到了第四次，李金魁一上来就抢先说，吴……吴乡长，你……你是老同志，我得跟你好好学学。吴乡长乐了，说年轻人有长进！可有一样，我是搭手十盘！这时，妇联主任王翠花忙拦住他说，大兄弟，少来两盘吧，他是想灌你哪！十个你也不是他的对手。输得多了我替你。吴乡长立马说，那可不行！你俩要是一家，我就让你替。王翠花就啐道，老吴，又说臊话哩！李金魁就说，大姐，不要紧，我谁也不让替，我跟吴乡长学学。接着他又说，吴乡长，我也知道我不是你的对手，有一样，你得让我喝水。我不喝水可不行。吴乡长很大气地说，行，搭手吧。于是一上手就来了十盘，一盘是十满盅，一斤酒就下去了。坟台乡的规矩是酒干亮瓷器（亮酒盅），李金魁是输一个"吱"一个，喝了酒之后，还要把酒盅高高扬起来，让众人看看。吴乡长喝得痛快，是输十个一块"吱"，瓷器也亮得痛快！众人都替李金魁捏一把汗，怕他喝倒了。可李金魁是喝一口酒再喝一口水，倒也从容。这样，喝到第二瓶时，吴乡长就有些红头涨脸了，他大着舌头说，今儿手背，不划拳了，老虎杆子！李金魁就跟他来"老虎杆子"……等第二瓶喝干时，吴乡长的脸就有些发紫，可他仍然说，我没事，我一点事也没有！金……金魁……你呢？李金魁说，我是不行了，可我得舍命陪君子，今儿你得跟吴乡长好好学学。再往下，吴乡长又要"押指头"，于是李金魁就跟他比划指头，到第三瓶完了的时候，李金魁仍挺挺地坐在那里，不时地喝上一口水。吴乡长竟出溜到桌子底下去了……当天晚上，醉如烂泥的吴乡长竟对着乡政府的大门尿了一泡！而后，他就躺在乡政府大院里，又哭又骂的，谁去拉他也不起来，他哭喊着说，我在乡里干了十八年哪！

从此以后，吴乡长就再也不跟李金魁"斗酒"了。（可他永远不会知道，李金魁喝的酒有一半都吐到茶杯里去了。）

　　第二是"讲话"。李金魁没当副乡长时，是没有讲话权利的；当了副乡长之后，讲话的机会就渐渐多了。他很快就发现，讲话是一门艺术啊！讲话是占领会场、征服人心的最好方法。讲话可以说是体现领导水平的活广告，话讲好了，实在是可以当钱使的！它不仅可以当钱使，而且也是一种权力的表达方式。语言在这里成了一种空间，一次次地占有空间，也就等于占有了乡政府的发言权。乡下人说，这人说话"占地方"不就是这个意思吗？李金魁开初讲话时，还不是很适应，有时不免磕巴，在会场上也让人笑过。他发现吴乡长的讲话方法就很不一般，吴乡长讲话也没什么技巧，就是嗓门大些，带着一股霸气，他往那儿一站，就没人敢说话了，会场上总是很静。但他讲话带着一股训人的口吻，气派很大，不时带一些"啊、啊、肏、肏"的土语，却没什么东西，往下也就是文件上的一些内容了。李金魁一旦明白过来之后，就下死劲去练。只要一有讲话的机会，他就精心地做好准备。于是，每一次讲话，对他来说都是一次机遇，他绝不放过任何讲话的机会。初时，他讲话时总是拿上几页纸，先是磕磕巴巴地念上两行，故意念得声音低一些，让人听不大清，也让人轻视他。可他念出了一种诚恳，念出了一种态度，会让人觉得这人是实心实意的。接着，当人们开始注意他时，他就把那两页纸折起来，突然把声音提高，这样会使人们吃上一惊，就会很注意地听他讲了，往下他就说得生动了。他把声音当成磁石来使用，他要紧紧地吸住人们——该带手势他就带上手势；声音该低下来的时候，他就把声音低下来；该骂的时候，他就放开喉咙骂上两句，接着又会引用两句唐诗什么的，逗上一两个笑话；有时候，他会用本乡本土的粗话俚语先讲上一阵，接着又忽而变成高层面的话语，甚至把美国、日本也拉来大讲一通，讲得人们似懂非懂的时候，再把话头拉回来，落到一些很浅白的事体上……讲着讲着，就有笑声被逗出来了，接着是引来了掌声，再往后逢他一讲话，就是掌声不断了。有时候，他不讲，就有人主动要求说，让李乡长也讲讲噢！

　　此后，在一段时间内，他的讲话成了对吴乡长的一种无形的压迫。当乡长总要讲话的，吴乡长的讲话机会更多。但一次一次的，在众人面前，

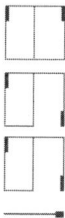

吴乡长总没他讲得好，吴乡长心里就很憋气。过去没有这种比较也就罢了，现在人家一讲话就有掌声，吴乡长怎能不生气呢？吴乡长心里生气却又没法说，你总不能因为人家比你讲得好你就批评人家吧？于是，作为坟台乡第一行政长官的吴乡长总是感到很压抑。很压抑呀！本来吴乡长的文化水平就不高，他也想讲得好一点，可他已经吼惯了，改不过来了，有时想说得生动些，可他又常常记不清要说的那个词儿，就时常挠着头说："那个……那个……啊？那个什么呀？啊……这个……这个啊……"这么"啊"来"啊"去的，就越发显得没有水平了。在一些会议上，一般都是由乡长最后做总结的，可吴乡长听李金魁讲得那么好，就气得什么也不想说了，剩下了的只有两个气嘟嘟的字：散会！

就这样，渐渐地，吴乡长不大爱讲话了。他几乎把公开讲话的空间让了出来，有时候他常常是一个人关在屋子里喝闷酒，心态很坏。

至于人缘，那就更不用说了。在坟台乡三年不到的时间里，乡政府的干部们都已多多少少地欠了李金魁的人情。那些事说起来似乎很小，可搁在个人身上就是大事了。他们一个个都是想回报他的，可他从不给他们回报的机会。于是，总有干部找到李金魁说，李乡长，有事没有？李金魁就说，没事。而后是那些村委会主任、村支书们，坟台乡一共有三十五个行政村，每个村都会有大大小小的求人事，只要是找到李金魁，他都是满口承当，从不搪塞推诿。这样，时间一长，那些村委会主任们也都先后一个个地欠了他的情分。这些事情都是在心里记着的，各人心里都有一本账。他们再见李金魁的时候，就不由得更热情一些，说，李乡长缺啥不缺？你要缺啥就言一声。李金魁就说，不缺，啥都不缺。

久了，李金魁说话就越来越"占地方"了。

吴乡长感到事情严重了。有一天，他把李金魁叫过去，乜着眼看了他一会儿，说："李乡长，我小看你了。"李金魁马上说："吴乡长，我……我……我是你带出来的。有啥不对的地方，你多批评。"吴乡长背过身去，挠着头默默地说："我真是轻看你了。"李金魁说："我可是你培养的……"吴乡长叹口气说："看来我是该走了。"李金魁说："吴乡长，你千万可不敢这么说。这话言重了，我怎么能跟吴乡长比呢？"吴乡长说："咱打开窗户说亮话吧，一山不存二虎啊！不是你走就是我走……"李金魁沉默了一会儿，说："吴乡长，你这是让我走呢，要走也是我走。"吴乡长很久不说一句话，过了一会儿，他挠了挠头说："你走什么，还是我走。"

话虽这样说了，可两人都没有动。夏天的时候，坟台乡出了一件事。有八个村的村民把乡政府围了！那是因为乡里弄来的玉米种子不出苗。这件事是吴乡长的一个亲戚承办的，亲戚跑了，于是，事就落到了吴乡长的头上。那时候，八个村的村民乱哄哄地围在乡政府的门前，一个个骂声不绝，要求赔偿损失，吴乡长没有办法了，只好躲在屋里不出来。就在这时，李金魁出面了。他把八个村的支书叫到一起，说："吴乡长在咱乡干了十八年，给咱乡办过不少好事，没有功劳也有苦劳吧？他现在遇到难事了，咱咋也得帮他一把。听我一句话，你们做做工作，把人撤回去，余下的事我来办。"支书们都是欠过情的，碍于脸面，也就不好再说什么了。有一个支书问："这萝卜不小啊！秋苗不等人。李乡长，你咋办呢？"李金魁说："还有七八天的时间，现在补苗还来得及。种子由我亲自解决，我去省农科所找人弄最好的种子！钱由你们村里凑……"说完这话，李金魁的脸就黑下来了，他再也不说一个字，就那么绷紧脸望着那些支书们，支书们你看看我，我看看你，终于，有人说："李乡长从来没让我们办过事，这事哪，难是难，我们认了！"李金魁说："好。你们算给我个脸面，我记下了。办去吧！"

事情就这样化解了。

事后，李金魁却仍像往常一样，并没有再给吴乡长说什么。可全乡的干部们都知道，是李金魁给吴乡长擦的"屁股"。乡妇联主任王翠花更是逢人就说他的好话。这样一来，吴乡长觉得他实在是没法再待下去了。于是，就到上边活动了一番，很快挪动到县里去了。老吴这么一挪，李金魁自然就"正"了。走时，李金魁又亲自去送他，一直把他送到县城。两人临分手，老吴感慨地说："金魁，你是个慢毒药呀！"李金魁面不改色地笑笑说："还得学习，我还得向老领导学习呢。"

就在那次送老吴上任的路上，李金魁突然发现了一个熟悉的身影。

十

李金魁怎么也想不到，他会再见到李红叶。

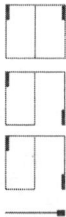

当他再次跟李红叶重逢的时候，已是五年以后的事了。在这五年时间里，李金魁先是不显山不露水地把自己挪动到了县里，当了一任副县长，而后又调到了市里。当他进市之后，已是市长的候选人了。那时，虽然县、市是平级的，可市长毕竟是市长啊！

李金魁是在人大开会期间偶然巧遇李红叶的。那是在一次联欢会上，联欢会是在一个豪华舞厅里举办的。作为市长，李金魁自然要去看望一下，分别跟人握握手、说说话，以示他对代表们的尊重。就在他要离开那个舞厅时，李金魁不小心碰碎了一只茶杯，那里的服务小姐并不知道他是谁，就说"先生，这是要赔偿的"。李金魁马上说："好好，多少钱，我赔。"于是，那服务小姐很有礼貌地说："先生请你到这边来吧。"当那小姐把他领到吧台时，他只觉眼前一亮，一个鲜艳无比的女子从吧台后边走了出来。这女人亭亭玉立，浓妆艳抹，粗一看就像外国女人一样，可他细一看，李金魁简直不敢相信自己的眼睛，这个女子竟然就是李红叶！李金魁怔怔地望着她……这时，那服务小姐刚说了一句，只见那女子的嘴唇微微地动了一下，示意说："你去吧。"之后，李红叶说，"欢迎市长大人光临。"李金魁有点吃惊地问："你……你怎么在这里？"李红叶反问道："我怎么不能在这里？"李金魁语无伦次地说："你……你……好吗？"李红叶冷冷一笑说："还行吧。这家舞厅就是我开的。"往下，李金魁不知道该说什么好了，他站在那里，有点不好意思地回头望了望，李红叶马上说："要不忙的话，上去坐坐？"李金魁迟疑了一下，说："好吧。"

上得楼来，李红叶把他领到了一个带有套间的办公室里。办公室布置得十分雅致，房间里洋溢着一股粉红色的温馨。李金魁坐在那圈橘黄色的皮沙发上，四下打量了一番，笑着说："不错嘛。"李红叶把一杯滚烫的热咖啡放在他的面前，说："人呢？"李金魁随口说："不错不错，人也不错。"李红叶身子靠在桌上，双手一抱，问："仅仅是不错？"李金魁赶忙说："简直是太漂亮了，漂亮得我都不敢认了。"李红叶的脸倏尔就变了，说："是吗？哼，我还以为没人要呢！"这话一说，李金魁顿时哑然。

她望着他，他也望着她，两人久久不说一句话。

短暂的沉默之后，李红叶问："成家了吧？"李金魁很勉强地点了点头，说："成家了。"她又问："你那位好吗？"李金魁含含糊糊地说："还……凑合吧。

接着，他说，"你呢？"李红叶用戏谑的口吻说："我嘛，也就这样，过过一段不是人的日子。结了两次婚，离了两次；又结了一次……你也许认识，是你们大李庄的，叫李二狗，做生意的。"李金魁想了想说："好像是三队的吧？听说发了大财？"李红叶说："也就那样。我们两个是谁也不干涉谁。"李金魁望着李红叶说："你变化不小哇。"李红叶说："是吗？人都是会变的。你不也在变吗？市长都当上了。"李金魁笑了笑，说："我还欠着你呢。"李红叶说："你欠我吗？你还记得你欠我？"李金魁说："那时候……"李红叶说："你不只欠我一次吧？五年前，你刚当乡长时，咱们见过一面，还记得不？"李金魁抬起头说："噢，当时你坐在一辆伏尔加里，一晃过去了，那就是你呀？！"李红叶又说："三年前，你任副县长时，我的前任丈夫是地委组织部的；现在你当市长了，你知道又是谁替你说了话吗？"李金魁说："这是组织上安排的。"李红叶说："是，你的事我都知道。这些年来，我一直注意着你呢……我知道你一直想超过我父亲，那时候，你眼里就有一句话，你要超过我父亲，现在你终于实现你的愿望了。"李金魁双手捧着头，说："我明白了，我欠你很多。"李红叶点上一支烟，先是吐了一口烟圈，然后说："是吗？"李金魁有点惊讶地望着她，李红叶接着说，"你是不是觉得我放荡了？"李金魁笑了笑，什么也没有说。过了一会儿，李红叶目光直视着他："说吧，有一个字你还没说呢！"李金魁抬起头，问："什么？"李红叶说："你最喜欢说的那个字。"李金魁说："哪个字？"李红叶愤愤地说："就那个字，那个毁掉我整个青春的字！我等着你说那个字呢。"李金魁的心"怦"了一下，他像被枪打中了似的！是呀，他想起来了，是那个字。可他只是呆呆地望着她，她实在是太漂亮了，这么多年没见，她竟然变得那么漂亮！她的嘴，她的眼，她的眉，她的服饰……都让他心猿意马！可是，那个字，他却说不出口了。就在这时，李红叶伸出她那抹了亮指甲油的纤纤玉手，一把把他从沙发上拽了起来，她把他拉进了内室，妩媚地望着他："你说呀。"可李金魁再也吐不出那个字了。他说："你……"李红叶马上说："你也变了。"而后，她十分干脆地说，"脱吧，脱！"此刻，李金魁倒像是傻了一样，木木地站着，他怎么也想

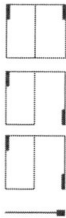

不到，那个字会从李红叶的嘴里说出来！那个字，在他的童年里，那个字就诱惑过他，在他的梦境中，那个字又一次次地出现过，那个铿锵有力的字啊！现在却出现在女人的嘴里，他是多么羞愧呀！在这一刹那间，他简直是无地自容！李红叶就站在他的面前，那是怎样的一份妖艳哪！而且，她开始给他解扣子了，她一边解他衣服上的扣子一边说："你不就等着这一天吗？！"李金魁无话可说，他只觉得身上的火烧起来了，那是一蓬无法熄灭的大火，事隔多年，那火烧得更加猛烈，使他实在是无法自制！

事过之后，她说："我好吗？"他说："……好。"她说："想再好吗？"李金魁不吭了。她说："你知道吗？我最恨的就是你。可我又忍不住地想你。是你把我毁了，你说是不是你？你一个字就把我毁了。"李金魁只是默默地听着，一句话也不说。最后，她说："你随时都可以来。"

离开那家舞厅的时候，李金魁隐隐有些不快。他说不清那不快究竟是什么，可他心里总有点不舒服的感觉。走在街上，凉风一吹，他突然想起他已经是本市的市长了，还是要注意影响的，以后不应该再到这种地方来了。虽然没有人知道。可他又怀着一种莫名的兴奋，一种邂逅相遇的酣畅，甚至还有背叛者的喜悦。一直到走出很远，他才回过头来，看了看那家舞厅，这时他才注意到那闪烁的霓虹灯上变幻着、跳动着的正是"红叶舞厅"四个字。那四个字就像是一个晃来晃去的女人，一时是红色的，一时是绿色的，一时又是蓝色的……很诱人哪！

回到市政府的小招待所里，李金魁躺在浴盆里好好地泡了一个澡。水很热，热浪一波一波地环绕着他，这时他想，我变了吗？是我变了还是她变了？不然，我为什么吐不出那个字了呢？真奇怪！那个字实在是应该他说的，可他竟然说不出口了。女人哪，女人，要说变，女人才会变呢。女人一旦变起来，可真不得了啊！……就在这时，挂在浴间的电话响了，他怔了一下，缓慢地伸出手，把电话从墙上取了下来。他想，这是谁哪？他刚来没几天，还没人知道……就在这时，电话里传来了甜甜的吹气声："喵……听出来了吗？说话呀？"李金魁对着话筒正色说："哪里呀？"电话里有柔柔软软的低声传过来："你装什么装？真的听不出来？你想我？"李金魁说："噢，噢，听出来了……"突然，李金魁大声说，"好，请进！"立时，电话里沉默了，片刻，电话里说："晚安。"而后，"咔"的一声，电话挂断了。这时，李金魁湿漉漉地从浴盆里爬起来，用毛巾擦了擦身子，接着用力地把毛巾甩在了浴盆里，只听"哗"的一声，浴盆里溅起了很高的水花！

躺在床上，李金魁默默地对自己说，你不能再见她了。

十一

在市政府大院里，走路也是一门学问哪。

李金魁到任不久，最先发现的就是走路问题。他平时大步走惯了，进了市里之后，他才知道，在这里，作为一市之长，他不能走得太快了。你是一把手啊，你一走快，就显得你急，人毛躁，火烧屁股似的，缺乏一把手应有的稳重和大气。这话当然没有人会告诉他，这是他从众人眼里看出来的，别看他是市长，但人们的目光照样会把你剥光。走路不能快，但也不能太慢。太慢了显得疲沓，显得暮气，也显得人软弱。这也是大忌！这样一来，人们就会发现，你交办的事情是可以拖一拖的，时间长了，你的话就没人听了。那又该怎么走呢？头当然要抬起来，你不能低着头走路，低着头走，人显得犹豫，胆怯；你也不能扬着脸走，太扬脸就傲气了，就目中无人了；目光要平视，可以稍稍上扬，扬到一定的程度最好，这样既扬出了尊严，也保持了平易，这是要火候的。走路时，身子既不能太硬，也不能太软——硬了，显得你有架子、人霸道；软了，显得人松气、窝囊。更不能扭，一扭人就女气了，女人带女态那是千娇百媚，男人一女气，人就贱了。看来，每一块土地上都生长各种不同的官气，那官气是百姓、土壤、气候共同养出来的，这也是一种综合效应啊。要是你学得不像，那你是坐不住的。从这个角度说，走路实在是一种官气的体现，走好了，人就有了三分威。

说话方式就更有学问了。

在政府院里，按惯常说，市长的话就是第一声音。但第一声音也是要人们逐渐认可的，不能因为你当了市长，就成了第一声音了。那你就大错特错了。职位是很重要，但职位仅是一个硬条件，这还需要许多软条件来配合。在这里，首要的，是你要学会说假话。这种假话不是一般意义上的假话，这种假话是一门艺术，是一种在不同场合的表述方式。比如说，

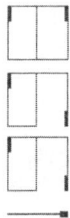

你个人的好恶，在这里是不能真实体现的，你也不能因为你个人喜欢什么就说什么好。你应该把个人好恶隐藏起来，对什么都一视同仁。那个女打字员很漂亮，你不能一看见她就眉开眼笑，问长问短；那个主任长着一张倭瓜脸，你不能一看见他就板起面孔，训斥一顿，对不对？你要说一些你不想说的话，你要说一些跟你的本意彻底相违背的话，在特殊的场合，你还要说一些狗扯连环的话。你一个人不可能把所有的事情都干了，你要用人，就得会容人，包括那些你根本看不上的人，你也得用，还得不断地表扬他们，有时候明明不合你的意，明明是扯淡，可你该表扬还得表扬。你要在你的周围形成一个"场"，这个场以你为核心来运作他们，你的表述就是你调动他们的最重要的方法，你要把假话使用到极致，使他们运动起来，以你为磁场旋转……这些对你来说都是必要的。但运用这门"艺术"时，你也要掌握好分寸，也要四六开，说假话也是要讲比例的，假的成分不能太多，太多了就成了彻头彻尾的假话了，假话里必须含有真的成分，就像是裹着糖衣的药丸一样，好让他舒舒服服地吃下去。环境就是这样一个环境，你要在这样的环境里逐渐培养出一种氛围，氛围养好了，核心也就形成了，到了那时候，这第一声音才能真正成为第一声音。

李金魁把这些都想明白了。可明白是一回事，做起来又是一回事。上任一个月来，他的工作却遇到了重重的阻力。市里不是县、乡。县里的干部大多是土生土长的，而且文化程度偏低，好对付；而市里的人事关系要复杂得多，文化水准也高得多。那关系是一层一层的，那势力也是一股一股的，那些个人物一个个都是通天的。如果细究，就连市府大院看大门的老头都是有来头的。在这里，小小的给予几乎不起任何作用。他觉得他一下子就陷进去了。首先，政府办公室的那个倭瓜脸主任就不那么听话，在倭瓜脸的语汇里，总是出现这样一个概念，"西院"如何如何，"西院"是怎么说的……西院是市委，东院是政府，那就是说，他的声音是归"西院"支配的。当然，他的话很婉转，哪怕是很小一件事，他也会说，是不是给"西院"通通气？这话让李金魁心里很不舒服，甚至有些恼火，可他又不能说什么。他时时感到一种压迫，那压迫又是看不见摸不着的，就像是空气一样，使你根本无法下手。在常委会上，李金魁也是孤单的。干什么事情人家都一个个画圈了，他也只好跟着画圈……他心里有气，他不想就这么跟着画圈，他总想找机会爆发一下。可他一时又没有机会。

他只有等待。

人在没有兴奋点的时候是很寂寞的。他很孤独啊！有时候，他就忍不住想去那个地方，想见李红叶。可他又知道他是不应该去的，作为一市之长，那地方去多了不好。当他实在忍不住的时候，他还是去了。可他从来不跳舞，他每次去都是直接上楼，尽量不引起人们的注意。在李红叶那里，他也从不谈市里的事情，他只说，我来看看你。可李红叶总是把他撕得很烂，李红叶说："不是看我吧，是想那个字了吧？"他笑笑，却不说什么。李红叶说："你什么也不为，就为那个字。"他还是笑笑。李红叶说："你忙的时候，我打电话你都不回。你心里一烦，就想起我了，你把我当成什么了？"李金魁什么都不说，只默默地看着她，就这么看一会儿，他说："人有时候忍不住想破坏一下，我知道我的形象在你眼里越来越不好了，我就想把自己破坏一下。"李红叶接着讥讽说："是啊，你一不高兴，就跑到我这里破坏来了？"话是这样说，李红叶对他还是很好的。她会给他倒上红酒，再摆上几个小菜，两人就那么喝着说着，总是李红叶说得多，她不停地给他说一些生意上的事，他只是听着。慢慢，慢慢，李红叶就坐到他身上去了……

这是一种更为彻底的接触。在肉体的接触中，李金魁看到了堕落的力量，看到了"曾经"的痕迹，看到了时间的可怕。当年那个清纯羞涩的李红叶已经被时间淹没掉了，而这个李红叶成了风流无比的李红叶，那巨大的变化使人几乎无法相信。在李红叶那里，他觉得一切都是软的，音乐很软，床也很软，那呢喃更软，他像是在红红的酒里泡着，浑身长满了一个一个的小气泡，那气泡是粉红色的，让人不能不醉。

躺在那片粉红里，李红叶会说："当市长的感觉如何？"

李金魁说："不好。"

李红叶说："总系着那么一条领带，你不嫌勒吗？"

李金魁说："勒。"

李红叶说："你其实不是系领带的人，你别系领带。"

李金魁说："你是说我不像城里人吧？"

李红叶说："不。我是觉得你活得越来越像城里人了。"

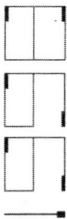

李金魁说："是吗？"

李红叶说："你是越来越好了。"

李金魁说："你呢？"

李红叶说："我早就坏了，我是被你那个字最先弄坏的。那些个日子，我不想再说了……"

李金魁笑笑说："我怎么就好了？"

李红叶说："你这种好是做出来的，是刻意的好。你是想的不说，说的不想。你身上有贼性。"

李金魁说："这我知道。"

李红叶说："所以你更坏。"

李金魁说："你是要我坏还是要我好？"

李红叶扑哧笑了……

每次离开那里，他都非常后悔。他一次次地告诫自己，你不能再去了！你欠她的已经够多了。人是不能欠账的，欠的越多，包袱越重。假如有一天，她让你还的时候，你该怎么办呢？！

十二

麻烦终于来了。入秋的一天，李金魁突然接到了一个电话，那电话是李红叶打来的。李红叶在电话里说，她这里出事了，是急事，让他务必去一趟。

李金魁心里"咯噔"一下，对着话筒沉默了很久，可他还是去了。他是晚上去的，上楼之后，他发现李红叶独自一人在窗口立着，脸色阴郁，手里夹着一支燃了一半的香烟。她看了他一眼，说："坐吧。"

李金魁坐下后，问："出什么事了？"

李红叶说："他被抓了。"

李金魁问："谁？"

李红叶低下头说："我丈夫。"

李金魁看了她一眼："……"

李红叶沉默了一会儿，说："他的公司破产了……"

往下，两人都不吭声了，沉默了很久之后，李红叶说："我写了一封信，你看看吧，你一看就明白了。"

李金魁低头一看，茶几上果然放着一封信。他把那封信拿起来，看着，看着，就那么盯住不动了。然后，他伸出手来，掏烟来吸，这是他思考问题时的下意识动作，烟掏出来了，在手上夹着，他却没有吸……这是一封揭发信。信里还包着一个蓝皮记事本，旧的，是经常喝酒的人兜里揣的那种小本本，上边有很浓的烟味和淡淡的酒香。就在这个蓝皮记事本里，清清楚楚地记着包括市委书记、副书记、副市长在内的三十七人受贿索贿的记录，总金额高达五十七万八千元之多！其中一位副市长的受贿记录是：茅台酒三十六瓶，彩电、照相机各一部！连税务局的一位科长竟然也有一次"借款"六千元的记录……时间、地点，记得清清楚楚。

真有此事？

不会吧？

假如真有此事，这个领导八十万人口的市委、市府不就太……太……李金魁把烟点着，默默地吸了一口。

片刻，李金魁抬起头来，说："他被抓之后，没有交代吗？"

李红叶摇摇头，说："他说，他死也不说。"

李金魁问："为啥？"

李红叶说："他还抱着一线希望，他，怕报复……"

李金魁又一次仔仔细细地看了揭发信。渐渐，他有点冲动了，这冲动使他口渴。他抓起茶几上的凉茶喝了一气，而后背着双手在屋子里踱起步来。踱着，踱着，他的牙咬起来了，一腔热血在胸腔里激荡着……接着，他的步子慢慢地缓了下来，越走越慢……机会来了！

且慢，证人呢？没有证人。索贿、受贿都是单独进行的，一对一，没有第三者在场。这些人也太精明了！但从记事本上墨水的颜色和记录时间来看，又不像是伪造的。

然而，没有证人。

李金魁回身望了李红叶一眼，说："你没有参与？"

李红叶摇了摇头。

李金魁再次问道："你真的没有参与吗？"

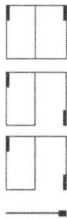

李红叶冷冷地说："你是怕我连累你吧？"

片刻，李红叶又说："如果我参与了，我就会直接站出来告他们，那就用不着找你了。虽然我跟他……可他有恩于我。在这种时候，我不能不管。"说着，她掉泪了。

李金魁想，这是一件棘手的事，他不能轻易表态。可他却明显地感觉到了李红叶那求救的目光，那目光像芒刺儿一样扎在他的背上！终于，李金魁说："你让我想想。"

回到招待所的房间里，李金魁一连吸了三支烟……

这算什么呢？你怎么跟下边说呢？就这么直接批下去？一封匿名信。批下去之后哪，这不等于直接交给他们了吗？

假如把这个蓝皮记事本交给法院，那么，市委大院马上就会知道。这一下子就得罪了三十七名干部！他们很快就会对在押的李二狗施加压力。他们是完全可以办到的。在强大的压力下，李二狗会一口咬定没有这回事，他会这样的。那样，他们会说，这是诬告。李二狗如果不承认，光凭这个小本本，又能说明什么哪？到了这一步，事情就会慢慢拖下来，拖也是战术。拖久了，他们所有的关系都会投入战斗……那时，他们会反咬一口，说他跟李红叶有关系，说他作风不正派。他们甚至还可以找到证据，这样一来，各种谣言会满天飞！很快就会传到地委、省委，把他搞得臭不可闻！使他无法在这里工作。这个蓝本本已经交出去了，他纵有一千张嘴也说不清楚。他完了，一切还可以照旧。

这是一场注定要失败的战斗。他在脑海里的预演中看到了自己的下场。从此以后，无论他走到哪里，舆论都会跟到哪里，假话重复一千遍就是真理。一个连自己都保不住的人还能改变社会吗？香烟烧到了他的手指头，他哆嗦了一下，又续上一支……

假如，他把这封揭发信和那个蓝本复印一份存底，然后再交给中纪委，让他们派调查组来。他们也许来，也许会让省里出面。如果让省里来人，风声也会透出去的。那么，在省里来人之前，三十七个受贿干部做出的最大让步，也仅仅是把过去受贿、索贿的东西吐出来，悄悄地吐出来。这等于打了一个平手，不分胜负。从原则上讲，他做得光明正大，无懈可击；可又查无实据，顶多是"借"了又还了，仅此而已。面上会笑笑，私下里会伸出七十四条腿绊你！

假如，他亲自去找那在押的犯人谈次话，给他进一步交代政策，让他看看这个蓝皮本，让他知道李红叶已经揭发了，进一步打消他的顾虑和幻想。他会交代吗？如果他能交代，再专门组织班子去一笔笔地清查账目、现金的支出情况，逐项和李二狗对质。这样，虽然面对三十七个干部多年形成的关系网，他也许会撕开一个角，然后迅速扩大，他相信他能办到。到那时候，市里的班子就可以重新考虑了。

但是，这一切必须公开进行。他能公开吗？他一动就会有人知道。要公开进行，他必须做最坏的准备，准备丢掉一切。他能做到吗？

此刻，李金魁像决战的将军一样在屋子里踱来踱去。他觉得这是一次机会，也等于有了一个改变市政府现状的突破口，可他一次一次地变换各种不同的打法，思索各种不同的棋路。越思索，就觉得成功的把握越小……

金魁，你想放弃这次机会？

谁说放弃了？

那你就干！把这个本子送到地委去，让地委派人来查。

地委也不是铁板一块。

找报社记者。记者会有办法。

记者怎么干都行，干完拍拍屁股走了。可你还要在这里生活。在一个地方，有三十七个人与你为敌，你的日子好过吗？

那你就听之任之了？

这时，电话铃响了。李金魁看了看表，已是午夜时分了。他知道这个电话是李红叶打来的，可他没有去接，他不知道该给她说什么……他欠她够多了，而她从来没有求过他，现在，到了他还账的时候了，他该怎么办呢？

电话铃一直不停地响着……

凌晨四点，李金魁已经在烟灰缸里插上了第三十九个烟蒂。他的嘴吸得很干很苦，但他还是把最后一支烟也点上，吸了两口之后，又烦躁不安地摁进了烟灰缸。此刻，他从兜里掏出了一枚硬币，在掌心里抛了抛，放在桌上。片刻，他又把那枚硬币拿起来，接连几次后，他默默地说：好吧，这枚硬币抛下去，如果"国徽"朝上，我就干！假如是"麦穗"朝上，就随他们好了。

于是，在凌晨四时三十六分，光荣诞生在大李庄村的本市市长李金魁把一枚硬币从手心里抛了出去！随着"当啷"一声脆响，一道银光闪过，那枚负有重大使命的硬币从桌上滚落到地上去了……

原载《十月》1998年第5期

点评

这篇小说其实可以称之为"成长小说"，描述了李金魁从一个农村穷小子成长为一市之长的过程。这段历程无处不透露着人与环境之间的关系，可谓是环境造就了李金魁的人生性格和人生道路。从幼小懵懂时，无意撞见幺婶和麻子五爷之间的事，李金魁对"脱"字形成了一种执念，一种深切的迷恋，而这种执念或者说迷恋，其实是象征性地预示了李金魁对于强势地位的渴望。尤其从他对麻子五爷说出的五个"草"的分析，以及后来他竟模仿着对李红叶说出那个"脱"字的时候，都可以看出他对麻子五爷当时表现出的那种强势的向往，甚至是一种病态的迷恋。在成长为官场的一分子之后，他再次和李红叶相遇，作者借李红叶这个人物之口，又进一步加强了李金魁对于强势地位的渴望。李红叶透露出李金魁之所以当年拒绝做她父亲的秘书，不想继续处于弱势地位是重要的原因，所以她才会说出："我知道你一直想超过我父亲，那时候，你眼里就有一句话，你要超过我父亲，现在你终于实现你的愿望了。"红叶更是表示青春期时，李金魁的那一个"脱"字，影响了她的一生。小时候窥探到的麻子五爷的强势，和爷爷去县城姑奶奶家遭遇到的姑奶奶的强势，在村里一直观察到的小辈们对爷爷的强势，等等，都在少年的心里刻上了一道道的印痕，这些外界环境不断强化的刺激已成为一种无意识滋养在他的心里。长大成人之后，在官场上一步步往上升迁的过程，正是李金魁在一步步走向更加强势的地位。就在这样一步步的成长中，一个乡间纯朴的小男孩，变成了城里拥有强势地位的市长，也越来越像城里人。人与环境之间的拉锯战，在李金魁身上体现得淋漓尽致。

小说的题目叫《败节草》，正是这"败节草"成为了这篇小说的"文眼"，也是小说中高度凝练的中心意象，象征意味十分浓厚。李佩甫自己就曾说："我把人当植物来写。"他在人、植物、环境之间"穿针引线"，用象征的手法开示它们之间内在的关联，从而展现人性的隐秘。败节草有两个重要的特征：一是弱小、卑微，人一抓就四散；二是生命力旺盛且对环境有极强的适应能力，田间地头哪里都可以生长。外在脆弱、卑微的表象下，隐藏的是生生不灭的顽强、向阳而生的精神。植物这样的特质，也正是对于这些最普通农民们的真实写照。他们在社会上苦苦挣扎，在与外部环境的拉扯中处于较为弱势的地位，但是他们却用自己的方式成为伟大的生命，地位愈卑贱，愈凸显高贵的生命力向度。以植物喻人的手法，在中国文学史上具有悠久的历史传统，《诗经》《楚辞》等中国古代文学给我们留下了这一宝贵的文学财富，李佩甫的小说就很好地继承了这一优秀的文学传统，使之在当代焕发出崭新的活力。

（朱旭）

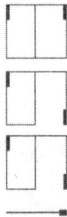

别人的房间 /

/ 叶兆言

安得广厦千万间，

大庇天下寒士俱欢颜，

风雨不动安如山。

——杜甫《茅屋为秋风所破歌》

第一章

派出所的同志也不按电铃，不分青红皂白地就在外面打门，来势汹汹，仿佛真出了什么大事一样。这时候，黄毓娟正在公用的小客厅里嘀咕，过升正在卫生间里看一种"一分钟小说"的小册子，他是个慢性子，小册子里都是些滑稽故事，过升一边看，一边笑，忘了自己还坐在马桶上。黄毓娟在外面骂骂咧咧，指桑骂槐，过升早就习惯了，故意让她发急，让她去浪费唾沫，她的话越多，过升越准备在卫生间里耗下去。他隐隐地听见防盗门被打开了，然后是有人进来，是一群人，似乎是点到了他的名字，然后声音小了下来，有脚步声往卫生间这边来，是一个陌生男人的声音，过升听到那人说：

"好吧，我们就在外面等。"

"他在厕所里已经半个小时，你们准备再等上半个小时好了。"过升听见黄毓娟心情很不好地说着，她的话永远带着几分歹毒，时时刻刻带着挑衅的成分。和这样的女邻居合住在一个单元房里，成天忍受着她的唠叨，过升的心情总是好不起来。他不知道会是谁来找自己，只觉得黄毓娟这么说话，有些"岂有此理"，管得也太多了。她再自以为是，也没有理由管别人拉屎拉多少时间。人类最大的自由，莫过于拉屎撒尿，过升要是高兴，一泡屎拉上个十天半月，又怎么样？

过升突然发现自己没有带卫生纸。他想起自己当初进卫生间的时候，本来只不过想小小地方便一下，后来发现黄毓娟在外面徘徊，也想进来，便索性恶作剧，脱了裤子坐在了马桶上。那本让他忘记了时间的"一分钟小说"，很可能就是黄毓娟的，要不就是她上中学一年级的儿子的。过升有些慌乱地看看附近，希望能幸运地发现一些卫生纸，或是别的什么替代品。由于是两家合用卫生间，大家对对方不信任，上厕所都得临时自备草纸，过升的妻子孙敏现在正好又不在家，求援的路已被切断，过升只好又一次品尝人和人之间缺乏信任的恶果。人往往会为一些想不到的小事所烦恼，明摆着，他不能老这么坐在马桶上，外面的人已经等得有些不耐烦，敲了敲厕所门上的毛玻璃，催他快一些。过升急中生智，小心翼翼从"一分钟小说"上撕了一张纸下来，轻轻地搓着揉着，一直到那光滑的纸面适合于屁眼，才蹑手蹑脚地把问题解决，然后放水冲洗，一边系裤子，一边出来。

过升留给派出所老王的第一印象，就是这个人确实有问题。过升见到派出所的人，也的确显得很紧张。大热的天，房间里一下子出现好几位民警，都穿着制服，让人不得不突然把心拎起来。过升人长得矮矮的，很结实，一看就是精力过盛，而且年纪不大，胡子拉碴，看上去便不太顺眼。派出所老王对他上上下下足足打量了三分钟，说："我们能不能问你几个问题？"黄毓娟站在自家的房门口，幸灾乐祸地看着这一切。

过升怔了好半天，才自言自语地说："我怎么了？"

派出所老王说："我们是就在这谈呢，还是到所里谈？"

过升装着很不在乎的样子，说："我没做什么呀。"他那样子很做作，与其说是自己没做什么，还不如说自己已经做了什么。

派出所老王对一起来的人说："你们四处看看。"

一起来的人，有的进了卫生间，还有的直奔阳台。他们在找过升替

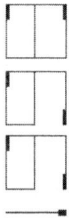

换下来的脏衣服。显然是弄错了，黄毓娟追到了阳台上，提醒说他们想带走的短裤，是自己丈夫的。一位民警指着另一条三角男式短裤问黄毓娟，说这条是不是过升的。黄毓娟气鼓鼓地说："我怎么知道？"她的话，用的是否定句，意思却是肯定，显然是说这就是他的。那位民警将短裤摘了下来，像拎着一只活野兔似的，很严肃地走到过升面前，问这条裤子究竟是不是他的。过升被问懵了，接过来反复看，半信半疑地说："可能是吧？"

派出所老王说："什么叫可能是？是就是，不是就不是。"

过升说："如果是晾在阳台上的，那就应该是。"

过升伸长了脖子，往阳台上看。这一动作毫无意义，事实上，他看见民警从阳台上摘下了这条短裤。黄毓娟又回到了自家门口，仍然是幸灾乐祸地往这边看。另一位民警从过升的房间里，兴冲冲地抱了几件衣服出来，其中放在最上面的是他出门常穿的牛仔短裤。这位民警如获至宝地说："很可能就是这一条。"派出所老王没有表态，过升不明白他们在说什么，眼睁睁地看着他们，忍不住又看了黄毓娟一眼。黄毓娟幸灾乐祸的样子，让他感到很不痛快。

派出所老王说："昨天晚上十一点到凌晨一点半，这段时间，你在什么地方，希望你能说清楚？"

黄毓娟的证词对过升十分不利。昨天晚上，她一直在守候自己丈夫王国斌归来。吃中饭的时候，王国斌的BP机（寻呼机）忽然响了，是中文留言，没头没尾就一句话"计划照旧，老地方"。黄毓娟问是什么计划照旧，丈夫说："谁知道哪个王八蛋打来的，什么计划，什么鸟地方，我根本就不知道这是什么意思。"

黄毓娟说："这明摆着，肯定是哪个女人，你心里还没数！"

王国斌立刻火冒三丈，说自己跟别的女人来往，从来用不着偷偷摸摸。黄毓娟说，你还有脸说自己不偷偷摸摸。王国斌说，天气热，你不要惹我生气。黄毓娟说，我怎么敢惹你生气，我连自己都不敢生气。王国斌把饭碗往桌上一摔，说老子混到今天这份上，想跟哪个女的睡觉，就他妈的跟哪个女的睡，这口气，你咽得下就咽，咽不下就拉倒。说完，饭也不吃了，扬长而去。

王国斌本来是省级机关的司机，给各式各样的首长开车，脾气养大了，老是和人吵架。吵到临了，索性辞职开出租，他开出租比别人早了一步，赚了些钱，人就有些不规矩。有一天，黄毓娟在他的裤兜里，翻出了尚未拆封的避孕套，她自己是结扎的，突然见了这玩意，就仿佛买东西时，猛地发现别人正在用自己被偷的皮夹里的钱，那激动没办法用文字来表达。她不是那种沉得住气的女人，立刻要王国斌把事情说清楚。

王国斌就编故事，说是拉一个满口广东话的富婆去金陵饭店。到了饭店，富婆一定要他帮着送行李，行李送进房间以后，富婆塞了个东西给他，他以为是小费，回到车上一看，原来是避孕套。黄毓娟似信非信，说既然有这种好事情，你放过了不是太可惜。王国斌说，我人都回到车子上了，要不然，说不定还真犯了不大不小的错误。你说我受教育这么多年，总不能因为辞了职，成了个体户，思想就没觉悟了，是不是？黄毓娟怀疑那所谓富婆是个"鸡"，王国斌一口咬定不是，理由是那富婆显然想拿他当"鸭"。

这以后，破绽越来越多，王国斌犹抱琵琶半遮面，越遮遮掩掩，黄毓娟越能看出问题。王国斌干脆破罐子破摔，索性就承认自己在外面寻花问柳，承认了，反而拿他没办法。黄毓娟正面临着下岗问题，还真不敢和王国斌太计较，吵还是吵，闹还是闹，王国斌真发火了，她便退让一步，毕竟是他挣大钱养着家。她平时多了个心眼，有机会就搜他的口袋，有钱就没收，见到疑点就穷追不放。今天也是巧，从寻呼机上捕捉到了讯号，就好比捉贼见到了赃，黄毓娟心里很不是滋味，话题刚展开，王国斌就借着生气走了，这一走，肯定不会有什么好事。平时，除了周五周六，王国斌差不多都是十二点钟回来，因为过了这时间，生意不好做了，也不太安全，今天因为有留言这件事，黄毓娟吃准了他会整夜不归，心里酸酸的。天气热，想开空调又怕跳闸，这一带的电路尚未增容，两家合用一个小电表，用电稍稍多一些便跳闸，汗津津地睡不着，眼见着过了十一点，十二点，到了快两点钟的时候，听见大门口有掏钥匙的声音，想王国斌终于回来了，跳下床便去迎他。

门打开了，进来的不是王国斌，是神色恍惚的过升。黄毓娟很失望。看着黄毓娟衣衫不整的模样，过升有些吃惊。他意识到她有些不好意思，故意不怀好意地盯着她看。她这模样让其他男人看见实在不妥，下面虽然穿着一条大裤衩，上身却是一件小得不能再小的短背心，而且又旧又破，

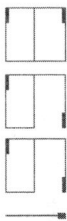

上面一个个洞，乳头都露了出来。

第二章

孙敏的证词对过升同样不利，她告诉派出所老王，出事的那天晚上，过升八点多钟就出去了，最后什么时候回来，她根本不知道，因为她已经睡着。孙敏的口气中，对过升显然也有意见，她似乎打算向派出所老王解释，她和过升之间为什么会发生了口角，然而派出所老王觉得没必要再说下去，他们让孙敏在记录的证词上签字，然后便打算告辞。讯问孙敏的地点，是在口腔科的办公室。孙敏有些不甘心，问究竟发生了什么事情。派出所老王说，我们现在只是搜集证据，究竟发生了什么，现在还不好说。

孙敏说我的病人拔牙拔到了一半，你们不管三七二十一地就把我喊出来，问了一通话，没头没脑的，算是怎么回事？多少总得让我明白一些。派出所老王脸上毫无表情，说你想知道什么，很多事，我们还不知道，这样吧，你如果知道什么，就告诉我们。孙敏就问："是不是过升做了什么见不得人的坏事？"派出所老王眼睛一亮，说："你说说看，他可能干了什么样的坏事。"

孙敏说："他还能干什么坏事？"

这时候，那位拔牙拔到一半的病人找到了办公室，推门进来，笑着对孙敏说："孙敏，你就这么把我撂在那，心也太狠了吧！"

孙敏和这位病人显然很熟，她对他挥了挥手，说："你急什么？"

那病人不知道身着便衣的男人是民警同志，扫了他一眼，十分轻薄地对孙敏张开嘴，露出嘴里正咬着的棉球。

孙敏说："你先回去，我马上就过来。"

过升被带到了派出所。他做出自己是很无辜的样子，东张西望。派出所老王火眼金睛，一眼就看出了他内心深处藏着什么见不得人的事情。讯问的焦点集中在晚上八点到凌晨两点，过升必须交代清楚，这段时间里他究竟是在什么地方。过升显得有些心烦意乱。

"我是在大街上溜达，这总可以吧？"过升自己给自己台阶下，一本正经地说，"我从新街口溜达到鼓楼，又从鼓楼溜达回新街口，来来回回，就这么走着玩，难道也犯法？"

派出所老王看着他不说话，等他说完了，不动声色地说："看来，你是不想和我们说实话？"

过升意识到自己即将崩溃，他苦笑着，不知道是否应该继续负隅顽抗。派出所老王语重心长地说："一个人要是不想说真话，你拿他也没办法。昨天晚上，你溜达了多少个来回？"过升无话可说。派出所老王继续问道："从新街口到鼓楼有几站路？三站还是两站？来来回回就这么走，从八点钟走到两点多钟，你累不累？"过升觉得这是在抬杠子，可是既然已经说了谎，就得继续说下去，他告诉对方，自己可以走走歇歇，歇下来看看热闹。

派出所老王说："很好，说说你看到的热闹。"

那位正在拔牙的病人是孙敏的小学同学谢东。现在谢东躺在手术椅上，在等待孙敏又一次地给他注射麻药。治疗室里就他一个病人，也就只有孙敏一位医生。这不是一家专门的口腔医院，来这里看牙齿的病人很少。孙敏举着注射器向他走过来，他笑着说："孙敏，我今天可是真正地吃二茬苦了！我可以向你们医院控告你，扣你的奖金，让你吃不了兜着走。"

孙敏说："你这张嘴太厉害了，有意让你吃两次苦的。"

谢东不让她立刻把注射器塞到嘴里，问刚刚有人找她什么事。孙敏不告诉他，他便执拗着不让孙敏注射。大约是在一年前，在小学同学的聚会上，谢东知道孙敏现在是牙科医生，当时就开玩笑说以后要找她拔牙，结果他当真每隔一段时候就来拜访，让孙敏检查他嘴里有没有应该拔掉的牙齿。显然他是借看牙齿来和孙敏搭讪，谢东当年是文艺委员，人长得有几分神气，见了女同学眼睛就亮，见了漂亮的女孩子就猛追。孙敏知道他这人有些轻薄，是个风流的情种。孙敏在班上算不上是好看的女孩，谢东现在居然会对她大献殷勤，她觉得十分得意。

银光闪闪的注射器，终于塞进谢东的嘴里。这是一个很不规范的动作，谢东故意把椅子放到最低位置，脑袋僵硬着，两条腿十分放肆地张

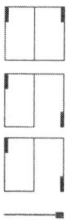

开，孙敏只好站在他的两条腿之间替他注射。针戳了进去，孙敏有些走神，突然想到民警同志的谈话，用心究竟何在，为什么会对过升突然产生了那么大的兴趣？她想着想着，手上的动作可能是夸大了一些，谢东的反应过分强烈，他的两条腿猛地合拢起来，哎哟一声，将孙敏夹住了。孙敏被他这么一夹，失去了平衡，跌倒在了他的身上，膝盖正好跪在了他要命的东西上，于是谢东又惨叫了一声。

孙敏不好意思地说："对不起。"

谢东也有些不好意思，说真要表示对不起的，应该是他。

过升在派出所老王对他的讯问直入主题以后，才改变了口径。原来派出所的同志，花了这么大的劲，是在找一名强奸犯。过升承认自己是说了谎，而说谎的理由，只是不想让自己成为一名无耻的偷窥者。既然派出所找他的目的，和偷窥无关，过升的心情轻松了许多。他希望派出所的同志能够相信，他并不是那种变态无耻的男人，这只是一次很偶然的偷窥，起因仅仅是因为妻子孙敏和他吵了架。

"我们住在一间十平方米的房间里，牙齿和舌头还要吵架，我们两个吵起来了，你说我还能怎么办，就那么大的地方，只有让她，你说对不对？我并没有到大街上去，其实根本就没有下楼，事实是，我上了楼，爬到楼顶上去了。这次，我可是真的没有说谎，我一直在楼顶上，你想，我是没地方可去。"过升想自己已经坦白了，干脆把要说的话统统交代出来。派出所老王显然还是不太信任他，谁让他一开始就说谎呢。过升希望派出所老王听了他的话以后，也能说些什么，然而他一声不吭，他的沉默让过升感到很不自在，他们显然是真的怀疑过升就是他们要找的强奸犯。

过升叹了一口气，掏心掏肺地说："我真的没干那件事。"

派出所老王说："我们只说你有这个嫌疑。"

过升觉得这个嫌疑实在莫名其妙，他气鼓鼓地把话挑明："我干吗要去强奸金莉波？你们说我何苦？"说完了，他自己想想也荒唐，忍不住笑了，但是派出所老王一点也不觉得好笑，他说："十天前，你帮金莉波去配过钥匙，是不是？"过升想了想，说是。派出所老王便要他如实交代，究竟是在什么地方配的钥匙，过升又想了想，说就在某某巷口。派出所老王紧追不放地问他配了几把钥匙，过升说就一把，说完又立刻改口，说是两把钥匙，一把是自己的，另一把是金莉波的，因为当时在办公室，他说自己要去配抽屉锁钥匙，金莉波说自己的自行车钥匙只剩了一把，必须配一把备用，她说她的车是防撬锁，万一丢了钥匙，就打不开。

派出所老王说："你为什么要连金莉波家的大门钥匙一起带走？"

过升想这问题说不清楚了，当时他急着要走，金莉波拎了一串钥匙给他，指定要配哪一把，他也没多想，骑着她的车就去了。派出所老王说："你是不是和金莉波很熟悉？"过升说当然熟悉，大家都在一个办公室，天天见面，怎么可能不熟。派出所老王又说："你也知道她丈夫在深圳工作，是不是？"过升耸耸肩膀，说大家在一个办公室里，当然知道这事。

接下来，又是很长一段时间的沉默。派出所老王话锋忽然一转，说："你和你妻子，已经多少时候没做那件事了？"过升装着没懂这话的意思，看着对方不说话。派出所老王说："当然这是题外的问题，不过我们问一问也无妨，你说呢？我想你们也许很长时间没做那事了。"过升想不明白民警居然如此神通广大，这种私人秘密也了如指掌，便坦白说他们确实已经有一个多月，没在一张床上睡了。派出所老王立刻有些疑问，说房间里就一张床，不在一张床上睡，怎么睡？过升被戳到了痛处，不高兴地说："她睡床上，我睡地上，打地铺，就那么大的房间，我还能睡哪？"

话题又回到了钥匙上，过升说他不可能像他们想象的那样，偷偷地配了钥匙，然后晚上摸到金莉波家里。金莉波诚然是个很不错的女人，可是对于过升来说，她妆化得再好看，毕竟老了一些，因为她起码要比自己大上十岁。而且大家都是熟人，金莉波一眼就能认出他是谁，他再穷凶极恶，也不至于蠢到这一步。他说自己显然是被冤枉了，这么简单的事情还弄不明白，也太有损"人民公安"的称号。派出所老王让他先不要急着埋怨，说人民公安就是人民公安，不会冤枉一个好人，也绝不会放过一个坏人。过升显然没有办法排除自己身上的疑点，他说他是在楼顶上看风景，这话不能他一个人说了算，必须有人证明才行。既然没人证明，他就是嫌疑犯。

过升急了，说我把看到的事情，都说给你们听，怎么样？派出所老王似乎不感兴趣，但是过升觉得这是自己唯一的机会，必须把看到的事

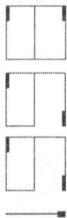

情都说出来，虽然这样的交代有损于自己的形象。他想到了一个很有利的铁证，这个铁证能确认自己在所谓犯罪的时间里，毫无疑问是在楼顶上，警方只要细心核对一下，立刻可以明白他没有说谎。在意大利足球甲级联赛实况转播期间，对面大楼顶楼第二个窗户里，一男一女始终在看电视，球赛结束以后，那女的站了起来，脱去身上的汗衫，赤裸着上身，和那男的一起去厨房烧什么东西，烧好了，两人在厨房里当场吃，吃完了，男的劳动，洗碗。那女的洗澡，洗完了，光着身子走出来，用一把大梳子梳着湿漉漉的长发，然后轮到男的去洗，洗完了，也是光着身子走出来，两个人就这么光着身子，走来走去，毫无意义地在自己的房间里，转悠了近一个小时。过升总以为他们会轰轰烈烈地做爱，饶有兴致地等着，然而事实却是他们没有，他们光着身子，像刚出娘胎一样无拘无束地谈着话，那男的似乎摸过那女的乳房，也摸过她的那个地方，可惜也就是摸了摸，并没有什么进一步的亲密举动。天太热了，也许他们觉得这不是干活的好季节，两个人说着说着，女的有了困意，先上床睡了，男的坐在窗前抽了支烟，慢腾腾地穿上了T恤衫，套上一条长裤，开门下楼，不知去了什么地方。

第三章

金莉波向派出所报案以后，所长对这个案子十分重视。漫长炎热的夏季，从来就是流氓案件频繁发生的高峰。市局正在部署严打行动，准备在适当的时候，搞一次大规模的整顿。金莉波案件似乎具有夏季犯罪的典型特征，在这样的季节里，女同志的衣服穿得比较少，平时露胳膊露腿的，既刺激了罪犯，同时，罪犯在实施犯罪的过程中，也比较容易得手。由于金莉波晚上睡觉时，是锁着防盗门的，防盗门没有任何被撬的痕迹，因此强奸犯的手中，显然掌握了金莉波家防盗门的钥匙。

根据金莉波的描述，强奸犯的身高和体重，和过升相仿。她显然是在暗示这人就是过升。"我不能肯定说是谁，但是，这人很可能我认识他，虽然是在黑暗中，我觉得他好像是很怕我认出他是谁。"金莉波在描述整个犯罪过程时，显得非常冷静，和其他那些受到暴力侵害的女性明显不同之处是，她说的话十分有条理。她很理智地谈着各种有助于破案的细节。

唯一不愿和警方合作的，是金莉波拒绝让法医从受到伤害的她身体内部，提取直接的犯罪证据。拒绝的理由是，既然她已经受到了如此严重的羞辱，她不想再一次出丑。她充满悲愤地说："我不想再让一位陌生男人的眼光，注视着我的不应该让人注视的地方。"金莉波的衣着十分得体，今年四十多岁，看上去依然光彩照人，她说这话的时候，眼圈突然湿润起来。派出所老王有些同情她，很认真地说，既然这样，可以找一位女法医，他告诉她，要想让罪犯服罪，犯罪分子留下的精液样本，是最好的物证。

金莉波以沉默表示抗议。过了一会，她叹气说："你们知道这所谓最好的物证，对于我来说，意味着什么。"她突然变得有些激动，"这是世界上最肮脏的东西。事情过后，我用磁化冲洗器，反复地冲洗，一遍又一遍，为了将那该死的精液冲洗干净，我一遍又一遍将冲洗器的塑料头塞进我的身体，一次又一次地弄痛了我自己。不仅如此，我还把所有的衣服，摔进了洗衣机，天知道我放了多少肥皂粉，天知道我洗了有多少遍。我一边哭，一边洗，就这样一边哭，一边洗。"她似乎有些歇斯底里，派出所老王对她的表现，给予了充分体谅。在受了强烈刺激以后，女人会有这样的反应完全正常，金莉波所以能在一开始，比别的女人看上去更有理智、更坚强，这不过是由于她是一位知识分子的缘故。女人有了知识以后，自然就会显得有理智，然而女人毕竟还是女人。

根据金莉波的描述，警方没有理由不拘留过升。除了曾经代配过钥匙这条重要的线索之外，金莉波说，在和罪犯的搏斗中，她还将对方的裤子撕坏了，具体地说是一条西装短裤的某个部位。这对过升来说，又是不利因素，因为在所缴获的他的牛仔短裤上，恰恰是口袋那里，有一个刚撕开的小口子。牛仔短裤用的是一种很结实的布料，不用很大的劲，根本撕不开来。

最后，派出所老王还是不得不把过升放了，虽然并不能彻底排除嫌疑，但是既然找不到让过升服罪的铁证，不放人也不行。总不能老把他拘留起来。首先，没有找到另配的防盗门钥匙，去问街头配钥匙的老头，他根本记不清过升是谁。其次，过升牛仔短裤口袋那里被撕开，是爬到窗台上替单位领导调节空调开关时，被窗户上的突出的钩子钩坏的，这一点，作为单位第一把手的副处长可以做证，因为他当时就在旁边，单位里的其他人也能做证。副处长的证词对过升十分有利，当派出所的同志对他进行讯问时，这位副处长一口认定这不会是过升干的。

副处长说："我说不会，就是不会。"

派出所的同志让他说出理由。

副处长竟然笑着说："小过这样的老实人，别人不强奸他就不错了。"

派出所的同志没想到副处长作为领导，说话会这么不严肃。副处长笑着说自己是开玩笑，他说金莉波这人生性好疑，她的话，不能太相信。副处长说："你想，男人去了深圳，这一去，就是整年的不归家。这样的女人，你总不能她说是谁强奸她了，就真的是谁强奸了她。这种话，我不该说，我看她是真恨不得有人强奸她呢！"派出所的同志听了很吃惊，奇怪怎么会让说话这样没水平的人当领导，回去向负责案子的派出所老王汇报，一边汇报，一边摇头。派出所老王听完汇报，想了想，说那就先把过升放了再说。

过升在派出所的一间小房子里，不明不白地被关了三天，孙敏没来看过他，自然也没人给他送换洗衣服。小夫妻之间本来就有矛盾，孙敏动不动就以要堕胎离婚相威胁，出这事前，两人的旧矛盾还没解决，现在发生了这样的事情，谁知道她又会闹成什么样子。天气热，过升在派出所只洗过一次澡，浑身的汗味自己闻着都不自在。回到家，第一件事就是赶紧洗澡，邻居黄毓娟好像终于清楚他原来不是什么好人，一见他，便是冷眼怒视，然后恶声恶气，指桑骂槐地骂自己已经十二岁的儿子。过升洗完澡，闲着无聊，就想金莉波的可恨，越想越火，越想越窝囊，想自己干吗不去上班，他觉得应该问问明白，金莉波凭什么怀疑他。

过升到单位时，已经快下班了。金莉波见了过升，很吃惊。过升看她呆在那里，原来准备要说的话，反倒有些说不出口。大家在同一个办公室，平时关系很不错，她虽然错怪了他，然而起码是有个缺德鬼，对她干过那事了。过升想到这，立刻觉得她情有可原，自己受些委屈也就算了。他做出若无其事的样子，坐在自己的办公桌前看报纸。金莉波在他身后呆了一会，突然掉头走了，她跑进副处长的办公室，气势汹汹地往派出所打电话，质问派出所老王，怎么把过升轻而易举地就放了，她大声地嚷着，害得全单位的人都能听到她的声音。

金莉波冲着话筒喊着："你们这是在鼓励犯罪！"

第二天，金莉波怒气冲冲地跑到派出所，首先检讨自己那天没让法医取样是愚不可及。她十分痛心地说，昨天夜里，过升又一次进了她的房间，他显然用了一种什么药，于是金莉波虽然有意识，然而却失去了任何反抗的能力。过升很从容地脱去了她的衣服，然后又很从容地脱自己的衣服，脱完了，同样十分从容地套上了避孕套。"你们知道他为什么这样做，因为他知道你们要以他的精液为证据，他清楚地知道怎么保护自己。"金莉波就像是在说别人的事情一样冷静，这一次，她再也不是含糊其辞，说可能或者暗示是过升，她直截了当地指证是他。她非常具体地描述着他的所作所为，不厌其烦地交代细节。

派出所老王让负责记录的同志，没必要把金莉波的话全部记下来。他的眉头紧锁着，终于抓住机会，打断了金莉波的话："你的锁不是已经换过了吗？而且是我们派人去换的。"他向她暗示，过升似乎不太可能进入她的房间。金莉波很严肃地说："为什么不可能？有一种万能钥匙，什么样的锁都可以打开。"只要别人不中断她的话，她便喋喋不休地大谈过升如何对她进行非礼。派出所老王注意到她谈话中的破绽越来越多，因为她越说越玄，越说越不可能。说到临了，金莉波说："你们一定要把过升抓起来，你们要知道，他是有药的，他对我用了药，我就没办法反抗了。我想拒绝，但是拒绝不了！"

派出所老王向金莉波许诺，一定把过升再抓起来。他亲自送金莉波回家，非常细心地又一次检查了门窗上的铁栅栏，然后告诉她，今晚会有民警在外面值勤，让她安心睡觉。回到派出所，他第一件事就是给精神病医院打电话，让医院明天一早，派一位医生来给金莉波做鉴定。"我们恐怕是被一个精神病患者捉弄了，我们不能让她牵着鼻子走。"他对其他几位一起办案的民警说。他的手下问他是不是真的再把过升拘留起来，另外，是不是真的要派人守夜，派出所老王想了想，十分果断地说："我看没有这个必要。"

次日清晨，派出所老王带着精神科医生去见金莉波，见了面，问她昨天晚上怎么样。金莉波一脸憔悴，十分慌张地说："他当然又来了，这说明你们派出所就算是把他关起来，也没用，他有特异功能。你们知道，他

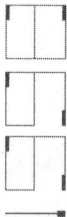

在这忙了整整一晚上，根本就没歇过。"派出所老王重新检查了一遍门窗，心里已经明白是怎么回事，不说话，让金莉波由着性子往下说。金莉波像说别人的故事一样，口若悬河地说着，越说越投入。就这样说了大约一个多小时，一同前去的精神科医生心不在焉，不时地问一些小问题，派出所老王趁她不注意，偷偷地向精神科医生咨询，精神科医生以十分肯定的口吻说：

"她的精神当然有问题，如果不立即治疗，无疑会越来越严重。"

第四章

过升和孙敏从认识起，从来就没有真正地和谐过。两个人都是大专生，一个学的是中文秘书，一个学医，能走到一起，是因为他们周围的同学，都成双成对，他们再不结合在一起，说不定就都要耽误了。孙敏属于那种心高气傲的女孩子，总说自己只是为了那间十平方米的破房间，才欠考虑地嫁给了过升。她一直觉得这样的破房子配不上自己，这一点，恰恰和过升和她不太般配相似。当初，过升的单位里分房子，多出一个一室户没人要。过升说，没人要，我要。副处长说，你要，你得有结婚证书。于是刚刚认识不久的过升和孙敏，匆匆地去登了记，登记了才能拿钥匙，拿了钥匙以后才能看房子。谁知道他们的所谓一室户，是指在别人单元里的一间房子，也就是两家合住一个中套，共用厨房和厕所。

木已成舟，想后悔也来不及。孙敏总觉得自己上了房子的当，换句话说，是上了过升的当。过升在一开始，就欠了她一笔账。进那房子之后，她安顿下来的第一句话就是，在这样的房子里，她绝对不会跟他生儿育女。她是说话当真的女人，从第一次和过升办事开始，一定要过升戴上避孕套，并且经过了她的仔细检查后，才让同房。过升的包皮本来就过长，用了套子以后，干那事时，就好像穿了紧身棉袄，怎么都觉得别扭。孙敏是牙科医生，常常替人拔牙，心也拔狠了，看什么事都很客观，她才不管过升如何别扭。结婚不久，过升的龟头发炎，觍着脸让孙敏看看是怎么回事，她花了很大的力气，才将他过长的包皮翻开，一股仿佛是馊了的腥臭味，害得她直皱眉头。孙敏怪过升不注意个人卫生，说幸好每次都用了套子，要不然这炎症早到了她身上。她让过升去医院将过长的包皮割掉，说包皮长了，也没什么用，紧紧地裹着龟头，藏污纳垢，洗都洗不干净，还是割了好。

两人常常要为房子的事情发生口角。孙敏的单位里分房子，说是分给无房户，而她这样的，就算是有了房子，连排队的资格都没有。和别人合住有许多不方便，且不说动不动就要抢着上厕所，抢着占煤气灶，凡是和共用有关系的事情都会惹人生气。同住的那家邻居，因为是先一步在那里住的，凡公用的地方，总是能多占就多占，占了就觉得理所当然。孙敏的脾气也不好，刚住进去不到一个月，就和邻居家的女主人黄毓娟，干过两次架。黄毓娟想给他们一个下马威，孙敏偏偏就不吃这一套，很投入地吵着，吵完了，就恨自己竟然堕落到了这一步，竟然会和这么俗气的女人吵架，恨自己瞎了眼，怎么会为这么一间破房子，和过升这种没多少男子气的男人结婚。

邻居的女主人黄毓娟凶，她的开出租车的丈夫也不善。这男人上厕所从来不关门，小便过后从来不冲洗。就像他们小夫妻喜欢拌口角一样，黄毓娟和她男人也总是吵，一吵就脏话连天，所有的用语都和生殖系统有关。孙敏最受不了的，是邻居夫妇做爱时发出的夸张声响，可能是那张四尺五寸的木板床有毛病，半夜里，那男的开出租回来，吱吱咔咔地不把他们小两口吵醒，决不罢休。夜深人静，薄薄的墙一点都不隔音，有时候甚至能听见黄毓娟在提醒自己男人，让他轻一点，然而那男人似乎就是喜欢声音，越是喊他轻，越是要弄得全世界都知道，不仅是床板响，那男的自己还要像狗一样地喘叫。有一次，孙敏也生气了，对过升说："你有能耐，也弄出这样的声音来，你怕什么？干吗老是那么猥琐？"

隔壁房间里，屡屡发出那种地动山摇的声音，是前些年的事情，近年来，那男的在外面不学好，能听到的常常是黄毓娟的埋怨声。黄毓娟说，家花不香野花香，你干脆不要回来好了。那男的说，这是我的家，我不回来，你让我上哪去。黄毓娟说，你外面不是有女人吗？那男的就说，人家外面的女人，是按时间收钱的，你动不动就搜我的钱，我哪有那么多的钱在外面鬼混？由于住在同一套单元房里，很多小家庭的秘密都是半公开的，夫妻之间拌嘴，有一方常冷不丁地冒出一句："你能不能轻一点？"另一方正在气头上，就说："这是我自己的家，我想怎么说，就怎么说！"

因为住在同一套房子里的别扭，数不胜数，从搬进去起，过升和孙敏

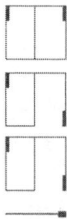

就把离开这里，作为奋斗目标。他们的枕头下面，总是同时放着避孕套和口香糖，他们已经养成了要嚼口香糖的坏习惯，这坏习惯之所以会形成，是他们觉得隔墙有耳，有力的咀嚼，可以有效地阻止做爱时发出引人注意的怪声。由于当初拿钥匙时，过升的领导曾经郑重许诺，说以后有了房子，一定首先考虑他们，因此，单位里只要一有关于房子的风声，过升夫妇之间立刻兴奋异常。吃喝拉撒睡是人生最基本的问题，而所有这些基本问题，都是和房子有关。有个病人出于感谢，送了一套十分好看的丝质内衣给孙敏，穿在身上十分性感，穿在身上，比不穿衣服更让男人销魂。孙敏关了房门，一边试，一边叹气，说住在这破房子里，这衣服根本就没机会穿。过升说，有什么不能穿的？你就在房间里穿。孙敏立刻气不打一处出，说自己是否还要换了衣服去上厕所，又问过升是不是真的气量大到那种程度，允许她穿着这种薄得差不多都快"露馅"的内衣，去刺激黄毓娟的男人。

"我这样走出去，那个不要脸的男人，非把我当作外面的妓不可。"孙敏带着些幽默地说，她那天的心情还不算太坏，临了，又不敢抱太大希望地问过升，"这一次，我们不会又没戏吧，你说说看，我们到底还有没有希望？我们已经熬了八年了！"

前不久，有消息说上面分了两套新房子给机关。过升知道了，当场去找第一把手副处长，他并不指望能拿到新房子，只盼着拿到新房子的人，能把腾出来的旧房子给他住。过升的要求并不高，只要能有独门独户的房子，他便心满意足。副处长和蔼可亲地接待了他，频频点头，然而就是不明确表态。最后，副处长说："我们只是一个副处级单位，一下子能分到两套新房子，这很不容易，真的很不容易，说明上级还是十分重视我们的，是不是？"这时候，轮到过升频频点头。副处长又说，"我们必须让大家都满意，事实上，住房上有困难的，也不是你一个人，是不是？"

回到家里，过升和孙敏反复研究副处长的话，最后得出一致结论，必须送礼。讨论来讨论去，说送钱不好，还是送实物。于是买了近千块钱的礼物，加上平时病人向孙敏表示谢意送的各种小玩意，装了满满的一大包，兴冲冲地去了副处长家。副处长被他吓了一大跳，笑着说你这不是贿赂我，你是毁我，赶快把东西拿走。过升说，他这只是表示一种心意，你让他把东西拿回去，就是存心让他难堪。副处长说："小过，我知道你是老实人，你也知道，我这个人，最不喜欢搞这一套，而且，你也是工薪阶层，平时手头也不宽裕，你的礼物，我收了也会烫手的。"副处长太太也出来了，跟着一起劝过升把东西拿回去。过升黔驴技穷，就把包里的东西，一样样拿出来展览，说这算不上什么，非常老实地说明什么什么是别人送给他老婆的，什么什么才是买的，副处长夫妇一边听他说，一边笑，最后，女主人说："那好，不让你为难，反正不是什么贵重的礼物，我们就收下，但是我们可不能白拿，也应该反过来送些东西给你们。"她说着，便打开一个柜子，里面放着七八条香烟，随手拿了一条，递给过升，过升连连摇手，说自己不抽烟。她迟疑了一下，笑着说副处长也不怎么抽，拿回去，送送人也是好的。过升推托不掉，只好笑纳。

出门的时候，副处长送过升到大门口，在他的肩膀用力拍了几下，说你放心好了，房子的事，我心里有数，你说得对，别人腾出来的旧房子，完全应该让你住嘛。过升感动得想哭，回去说给孙敏听，孙敏也很得意，说怎么样，我说应该送礼吧。过升说："算了吧，人家根本不在乎我们的东西，他肯收，是怕我们难堪，结果还害得人家反过来，倒贴一条香烟。我早跟你说过，我们副处长这人不坏。"两个人的心情非常好，好像已经看到了换房子的曙光，孙敏说我们拆一包烟抽抽怎么样。说了，立刻动手，一人一支香烟在手，却发现没有火柴，不免有些遗憾。最后还是过升想到可以去厨房的煤气灶上点烟，于是跑过去，笨手笨脚地将烟点着。孙敏用过升的烟头接上火，一边抽，一边说话，她是第一次抽烟，抽了没几口，便呛到了，结果又是一边咳，一边笑。

为了纪念即将到手的房子，两人斗志昂扬地想干事，偏偏枕头下的避孕套已经没有了，翻箱倒柜，怎么也找不到。过升扬扬得意地说，这是天意，今天就索性放肆一回，他们结婚已经八年了，也该考虑养儿育女的实际问题，不能老是让一层薄薄的橡皮膜，阻隔着千山万水，过去是没房子，环境不允许，现在情况正在发生变化，他们应该随机应变，抓住机遇。孙敏脱得赤条条地钻进了被窝，往嘴里塞了一块口香糖，让他别再说废话，想放肆就赶快直奔主题。过升备受鼓舞，一改过去偷偷摸摸、小心翼翼的窝囊样，壮志凌云、气吞山河，颇有大战三百回合不喘气的英雄气概。孙敏被他弄得一身臭汗，一边用劲嚼口香糖，一边笑着说："隔壁的

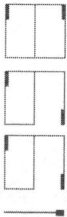

人，肯定以为，肯定以为我们今天发疯了，我们是发疯了！"

第五章

过升还没明白事的时候，他的父母就离了婚，因此等到他懂事了，便有两个爸，两个妈，亲生父母之外，一个是继父，一个是继母。多少年来，他总是像个皮球似的，在两个重新组合的家庭中滚来滚去。他的母亲再婚后，生了一对双胞胎，双胞胎整天斗，然而只要一见到异父哥哥过升，就联合起来攻击他。过升觉得自己一生中，最不幸的事情，就是永远生活在别人的房间里。上中学的时候，双胞胎动不动就把猪油抹在过升的被单上，一次又一次，结果害得他母亲以为儿子有遗精的毛病，活生生地把他拖到医院去看医生。

过升从小就性格内向，他觉得自己总是受人欺负，是个天生的受气包。除了中学那几年，他大多数的时候，都是和亲生父亲一起住。他的继母也是离过婚的，有一个比他大两岁的女儿，和过升父亲再婚以后，又生了一个女儿。由于大家的房子都不宽敞，过升只能和那些异父或异母的弟弟姐妹住一起，这其中还包括那位根本就没有血缘关系的小姐姐。那位小姐姐很厉害，从过升见到她的第一天起，她就没有停止过欺负过升。她折磨过升的方法层出不穷，过升刚上小学的时候，晚上睡觉前，那位比他大两岁的姐姐，常常拉着当时才只有三四岁的小妹妹，走到过升面前，猛地脱下裤子，然后低声却十分有力地骂过升不要脸，偷看女孩子小便的地方，这对男孩子来说可是奇耻大辱。过升被她们折磨得苦不堪言，一口咬定自己没有看见，而姐妹俩非要说他看了。这样的游戏屡试不爽，结果过升只要一看见她们姐妹俩不怀好意地向自己走过来，就忙不迭地闭上眼睛。

读中学了，过升不能老是和女孩子住在一间房间里，只好搬家换地方，和孪生兄弟同住。他的继父是一个气量很小的男人，吃饭时，总是盯着过升的碗看。总算他的成绩还说得过去，别人欺负他，他就对自己说，好好读书，以后上了大学，有了好工作，就会有自己的房间。有了自己的房间，"躲进小楼成一统"，别人想欺负也没门。到考大学的关键时刻，他亲生父亲忽然良心发现，一定要儿子住到他那里去，他把自己的家变成了男宿舍和女宿舍，自己和儿子一个房间，过升的继母和两个女儿睡一个房间。这时候，继母的大女儿刚有了男朋友，她自己读书不好，没考上大学，对成绩好的过升突然有了好感，不仅不像过去那样欺负他，而且还常常以自己的亲身经历现身说法，鼓励他一定要争气考上大学。她常常帮过升弄一些很重要的复习资料。

过升怎么也不会想到，真正影响自己成绩的，会是自己的亲生父亲。过升的父亲是一张碎嘴，他自己什么都不懂，就喜欢没完没了地自说自话。再也找不到比他更自以为是的父亲，过升复习功课的时候，他喜欢很不知趣地陪在旁边，说是这样有利于监督他学习。过升一想到他就烦，一听到他的说话声，脑子里就一片混乱。他的唠叨直接影响了儿子的学习状态，结果高考的时候，过升的历史突然出了莫名其妙的差错，于是只能进一所蹩脚大学读大专，并且还是走读。所有的人都感到失望，最恼火的是过升的父亲，儿子在关键时候的出错，意味着他将不得不在这个家里，起码又多住三年。

"你有什么屁的委屈，竟然还好意思说是我影响了你，"父亲在以后三年里，变得更加唠叨，"你想想我为你做的牺牲，为了你，这个家成了和尚庙与尼姑庵，你想想看？"过升不吭声，父亲又说，"别不吭声呀，有能耐上你妈那去住，看她容不容你？"

临了，还是那位与他没有血缘关系的姐姐安慰他，她说你别理他，等你以后有了工作，他拿你就没办法，大专就大专，好歹你也是个大学生。三年的大专生活，过升读得索然无味，考研究生的雄心大志，早在还是读一年级时，就没了。到临毕业的时候，仍然是那位与他没有血缘关系的姐姐帮忙，托了个有权有势的熟人，在区一级的某机关里给他找了个工作。工作了，仍然是没房，他父亲视他为眼中钉，动不动就撂话给他听，问他这家里男宿舍女宿舍的，哪天才是个尽头。有一天，过升回自己的房间，发现门被锁上了，就敲门，听见父亲在里面恶声恶气地说："你先到街上转转去，我他妈现在不想见你，你给我死出去！"过升隐隐地听见房间里有继母的声音，顿时明白是怎么回事，心理十分阴暗地就坐在门口等，一直等到继母衣衫不整羞答答地走出来。

过升一声不响走进房间，把自己的替换衣服，胡乱地往一个老式的旅行包里塞，一边塞，一边忍不住要流眼泪。他的父亲还躺在床上，"文不对题"地想跟他搭讪。自小过升就拎着这个旅行包走来走去，饱受着亲生

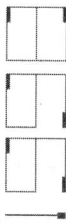

父母以及继父继母的白眼。他发誓再也不会踏进这家的大门，一切都应该结束了，过升已经忍无可忍。他径直去了单位，从那天起，也不管单位的领导是否允许，就以办公室为家，没有床，就天天睡在办公桌上。办公桌似乎短了一些，便把两张桌子接在一起，睡了一个多月，领导觉得他的行为有碍观瞻，不得不把他安排进了集体宿舍，根据区委机关大院的规定，集体宿舍仅供那些外地来的大学生居住。

在集体宿舍的岁月也谈不上什么愉快，他是后来者，住集体宿舍也仿佛封建时代婆太太，要按先来后到排座次，先入一天为大。过升去得迟，所以安排他住在靠大门口的地方，而且没有衣柜的使用权，因为唯一的衣柜，已被先住在那的人占了。本来是两个人住，现在变成了三个人，那先入为主的两位便视过升为异己分子，进进出出从来不理他。过升想和他们改变关系，常常主动招呼，那两个人爱理不理，依然冷落他。那两人其中一位已经有了女朋友，女朋友来拜访，另一位就主动让开，过升没别的办法出气，越是在这种关键时候，越是赖在房间里不动弹，那两个人也就越来越恨他。很快，两个人中的另一位也有了女朋友，知道过升有这种赖在房间里做第三者的嗜好，拿他没办法，就把女朋友往自己的办公室带。反正是下班时间，空荡荡的办公室里干什么事都行。

渐渐地，那两个人之间也有了矛盾，女朋友换了一个又一个，终于有一天为同一个女孩子反了目。那女孩子有一个业余爱好，就是喜欢替人介绍对象。她先是这个人的女朋友，后来又成了那个人的女朋友，小小的集体宿舍被她搅得鸡犬不宁。她无意中和过升说了两次话，第三次就十分热心地要为他介绍女朋友。她为过升选中的女孩，是门房老李的女儿，这女孩是名牌大学的毕业生，唯一的缺点是相貌方面弱了一些。这是第一次有人替过升介绍对象，忐忑不安地见了面，过升感到非常失望。他并不指望娶电影明星一样的美人，可是这位名牌大学生实在太难看，深度近视的眼睛，大嘴，奇黑，五短身材，一身肥肉，说起话来伶牙俐齿。

很多女孩子都乐意找大学生，既然有了第一次，接下来便是一次接一次。过升给人的印象，似乎是很挑剔，常常是跟人见了一次面，就泥牛入海有去无回。太丑的女孩他不要，太漂亮的也不敢要。过升属于那种有自知之明的人，既有浪漫精神，同时在思考问题时，又不会太脱离实际。直到有一天他见到孙敏，一切问题才算迎刃而解。孙敏不算漂亮，也不算难看，足以让他动心。有文凭，又和他一样不是太硬气，只是大专生，比上不足，比下有余。还有一个重要的共同之处是，她也没有自己的房间，她和一个有着严重狐臭的女孩子同住一屋，眼前最迫切的需要，就是赶快找个有房子的男人嫁出去。

第六章

孙敏的例假从来就不太正常，结了婚又老是避孕，动不动就得两个月才来一回。她对做母亲天生就没什么热情，等她意识到这一次有可能是怀孕时，一化验，果然反应已呈阳性。回到家，把化验结果说给过升听，过升高兴得手舞足蹈。但是孙敏高兴不起来，她让他不要得意得太早，说房子的事情还没有最后落实下来，而目前他们的处境，并不适合生儿育女。她心里显然还有什么不痛快的事情，板着脸说："就这么个破地方，两个人已经没有转身的地方了，再添一个小孩，绝对不行。"

过升说："你这话是什么意思？"

孙敏说："什么意思？！没房子，就不打算要这个小孩。"

过升说："急什么，房子迟早会有的！"

孙敏一听这话，就上火，十分认真地说："迟早会有，你倒是把话说说清楚，这肚子里的婴儿，可不会等你有了房子，才不急不忙地钻出来。你这人说话，怎么这么轻巧？！我问你，房子的事，到底怎么说？我可是事先跟你说了，要是没房子，这小孩我是真的不打算要。"

过升立刻急了，说："我们副处长不是说过，别人腾出来的旧房子，可以给我们。"

孙敏说："那旧房子呢？怎么一点动静也没有？"

过升让她说得心里一惊，故作镇定地说："你这人，别说不吉利的话好不好。"说完以后，心里顿时存了疙瘩，第二天去机关，见副处长有心躲避自己，便追着问。副处长见躲不过，把他拉进办公室，语重心长地说了一通，告诉他情况正在往不好的方向发展。两套房子，其中一套好的，已经被退休的前任副处长占了，理由是这两套房子，是通过他的熟人关系搞来的，要不是他亲自出马，一套房子也弄不到。过升说，他要占就占好了，自己关心的只是腾出来的旧房子。副处长苦笑说："你真年轻，他腾出来的房子，自然是给子女住，怎么会轮得到你呢？"过升仿佛被人迎面

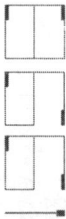

抡了一拳，眼前直冒金花，结巴着说不出话来。副处长忙不迭地安慰他，说现在的确有许多事情不合理，然而已经退休的处长，住一套房子吧，按住房标准，面积少了一些，住两套，又多了一些，你也知道，他上面有人，我还能有什么办法？

过升于是把希望寄托在另一套腾出的旧房子上。副处长又叹气，他这一叹气，过升便预感到事情不妙。果然他又一次语重心长，说："小过，你想想，你们毕竟只是小两口，没小孩，事情就简单得多，你想我们单位里，很多三口之家的住房条件，都很困难。"过升想自己再不说话，便成了呆子了，立刻郑重其事地告诉副处长，自己老婆也怀孕了。"处长，我们结婚已经八年，整整八年了，当年打日本鬼子，也就花了八年时间，可就是因为这住房，连孩子也不敢要。再说，按条件，也应该轮到我。处长你千万不要误会，我们可不是不会生，说老实话，我们的生殖系统没有任何毛病。"

副处长听他这么一说，一怔，既相信又不太相信，笑着说："其实没小孩也挺好，有了小孩，烦得很！"

由于房子的事情又出现风波，过升凡事都让着孙敏。孙敏的心情变得十分恶劣，大有恨之入骨的意思。怀孕了就有反应，肚子老是饿，又说不清楚自己究竟想吃什么，反正心里总是不痛快。不痛快，就找过升的碴，她吃准了过升又在房子的事情上骗她，动不动就和他吵，不仅跟他吵，还要和邻居黄毓娟斗气。偏偏这女人从来就不是省油的灯，自己的男人在外面不循规蹈矩，她正憋着一肚子的火没地方发泄，和孙敏正好是针尖对麦芒，礼尚往来，你狠，我更狠，你站在我房间门口说理，我追到你房间里去叫骂。几个回合战下来，孙敏明摆着斗不过她，撒野放泼，都不是对手，便说："和你这样俗气的小市民住在一起，真是倒了八辈子的霉！"黄毓娟冷笑说："不错，我们是小市民，有能耐你们赶快搬走呀！"很显然，黄毓娟家很快就要搬到新房子里去住了，有意无意地，她常常流露出这份得意，而且连搬家要用的纸盒子和绳子，也已经准备好，就堆在过道上，存心让别人看着难受。孙敏恼羞成怒，在自己的小房间里发狠，跟过升嘀咕，说有什么可以傲气，自己男人成天在外面寻花问柳，说不定哪天就把性病带回来。

孙敏除了跟过升吵，动不动还要撵他走，就像当年过升的父亲对他一样，她撵他走的理由是一看见他就烦，一看见他在自己的眼前晃悠，心里就条件反射不痛快。这些话让过升又一次回忆起自己曾经有过的屈辱岁月。成为多余人的过升，没有属于自己的地方可以去，唯一能够让他躲避的去处，就是爬到屋顶上去发呆，买一个袖珍的俄罗斯望远镜，去观察别人隐秘的生活。最让过升感到委屈的是，他莫名其妙地在派出所被关押了三天，作为妻子，孙敏竟然没有探望过一次。一想到这件事，过升就不能不感到寒心。一日夫妻百日恩，孙敏的所作所为，有时也太狠了一些。他从派出所里被放了出来，她不仅不表示任何歉意，而且还仍然不高兴，好像他真做了什么对不起她的事似的，怎么说都好像是她有理，怎么说都是过升的不是。孙敏似乎突然变了一个人，变得心事重重，变得蛮不讲理，老是一个人坐在那发呆，说话前言不搭后语。孙敏说，好端端的，人家派出所为什么非要想到你？孙敏又说，你活该，有贼心没贼胆，你若真像个男人倒也好了。

说来说去，在过升看来，都是没有分到房子的错。过升这人最大的好处，就是容易自责和自省。有了房子，一切问题都可以迎刃而解。要是有了自己的套房，夫妻之间怄了气，起码可以躲到别的房间去。过升知道自己一生中所受到的委屈，问题就在于他始终没有一间自己的房间。他永远是生活在别人的房间里。别人的房间，永远是个大陷阱和沼泽地。由于副处长并没有肯定地说，那剩下的一套房子，一定没他的份，因此他还谈不上完全死心。但是，由于副处长也没肯定地说，腾出来的旧房子，一定有他的份，因此他只能不放心。既不死心，又不放心，结果活生生地把过升弄得有些魂不守舍。孙敏的脾气像驴一样倔强，然而孙敏又不是头驴，她真要不高兴，过升总不能拿她当头驴似的抽一顿吧。

第七章

过升绝不会想到孙敏的反常，和遇到她的小学同学谢东有关。谢东动不动就来找孙敏拔牙，孙敏说，你牙好好的，干吗老是要拔？谢东说，不拔掉几颗牙，我怎么能有借口来看你呢。孙敏知道他最喜欢讨异性的好，而且轻薄的话张口就来，随时随地都准备和女孩子调情，可就是没办法讨厌他。刚开始听他说话，还会脸红，渐渐地也就习惯。谢东有两处房子，一处是单位分的，在城里，另一处是自家的老房子拆迁，加了些钱在郊区买的，面积很大，他见人就吹嘘那房子怎么好，如何宽敞，不止一次说

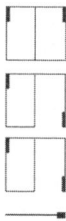

要带孙敏去看房子，孙敏说，我们和人家挤在一套房子里，你一个人住两套，不是存心气我们？是不是打算租一套给我？谢东一本正经地说："这房子一般人可租不起，要租，我就租给那些养二奶的大款，这样租金高。"

孙敏是在自己妊娠检测做了一星期以后，和谢东一起去郊区，看他刚拿到钥匙的新房子的。地点很远，孙敏坐在摩托车后面，出了太平门，好半天仍然没有到达目的地。城市正在肆无忌惮地扩大，路两边到处都是新房子，孙敏拍了拍正在驾驶摩托的谢东，气不服地说："我真弄不明白，这么多新房子，都是准备给谁住的？"

谢东一边很潇洒地开车，一边说："这用不着你操心，只愁没房子，从来不愁没人住。"

前面有一条岔道，是还没有修好的石子路，谢东拐弯沿着石子路朝前开，速度稍稍放慢。孙敏长这么大，是第一次坐在摩托车后面，一路颠过来，屁股底下感到有些麻木，上了石子路以后，颠得更厉害，手不由自主地抓住了谢东的衣服。谢东回过头来，笑着问颠的得感觉怎么样，孙敏嗔怪说，颠死了，早知道这样，根本就不应该来。谢东说，前几天带老婆来，他老婆说，再这么颠下去，都快颠出高潮来了。孙敏一下子没反应过来，怔了一怔，才明白这话的确切含义，她没想到谢东竟然说出这么下流的话来，用力在他的背上捶了一记，说你这人怎么这么无聊。谢东笑着说，女人真要是没高潮了，才无聊呢。孙敏见他越说越不像话，拿他没办法，半是生气地在他背上又捶了一记，说你这人真不要脸。谢东做出很冤枉的样子，说这绝对是他老婆的原话，如果要说不要脸，也是他老婆不要脸。

终于到达目的地，谢东的房子是在五楼，因为没有装修，空荡荡的显得很大。孙敏充满羡慕之情，挨个房间看了一遍，又是叹气，又是摇头。隔壁人家正在装修，噪耳的电钻声，一阵一阵地响着。谢东突然跑到了阳台上，孙敏跟着他过去，却发现他正准备用手机打电话，他对她笑了笑，说是打个电话跟老婆汇报一下。孙敏做出根本不介意的样子，站在阳台上，朝大楼下面看，无意中，她看见他们来时骑的那辆摩托车。那是一辆台湾产的红色豪华摩托，排气量为125升，她看着那黑黑的皮坐垫，突然想起刚刚在路上，谢东说过的下流话，不禁一阵脸红。

谢东终于跟老婆联系上了，大声喊着："你怎么跑到无锡去了？今天回来不回来？什么？要回来也得到半夜。那我的晚饭怎么办？我不管，我就上馆子了。我跟你说，我现在正在新房子里……"孙敏不想听谢东和他老婆聊天，她走进卫生间，见那里面很脏，便蹲在抽水马桶边沿上撒了泡尿，然后走了出来，发现谢东还在那和他老婆聊，于是走进另一间房间，空空的房间没什么可看的，她走到窗口，情不自禁地又一次往窗外看，又一次看见了停在楼下的谢东那辆红色摩托车。

看完了新房子，谢东又要带孙敏去看他城里的房子。孙敏嘴上说，知道你今天存心是想气我，然而还是忍不住想看看的好奇心。谢东城里的房子是在市中心，是一个中套，装修得很华丽，进门得换拖鞋，谢东显出热得熬不住的样子，带些卖弄地拿起一个遥控器，将空调打开，然后又换了一个遥控器，遥控音响装置，播放起流行音乐，故意将声音开得低低的，那情调就仿佛是在酒吧里，朦朦胧胧地有背景音乐在伴奏。这一次，孙敏没有流露出什么羡慕之情，此时此情此景，她感到的只是嫉妒。谢东让她坐在沙发上，打开冰箱，问她喝什么饮料。孙敏说随便，谢东又问是雪碧还是椰汁，孙敏笑起来，说跟你说了随便，谢东于是便开了两罐椰汁。孙敏接过来就喝，喝了几口，笑着说："我说你怎么敢把我带来的，原来你老婆不在南京。"

谢东笑容可掬，说："真让你说着了，我老婆要是在，还真不敢带女的回来。我老婆那个醋坛子要是打翻了，不得了！"

孙敏有些后悔引起这样的话题，她不过是随口说说，而效果却好像是在故意挑逗谢东似的。两人坐在那无事可做，谢东便拿出照相簿，让孙敏看他家人的照片，谢东的老婆很漂亮，一笑，两个浅浅的酒窝，儿子已经上小学了，看上去和谢东小时候很像。孙敏一边看，一边又忍不住和他开玩笑，说你有这么漂亮的老婆，干吗还要去追别的女人？谢东让她说得竟然有些不好意思，腼腆地嘀咕了一声："别瞎说，我追谁了？"

孙敏还是有些忍不住，继续开玩笑说："算了吧，你可不是什么好人！"

谢东已恢复了平时的潇洒，很轻薄地说："这话不错，我从来就不是什么好人。"接下来，两人说了些小学时的旧事，又谈起一些同学的近况，说着说着，外面的天黑下来。谢东说，肚子也该饿了，今天他请客，上街随便吃些什么。孙敏说她不饿，谢东说不饿也得吃，因为吃饭是人生中最重要的事情，于是两人一起向大门口走去，孙敏弯下腰来换鞋子，刚换了一只，谢东忽然失控起来，猛的一下从后面抱住了孙敏，像抱一只弯着腰的大龙虾一样。孙敏吓了一大跳，连忙挣扎，谢东将她抱到了沙发前，往沙发上一扔，吃准了她不会真心拒绝，很执着地对她动起手来。孙敏没想到真会发生这样的事情，她的一只脚已经套上了鞋子，只好将腿抬起来，脚跷在半空中，一边强烈反抗，一边担心鞋子上的泥，把谢东家的沙发弄脏了。

结果那天孙敏不仅让谢东称心如意，而且还省了他一顿晚饭钱。该发生的事情来得似乎早了一些，因此当事情真正结束以后，孙敏已经没有心思和他一起上馆子了。她像闯了什么祸似的逃之夭夭，拦了一辆出租车就往家奔。快到了家门口，她显得有些犹豫，让司机继续往前开，漫无目的地往前，一直开到一家电影院门口，下了车，不管三七二十一，买了一张电影票就进去。一边看电影，一边把刚刚发生过的事情，仿佛清点钱包一样，重新梳理一遍。事情的发展，实在出乎意料，她想不明白究竟是什么因素，使她变得那么疯狂。也许是坐摩托车时颠簸引起的刺激，也许是嫉妒谢东老婆有一个过于幸福的家庭，想到临了，终于得出了一个能让自己心服口服的结论，这就是早在上小学六年级的时候，她就很喜欢谢东。谢东应该算是她的初恋情人。这是一个羞于说出口的秘密，孙敏知道当时班上有许多女孩子，都暗恋谢东。

第二天，上班的时候，谢东打了一个电话过来，说昨晚的饭，一定得补。他情意绵绵地告诉孙敏，说昨晚她走了以后，自己一个人上了馆子，点了一桌菜，就好像她还没走一样，在馆子里独坐了半天。孙敏听了，有些感动，便答应下了班再和他见面。见了面，孙敏觉得有些难为情，谢东却没事似的和她闲扯。因为是在馆子里，人来人往，很多话不便明说，谢东想摆阔多点几个菜。孙敏说，就两个人，点那么多菜干什么？谢东说，不吃白不吃，干吗要为我省钱？孙敏便笑，光是笑，不说话。点完了菜，坐在那无所事事，谢东神秘兮兮地看着她，孙敏让他看得有些不好意思，说看着我干什么。谢东有句话已经憋了许久，突然说："孙敏，你知道我现在在想什么？"孙敏当然不知道他的想法，他向周围看了看，说哪天你独自一个人值班的时候，打电话给我，我很想在你们的手术椅上，和你风流一次。孙敏的脸顿时通红，狠狠白了他一眼。

几天以后，中午值班的时候，治疗室里就孙敏一个人，她突然想起谢东说的话，便冒冒失失给他打了个电话。很快他就赶来了，装模作样地还挂了个号。因为是夏季，午休时间很长，谢东往椅子上一躺，笑着说自己又来看牙了。孙敏嫌他没正经，不理他，他伸出手拉孙敏，将她硬拉到身边，手便往她裙子里伸。孙敏用劲打他的手，他觍着脸，不说话，手也不停止。孙敏怕有人突然闯进来，只好装作在替他检查牙齿，她在那做着检查，谢东就趁机大有作为。他是有备而来的，孙敏还没弄清楚怎么回事，他已经捞起身边的手术刀，十分熟练地把她裙子中的三角裤的裤裆划开了。

孙敏做梦也不会想到自己竟然会那么疯狂。幸好穿着一条宽松的大裙子，自始至终，她的手里都捏着一把银光闪闪的钳子，即使是在谢东如愿以偿地走了以后，那把钳子仍然还在她的手上捏着。她知道这么做很过分，而且绝对无耻，然而又不得不承认这样真的很刺激。谢东说，早在第一次躺在手术椅上的时候，他看着她穿着白大褂，向自己俯下身来检查牙齿，他就产生了那种不可遏制的下流念头。谢东这人最大的优点，就是非常坦白。她发现原来她是真的很喜欢谢东，为了他，让她干什么都可以。她想自己之所以会如此疯狂，很重要的原因，是因为自己怀了孕。怀孕不仅让她不必担心通奸会留下罪证，而且作为医生，她还知道在怀孕的前三个月中，如此疯狂地做爱，很可能会导致流产。孙敏发现自己的潜意识中，正在希望自己能够流产。她不想要肚子里的小孩，一开始就不太乐意，现在她的生活中有了谢东，更不想要了。

第八章

对于过升来说，这将是他一生中最糟糕的一天，因为短短的一天中，他连续受到了两次严重打击。首先，他心目中最大的事情，也就是盼望已久的房子突然泡了汤。紧接着，孙敏又告诉他一个更残酷的消息，她已经自作主张地在自己的医院里堕了胎，医生说那很可能是个男婴。接连两件事，像左右开弓的两记耳光，扇得他眼前直冒金星。

这一天开始时，没有任何不好的迹象。大清早，他去上班，工会主席老张找到他，要他陪着一起去精神病医院，看望正在那治疗的金莉波，说这是医生的主意，金莉波近来病情已大为好转，他去看她一下，有利于她的病情进一步向好的方向发展。过升觉得自己有充分的理由拒绝，但是不愿意在分配房子的关键时刻，在单位里给人留下不好的印象，他希望让大家一致认为，像他这样听话的模范职工，已经和别人合住了八年，受够了罪，应该把腾出来的那最后一套旧房子分配给他。两天前，过升又一次向副处长提出房子的事情，副处长和蔼可亲地笑着，好像是在向他暗示，这问题不会太大。

金莉波看到过升时，很有些不好意思，显然她此时的精神状态很正常。她穿着一套病房里的衣服，抹着淡妆，头发梳得十分齐整，红着脸表示了歉意，希望过升对于过去的误会，能够宽宏大量地原谅她。她告诉过升，只要自己很好地配合治疗，不间断地吃一种叫什么的进口药，她的精神病就不会再犯。过升被她说得有些感动，想一个女人最不幸之处，就是得这种容易遭人议论的毛病。工会主席老张有一张婆婆妈妈的碎嘴，他解释说金莉波现在四十多岁，再过几年，到了五十岁，随着年龄越来越大，过了更年期，许多麻烦事就不会再有。俗话说，无欲则刚，那种欲望淡了以后，天下自然会太平。一路上，老张喋喋不休，说金莉波这毛病，其实也就是一种花痴，她一口咬定过升，说明她喜欢他，老实说，金莉波人长得真不丑，半老徐娘，风韵犹存，当然对过升来说，也许年龄大了些。

直到从医院回来的路上，情况才发生逆转。在这之前，过升的心情一直很好，心平气和。话终于从金莉波身上，转移到了房子上，老张突然问过升知道不知道已退休的前任副处长，占了一套新房子。过升点点头，因为这已经是旧新闻了，没想到老张紧接着又问他，是否知道另一套新房子给了谁？过升摇了摇头，老张神秘兮兮地向他透露，说那套新房子已经给了谁谁谁。过升点了点头，他关心的只是腾出来的旧房子，便向老张打听，老张随口说："这套旧房子吗？有些复杂，很多人都想要，听说还有你，昨天中层干部开了个会，说是决定给邵辉。"

过升差一点跳起来，这时候，他和老张正在出租车上，突如其来的坏消息让他有些失态，他猛地一把揪住了老张的手说，怎么可以分给邵辉？他有什么资格？这小子来机关才几年，你们中层干部开会，为什么不帮我说说话？这不是存心拿我当猴耍？老张火上浇油地说："机关的事情，你又不是不知道，说是说中层开个会讨论，其实还不是处头一个人说了算！这年头，马善好骑，人善好欺，那邵辉也没什么别的能耐，就是会闹。"邵辉是一位刚从别的单位调来没几年的大学生，以能闹著名，曾为分苹果的事情，和老张狠狠地吵过一架，老张对他没什么好印象。过升一口气憋在心里，所有的好情绪顿时都被破坏了。他想到事情已经偷偷地定下来，副处长居然还在做戏，见到他跟什么事也没发生一样，真他妈的太不是东西。眼见着就要到家了，孙敏一旦知道这事，不知道会如何闹法。这一阵，他们总是处在冷战状态，偶尔说几句话，她酸溜溜地老是把离婚抬出来吓唬人，动不动就说两人的缘分已经到头了，还是早些分手干脆。过升绝没有想到，回家以后，另一个更严重的打击，正用心险恶地等待着他。孙敏连续两天没有回家住，今天却在床上躺着，人看上去有几分憔悴，头发很乱，眼睛红红的，过升十分沮丧地进入房间，不明白发生了什么事，看她不想理自己，他也不乐意主动和她打招呼。

孙敏突然冷冰冰地说："我已经把孩子流了。"

孙敏永远也不会告诉过升自己堕胎的真实原因。她差一点就要告诉他，然而话已经到了嘴边，又咽了回去。这样的秘密，按道理只能让一个男人知道，既然孙敏已把这秘密告诉了谢东，就不应该让第二个男人来分享这个秘密。孙敏并没有想到自己会在情网中，陷得那么深，那么不顾一切。尽管谢东一再流露，他们之间只是在做爱情的游戏，这样的游戏很多人都在做，但是她还是当了真。经过几次不同方式的约会以后，孙敏错误地认为自己有必要，最大限度地向谢东表示自己的爱意。她毅然去了妇产科，找了一位熟人，打掉了自己肚子里已经快四个月的小孩。

孙敏在值班室里躺了一天一夜，然后跑到街上去打磁卡电话，告诉谢东自己为他干了什么。谢东很吃惊，好半天不接茬，最后结结巴巴地说："你怎么可以这样呢？"

孙敏隐隐约约地能感觉出他很不乐意，不由得一阵失望，说："我不想要这孩子，我想要我和你的孩子。"

谢东叹气说："你这人也怪，怎么会有这么糊涂的想法？"

电话里许多话说不清楚，两人约好了第二天再谈。第二天上午，谢

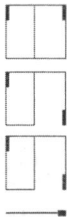

东来医院门口接孙敏，拦了一辆出租车，将她带到自己的一个女朋友处。这地点选得很不合适，那女朋友一看就可以确定和谢东关系暧昧，她显然也知道孙敏是什么人，知道他们之间出了什么事，安置好了他们以后，自己便告辞上了街。孙敏说，亏他想得出，竟然把她带到这来了。谢东说，这地方绝对安全，谁也别想找到他们。孙敏知道他们之间将有一次艰难的谈话，她不断提醒自己，必须勇敢地面对现实，说什么也不应该流下眼泪，但是最后还是忍不住流下泪来。谢东说，他最不喜欢女人流眼泪，什么话都可以说，可以慢慢讨论，干吗要流眼泪呢？孙敏说，他用不着慌张，自己的眼泪，并不是为他流的。

谢东告诉孙敏，她的一些想法，是非常幼稚的。她冒冒失失地去流了产，根本就不征求别人的意见，这么做，对他来说很不公平。她这是故意向他施加压力，让他永远觉得自己欠了她一笔人情债，让他在良心上始终感到不安。从表面上看，她好像是为他做出了牺牲，然而实际上，她是要把一根绳子永远勒在他的脖子上，是想控制他，扼制住他的自由，而对于他这样的男人，自由是像生命一样宝贵的东西。他告诉孙敏，他一度非常喜欢她，他们之间过得很浪漫，现在他已经开始怀疑，他开始怀疑他们之间的这种关系。孙敏一句话也插不上嘴，她奇怪他竟然会这么说，而且不得不承认他说的，也有些道理。她本来想告诉他，自己如何爱他，如何发自于内心深处地喜欢和迷恋他，现在突然觉得这些话，已经用不着再说了。

孙敏已经堕胎的消息，给过升带来的不仅仅是震惊。他觉得自己什么都可以让着孙敏，唯有这件事不行。他压抑的时间已经太长了，愤怒终于像火山一样喷发，他怒不可遏地抽了孙敏一记耳光。这是他从小到大，第一次真正动手打人，而且是打一个女人，是打自己的老婆。他说我没有权利阻拦你离婚，但是你也没有权利把这小孩流了，这小孩有我的一半，他身上流淌着的是我的血液，你杀死了他，也就是把我的一半也杀死了。他说，你可以欺负我，拿我不当人，拿我不当男人，但是你不能欺负无辜的小孩，你不能因为他是婴儿，不能向你提出抗议，就非常卑鄙地谋杀了他。过升威胁说要去法院告她，因为她犯了谋杀的罪行。

孙敏呆呆地望着他，没有做出任何反应。过升做梦也不可能想到自己竟然会扇她一记耳光，这好像是另一个他才会做的事情。他并不是感到歉疚，奇怪的只是自己真的就这么做了，而且出手居然那么快，完全把孙敏给打懵了。过升说，他有同学在法院，这一次他一定要告她，要让全世界都知道她这么做，是侵犯了一个男人为人父的正当权利。

孙敏终于用手去摸自己的脸，她说："既然这孩子有我的一半，我当然有权利流产。"

过升流着眼泪说："说到底，都是我这人太好说话。我好说话，所以你们就都不把我当人。告诉你，离婚就离婚，现在，我根本就不在乎你，你等着好了，这次我是豁出去了，你就等着法院的传票吧。"

孙敏不想和过升争吵。她看他为流产的事情，急成这样，知道自己是极大地伤害他了，隐隐地感到有些内疚。要是他知道了自己对他的不忠，还不知会气成什么样子。她此时心乱如麻，急需找一个清静的地方，痛痛快快地大哭一场。未来会怎么样，她现在懒得去想，过去又怎么样，她也不想再回首，当务之急，是想孤零零地一个人躲起来，舔舔正在流血的伤口。她一声不响地整理着包，那情境就像当年过升准备离家出走时一样。她终于把一个巨大的帆布包塞满，又把牙刷和洗脸毛巾装进一个塑料口袋，然后转身默默地离去了。

过升冲着她的背影，气急败坏地喊着："你滚吧，永远不要回来。"

第九章

过升决定去找副处长，他已经想了无数遍，无论哪一条理由，邵辉都不应该比自己优先，论资排辈，掰着指头算，邵辉怎么也该排在他后面。不能说谁会闹，谁就应该占便宜。如果真是会闹的人就应该占便宜，过升也可以去大闹一场。临出门时，过升忽然心血来潮，他跑进厨房，决定将自己家的一把不锈钢菜刀带上，然而那把菜刀是小号的，看上去还不够威风，他便随手将黄毓娟家那把大号的菜刀取了下来，放在浅红色一个塑料口袋里，气势汹汹拎着去见副处长。

按了电铃，隔着防盗门，副处长老婆对站在门外黑暗处的过升说，她丈夫不在家。过升气鼓鼓地说，他明明白白地看见副处长逃进了一间房间，打发客人也不能这么过分吧，别人都亲眼见到了，还非要说人不在家。由于天气太热，副处长家的大门敞开着，只锁了一道防盗门，过

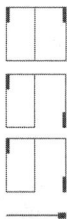

升站在楼道上，室内的一举一动，看得清清楚楚。副处长见躲不过，只好觍着脸出来接待过升。过升进去了，气鼓鼓地往沙发上一坐，说今天要和他好好地谈谈房子的事。

副处长说："说到房子的事，我就坐立不安，老实说，你不来找我谈，明天上班的时候，我也准备找你谈一次。你知道，这分房子，是最头痛的事情。"

过升拎起手中的塑料口袋，往茶几的玻璃台板上带有挑衅意味地一放，"砰"的一声，副处长吓了一跳，因为他不仅听见了声音，还看见塑料袋里雪亮的菜刀，脸色顿时变了。过升愣头愣脑地说："处头儿，我今天来，你总得给我一个说法，要不然，要不然，我跟你没完！"副处长结结巴巴地说："小过，你可是个老实人，总不至于是来威胁我吧。"过升悲愤地说："我威胁谁，我是威胁我自己。我在那个破房子里，已经住了八年了，你答应给房子的，你答应好的，现在你又把房子给了邵辉，我告诉你，我老婆现在要和我离婚，怀了四个月的胎儿也流了。我忍了又忍，没办法再忍了，你说我该怎么办，你说。"副处长老婆听见过升的声音大了，不分青红皂白地从里屋跳出来，说那么大声干什么，要谈工作，到单位里去谈，这是私人的住处。过升腾的一下站了起来，用一种很难得的大声说："我就要在这谈，怎么样！"

副处长很生气地喝住了老婆，非常严厉地训斥她，说你一个妇道人家懂什么，不许插嘴，自己是领导，下属有什么问题，当然可以上家里来谈，说完，很同情地掉转过头来，对过升说："小过，坐下来，坐下来谈，有什么委屈，你先全说出来，然后你再听我解释。"过升板着脸说："我不想听你解释，你说，那最后一套旧房子，是不是已经给了邵辉？"副处长很为难地叹着气，十分真诚地说："听我慢慢解释好不好，这样，你先把气消一消，一定要把气消一消，然后听我解释。"过升气鼓鼓地不说话。副处长便继续叹气，他做出很能理解过升的样子，语重心长地又说："我知道你很气，心里有委屈，这很正常，换了谁都会这样。你知道，那套房子最后给了邵辉，那也是没办法，你听我说，为什么这样呢？因为区委的李主任，看中了邵辉现在住的那个单居室，两套新房子能给我们，跟这位李主任也有关系。李主任要这单居室，当然不是给自己住，人家也不是给自己小孩住。是怎么回事呢，你听我慢慢说，是他们政协有一位女秘书，刚离了婚，没地方安置，因此，就看中了邵辉的房子。依了我，是要把你的房子给她，可她这人疙瘩，一定要邵辉的房子。"

　　副处长说到临了，仿佛比过升更委屈，更有一肚子的牢骚，要对人倾诉，今天正好给了他一个一吐为快的机会。一口气说了许多分配房子的黑暗，他告诉过升，那位李主任所以要为离婚的女秘书弄房子，是因为组织部的王部长喜欢这位女秘书，当然不是说他们之间一定就有什么男女关系，但是王部长难得求李主任的，李主任也不敢太怠慢。从表面上看，一套房子只是分给某一个人，其实在这背后，每一套房子，都可以带出一大堆关系，要得罪人，一得罪就是一大片。副处长见过升脸上一片茫然，苦着脸说："小过，你说说看，我难不难？我这领导做得有什么意思？你就是把菜刀拿出来，砍我几下子，我又能有什么办法。这样吧，你有气，你砍我两菜刀好了。我知道你是老实人，也是让环境逼急了，你砍我好了，我能理解你！"

　　过升不说话，实在没话可说，他没想到最后竟然会是这样。副处长又说，他是过来人，什么事没遭遇过，就说这次分房子吧，有人写匿名信，有人要送金项链，还有人威胁说要绑架他的女儿。他说也谈不上什么坚持原则，无非该坚持的，就一定坚持，反正要命就一条，既然上面还要他当这个领导，他也就只有硬着头皮，摸着良心干下去。在结束这次谈话前，副处长又打气似的安慰过升："凡事都得靠自己的良心，我这个人也不喜欢说大话，你小过真不用太悲观，你想想，马上就要房改了，所有的房子都得花钱买，而且所有的领导干部，一人只能买一套房子，到时候，那些一人有两套三套房子的，还不得乖乖地把多占的房子，都退出来。"

　　过升拎着装有菜刀的塑料口袋，灰溜溜地离开了副处长家。他之所以没有抽出菜刀，在副处长肥胖的身躯上砍上两刀，不是因为突然害怕了，而是觉得这样做毫无用处。光砍一个副处长有什么用，除非他有足够的时间，把什么李主任、王部长的，每人都像剁肉一样地砍上几刀，把那个可恶的俗不可耐的副处长太太，砍上几刀，然而就算是这样，就算是砍了这些人，又有什么用？砍又不能砍出房子来。

　　过升发现自己的心情从来也没有这么糟过。回家的路上，他真希望

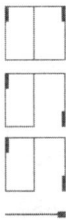

有人向他挑衅，这样他便可以痛痛快快地砍人两菜刀。记得刚上中学的时候，他所在的学校有个高中生，因为喜欢和人打架，书包里就常常放一把菜刀，那人正好姓蔡，大家给他起的绰号，就叫"菜刀"。"菜刀"后来吃了官司，听说放出来，又和别人打架，终于出了人命，给判了死刑。过升依然还能记得"菜刀"的模样，人长得像模像样，看上去非常文静，一点都不像是打架不要命的人。

回到家时，已经九点多钟，黄毓娟正在卫生间里洗澡。黄毓娟的儿子参加夏令营去了，她打算早点洗了澡上床睡觉。洗了澡出来，从冰箱里抱出一个西瓜，想切一瓤慢慢享用，去厨房拿菜刀，突然发现自家的菜刀没有了。她是个急性子，四处看看，张嘴就嘀咕，谁把菜刀拿走了。过升正在房间里生闷气，听见她在嘀咕，不知道她说什么，后来听见她在说菜刀，忽然想到这和自己有关，于是连忙将菜刀送出去。黄毓娟顿时很不乐意，偏偏过升很不知趣地说："对不起，你家的菜刀，是我偷的。"

黄毓娟看着他从塑料口袋里往外拿菜刀，说你这人怎么这样，你要用别人的东西，也应该打个招呼，就这不声不响地拿走了，算是怎么回事。过升仍然是没有好气地说："算了，我不是已经承认了，菜刀是我偷的，是我偷的！"黄毓娟说："你别故意找不自在，我什么时候说你偷了？"过升说："你是没说，是我自己说的，我是小偷，我就是小偷，可以了吧。"黄毓娟说："不是偷不偷的问题，你应该事先打个招呼。到现在，你也用不着死皮赖脸，硬说自己是偷。"她已经习惯于对别人喋喋不休，尤其是对过升，虽然不像和孙敏一样，动不动就恶语相加，但是一逮着机会，教训起过升，就像熊自己的儿子那样不含糊。过升平时从没有和她真正地红过脸，孙敏和她有什么口舌之争的时候，他总是一声不响地在旁边看，内心深处对黄毓娟早已非常反感。黄毓娟没完没了地还在嘀咕，过升觉得一股恶气在胸中作怪，急不可耐地想冲出来。

过升说："实话告诉你，我拿你家的菜刀是想去砍人的！"

黄毓娟好像根本就不相信他的话，她将菜刀反复洗着，然后气势汹汹地切西瓜，嘴里不干不净地还在啰唆，颠来倒去就那几句话，也不看看过升的脸色。过升恶狠狠地说："你他妈有完没完。"说了，掉头回自己房间，黄毓娟从来就是要占上风的，今天分明是过升没有道理，怎么能听得进这句话，立刻捧着西瓜，追到过升房间门口，不依不饶地问他，说他既然是做了小偷，凭什么还骂人。过升说：

"我骂你什么了？"黄毓娟说："你他妈的嘴里干净一些，别讲起来还是个大学生，嘴一动就带出个脏字来。你们不是有文化的人吗？别搞得像我们小市民一样！"说完，眼见着过升哑在那，不敢再吭声，大获全胜地一边吃西瓜，一边回自己的房间。

过升呆在那里，越想越气。这世界上，什么样的人，都要欺负他，什么样的人，都觉得他窝囊无用。黄毓娟平日是他最看不起的女人，自己的丈夫在外面寻花问柳，她管不好自己的丈夫，憋着一股怨气，到处找别人发泄。有一句话，过升始终憋在心里，从来没对人说过，这就是像黄毓娟这样的女人，说穿了也就是欠肏，是性压抑。过升突然十分冲动地跑到黄毓娟家门口，眼泪汪汪地说："你这女人老是得寸进尺，我告诉你，你不要做得太过分。别真以为人家都是好欺负的。你究竟算是什么东西，搞得连自己男人都那么讨厌你。"由于他的话很严厉，黄毓娟既有些受不了，又有些被他恶狠狠的用词唬住了，想不明白这位平时文乎乎的书呆子，如何一下子变成凶神恶煞，一下子说出这么歹毒的话来。马善被人欺，人善被人骑，过升的脑海里，突然反复出现了这句至理名言，同时，自己一生中所遭受到的屈辱，都像放电影胶片一样地在他的眼前闪过。

无法解释过升为什么会失去控制。他似乎找到一个最能羞辱黄毓娟的傻办法，当时，黄毓娟正坐在床沿上，呆呆地看他站在门口，看着他又指手又画脚，不明白他为什么会这样怒不可遏，顷刻间，完全变成了另外一个人。黄毓娟显然是被他打败了。过升决定乘胜追击，突然飞快地把裤子往下一推，像蚕蜕皮似的，把自己的裤子一直剥到膝盖那里，然后孩子气地对着黄毓娟，就仿佛是对着厕所间的小便池，顽强地挺着自己的小肚子。这一步棋，也许只是在笨拙地模仿童年时的游戏。很多年以前，那时候他还是个小学生，在亲生父亲家里，那对当时也还不知羞耻的姐妹，常常用这样的游戏捉弄他。过升希望黄毓娟能像当年的自己一样，立刻做出惊慌的反应，立刻用手捂住眼睛，把头转过去。这样，他便可以像当年那对总是欺负他的姐妹一样，迅速拉起自己的裤子，胜利"撤兵"。

然而黄毓娟完全被他搞懵了，自然她是很生气，与其说是生气，还不如说她更好奇。她完全没有像过升预料的那样慌里慌张，恰恰相反，因为她并不慌张，结果真正感到慌张的，反而是过升自己。这一招出奇致胜的法宝，就在于要快，要迅雷不及掩耳，时间一长，就变成了荒唐的闹剧和喜剧。黄毓娟的眼睛，直直地盯着过升耷拉着脑袋的"小兄弟"，过升感到很不自在，不安分的血液在身上到处乱窜，那"小兄弟"像充了电似的正在苏醒，逐渐斗志昂扬起来。过升连忙往上提自己的裤子，那裤子已卷成了麻花状，想很快恢复原位，也还真不容易。黄毓娟终于说话了，她说你这不是耍流氓嘛，她说我马上就喊了。尽管她并没有真的准备喊，只是吓唬吓唬他，但是过升却感到了真正的恐惧，他的脑子里一片空白，不顾一切后果地往前蹦了一步，青蛙攫食似的将她扑倒在了床上。接下来的一切就不可收拾。黄毓娟刚洗过澡，身上到处都是香皂的味道，她的下身穿了一条半新不旧的花布大裤衩，这种大裤衩只有那些不注重衣着的中年妇女才会穿，虽然看上去不像时髦的小三角裤那么性感，但是脱起来实在方便，顺势往下一捋，竟然可以从上一直捋到了脚背面上。

第十章

已经真正沦为罪犯的恐惧，折磨了过升好几天。尤其是事情发生的那天晚上，过升意识到世界已经到了末日。他很狼狈地逃回自己的房间，羞愧得无地自容，恨不得立刻找根绳子，寻死上吊。许多想都不敢想的事情，突然说发生就真的发生了，过升做梦也不会想到事情的结果，竟然会是这样。这事实在有些恶心。过升像具尸体似的躺在床上，忐忑不安地等待着事态的进一步发展。黄毓娟只要给110打个电话，几分钟以后，公安民警便可以赶来。

隔壁房间里没有任何动静。看来黄毓娟暂时还没有想到，或者说还不愿意走110这一步棋。这时候的安静，足以让人心惊肉跳，隐隐约约地能听到来自大楼里的其他声音，远远的，好像来自另外一个世界。突然，黄毓娟的丈夫王国斌回来了，他乒乒乓乓地开着门，骂骂咧咧地说着什么。过升出于本能地坐了起来，看了看周围，发现只有床头柜上的热水瓶，可以临时作为战斗的武器。他想象着黄毓娟正对丈夫哭诉，然后那个性情暴躁的男人，会拿了一把刀来找他算账。这时候，再跑到厨房里去拿菜刀自卫，似乎为时已晚，过升神经紧张地听着外面的声音，他听见黄毓娟的丈夫大声地喊老婆替他拿换洗衣服，显然此时，他已经进了浴室。

整整一夜，过升都在想王国斌要是冲进来，自己应该怎么样。他觉得自己应该突然出招，抱起床头柜上的热水瓶，朝他脑袋上扔过去，然后趁机夺过他手上的刀，在他身上猛戳几刀。他必须战胜他，像个男子汉一样地击败他，然后把刀扔了，毫不犹豫地从窗台上跳下去。从五楼跳下，而且是头朝地，自己将必死无疑。既然已经出了那么大的事情，过升想自己再也无颜活在世上。从小时候起，过升就知道被人指着鼻子骂强奸犯，是最丢人的，强奸犯甚至在监牢里都被其他的犯人看不起。

一直到天亮，过升都没有合过眼睛，始终处在一种临战状态。王国斌洗了澡出来，一头钻进了自己的房间，这天，他竟然比平时早回来了。过升听见卫生间里哗啦啦地还有水声，既然王国斌此时在自己的房间，在卫生间的显然是黄毓娟。王国斌将电视打开了，对黄毓娟喊了一声，说衣服明天洗就是了，急什么，接下来便只剩下电视的声音，原来是在转播一场足球赛。过升对于足球没什么兴趣，但是他知道中国国家队正在国外比赛，因为很多球迷都在议论这事。电视里正在直播，中国队很快就进了一个球，解说员兴奋异常地说着，可惜球越踢越糟糕，对方不久也进球了，而且不是进了一个，解说员开始语无伦次，王国斌一声比一声高地喊着"臭球，呆×"。

过升有充分的理由相信，黄毓娟对自己的丈夫什么也没说。天亮时，过升进卫生间撒尿，出来时，迎面碰上他，他没有任何反应。这种事情，气量再大的男人也容忍不了。王国斌若无其事地在卫生间里刷牙，然后去厨房吃早饭，吃完了便出门，临走前，还和黄毓娟打了声招呼。黄毓娟问他回不回来吃饭，王国斌感到有些奇怪地说："我他妈的什么时候回来吃过饭的？"

黄毓娟说："我问一声，又怎么啦？"

王国斌说："你问的是废话。"

过升没有去上班，他迷迷糊糊地睡着了，一晚上熬下来，他感到有些困。醒了之后，百无聊赖，便打开电视看，肚子饿了，上街买了一份盒饭，同时还带回来两包方便面。这套房子里，现在就剩下过升和黄毓娟两个人，过升想冒险和她谈一次话，想向她道歉，恳求她千万不要把这件事说出去。但是他说什么，也鼓不起这份勇气，到晚上，黄毓娟早早地洗了

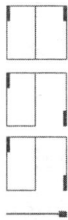

澡，把自己一个人锁在了房间里，看电视，平时她从来不锁门，天气这么热，看那架势，似乎是怕过升会再次非礼她。过升隐约觉得，黄毓娟平时脾气很大，却并不是什么烈性女子，事情突然发生的时候，虽然她也有所反抗，然而她的反抗不仅不坚决，而且到了后来，与其说是在反抗，还不如说是在邀请。她一方面抗拒着异族的入侵，另一方面，又不由自主地引狼入室，积极配合强敌的进攻。事实上，在整个战斗中，过升并没有遇到任何实质性的阻击，他没有遇到任何障碍，没有她的配合，他什么也干不成。

又过了一天，黄毓娟的儿子回来了，喋喋不休地说着夏令营的事情。家里多了一位男子汉，黄毓娟的胆子也大了，否则她总是缩在房间里，儿子回来，她又恢复得和平时一样，房门也不锁了，就好像什么事也没发生过，跟儿子有说有笑，心情好得不能再好。过升照常上下班，回来之后，即缩头又缩脑，尽量避免和她直接照面。毕竟是住在一套房子里，有时候实在躲不过，两人的眼睛对上了，黄毓娟还是掩盖不住面对他时的慌张和羞愧，像害羞的小女孩一样，很快地将眼睛移向别处。过升也觉得难为情，如果发生的一切，仅仅是一场梦就好了，然而偏偏不是梦。

孙敏这一次，在外面住了近一个月才回来。不能不回来，因为在外面，根本就没地方可以待。她的父母都已经过世了，在本地有一个哥哥和姐姐，各人自顾自，在谁的家里也住不长久。天气热，大家顾不得是否有伤风化，衣服穿得已不能再少，孙敏无论是在哪家蹭住，都显得十分多余。在医院的值班室也不能长住，医院也快分房子了，院长找孙敏谈了一次话，说她这样的情况，不能算无房户，无论在值班室怎么耗下去，都不会分房子给她。孙敏告诉院长，自己已准备离婚，院长说，离了婚，更没有理由分房子给你。医疗系统的房子向来紧张，早在她进这所医院前，就明明白白地说好的，医院没有房子。

回到家，孙敏和过升依然不说话。过升心里还有些不踏实，想黄毓娟都过了一个月，总不至于会向孙敏告密。这种事似乎也没办法告密。让他感到不可理解的是，孙敏和黄毓娟之间，似乎已经忘记了过去的疙瘩，两人竟然会十分亲密地攀谈起来。大家都化干戈为玉帛，她们都变成了另外一个人，另外一个对过升来说，显得有些陌生的女人。黄毓娟告诉孙敏，他们已经拿到了新房子的钥匙，这边的旧房子将让她的母亲来住。黄毓娟母亲的旧房子拆迁，新的拆迁政策，是一步到位，一定得花钱买，只要付些钱，就可以立刻拿到房子。黄毓娟夫妇贴了些钱，在郊区买了一个中套，现在正在装修。过了几天，黄毓娟的母亲便住到女儿这来了，这是一个70岁的老太太，看上去人还很健康，而且喜欢和人说话，只不过是耳朵有些背。

大约是觉得黄毓娟夫妇终于要搬走，孙敏觉得和一个老太太合住，要好得多，至少口香糖可以少用一些，于是心情也有所改善。仿佛是在采取一种间接的方法，来表示她对过升的歉意，她对邻居老太太客气异常。她许诺等黄毓娟他们搬走以后，自己会十分称职地照顾老太太，她十分热心地对老太太说，以后有什么事，尽管跟她说，她会打电话通知她的女儿、女婿。黄毓娟感激得不知说什么好，别人投之以李，她便报之以桃，一再关照自己母亲，说人家是双职工，别太麻烦人家，平时，应该互相帮忙，也帮着人家做些事。

黄毓娟夫妇选了一个好日子乔迁新居。请了搬家公司的人来，不一会，就把该取走的东西都拿走了。人逢喜事精神爽，黄毓娟夫妇喜气洋洋，里里外外地瞎忙，好像很恩爱的样子。临走时，黄毓娟向孙敏告别，过升看着她汗津津的侧影，心里有一种说不出的滋味。这个女人真谈不上漂亮，她若是长得像金莉波一样就好了，或者再年轻一些，皮肤再白一些，人再丰满一些。虽然在一起住了已经八年多，过升仍然不知道她今年究竟多大，反正比自己大上十岁甚至十几岁都有可能。他觉得自己既希望她赶快搬走，又有些舍不得。他觉得黄毓娟的想法，也和自己差不多。

黄毓娟最后没有和过升打招呼，她看了他一眼，就走了。

过升单位门口，新开了一家录像带出租店。秋天快来了，过升见区委大院的人，常常在那店里出出进进，自己也有些耐不住寂寞，也跑去借录像带。借了几次以后，他问老板有没有什么更好看的。老板说，什么叫更好看？过升也说不清楚，录像带实在太多，挑得他眼花缭乱。老板突然说："刚到了一盘新带子，是《新婚科学知识》，你信不信我的话，这绝对好看！"

过升说："这是给刚结婚的人看的，我结婚都八年了，你这是什么

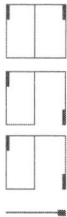

意思？"

老板不怀好意地笑，说："你回去看了就知道，这可是他妈的科学，结婚八年有什么用？中国人有的结婚都一辈子了，仍然还不科学。"

过升借了两盘带，其中有一盘就是《新婚科学知识》。到晚上，吃了饭，先看一盘枪战片，乒乒乓乓，从头打到尾。孙敏对这种打打杀杀的片子兴趣不大，便研究借回来的两盘录像带封面上的文字介绍，一边看，一边冷笑。看完了枪战片，过升换录像带，孙敏终于忍不住，说你借这种录像带回来干什么。过升说，录像店老板说的，这片子好看。片头开始出现字幕，是由某某计划生育委员会监制，然后便是一名教授模样的外国人出来说话，屏幕上打出了他的身份，是什么什么博士，在联合国的某个组织任职，他喋喋不休地说着，说了好半天，拿出几个模型，开始讲授男女生理知识。

知道上当已经来不及，过升忍受着孙敏的冷笑，故意做出很认真的模样。他不想让她觉得自己是心术不正。看到临了，总算看到几个裸体镜头，看到一些被解剖开的男女生殖器官。他的一个同事，曾借过一盘黄色录像带给他，看过那录像带，再看这种《新婚科学知识》，显然有些幽默和滑稽。孙敏打着哈欠，陪他看到一半，便歪在那睡着了。过升想，这录像带是花钱租的，再不好看，也得把它看完，再说，人多一些科学知识，也没什么不好。

一个星期以后，过升向孙敏提出来，要去她医院，将自己过长的包皮割掉。孙敏有些吃惊，说怎么突然科学起来了，又说你这包皮早就应该割了，人家犹太人，还是小孩子的时候，就割掉了，在一些国家，割礼同时意味着是成人仪式。过升说，中国人，有几个割包皮的？孙敏说，中国人，有几个像你包皮这么长的？你说你那玩意，前面多出来那么一截，和小孩的有什么区别？过升让她说得不自在，反唇相讥，说你怎么知道人家的包皮是什么样子，你又没看过几个。孙敏脸顿时有些红，说你不要无聊好不好，这是最简单的性科学知识，谁不懂？你不是前几天，刚看过一盘这方面的录像带吗？

过升觉得孙敏是故意让他难堪，她居然请了一个外科的老太太，替他割包皮。她这么做，显然是别有用心。外科的老太太还是一位主任医师，一看就是心狠手辣的女人，孙敏主动过来当副手，除了她们两位之外，还有一位漂亮的女护士，在手术室里进进出出，老是忍不住就看过升一眼。手术进行得很快，也很疼，手术过后，孙敏陪着他坐出租车回家，一路上，过升不停地咂着嘴。下了车，上楼的时候，过升岔开了两条腿，像骑在马上似的，一步一步，艰难地孩子气地往上挪。孙敏不相信地说："别装样了，当真有那么疼？"过升无可奈何，裤裆里那股火辣辣的滋味，实在难以言说。有一句现成又很粗俗的歇后语，叫"鸡巴头上的肉——吃苦不起"，可惜过升并不知道这句话，他要是知道了，也许就不肯去受这个罪，冒险割什么包皮，起码他可以用这歇后语，向在一旁看笑话的孙敏进行还击。

原载《花城》1998年第3期

点评

这篇《别人的房间》通过对城市小市民们日常生活状态的叙写，描写他们的爱情、婚姻生活，着重描写与住房相关的问题来展现当金钱原则越来越超越精神原则占据主流地位的时候，现代人的普遍生存状态和精神状态。作者在小说的一开头就引用了杜甫的《茅屋为秋风所破歌》，不仅预示了小说与"住宅"之间的关系，也可视为作者借这一个虚构的故事发出"安得广厦千万间，大庇天下寒士"的呼号，关注社会中城市小人物们的个人生存空间。小说中的主人公过升从出生到结婚都在与个人生存空间缠斗，无论是未成年之前在离异父母之间像皮球一样被踢来踢去，和其他的兄弟姐妹争夺生活空间，还是工作后与同事合住宿舍而不得不相互迁就，再到结婚后与邻居的争夺，他的生活空间均毫无个人性、私密性可言，过升个人的生存空间一直遭到公共空间的挤压，因而其内心极度压抑、逼仄，更没有足够的安全感。在精神上没有共鸣，甚至相互隔离的人们，因为现实的经济条件等因素不得不共同分享生活空间的时候，长期被这种理想与现实之间巨大的落差折磨着的时候，人性不免会发生扭曲，于是冷漠和麻木就这样成了城市生活的主要特征。《别人的房间》探讨的就是小人物为个人生存空间而奔走一生，并且看不到希望的可悲生活，表达了时下都市人的焦虑和迷茫。

《别人的房间》无疑也是住房贫困状态下的"烦恼人生"，这

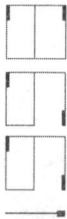

种对社会现实生活高度抽象化、凝练化的表达，在题材内容上与"新写实"具有一致性。但叶兆言是以先锋的姿态走上文坛的，这种返回现实，乃至接续世情小说传统的转变，其实叶兆言并非独一份。为数不少热衷于叙事形式实验的先锋作家甚至在（二十世纪）九十年代早期就从叙事圈套设置的境地中抽出身来，转而倾心于现实故事的叙写。比如余华转而创作出了《活着》《许三观卖血记》，苏童写出了《米》，写下了《玛卓的爱情》《最后的艺术家》《水土不服》等。这当然与当时市场经济得以确立、消费文化兴起有关，生成了新的文学生成机制与场域，市场和读者在文学生产的过程中扮演越来越重要的角色，以市场为导向的风气盛行，在商业主义大行其道的环境中，故事的趣味性、曲折性等成了小说消费的重要依据。但市场经济的兴起也给人们带来了前所未有的挑战：物价飞涨、工资微薄、住房紧张等等，这些社会问题日益挤压着人们的神经，带来强烈的生活压力，使得社会心理的焦虑、惶恐、不安全感愈加累积。作家们自然也在作品中呈现出文学受社会环境的影响，表达出人、社会的焦虑。

　　尽管先锋作家们开始集体出走，转而对生活进行故事性叙事，但更多是带着先锋走进传统，叶兆言在小说创作中并没有完全放弃对于叙事形式的追求，在这篇小说中最突出的特征就是叙述中断。这种中断或者说延宕主要体现在三个方面：首先是荒诞事件的插入，比如金莉波屡次报警被"强奸"的事件，后来证明这只是一个精神病患者的臆想；其次是故事的完整性被中断，警察因为金莉波的报警来调查过升，最后却不了了之，警察也莫名从强烈的在场地位到毫无交代的退场，邻居王国斌的出轨时间也没交代结局；最后是高潮处的戛然而止，最典型的就是小说在叙述到过升的妻子因为房子的再一次泡汤，以及与同学的婚外情而堕胎的时候，突然中断了整个小说，最后结束在孙敏带过升去割包皮这一十分具有象征意味的情节，这本应是整个小说所有矛盾激化且集中的高潮时刻，作者却做了戛然而止的处理，让读者有一种被推至巅峰，还没来得及享受又突然被松开的怅然若失，甚至莫名其妙。或许作者之所以做这样多的中断处理，是在吊起读者足够胃口的同时，又留出自由联想的空间吧，也或许生活本来就是这样出人意料，本就充满无厘头和没有结局的结局。

（朱旭）

到处都是我们的人

／艾 伟

我们单位早在几年之前已经解散了，同事们被分配到我们城市的各个角落，都已走上了新的工作岗位。有时候我在大街上会碰到旧同事，大家说起老单位的事情来，还会感慨万千。

我们这个城市地处沿海，改革开放后经济蓬勃发展，人们生活大大改善。俗话说，人往高处走，水往低处流，生活好了，大家的要求就更高了。本来，我们这个城市除了少部分人还在使用煤球炉以外，大部分居民家都用上了罐装液化气，但罐装气自有不便之处，就是每月要换煤气。家住一楼二楼还好，要是住在七楼八楼，搬上搬下的实在麻烦。大家都盼望煤气像自来水一样接到各家各户。这不是说大家没力气搬煤气罐，实际上，这几年生活改善，吃的是大排、海鲜，我们体内有的是能量，搬个煤气罐是不在话下的。但即使体内有能量也不能浪费在这种原始劳动上面。我们现在常常挂在口中的词是"生活质量"，显然搬煤气罐属于生活质量低下的标志。就在这个时候，我们这个城市的东郊传出喜讯：某地质勘探队在东郊勘出了天然气。老百姓奔走相告，都觉得更高的生活质量近在眼前。当时，我们这个城市的市长刚刚上任，听到这个消息也很振奋。按惯例，市长上任要提出施政目标，即所谓十件实事。市长正愁凑不齐十件，听到东郊有天然气，于是就决定把开发天然气列入十件实事之一。他当即指示：建立班子，天然气工程马上上马。

我们就是在这样的背景下被抽调到一起的。我们单位的牌子是天然气工程办公室。我们为了共同的目标聚在一起，因为同自己的切身利益有关，工作就特别卖力。我们在上级的领导下，按部就班，买设备，购钢材，铺管道，建贮罐，工作进展得十分顺利。

我们正干得热火朝天，突然传来一个消息：天然气工程暂时停工。我们都不知道什么地方出了问题，也没多去想它，只觉得休息一段日子也好。大家想，这么冷的天可以不去野外施工了，可以坐在办公室过温暖日子了，便觉得占了便宜。于是大家坐在一起喝茶聊天晒太阳，谈谈巩俐和张艺谋，谈谈国际形势和前南战局，日子过得十分惬意。

老汪是我们计划科的科长。虽是科长，却不管事，当然不是他不想管事，是因为他同殷主任政见相左，殷主任不让他管事。老汪不但年纪大，脾气也很大，曾为此同殷主任吵过几次。当然这种吵是一点也没有的。老汪因此对殷主任意见很大。去年殷主任为职工搞福利，不怎么合法，老汪就写匿名信告了他，为此殷主任向市政府写了一万字的检查报告。殷主任对老汪就更不客气了。老汪没办法，要求调走，可殷主任就是不放。殷主任说，我们要用你。

那天大家对停工一事基本上没什么反应，但老汪的反应却很快。他兴高采烈（或许是幸灾乐祸）地来到殷主任的办公室，在殷主任对面的沙发上坐了下来。他抽出一根烟，自个儿点上，然后美美地吸了一口，又缓缓地吐出。他没发烟给殷主任。殷主任没看他一眼，也抽一根烟点上。

殷主任没睬老汪，老汪憋不住，就从口袋里掏出早已写好了的请调报告，再次要求调走。老汪说，好了，现在单位完蛋了，买来的设备成废物了，你们也玩完了，春梦一场啊！我可不想再同你们做梦了，我还是趁早走，这回你总该放了我吧？殷主任白了老汪一眼，冷冷地说，拿回去。老汪就跳了起来，说，你还讲不讲理啊？

老汪的声音大，我们都听见了，大家不知出了什么事，都围到殷主任的办公室，发现老汪又在和殷主任吵。老汪说，上次我要调走，你说什么工程搞得如火如荼（老汪把荼字读成了茶字），不让走，现在单位玩完了，你总得放我走了吧？要讲道理是不是。

殷主任热爱群众，只要有群众在，他就有办法对付老汪。殷主任笑着问我们，老汪说我们玩完了，我们完了吗？大家笑笑。殷主任又说，老汪说我们春梦一场，我看他自己倒是像在做梦，他至少没有把"停工"同"下马"这两个概念搞清楚。所以，老汪，你应该把这两个概念搞明白了再来找我。你吵有什么用？

围观的群众就哄然大笑。老汪恼羞成怒，说，你不放我，我就天天同你吵。

殷主任冷笑了一声，说，如果你要吵，我奉陪，反正工程停了，我有的是时间。

老汪气得直骂殷主任卑鄙。

我和老汪还算谈得来。老汪因为不得志需要倾吐对象，需要发发牢骚，讲讲他的人生经验，所以同我特别友好。他的经验毫无疑问让我受益匪浅。老汪是有点好为人师的。不过，在我看来老汪实在不坏，虽说脾气火暴点，但思想是很活跃的。他对我说，我就喜欢和你们年轻人打交道，交流思想。确实老汪这个人心态很年轻，平时西装革履，头发梳得一丝不乱，还喜欢流行歌曲和电影明星，当然容易和年轻人打成一片。

老汪同殷主任这一架差点气得他吐血。吃中饭时老汪还没缓过气来，见到我就大骂殷主任。他骂殷主任时我心情紧张，我怕有人听到而告到殷主任那里。幸好老汪骂了一通后顺过气来，就不再骂了。

老汪走后，我回到大伙中间，大家笑问我刚才老汪说些什么。我说，发发牢骚罢了。我知道大家对老汪的看法，自从老汪因为单位搞福利向市里告了一状后，我们单位的福利就大不如前，领导们都不肯挑担子啦，因此我们对老汪是很有意见的。我们还认为老汪这个人太笨，他用这种方法是死也调不出去的，他和殷主任斗简直就像是蚍蜉撼大树。

群众的眼光大致没错。老汪在那天吵了一架以后也没采取更激烈的、更有效的措施，而是沉下心来，做持久些的打算。我们发现老汪近来老是去胡沛的办公室。胡沛是个表面外向、内心细腻的女人，年近四十，但没结过婚，大家背地里刻薄地叫她老处女，当然是不是处女只有天知道。别看她平时嘻嘻哈哈有点疯，但见到男的对她热情脸还是要红的。许多人说她疯疯癫癫是想掩饰内心的羞怯，从这个意义上说她不失为一个可爱的女人。我们还发现每次老汪去胡沛的办公室，胡沛的脸都会发红。

你知道，一个人一时没事做是可以的，但长时间没事做就很难受，不好打发时间。总不能老说巩俐吧，一些政治游戏与我们又有什么相干？

我们都感到很无聊，但有一个人总有办法打发时间。这个人就是

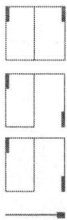

老李。

我们计划科老汪不管事，实际管事的是老李。关于老李这人说起来也是很有意思。老李今年五十五。看上去比实际年龄要老一些。他个儿矮，喜欢穿一件藏青色中山装，中山装衣领处常常有星星点点的头皮屑，头发却不多，稀稀拉拉的就这么几根，还灰黑夹杂，看上去整个儿糟老头子一个。老李年纪大，却十分好动，喜欢在人家办公室门口东张西望，窥探别人的隐私，还拿别人的信在阳光下看，因此单位的群众有点烦他。但老李是我们的实际领导，我们科的人即使有意见也不表露，比如有一次，我们工会搞来福利鸡，我们听天由命，抓阄对号，一人一只。老李抓了5号，但5号的鸡太小，他就把6号那只大的拿走了。老李就是有点贪小便宜。

老李对付无聊的办法就是去殷主任的办公室聊天和听指示。刚开始老李整天坐在殷主任办公室。老李知道殷主任自从去过日本以后，喜欢讲日本，虽然老李已听了好几遍，但为了殷主任高兴，他还是旧话重提，主动问起日本的事。

殷主任说，小日本，弄得那叫干净，你穿着皮鞋在街上逛一整天，皮鞋还是一尘不染。他们的天然气厂比我们的公园还像公园。

这时，小王进来了，小王也是个有事没事往殷主任办公室跑的人，殷主任也没睬小王，继续讲他的日本见闻。

殷主任说，日本女人不难看，原以为日本女人都是丑婆，其实不然，日本女人还是很有味道的。

老李知道殷主任喜欢说那"有料""无料"的典，就讨好地问，殷主任，日本人的饭店里都放些什么录像啊？

殷主任说，小日本表面上一本正经，可背地里干的事情就很那个。日本的宾馆里有两个按钮，一个叫"有料"，一个叫"无料"，那"无料"当中的节目同我们的电视节目是一样的，但那"有料"就那个了，一看真吓死你。

小王开玩笑说，殷主任你看了没有啊？

殷主任哈哈笑笑，没有正面回答，他说，小王那个东西你们年轻人看不得，一看准出事。

老李对殷主任是很服的。殷主任私下总是很随和，但在场面上说话就很有分寸，"政策"水平是很强的。比如殷主任对老汪掌握得很有"政策"，殷主任牢牢把老汪捏在了手心，老汪一点办法也没有。老汪也只能在一些场合狗急跳墙似的来

到处都是我们的人

几招。老李打心里佩服殷主任。

老李不能整天坐在殷主任的办公室里。他出了殷主任的办公室就没什么人理他了，但他也有办法使自己的日子过得充实。他想办法弄了本《金瓶梅》来。他从殷主任的办公室出来，就坐在自己的办公桌前，戴上老花镜，津津有味地看了起来。去年，老李去深圳时买过一套港版《金瓶梅》，封面上写着"真本"，回来一看连呼上当，里面非常"卫生"，白白冤枉了一百二十八元人民币。这回老李看的是小楷手抄体版本。老李看了啧啧称奇。老李见到我在办公室，就把我叫到身边。

老李带着沉醉的表情，对我说，小艾啊，像这种书你们年轻人看不得，连我老头子看了也刺激。说完叭地在食指上吐了一口唾液，利索地翻了一页。

你知道我看过不少杂书，并且也是喜欢充充内行的。我咽了一口口水，说，这个版本是毛主席他老人家在世时亲定出版的，就一千套。

老李点点头，意犹未尽地说，你知道我是怎样弄到这本书的吗？这可是很大的面子啊，你知道我出去别人都是给我面子的，连市长到我们天然气办来见到我都要主动走过来同我握手呢。

自从市长同老李握手过后，我们的老李不管讲什么都会条条道路通罗马似的讲到这件事。我听了忍不住说，是市长借给你的吗？

老李哈哈笑笑，就不说下去了。

我们的老李《金瓶梅》看了几天，渐入佳境，也不怎么去殷主任的办公室了。但殷主任传来了话，让老李去他的办公室。老李只得去。

老李进去时，殷主任绷着脸，也没叫他坐。老李只得站着。老李不知道殷主任为什么这么严肃，开始在心里检讨起自己哪些地方做得不对。

殷主任说，有人向我告状，说你在看什么黄书。

老李摸不透殷主任，心里不觉咯噔了一下，他本能地说，没有啊。

殷主任见老李那样儿，就笑出声来，说，快去拿来，给我看看。

听到这话老李轻松多了。他的心中竟生出一丝感动来，殷主任看得起我，他不把我当外人。于是他就撒起娇来。他说，我急着要还的，别人催得很急。

殷主任说，你少废话，快去拿来。

老李愉快地回来拿他的《金瓶梅》了。他看到那些不愿睬他的人们时就显得有点趾高气昂。他想，殷主任要看那还有什么话说呢，我宁可自己不看也要让他先看。

老李暂时就看不了《金瓶梅》。不看《金瓶梅》，老李也是有办法打发时间的。

你可能不知道，老李最反感的是老汪。事情可能是老汪首先看不惯老李引起的。老汪看不惯老李当然有理由：其一，老李把本应属于老汪的权力给占有了；其二，两人的性格合不到一块。老汪看不惯老李，不但看不惯简直是看不起。老汪觉得像老李这样的人简直是人渣，什么东西都要较真，比如有一次，开会的时候老汪的位置跟殷主任的靠得更近，老李就不舒服了，会开好后就在科里说，有的人规矩也不懂，我不知是真不懂还是假不懂，自个儿坐什么位置应该知道的嘛。老汪听了，才知自己触犯了他，但也没有同他计较。可问题是有时候，虽然事情很小，但你不同他计较也难做到。很多时候，老汪同老李为了一丁点的事吵了以后，老汪会十分后悔。在老李眼里，老汪给他的观感也不佳。这个老汪，年纪都一大把了，可就是没资格，成天游手好闲，嘴里还哼什么谭咏麟的歌曲，唱什么"这陷阱这陷阱给我遇上"，穿得也花哨，头发梳得锃亮，一副人老心不老的样子。更严重的是还花心，专门跟女同志搞出事情来，这方面他可是有前科的。老李觉得这个老汪简直是个小丑。殷主任也很烦他。这个人开会时总是同殷主任过不去，一副冷嘲热讽的嘴脸。他总是在沙发上一坐，双手横着搭在沙发架上，跷着二郎腿。有时候他伸出手去不远处的烟灰盒弹烟灰，往往还没抽完他就把烟蒂揿灭。那烟蒂昂然立着，让老李看了十分气愤。老李看到那烟蒂就会想起老汪胯中那物儿，一股子无名火会即刻上涌。

自从老李看了《金瓶梅》后，他对男女之事更加敏感了。老李开始把注意力放到老汪身上。老李的嗅觉也真是敏锐，我们怀疑老李的嗅觉是在阶级斗争中锤炼出来的，总之我们单位的桃色事件就是老李给揭发出来的。

我已经说过了，老汪决定打持久战后同胡沛搞得很热。你如果来我们单位找老汪，你只要去胡沛的办公室准能找到。我们不知道老汪和胡沛在说些什么，我们只看到他们整天说个没完。这我们并不奇怪，因为老汪本来就是个能说会道的家伙。

你知道，我们对老汪写匿名信一事很有意见。我想胡沛也知道大家对老汪的看法。所以我们对胡沛说，老汪可是个大染缸，你这么纯洁的人当心被他同化。不料胡沛说，其实你们有点误解老汪，老汪其实是个挺善良的人，他还是蛮有正义感的。我们听了都嘎嘎地笑出声来，笑得意味深长。胡沛见我们笑个不停，脸突然红了，她骂道，你们笑什么啊，神经病。

我们或许有点神经过敏，但我们也就是这么开开玩笑，当然我们中的一部分人还是愿意单位来点事，好给日益无聊的日子注点儿活力，但我敢打赌，除了老李我们中没有一个人愿意鲁莽地撞入胡沛他们真实的生活。但老李不这么想，老李猜想，单位人去楼空的时候，老汪一定在醉生梦死。老李觉得他有义务让他们遵守必要的道德，让他们以后吸取深刻的教训。

我们的老李为了教育他们真是挖空心思。怎样才能知道他们是否"那个"了呢？这是首先要解决的问题。这难不倒老李。老李和老汪办公的电话是正副机，老李想，如果把电话搁起，老汪那边的声音能不能传过来呢？老李就这样试了，但他很失望，他听到的只是长音，根本无法传导。但这也难不倒老李。老李想，他们没干那事他是杀头也不相信，他决定冒一次有把握的险。

那是周末，老李下班时见到老汪与胡沛没走，就知道他们准有好事。老李就在楼下耐心等待。其时虽是暮春，天气尚寒冷，老李衣衫单薄，立在寒风中瑟瑟发抖。但内心深处燃烧的熊熊的正义之火使他并没感到寒冷。他把那破旧的老式公文包挂在臂弯处，手插在中山装袖子里，来回踱步，那样子像个随时上战场的斗士。过了四十分钟老李琢磨他们已进入了实质性阶段，就摸上楼去。他出其不意地推开老汪的办公室，脸上挂着我们熟悉的高深莫测的笑容。其时，老汪正捧着胡沛的大奶子不亦乐乎。老汪被老李的突然袭击搞得有点措手不及，愣在那里不知说什么。胡沛满脸通红整着衣衫。老李见状，内心复杂，但表面上却装作什么也没看到。老李说，老汪，我打个电话。

星期一我们都知道老汪捧胡沛奶子的事了。

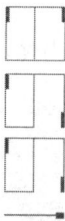

老汪星期一到单位有点晚。在爬楼前，老汪照例用手梳了梳油光可鉴的头发，又掸了掸西装上并不存在的灰尘。他哼着曲子上楼，发现我们的眼光有点躲躲闪闪并且显得意味深长，角角落落还有人在窃窃私语，他知道老李把事情宣扬出去了。老汪年纪虽大，血气却很旺，他奔到老李的办公室，抓住老李的衣襟就往外拖。拖到走道上，老汪就把老李的头夹在胯间，老汪恶狠狠地说，看你再下流，看你再下流。

大家都围了过去。我说过大家对老李和老汪都没什么好感，因此也没人去劝。闹了很久才有人把老汪拉开。我们发现老李从老汪的胯间出来时，眼中有泪光闪烁。

我们一般说来都有幸灾乐祸的毛病，老汪和老李闹过后我们知道他俩也就那样了，翻不出什么花样了，于是我们都把好奇的目光投向胡沛。我们都站得远远的，看她会有什么表现，我们期望看到更精彩的全情演出。但胡沛的表演很让我们失望。

开始我们怀疑胡沛也许是以为我们不知道他们那档子事，总之在我们眼里胡沛同以往没有不同。我说过胡沛是很活跃的，一点老姑娘的脾气也没有，这很难得。更难得的是胡沛在出事后的态度，可以用"处变不惊"来形容。

我们都以为胡沛说她要结婚是同我们开玩笑。事实上我们都错了，胡沛真的结婚去了。那是在半个月之后，我们每个人都收到了胡沛的结婚请帖。她在每个请帖中都写上了适合我们每个人的热情洋溢的文字，她邀请我们务必出席她的婚礼。我们对这个突然降临的婚礼感到不能适应，因为我们一直没有想过胡沛也会结婚，我们一时不能接受她变成一个新娘这样一个事实。当然，我们最终还是去参加了她的婚礼。你也知道新郎当然不可能是老汪（老汪还没来得及同他太太离婚），新郎是个十分英俊的小伙子。现实总比我们的想象更生动，胡沛找到这么漂亮的男人谁能想得到呢？我们开始起哄。有人说，胡沛，老实交代，你们是怎么认识的？胡沛说，你们问他吧。于是我们问小伙子，小伙子很害羞，只是笑，就是不回答我们。我们的心都很痒，但别人不肯说也是没办法。顺便说一句，胡沛的婚礼有两个人没来，你猜对了，他们就是老汪和老李。

桃色事件到此结束。结果你已经知道了——胡沛结了婚，这是好事；老李和老汪的结怨更深了，这就不怎么好了。

停工的那段无聊的日子，还有一些事也是值得一说的，那些事同我还有点瓜葛。

你知道我喜欢那个叫陈琪的女子。但让我伤心的是陈琪看来已经名花有主了。至少小王这么说，小王在我们中间暗示：他已经把陈琪给搞到手了。因此，我们单位的人都把他们看成一对了。

比如有一次，单位搞舞会，我们年轻人就聚在一块。小王俨然以陈琪的男友自居。每当舞曲响起，小王就请陈琪跳，其他人就插不进手，当然也不好意思插手。我坐在一旁抽烟，心里发酸也是难免。但我没想到的是陈琪和小王跳了几曲后，陈琪来到我前面，对我说你怎么不请我跳，难道要我请你？我请你的话你可不要给我吃红灯啊。我说，我哪好意思把你们分开，你们是那么"那个"。陈琪听了显然很高兴，她说，你吃醋啊。我觉得这句话大有深意，听了不由得感动起来。你知道，我这个人有一个致命的弱点，往往还没有把女孩追到手就爱得死去活来啦，就在心里一遍一遍对她倾诉啦，自己爱得温柔，可别人蒙在鼓里呢。我在追女孩子方面很放不开，有点傻帽。我因为感动，心态就很不正常，就想显示一下自己的强项，于是就站起来，说，请你跳舞吧。我知道，陈琪跳得不赖，什么国标、迪斯科都会一点。陈琪不止一次对我说过，同我跳舞是一种享受。好吧，就让她享受享受吧。但你知道，我这个人有时候还假模假样，虽然我心里很想把陈琪搂得紧紧的，但自从小王宣布陈琪是他的以后，我就有了心理障碍，我不敢把陈琪搂得过分紧了。我不敢用力，双手颤抖，满手是汗。因此这一次跳舞陈琪基本上是游离于我身边。有几次在旋转时，陈琪因为无法支撑，差点摔倒。陈琪不解地问，你今天是怎么了？跳得这么差，手心还流汗，你怕什么？我会吃了你吗？陈琪这么说我更加紧张了，正当尴尬地向陈琪傻笑时，另一对舞者撞到了我的身上，我于是失去了平衡，在地上一滑就摔倒在地，紧接着陈琪也摔倒在我的身上。我对自己的失态非常恼恨，忙不迭地对着压在我身上的陈琪说，对不起，对不起。我见到陈琪的脸上露出她特有的倦怠，她若无其事地爬起来，就往场边走，但她的裙沿却系绊在我的鞋上，差点又一次摔倒。她只得再一次转过来，用手提一下她的裙子。我看到她美腿在裙子里闪一下。这次陈琪没马

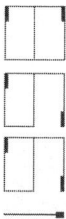

上走开，而是伸出手来拉我。她冷漠地说，你没事吧。我顺势爬了起来。这时，小王冲了过来，他推了我一下，骂道，你他妈的倒很会占便宜。说完他放肆地笑了起来。我知道，小王是吃醋了。谁知小王的玩笑把陈琪的情绪给调动起来了，她突然尖声笑道，小王你无聊啦。接着就用她的小拳去打小王，小王也不避，嬉笑着任陈琪打。我的心里就不是滋味，老实说，我一点也不了解这个女子，因为她总是突然兴奋起来，突然变得十分豪放，这之间用不着什么铺垫。我不知道这是因为爱情还是想掩饰刚才的窘态。我们又回到场边。小王和陈琪坐了下来。这时殷主任走了过来，小王赶紧让座。殷主任说，你坐，你们坐。但小王还是执意让殷主任坐。殷主任说，小王，陈琪啊，什么时候吃你们的喜糖啊？小王说，殷主任啊，吃喜糖是不会忘记你的啦（瞧，人家都在谈婚论嫁了，我却还在自作多情）。小王知道殷主任喜欢跳舞，于是就对陈琪说，陈琪，领导坐旁边，你应该主动请领导跳个舞。于是陈琪就站起来，对殷主任说，殷主任，小王这个人太讨厌，专门发号施令。殷主任说，男人都是这样的。接着他们就下了舞池。我看到殷主任的大肚子抵着陈琪的肚子，他在不停地摇啊摇，样子很沉醉。

　　我这个人不但要冒点傻气，有时候还会冒点酸气。小王和陈琪好，我的心理就有点不平衡，对小王的看法就有些偏颇。我很清楚我们单位年长一些的人对小王评价不低。他们认为小王比较有出息，人勤快，更重要的是尊敬师长。比如老李教育我时，老是以小王为范例。老李说，小艾，你看看人家小王，头子多活络，开会的时候，你看他也不闲着，为领导为大家倒倒茶，布置布置会场，很好嘛。不像你，成天游手好闲，给群众的印象相对差些。小艾，你们进单位，就像学徒拜了师傅，干些杂事那是应该的，这样你就入行了，我们也都是这么过来的，年轻时什么苦都吃过老了才有这点地位。小艾啊，这是规矩（我对这种说法开始不以为然，后来也有点信了）。但我有我的看法。我的看法是小王不勤快，可以说懒惰成性，不信你去他的寝室看看，脏得不堪入目，换下的衣服泡在盆子里可能已有半个月没洗了，正在发臭。我的另一个看法是小王的城府还挺深。小王总是去殷主任的办公室，关于殷主任的事小王老是提起——当然提起来总是充满尊敬与赞叹。小王说，殷主任的威势够足。每次小王去殷主任的办公室，如果办公室没其他人，那殷主任就比较好说话，会马上叫小王坐，并且会主动发烟给小王；但如果办公室里有其他人，那殷主任就很会摆架子，他连看也不看小王一眼，让小王干站着。从而给客人威慑力。小王说，殷主任深谙为官之道。我们以为小王真的很崇拜殷主任，但有一次，我和小王喝酒，小王多喝了几口，醉了。我做梦也没想到小王一醉就骂起了殷主任，骂得还很难听。小王说，姓殷的娘的是婊子养的，他娘的不懂得尊重人，他老是在客人面前出我的洋相。小王说得眼泪、鼻涕横流，惨不忍睹。我的第三个看法是小王这人还刚愎自用。你知道我们一伙人总是在一起玩，但是去什么地方意见就比较杂，是去卡拉OK呢，还是去看电影？我们大多数人往往是随大流，但小王的意志就比较强。他喜欢做主，他不征求我们的意见就做决定。有时候，我们也烦他这样子，我们偏不同意他的决定。这时他就说，你们不去算了，我一个人去。你知道大家出来玩，弄得不开心就有点得不偿失，于是我们也就遵从小王的意见。

我这么说人家小王的缺点当然很无聊。谁叫我们不幸成了情敌呢？

因为我对小王的这些看法，因此我认为陈琪如果和小王谈恋爱就有点不值。当然这只是我的想法，值不值得只有当事人知道。

你知道，陈琪的气质有点前卫，一般来说，你如果太前卫，在单位里就有点被孤立，群众对她的话也不会好听。我就不止一次地听到过一些上了年纪的女人说陈琪的坏话，说陈琪很"开放"。我们这里对女孩最坏的评价是"开放"。当然我听了很气愤。这是正常的，因为我正爱着陈琪，陈琪在我的心中就比较神圣。可别人不这么想。他们认为像陈琪这样的女子如果哪个男人娶了她就倒霉了，谁也守不住她的，她只会满世界撒野。他们这样说也有道理。他们说，你们瞧，这个女的整天和男孩子轧在一起，还看什么《金瓶梅》（确实有一段日子我看到陈琪也在看《金瓶梅》，问哪里弄来的，她说是殷主任借她看的。陈琪就是这点不好，这种书当然人人喜欢看，但女孩子应该偷偷地去看的。陈琪这个人就是不懂得遮掩）。更严重的是他们还议论陈琪晚上睡在小王的寝室里。他们说，她为什么这几天上班特别早？她压根儿没回家，她每天睡在小王那儿。你知道我听到这些话比任何人都难过。我只好对自己说，算了吧，你动什么感情？你又不是情圣。

也就是说，我对陈琪是不抱希望了，绝望了。于是我从温柔的一面走

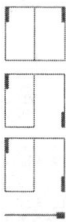

到冷酷的一面。我对陈琪说话时开始带刺了。事情大致是这样的，就像一个硬币的正反面，爱与恨不可分。我这个单恋者也开始恨啦。

比如陈琪有时候找我打乒乓球，我就会面含讥讽，说，你不累吗？你还有劲打乒乓球吗？你得留点体力给晚上啊。但陈琪并不恼，还用手来拉我的衣服，一定要我去。我说，你不要拉拉扯扯，影响不好，再说人家吃起醋来我可受不了。这时陈琪开始有反应了。她把脸沉了下来，说，你在说什么呀？你有病啊，谁吃醋啊？我说，你算了吧，装得特纯洁的样子，谁不知道你爱得死去活来的。陈琪一笑，说，难道我爱上你了？我说，我可不敢消受。陈琪说，你死样怪气的样子，你想说什么？我说，你以为自己保密工作做得很好啊，单位的人谁不知道你们的事啊。陈琪说，我们？我们是谁啊？我说，你这人没劲，搞得神秘兮兮的，我替你说出来算了，"你们"指的是你和小王。陈琪突然笑出声来，说，你说什么呀？没有的事。我说，你还不承认，你们的事早已传得神乎其神了，小王自己也这么说，你还赖什么？这时陈琪真的神色大变，她说，小王说我和他在谈恋爱？我说，他还说你晚上在他那里呢。陈琪说，无聊，无聊。说完她再没心思打乒乓球啦。我听到走廊上的脚步声怒气冲冲。

我开始明白这里面的问题了。我想我做了件蠢事，看来我可能挑起一场纠纷。

当天晚上，陈琪打电话给我，说要同我谈谈。她在电话中怒气还没消。我当然愿意同她谈谈，反正我也没什么事。陈琪说，她晚上在梦娇咖啡屋等我。老实说我不习惯去这种比较暧昧的地方，但像陈琪这样的女孩子天生就有点咖啡馆情结，即使谈没有诗意的事情也想要到那种地方去，当然像陈琪这样的女子还有一种本事就是能把很没诗意的事情谈出诗意来。我不习惯也得去。我进去时，服务员小姐就把我带到某节类似火车车厢的座位上，陈琪已坐在那里啜饮咖啡。她白了我一眼，说，来啦。我就坐了下来。我思索咖啡馆为什么要搞得像一节火车车厢，我猜想是不是因为这样有一种运动感，一种飞离现实的象征？我有经验，在火车上我老是有一些不着边际的幻想，我本人也比较有诗意。我坐稳，咖啡也落定在我前面。我喝了一口假装什么也不知道，问，你有什么事啊？陈琪，我不可能和小王谈恋爱，我怎么会和小王谈恋爱？亏你们想得出。我没吭声，此时我不便吭声。陈琪继续说，我问小王怎么回事，你知道小王怎么说？我机械地问，小王怎么说？陈琪说，小王说这不是很好，还说我和他很谈得来，再说大家都这么说了，这说明我和他很配，说不要辜负了大家成人之美的好意。陈琪又说，我问小王他自己怎么想，小王说都这样了还有什么办法，当然只有做朋友了，否则太复杂了是不是？说着陈琪就忿忿不平起来，小王凭什么这么说？小王这个人我算是看透他了，太无耻啦。我看到陈琪脸上荡起受到天大委屈的表情，于是就想逗逗她，对呀，你们做朋友不是也称大家的心嘛。陈琪说，无聊，我是不会和他谈恋爱的，我这样同他说了，但他竟然说大家都以为我们在谈恋爱，再说殷主任也讨过我们的喜糖了，怎么能说不谈就不谈，笑话，照他说来我的婚事要领导来定。我说殷主任向你们讨糖我也听到了。陈琪说，讨厌，我绝不会爱小王这样的人，他只知道拍殷主任的马屁，殷主任算什么呀，老实说我只要花点心思，殷主任就……不说了，我讨厌拍马屁的人，我不会嫁给这样的人。听了陈琪的话我心很虚，我检点自己的行为，虽然我没有明显地拍马屁，但离拍马屁也是很近的，每次我看到领导来到我们中间，我总是不由自主地看着他笑，样子很像一个白痴。陈琪喝了一口咖啡，她似乎沉醉在自己的世界里，脸上隐约有一丝兴奋。这让我觉得她的怒火并不真实，也许她喜欢小王爱她呢？也许她喜欢在平淡的生活中来点事呢？或者，她因为突然陷入这个事件的中心而暗暗地乐呢？当然这些都是我的猜想，陈琪依然露出我能理解的愤怒，她说，老实告诉你，小艾，我觉得这是一个阴谋，是小王一手制成的阴谋，是小王在大家中间传播，使大家都相信我和小王真的有事。我说，你不要追究啦，大家也就是在单位里爱爱，单位里的爱情总是这样的，就像单位里的权术兔不了有点阴谋。陈琪听了我的话，突然陌生地看了看我，说，看不出啊小艾，你还挺有哲理的啊。

　　我的缺点很多，但也有优点，我善于做异性的忠实的听众。自从那次和陈琪在咖啡馆一泡，陈琪看来同我泡出味道来了，总之，这之后她总是找我倾谈，原因当然是小王缠着陈琪，让陈琪有一些苦水要倒。

　　从陈琪口中说出来的小王很没风度——这当然是我想要听到的。陈琪说，小王每天晚上待在她家门口，她都不敢出去了，她一出去小王就迎上来，要和陈琪谈谈。陈琪说都清楚了，有什么好谈的。小王说，他的名誉受到了损失，陈琪要负责。陈琪说，你损失什么了？小王说，连殷主任也向我们讨过糖了，你现在说吹就吹，我怎么向殷主任交代？陈琪说，吹什么呀？根本没谈嘛，有殷主任什么事？小王就急了，说，那你为什么老是来我的寝室？告诉你，你不要把我搞得这么惨，这对你没什么好处。陈琪同我说到这儿，她的脸上布满了恐惧，陈琪对我说，当时小王的眼光十分骇人，像要把我吃了似的。我想小王肯定十分痛苦——在这一点上我和小王可以说同病相怜。我想起来了，这几天，小王失魂落魄的，头也没梳，全然不像从前那样讲究外表了。有时候，我碰到他同他打招呼，他要么不理我，要么怨毒地看我一眼。

陈琪总是找我谈，我免不了有点动心。我觉得我对陈琪的爱情似乎有点盼头了。但很多时候我会悲哀地想，如果女人们对我太放心，拿什么都同我说，那女人们八成把我当成不男不女的中性人，她们大多不会爱上我。但我也想干点傻事，我侥幸地想，我得同陈琪说说我的感受，可能这是鸡蛋碰石头，也可能就成了呢。于是我沉浸在幸福中。还是在那家梦娇咖啡馆，还是在那节火车厢里，我把自己的情绪酝酿得像一架随时发射的火箭，非常坚挺。陈琪刚刚倾诉完别人给她的奢侈的爱，我见缝插针还想让她奢侈一回。但你知道，我刚点燃，火箭还没离地面就不幸坠落了。我见到了陈琪脸上的恶笑。我知道爱情的大门向我关闭了。一阵难堪沉默之后，陈琪开始了她另一轮烦恼。她说，你们真是无聊，为什么要找单位里的人做女朋友？我说过我对陈琪说出我的想法，有很大一部分是出于侥幸，因此对陈琪的反应也不是很意外。我自嘲道，我们是无聊，我们只不过是单位这口井中的井底之蛙，眼睛只瞪着蝇头小利，不幸的是你是这口井中仅有的几只母蛙，于是你成了我们的蝇头小利。我这么说是一点诗意也没有了，陈琪肯定很失望。她幽幽地说，你这个人真是刻毒。

你知道爱情这东西，没说出来那是很美好的，一个人晚上可以傻乐，可以倾诉，可以自怜，但一旦说出来并且毫无结果就全变味了，你马上会进入别一个层面：懊丧、失落、虚无、没劲。在我送陈琪回家的路上，我基本上落入这些情绪之中。其实我是想马上离开陈琪的，我送她只不过是出于人们常说的绅士风度，出于维护那最后的自尊的需要。我就这样带着恶劣的心情送她回家。我没想到还有更恶劣的事在不远处等着。不远处，在陈琪家门口，小王红着眼等着我们。他的头发竖着，我已看出某种好斗的姿态。果然，在我欲上前同他打招呼时，他冲了过来，对着我的脸给了我狠狠的一拳。这一拳来得很是时候，要是平时我可能也就算了，原谅这个失恋者了，问题是这天晚上我也是个倒霉蛋，心情恶劣，也想找点事发泄发泄，没想到事情找上门来了。我不甘示弱，奋起还击。于是在陈琪家门口演出了一场拳击赛。两人都打得鼻青眼肿，更倒霉的是那里刚好住着一警察，见我们耍流氓就把我们抓了起来。这事就闹大了。

自然而然，我们单位的领导和群众都知道了我们的事。于是大家又为这事兴奋了一阵子，这事件的结果你也能猜想到，就是：陈琪留下了脚踏两只船、水性杨花的恶名（其实没这件事她差不多也有这样的名声了），小王得到了普遍的同情（大家认为小王同陈琪还是早分开好，迟分开不如早分开），而我成了横刀夺爱的勇士。

我们单位的日常生活因为老汪的桃色事件及我和小王的事件（这个事件被大家包装成了三角恋爱）而变得生动起来，成为我们生活和工作中的某个亮点。但这些事让殷主任很头痛，他在会上点名批评了我们，并说，他会狠狠地处理老汪、小王和我的问题。老汪看来一点也不担心，他照样很轻松，喜欢和我们年轻人吹牛。但我和小王却很担心，我们不知道殷主任会怎样狠狠地处理我们。但没等他来得及处理，另外的问题又来了。殷主任只好把我们的事搁下来。

殷主任碰到的问题十分棘手。殷主任接到上级通知，日本人又要来参观我们的天然气工程了。要殷主任做好接待准备。殷主任很着急，嘀咕道，他妈"小日本"又来了，但我们有什么可以给人家看的呢？我们停工已有好几个月了呀。

殷主任的着急是有原因的。你一定知道日本原来有一个首相叫中曾根康弘的，他当上首相没多久就来到中国，他的口袋里带了一些钱，是借贷给中国政府的。照日本的说法，这些钱的利息很低，基本上属于无息。我们这个城市为了开发天然气有幸得到了这笔钱中的一小部分。现在我们已很好地使用了这些钱，我们靠这些钱建设了贮气罐，铺设了管道，购置了设备。但是这笔钱也不是好用的，日本人的规矩特别多。当然用他们的钱要照他们的规矩做也是没有办法。我们每半年要向日本人汇报工程进展情况，还要报计划类的文件，而日本人每年六月都会来实地考察，看看一切是否按计划实施了。日本人来时还要请一些日本专家给我们上课，讲什么

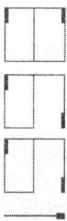

天然气发展现状。日本人也是蛮好为人师的。

股主任知道，日本人很认真，日本人想看天然气工程你没办法不让他看，但如果给他看，让他知道我们停着工，日本人就要有意见，就要生气。日本人一气钱就拿不到了。钱拿不到，股主任就不能向市里交代。股主任一时想不出怎样对付日本人。股主任感到肩上的担子骤然重了。

股主任决定发动群众，集思广益。他想总会有一些办法去对付他们吧。

群众很久没有正事干了。听到日本鬼子来了，心里既紧张又兴奋。紧张那是当然的，难题明摆着，我们停工了，工厂目前还是一块平地，虽然设备已买，但厂房还没造好，无法安装，设备还烂在仓库里，总不能让日本人看一块空地吧？我们都知道让日本人看到我们的现状对中国的国际影响不好，这不是我们这个单位、这个城市的问题了，而是关系到国家的问题了。我们兴奋是因为我们面对这个事情时产生了强烈的爱国激情。我们决定为了国家荣誉，一定要想出对付日本人的办法，让日本人好奇地来，糊里糊涂地回去。

最兴奋的要数陈琪。在股主任还没有来得及发动群众以前，陈琪已提前进入接待日本人的状态。我们都知道陈琪在我们单位的价值是和日本人联系在一起的，因为她会说日语。如果说这之前陈琪在我们单位里是个可有可无的（事实上陈琪也懒得在单位里干正经事）边缘人的话，日本人来了，她就自然而然进入了主流。可以说日本人的到来是陈琪一次欢畅的呼吸，是一个真正的节日，是一次货真价实的自我实现的机会。是的，陈琪喜欢那样的感觉，当她同日本人叽里咕噜地说话时，大家都会注视着她，眼含艳羡。更美妙的是，当她把日本人的话翻译给股主任时，她的表情会不自觉地流露出某种居高临下的气势，同时她看到股主任总是谦和地笑着同她说话（事实上当然是对日本人说的）。这时，她觉得股主任简直不值一提。因此，日本人来了，陈琪觉得很好，再加上爱国的情感，她感觉就更好了。

陈琪上班的时候，开始带来一只随身听和一本日语书。她一上班就戴上耳机开始听日语。当然她是在练听力。那日语书据说是科技方面的，因为她说日常对话是没问题的，但一些科技词汇还要温习温习。

我对陈琪的爱情受到拒绝，因此我不愿意再和陈琪待在一起（我气量就是不够大）。我见她一边听日语一边看书，搞得这么热闹，很想走过去说几句笑话，但一想也没意思，就回了自己办公室。我没去，陈琪却来了。她还是戴着耳机，这回嘴上嗑着瓜子。她大摇大摆地坐在我的桌上，对我叽里呱啦说了一通，声音还很响。我当然听不懂。她见我很茫然，就笑了。她把一只耳机塞进我的耳朵。我听到随身听正在放流行歌曲。她见我吃惊地看着她便大声地笑了起来。顺便说一句，自从我同她表白了以后，她在动作方面对我亲昵多了，她是不是认为从此有权对我亲昵一点呢？老实说我对她这样自以为是感到很恼火。这时，殷主任走了进来。陈琪赶忙把耳机收了起来，对殷主任说了一通日语。殷主任说，小陈，用你的时候到了。

殷主任刚走，老汪就进来了。我以为老汪大约对日本人来这事不会很热心。我错了，老汪也很热心。老汪一见到陈琪，就向陈琪请教日语中的"你好"怎么说，陈琪也好为人师，便不厌其烦地教老汪。但老汪的读音总是走样。我见他们两个掀起了学习高潮，特别是老汪一本正经的，像是要代替陈琪当翻译去似的。我说，老汪，你不是希望天然气办倒了吗？日本人来了有你什么事啊？老汪说，小艾，你这样理解我我是要生气的，我老汪觉悟那么低吗？我告诉你我就讨厌日本人。想当年，我爷爷就是让日本人给打死的。说到这里，老汪的眼睛红了。我们不知道老汪的家史，等着老汪痛说。老汪接着说，冬天，日本人让我爷爷去河里抓鱼，冬天啊，你知道河水都结了冰，我爷爷跳进水里，但一条鱼也没抓到，日本人很生气，就给了我爷爷一枪，我爷爷当场死了。听到这儿，我们对日本人就更反感了。我们都知道日本当年侵略中国真是无恶不作。对日本人我们一向没有好感。一会儿，老汪又说，因此，我们绝不能在日本人那里丢脸，家丑绝不能外扬，我们自己关起门来吵是另外一回事，但绝不能让日本人小看我们。老汪说到这儿，脸上升起庄严的表情。我看着老汪的样子还是很担心，我说，事情已到了这一步，日本人一定会知道的，日本人又不是傻瓜。老汪诡秘一笑，说，我有办法了。我问，什么办法？老汪笑而不答。

这几日，我们单位有一种大敌当前时的精诚团结，我们的精神也很饱满，特别是殷主任发动群众，做了动员报告后，大家的激情更是澎湃。

动员大会是在四楼会议室召开的，全体群众都准时参加，无一缺席（噢，对了，胡沛因度蜜月没有参加）。殷主任是很会调动大家的乐观主义情绪的，因此开会前说起了笑话。

殷主任说，日本鬼子进村啦！但是，大家不用怕，我们有办法对付他们。办法等会儿再说，我先给大家说一个笑话。

殷主任还没说笑话，群众已经在呵呵呵傻笑了。群众的笑有时候有点像自来水，只要领导需要就能随时提供。有时候，我讨厌自己这么白痴，告诉自己不要这样笑，但过后就忘了，没多少工夫又这样跟着在笑。我悲哀地想，我这样笑是出于本能。

殷主任继续说他的笑话。他说，你们已经知道了，来的日本人叫佐田。这个人油，同我们寒暄时一口中国话，在饭店里还老看人家服务员小姐，我们陈琪漂亮一点，他的眼睛就离不开她。我因此还同陈琪交代过，要她当心一点。陈琪是不是？

我们都机械地掉过头去看陈琪，陈琪的脸上看不出任何表情。但我们能想象陈琪和那个叫佐田的人交谈时兴高采烈的样子。

殷主任接着说，这个人油，这一点很像一个中国人。所以第一次见面的时候，另外一批中国人竟以为他是中国人而把我当成了日本人，对我又握手又鞠躬，而对佐田却打起了哈哈。我对他们说中国话，他们还夸我中国话说得好。真是岂有此理，堂堂中国人难道连中国话也说不好？

这事我们已听殷主任讲了无数遍了，但我们还是笑得很开心。我们相信这事，因为殷主任有点矮，脸上的表情又很威严，有点日本人的感觉，因此人家把他当成日本人是很有可能的。

殷主任继续做报告。他说，但是请大家不要掉以轻心，这个日本人大大地狡猾，严肃起来是一点人情都不讲，他只要一讲起正事就他娘的说日本话，人也顿时变得像夹了夹板似的一本正经。

大家知道，殷主任要切入正题了。于是，都静下来，看殷主任做什么样的决定。

果然殷主任的声音陡然提高了八度，让人感到振聋发聩。殷主任说，这次日本人来，说是想看看我们的厂，但我们没有，怎么办？怎么让日本人相信我们正干得热火朝天？带他们去哪里转转？殷主任提了几个问题后，扫视了一下整个会场，说，大敌当前，一致对外，个人的意见日后再说，我这里要表扬老汪，大家都知道老汪和我吵过，但让我高兴的是老汪在大事情面前不计前嫌，主动献计献策，很让人感动，这说明我们在座的都是好同志，我这里就是要表扬老汪这种精神。最后，殷主任总结说，因此，我发动大家多动脑筋，想出好办法来，总之，要叫日本人高兴地来，愉快地走。

殷主任提出的都是棘手的问题，对立得没法统一。大家开始根据殷主任的思路想办法。于是大家交头接耳，议论纷纷。有骂日本人多管闲事的，有发中国式牢骚的。只有老汪悠然自得，一副成竹在胸的样子。因为殷主任的表扬，老汪在我们的眼里就特别显眼。

见大家都想不出好主意，殷主任亲切地对老汪点点头，说老汪，你同大家说一说，你有什么办法。

我们停止讲话，都看老汪。老汪显然很骄傲，他卖关子似的清了清嗓子，然后呷了一口茶。我们都耐心等着，脑子是人家的好使，有什么办法，不服气自己也想一个试试，也可以这样威风。老汪终于说话了。

老汪说，我想你们都已听说了，最近化工厂刚刚竣工。

我们说，是的，是的，报纸已经报道了。

老汪说，我在想，是不是可以把日本人带到化工厂去参观，化工厂的工艺同我们净化厂可以说一模一样，带日本人去那里，日本人不一定能看出来，日本人不见得个个是专家。

老汪说到这儿已是神采飞扬。我们也都笑出声来。我们为老汪的主意喝彩，我们说，日军他妈杀了我们那么多人，光南京大屠杀就三十万，我们蒙他们一回还算仁义的呢。

这时，汪科长摸出一根烟，啪的一声点上，然后吐出一口烟。他的手很小，但胖乎乎的，暖烘烘的，还有几点老年斑。

老李见老汪得意成这样，既嫉妒又看不惯。当然老李内心对老汪这么妙的主意是服的，他很遗憾自己没想出来。老李还看不惯老汪的这双手。这双手老让他想到老汪玩过的那些女人。想想他自己的手是如此干瘪，而老汪的手却如此滋润，甚至能感受到他皮下不安稳的血流。老李当然不甘示弱，也想露一手，但老李也只能在老汪的基础上发挥发挥了。

老李说，殷主任我也来谈点想法。我们去日本，日本人总是带我们去参观他们的机械，态度也很傲慢，好像我们没有机械似的。因此，是不是可以这样？到安装公司借几辆吊车来，放到管道工地上，吊上几根钢管，让日本人也见识见识我们的机械化操作。

听到这儿我们都开心地笑了。过去安装管道，我们从来没用过吊车，因为吊车还没简易装置效率高。思路是有了，大家就顺着这个思路想细节。有人说，再写几幅欢迎日本人的标语。有人说，再买几个鞭炮（当年我们这个城市还可以放鞭炮）。

这次会开得很成功。殷主任根据大家的意见做了总结性发言。然后殷主任根据大家的意愿进行了分工安排。有人负责买鞭炮，有人负责写标语，有人负责运送钢管到工地。殷主任最后说，好，我们就这么定了。

我和小王刚犯过错误，殷主任没给我们安排任务。我们很想有点事干，我们很想将功补过。小王虽和我刚打过架，但你知道在爱情方面我们两个都是倒霉蛋，因此，彼此就并不把吵架放在心上。爱情有时候很像评先进生产者，大家都评不上，心理也就比较平衡。小王就找上我，对我说，小艾，这事我们不能靠边站，我们也应该出点力。我说，我当然想出力，可人家不让我出力。小王说，我们应该去请战，我们应该做出我们的姿态，人家用不用我们那就是人家的事了。我说，你说怎么办？小王说，我们一起找殷主任说说看。

我们来到殷主任的办公室。刚开好会，殷主任显得还很兴奋。他见我们这样一个态度，脸上的笑容变得十分慈祥。老实说我从来没从他的脸上看到过如此慈祥的笑容。殷主任连声说，好好好，你们来得正好，化工厂的事还没有落实，正需要人去，这事就交给你们了，担子不轻，好好干。我和小王都高兴得不知怎么好。

第二天，我和小王就来到刚刚竣工的化工厂。我们揣着介绍信直接找到化工厂的领导。化工厂的领导留一个漂亮的大背头，乍一看有点像某位中央领导同志。他好像知道我们要来似的，双手紧紧地握住我们的手，他的掌心很暖和，他脸上笑容也让人感到暖和。我们想，这是一位成熟的领导。我们还没来得及开口说明来意，他却先说了。他说，你们的困难我听说了，殷主任电话里都同我说了，你们殷主任是我的老领导，他的事我当然要办。我们没想到殷主任已打过电话，见这领导如此热情，我们的感觉也好了起来。我们说，主要是日本人多管闲事。那领导说，日本人他娘的过去带枪来中国充大爷，现在拿钱来充大爷，我们国家穷啊，总有一天，我们也借给他娘的日本人钱，到日本人那里充大爷。我们说，那是，那是。我们骂了一会日本人后，谈起接待日本人的一些细节。没一会工夫细节就谈完了，因为那领导早已替我们想周到了。我们就打电话给殷主任。殷主任说，日本人下午到化工厂，要我们等着。

已近中午，我和小王就去小酒馆吃饭。我们为谁请客的问题还争了一番。这天我们一共喝掉十瓶啤酒，讲了许多真心话，因为在爱情方面我们可以算同病相怜。要不是下午还要对付日本人，我们还可以喝十瓶。

在我们来化工厂的时候，殷主任、老汪、老李、陈琪等人开车去宾馆接日本人了。他们先在宾馆会议室举行了一个简短的见面会。殷主任见到的不是佐田，而是另一个长得很瘦很高的日本人，是由市外办的小赵陪同而来。殷主任没见过小赵，但接过小赵递过来的名片时，殷主任就伸出双手连说辛苦辛苦。听小赵介绍这日本人叫山本。山本像佐田一样很会说中国话，只不过比佐田说得口音更重。你知道，这种场合陈琪是主角，但这次陈琪这个主角却做得很不过瘾。陈琪见到山本，照例用日语来一通问候，但山本不是佐田，竟然对陈琪的美貌无动于衷，山本冷冷地看了陈琪一眼，用日语说了声，你好。然后用中文说，你不用说日语，大家说中文，我正在学中文。陈琪不甘心，还是不依不饶说日语，但山本再也没理她。陈琪很扫兴。

在去工厂参观的车上，山本突然怜香惜玉起来。当时陈琪因为扫兴正无精打采地靠在车窗边。山本回过头来，对陈琪笑了笑，说陈小姐，你的普通话讲得很好啦，你可不可以教教我啊？陈琪一时没有反应过来，茫然地看着山本。山本又笑了笑，继续说，中文是一种美好的语言，自从我学习中文以来，我已爱上了这种语言，中文说起来铿锵有力，平仄分明，比我们日本话好听百倍。当然，我们日文不能和中文比，中文古老而博大精深，我们日文只不过向中文学了一点皮毛——把汉字写得潦草一点而已，这是常识。殷主任听了这番话，似乎很感动。他当即对陈琪说，小陈，你要好好教教山本先生。陈琪对山本的话却并不像殷主任那样感兴趣，山本这么说等于在暗示陈琪不用学日文，简直胡说八道。但这个日本人向她学中文她也是很开心的，她又有点进入主流的感觉了。山本接着说，你们知道日本人最喜欢的汉字是哪一个？是"爱"字。你们中文简体的这个"爱"字更生动，过去爱要有心，但现在爱不用心了。

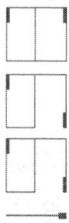

这个日本人的心思似乎不在参观工厂上面，而是在文化方面。他只是走马观花参观了工厂，就要求见识一下博大精深的中华文明成果。殷主任当即拍板要陈琪陪同他参观我们祖先无意留在这个城市的文明碎片。我们都感受到殷主任这个决定的暧昧意味。我（可能还有小王）希望陈琪不接受这个任务或者再叫一个人一同去陪，但陈琪没叫别的人就高兴地去了，去和山本一同研究所谓的汉语去了。难怪大家对陈琪会有一些不好的说法。

日本人照例在走之前要给我们上上课。我们天然气办的人已不止一次听日本人讲课了，对日本人这套也不新奇了。大家知道，日本人讲一次课我们付点讲课费就完了，也就过过场而已，课一讲完日本人就走人，本次接待就算完了，最多殷主任去机场送送日本人，顺便送一点古董给山本（古董早就买好了）。所以大家去听课时担子都卸了下来，显得十分轻松。

这次上课，山本没和我们谈当今世界天然气发展动态，而是谈起日本文化和美国文化的差别。山本说，当今世界日本经济如日中天，美国人很眼红，都在研究日本体制，认为日本体制了不起，美国人想学日本的。美国人这几年经济不景气，失业的人很多，美国人就想来日本打工。但美国人自由散漫，不懂规矩，不适应我们那一套。于是我们就发明了一种机器，叫体制培训机。这机器很了不起，那些不懂规矩的人只在要机器里坐上一个小时，出来时就很日本化了，就会鞠躬、说"是"了。我今天之所以对你们谈这个，就是要向你们推荐这种机器，我这不是为发明这种机器的公司推销产品，主要是我认为这种机器你们肯定也是用得着的。我知道现在中国人思想很复杂，什么想法都有，甚至有提出全盘西化的人，这些人就应该在这种机器里坐一坐，给他灌输点东方文化。

我们听得眼界大开。殷主任亦听得津津有味。殷主任听出了意思，听出了感想，他意味深长地看了看老汪。殷主任想，像老汪这样的人就应该去这种什么机器里坐一坐。

我们都以为我们这次在对付日本人这事上可以得满分，谁知天有不测风云，殷主任忽然收到市里的通知，说又一批日本人来了，要殷主任赶快去外办见日本人。殷主任一时弄不明白怎么又来了一批日本人，等见到日本人才知道自己弄糟了，那个叫山本的根本不是他要见的人，也许还根本不是个日本人。殷主任才知道自己可能被人蒙了一回。

这次来的是佐田。殷主任进去时，佐田并没像往常一样同他打招呼，而是黑着脸，一本正经得像日本天皇一样。一会儿，殷主任才明白佐田为什么绷着脸。殷主任知道原委后吓得小便差点失禁。殷主任从这个日本人的口中了解到了天然气办的命运已经尘埃落定，注定以悲剧收场。

你知道我们办事情的规矩，我们在一些事情上保密工作做得比较好，对自己人做得更好，对外国人相对来说做得差一点。因此有关消息常常是"出口转内销"才进入我们的耳朵。这次也是这样，要不是佐田的强烈的抗议，殷主任还不知道内幕呢。佐田向殷主任出示了一份文件，要殷主任解释怎么回事。殷主任一看傻了眼。那是一份有关我们这个城市东郊天然气的最新的勘探报告，报告的结论是：东郊根本没什么天然气。这意味着什么？殷主任的脑子飞快地转动起来。这意味着我们白干了！意味着我们马上得收摊！意味着我们花钱买来的设备成了一堆废品！意味着惊人的浪费！意味着日本人会生气并且把钱讨还！意味着老百姓盼望的提高生活质量的愿望破灭了！意味着市长的实事少了一件！意味着人大会有很多想法和问题！意味着什么人将成为这个决策的替罪羊！殷主任想到这儿早已出了一身汗。

于是事情就有点闹大了。殷主任当天就被市长招了去，我们不知道他们在谈些什么，我说过我们在一些事上保密工作做得比较好。总之，那次谈话以后，我们殷主任就有点郁郁寡欢。我们也只好瞎猜猜：殷主任正承受巨大的压力。

没几天，殷主任生病了。我们开始以为殷主任得的是家常病，我们是在老李悲壮的讲述之后才明白殷主任的肝出了大病，初步的诊断已经出来了，是肝癌。现在，大夫们正会诊。我们听到这个消息都惊呆了。我们都知道这世上有两种病没办法治，一种是艾滋病，一种是癌。得了癌就等于判了死刑。你一定能体会到我们的情感，我们都不愿相信这事是真的。我们都不相信平时看起来如此健朗的殷主任会得什么肝癌，一部分人认为殷主任得的是假病，可能是一种策略，就像以前政治形势严峻的时候，很多人就这样称病在家，赋闲休养，韬光养晦的。但我们善良的想法错了，从医院传来的进一步的结论是：殷主任真的得了肝癌。

我们单位的人因为殷主任生病而显得十分郁闷。你知道，如果老是郁闷，最先出问题的就是我们的肝。这点老汪想到了。老汪说，我们不能老这样悲伤，我们应该化悲痛为力量，应该活跃我们的气氛。在老汪的提议下，我们开始了一系列群众性体育活动。除了乒乓球、象棋、围棋、关牌这些传统项目以外，我们还想出了一些趣味性游戏项目，比如踩气球比赛，单腿独立比赛，盲人摸象比赛，等等。顺便说一句，自从殷主任生病以来，我们单位群龙无首，老汪就自动担起了这个责任，把我们组织了一番。

老李对老汪的做法不以为然。他认为殷主任躺在病床上，我们不应该这样穷乐，这是对殷主任最大的不尊重。但自从殷主任生病以来，老李很失落，他也不像以前那样好发表意见了。

要说对殷主任的感情，老李绝对可以称得上忠贞不渝。老李虽然年纪比殷主任还大，但是殷主任的老部下了，并且是殷主任最得力的干将，殷主任只要一有升迁调动什么的，一定要把老李带着走。老李见殷主任还没死单位里就闹成这个样子，心很寒。老李坚决不参加老汪组织的所谓比赛。

老李在我们比赛的时候去看殷主任了。老李在干部病房找到了殷主任，发现殷主任人也瘦了，眼圈也黑了，忽然心里发酸，眼泪不自觉地落了下来。老李一伤心就想抽烟，但病房不能抽烟，于是只好咽了一口口水。既流眼泪又咽口水的，老李的形象就不怎么好，就让人感到鬼鬼祟祟的。因此当老李声情并茂地叫了一声"殷主任"后，护士小姐就有点讨厌他，她说，你嚷什么呀，你嚷，一边去。当时，护士小姐正在给殷主任量血压，脸上的表情很漠然。殷主任一脸无奈的笑，向老李招了招手，说，你来啦。老李这回没吭声，在一旁点头鞠躬。护士小姐走后老李才敢走到殷主任床边，站着。老规矩，殷主任不让坐就不能坐，尤其这个时候就更应守规矩。殷主任对老李比以往客气多了。殷主任说，老李你坐。老李不坐，还是站着。殷主任说，你不坐是不是马上要走？老李赶紧坐下，说，不走不走。殷主任说，你看这身体，说病就病了，老李你要注意身体啊，身体是本钱啊。老李说，殷主任，你是压力太大的缘故啊，你不要再操心了，你好好养病，把病养好再考虑单位的事吧。殷主任说，老李啊，你得去活动活动了，单位肯定要解散，你跟了我一辈子，我身体好可以照顾你，现在我又病了，只好你自己想办法了。老李说，殷主任，你不要为我操心，你也不要太悲观，你的病会好的，你病好了市里还会把你调到城建局当局长的（殷主任原是城建局副局长，因市里搞天然气项目而抽调到我们单位挂帅的），到时我还跟你去城建局。殷主任说，这就难说了吧，城建局已经有局长了。老李听了这话又流起了眼泪。殷主任问，老李，单位现在怎样了？说起单位，老李的眼泪流得更欢畅了。老李说，殷主任啊，单位的事我就不向你汇报了啊，你听到就会生气的，这对你的治疗不利。殷主任绷起面孔，说，你这人怎么吞吞吐吐的，有话就说嘛。老李说，殷主任啊，姓汪的不是东西啊，他趁你不在，在单位里闹啊。殷主任说，他闹什么？老李说，他在单位搞什么群体活动，把单位搞得像个俱乐部。殷主任并没有生气，只是轻轻一笑说，这事我知道，是我叫老汪这么干的，是我叫他把单位的事管起来的。老李见殷主任这么说就不吭声了，他不相信这事是殷主任叫老汪干的。殷主任就是城府深，当然这点老李是很佩服的。

但老李猜错了，老汪干的事确是殷主任提议的。老汪早在老李之前已去医院看过殷主任了。老汪是我们单位最先看殷主任的人。

老汪在知道殷主任得了绝症的那天晚上怎么也睡不着。你知道老汪对殷主任的意见很大，私底下是常咒殷主任死的，但殷主任真的弥留在世间的时日不多时，老汪的想法有所改变。老汪突然觉得对殷主任的怨气全消了。老汪想想殷主任的一些事，觉得殷主任还真是个不错的人，他奇怪他以前怎么就没发现。比如，殷主任很会替职工着想，冒着风险为职工搞福利，这样肯挑担子的领导现在不多（现在老汪认为他写匿名信告殷主任搞福利不合法是搬起石头砸自己的脚，因为他告了以后单位的福利是差多了，这对老汪并没有好处。福利差留下的后遗症是：老汪常遭他老婆的嘲讽，说老汪的单位是什么癞头单位……一根毛也拔不下来）。又比如，殷主任当那么大官却十分朴素，老是穿单位发的那套工作服，他的家里也十分简陋，房子没装修，墙壁只是用油漆刷了一遍，也没什么家用电器，电视机还是黑白的。这样清廉的干部哪里去找啊。再比如，殷主任在"文革"中还保护过不少老同志，老汪不止一次听老同志说过殷主任是忠厚之人。想起殷主任这些优点，老汪的心就软了。虽说殷主任不用他十分可恶，但现在他彻底原谅殷主任了。老汪决定一定要去看看殷主任，和殷主

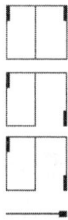

任谈谈心。也许这是最后一次谈心了。

老汪去时买了一束鲜花。老汪知道现在送花比较流行，他这个人就好赶个时尚。老汪来到医院，不知道殷主任在哪个病房。他就去问整天绷着脸比医生还像医生的护士小姐。你已经知道了，老汪对女人有办法，他一逗就把人家护士给逗笑啦，人家护士就热心起来。老汪说，这样的花送给像你这样漂亮的小姐差不多，送给病人就可惜了。护士笑着说，你要当心啊，人家病人听了你的话病准得加重。老汪笑着向殷主任病房走去。他听到背后那个护士小姐在对同伴说，他是个老风流。老汪咧嘴笑了笑。

进了殷主任的病房，老汪的表情已经很沉重了。殷主任躺在床上，疲倦地睡着了。他的样子十分憔悴，十分无助。老汪突然有了一种居高临下的感觉。平时看起来威严的殷主任在老汪的感觉里变得十分平常了。都是凡夫俗子啊。他在床边的一张凳子上坐了下来，轻轻叫道，殷主任，殷主任。

殷主任无力地张开双眼，见到老汪显然很吃惊。但没多久，殷主任那种疑惑中带着陌生的眼神就变成了热情。殷主任想坐起来，老汪忙上去抚住殷主任。殷主任表面很热情，但心里却有很多想法。殷主任想，老汪迫不及待来看我是不怀好意呀，他早就想看到我这个样子了，他送来的不是鲜花，是花圈啊。殷主任不会把这些情绪表面化，他脸上出现一种到位的苦笑，说，你看我这身体，说病就病了，这个时候抛下你们不管真不应该。老汪说，殷主任啊，都这时候了你不要再为我们操心了。又说，殷主任，你一定对我来看你很吃惊吧，你一定认为我来看你心里很阴暗吧。殷主任你不要打断我，让我说下去。不是这样的，殷主任，老实告诉你吧，我听到你病了后一夜没睡着，我想了下这几年你的所作所为，觉得你殷主任也不容易。你为大家做了那么多的好事，即使在最困难的时候你还保护了那么多老干部。说实在的，这几年我很不理解你，没做工作，还给你捅娄子。最近我感觉到了，实际上，我越跳，你在群众中的威信就越高，群众就越讨厌我。昨晚，我感到很不安、很内疚，我不知殷主任能不能理解我的感受，殷主任，你要原谅我啊。自从市长和殷主任谈话以来，殷主任已经很久没有听过这么真诚、这么理解人的话了。殷主任的情感有些把持不住，脸上露出某种撒娇似的不满，他说，可谁记着你的好呀，我住院都三天了，还没人来看过我，你是第一个。老汪说，我应该来看你啊，我来就是来请你原谅的。殷主任说，我今天听了你的话，也很受教育。我觉得我以前也不理解你，误解了你，认为你意气用事，小孩子一样，现在看来我这个人太官僚主义啦，我也要请你原谅。老汪说，你批评得没错，我自己也意识到了，我这个人就是太情绪化。

我们都知道了殷主任和老汪在病房里相互理解的场面。因为老汪的带头，许多人都去看了殷主任。大家说，病床上的殷主任是多么宽厚啊，与平日里的样子是多么不同啊，看问题是多么深刻啊。殷主任非常真诚地要求大家给他提意见，大家都不好意思动真格的，只是就一些小事批评了一下殷主任。大家做得更多的是自我批评。场面非常热烈。可以这么说，殷主任的病让我们的情感像小溪一样欢畅地流了一回。

大家都去看殷主任，我也觉得应去一趟。我对小王说，小王，我们也去看看殷主任吧。小王说，我不去。我说，我们不去人家会说我们没有人性。小王说，什么人性啊？殷主任有吗？我们有吗？没有，我们只不过是一群动物。我们和殷主任的区别在于：殷主任是权力动物，而我们是单位里的动物。我说，你这样说太残忍、太恶毒了。小王忙笑着说，不该这么说，不该这么说，这几天老看赵忠祥配音的《动物世界》，思路总往那上面靠。我又问，你去不去？小王说，不去。

我正愁找不着伴，胡沛度蜜月回来了。她对我说，我同你一起去吧。胡沛这几天很忙，她的新郎开了一家舞厅，她做了舞厅的名誉总经理，不怎么来单位。她一到单位就发给我们名片。于是我们都叫她胡总。在去看殷主任的路上，我问，胡总，你打算同殷主任说些什么？胡沛说，我会给他一张名片，然后叫他病好了去我们舞厅玩。我说，那殷主任一定十分感动。但让我们失望的是，我们来到病房时殷主任不在，我们不知道是不是殷主任病危正在进行抢救。总之我们这次没见到殷主任，胡沛也没有办法邀殷主任去她的舞厅。我们决定改天再去。

老汪组织的比赛终于结束了，各项目都有了冠军。就在这个时候发生了奇迹。你猜是什么？你一定猜不出来。告诉你吧，我们殷主任的病意外康复了！这个消息是老李告诉我们的。老李说，昨天，医生们对殷主任又进行了一次更为全面的检查，结果，医生们奇怪地发现，肝中原来的癌细胞不见啦。医生们说，这在医疗史上是一个奇迹。殷主任又可以回来主持

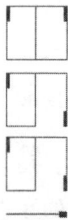

工作了。

我们单位对殷主任的康复有各种各样的说法。有人说殷主任的康复同最近市里的人事调动有关，据可靠的消息，殷主任过去的老部下当选为新一届组织部长。部长昨天去医院看望过殷主任了，同殷主任进行了长谈。殷主任顿时感到气也顺了，精神也爽了。由此可见精神的力量是无比巨大的。但老汪不这么认为。老汪听到殷主任回来了，很不开心。要说老汪想殷主任死，天地良心，没有的事。但殷主任回来了，老汪又不愿意。老汪想起自己同殷主任交心的事，就感到恼火，就感到自己受了愚弄。老汪跳出来说，无耻，他妈的无耻，姓殷的他是假病啊，他愚弄了大家的感情啊。

大家听老汪这么一说，也觉得有点道理。

殷主任在老李宣布他康复后第二天真的来单位上班了。殷主任到单位的第一件事就是读上级文件。听了文件我们才如梦方醒，原来，我们的单位真的像传闻中的那样要撤销了！文件说，由殷主任负责分配我们的工作。

这时，大家才紧张起来。大家意识到自己原来是单位里游来游去的小鱼啊，殷主任才是一张大网。我们的未来在殷主任的手中。于是大家越发紧张起来。大家都陷入回忆之中，都尽力回忆看望殷主任时自己说过的话，看看自己露了哪些马脚。大家都觉得那时给殷主任提意见真是十分愚蠢，想，这下好啦，殷主任是一逮一个准。我也很担心，因为我第二次去看殷主任时露了尾巴。我自作聪明地向殷主任提意见：我们向殷主任汇报工作时他老让我们站着，使我们很难受。当时殷主任愉快地接受了我的批评，现在我才知道他恐怕是愉快地抓到了我的尾巴！

你知道，我们都是国家的人，我们不怕没工作，这个国家会给我们解决的，但工作的好坏就比较难说，分配得好与坏决定着你今后的生活质量如何。比方说，把你分到银行和分到硫酸厂肯定有本质的区别，照外面流行的话说，在银行工作是白领，但在硫酸厂工作就只能像码头工人一样被称作蓝领了。毫无疑问，我们都梦想做白领。但这个殷主任说了算，我们自己做不了主。

因为等待分配，大家上班也早了，都希望尽早得到关于自己命运的消息。但消息封锁得很严。我们看到除了老李以外，几乎所有的人都惶惶不安，像一群囚犯等着法院的判决。

老李这几天在看一套范文澜的《中国通史》，看得很有倾诉欲，逮到谁都想对谁讲讲里面的故事。大家都感到哭笑不得，想起老李同殷主任的铁关系也不好发作。我这几天不敢碰到老李，总是像老鼠见到猫一样避开他。但一不小心还是会让老李逮到。老李见到我就说，来来来，小艾，我同你说，这套书很了不起，你应该好好看看。我是越看越有心得，我给你讲讲明朝武宗皇帝和太监刘瑾的故事吧。我哪有心思听这些鸟事，就说，老李，你饶了我吧，我心烦着呢，我不知道殷主任把我打发到哪里呢。老李愣了片刻，也没生我的气，很同情地看了看我，说，小艾啊，你想去什么单位？我说，这由得了我做主吗？老李一笑说，你别烦，来来来，继续听我的故事。改天我替你同殷主任说一说。我听了这话呆呆地看老李，说，老李你别逗我了。老李温和地拍了拍我的肩。

我们的生活出了问题，这种时候，免不了会想想从前的事。我们想起了过去在我们单位工作的一位诗人小郁。我们会想起他的另一个原因是这几天电视台正播放《西游记》，大家心里烦，就谈谈孙悟空。我们都非常喜欢大闹天宫时的孙悟空，认为这时的孙悟空很像一个诗人。于是我们就想起了诗人小郁。这位老兄在单位里时老是捅娄子，不把组织放在眼里。当然这位老兄还比较好色。这一点同孙悟空当然不一样。结果，老兄在女人问题上出了大问题，以流氓罪判了几年刑。这一点同孙悟空被压在五指山下相似。后来，诗人老兄从大墙里出来，成了总经理，后面还常有戴着墨镜的人保驾。这一点和孙悟空一点也不像了。孙悟空从山下出来，套了个紧箍咒，专为别人保驾，感觉上就不怎么可爱了。我们看电视时老为他放不开手脚干着急。

大家说，还是小郁好呀，他算是闯出来了，据说他的资产都几千万了呢。我们干脆到他那里打工去算啦。

我们单位还有一个人对解散一事无动于衷，或许还有点开心。这个人是胡沛。胡沛是我们单位里唯一的临时工，因此过去在单位里，胡沛常说的一句话是：你们都是国家的人，而我是什么人呢？我算是自己的人吧。胡沛对我们很羡慕。但现在胡沛嫁了人，成了名誉总经理，就不一样了，再说，现在我们算什么，国家都快把我们忘记了，胡沛因此心情特别舒畅。她见谁就发名片，要我们以后去她的舞厅玩。老实说，我已经得到六张胡沛的名片了。

分配工作正在十分神秘地展开。我们预感到我们单位进入了戏剧性阶段,大幕已经拉开,高潮就要来了。殷主任又给我们开了一个会,他号召我们要充分估计自己的水平和能力,填好自己的志愿,接受国家的挑选。但殷主任让我们知道都有哪些单位在挑选我们。

在进入高潮前还有一个小插曲。正当我们在填志愿时,我们又得到一张表格。你肯定猜到了,这张表格是诗人小郁发给我们的。一定是有人告许小郁关于我们单位的事,否则他怎么会在我们开会时来呢?我们都知道殷主任不喜欢小郁,见小郁来殷主任就走了。走之前,他说,请大家好好填,填好后交给老李。殷主任一走,群众顿时活跃。大家从座位上站起来围到小郁周围。过去大家对小郁是看不惯的,大家背后都说他吊儿郎当,但现在人家发了财,大家就比较服他。人家就是有本事。大家见到小郁像见到亲人,都说,小郁,还是你好啊,你看我们现在多落魄啊。又说,小郁,新华书店有一只书架专门卖你的诗集呀。还说,小郁,你富贵了把我们都忘了吧。这时,陈琪站在一边,她在向小郁傻笑。小郁马上从我们这堆人中发现了美,他说,这是陈琪吧?你是一点也没变,还那么漂亮。听了这话,陈琪的声音都变了,她尖声说,是吗?我们对小郁喜欢女人的爱好起哄,说,小郁,你的老毛病还是没改。这时,小郁发给了我们一张表格。原来,小郁听到我们待分配,来挖人才来了。

接着,小郁做了一个诗意沛然的演讲。小郁说,你们这里是一座富矿／人才济济／才华横溢／正在等待开发的人／我来了／让我们高兴地玩它一把／让大家有点钱／生活变天堂／跟我走吧／填表格吧／我需要你们的才／月薪不低／一定让你们满意／让我们有点钱吧／自己做老板吧。

我们一时被他讲得很激动。还是小王比较理性。小王说,听着倒是动人,可太虚,小郁那里的福利怎样?医药费怎么报销?养老保险怎么解决?他光说给我们高资,让我们做老板,那小郁难道不是资本家?大家都觉得小王的见解鞭辟入里,于是被小郁鼓动起来的热情消了大半。没有人填小郁的表格,一些人上厕所时把小郁的表格当擦屁股纸给擦了。

终于,我们等到了分配的那一天。第一幕的主角是老汪。我们都认为殷主任在对待老汪的分配问题上很有水平。你老汪不是喜欢妇女吗?不是老闹出作风问题吗？那好，把你分到计生办去吧，发挥你的特长去吧。我们都认为老汪是咎由自取，罪有应得。我们还认为老汪肯定不愿去那种地方，猜测老汪临走前会大闹一场。我们都错了，老汪没闹，而是高兴地去计生办报到啦。没有热闹看我们很失望。

第二幕是关于老李的。当我们听到殷主任对老李的安排后我们才知道老李这个人是太乐观了。老李今年五十五，再过两年就要退休，这样的同志现在没单位要。殷主任决定让老李提前退休。老李一听到这个消息就气晕了，他瞪着双眼，张着嘴，半天说不出一句话，吓得殷主任拼命喊老李。殷主任说，老李，你不要这个样子。老李这才反应过来。老李涌上心头的第一件事是感到自己被愚弄了。这么多年来，老李对殷主任可谓忠心耿耿啊，可殷主任就这样一脚把他蹬了。天理不容啊。老李就有了一种悲壮的正义感与空虚感。老李不想再同殷主任说什么了，他带着一脸的决绝与委屈走出了殷主任的办公室。

这天，老李回到家闷闷不乐。老李是有点惧内的。老李的女人工资不高，但嗓门很高、很尖锐，常常能穿过墙壁飞向邻居的耳朵里去。老李好面子就只好忍让。老李的工资比较高，单位福利也比老婆好，因此面对老婆就有种大人不计小人过的优越感。但现在是组织把自己抛弃了，也就是说，老李以后只能拿点退休工资了。福利也没了，那他以后就没那么好的自我感觉面对老婆的嘲笑了。一个男人的价值不在于内心的坚定，而在于他拥有多少东西讨老婆欢心啊。想起老婆那副嘲弄蔑视的嘴脸，老李的心中涌出一种深刻的无依无靠感。

第二天，我们单位非常热闹。因为老李的老婆闹到殷主任那里来啦。我们都是第一次见到老李的老婆。老李的老婆叉着腰，站在殷主任的办公室里一把眼泪一把鼻涕地骂开啦。姓殷的啊，你不是个东西啊，你怎能这样对待我们老李，我们老李一辈子跟着你，做牛做马，没有功劳也有苦劳啊。你不能这样对待我们老李，殷主任，你要给老李想想办法啊。我们家全靠老李呀，没老李在组织里怎么办啊。我们儿子不争气，在大学里不读书，弹什么大琵琶，大吉他，弹得留级啊。殷主任，我们儿子今年要分配了啊，没老李在组织里我儿子怎么办啊，哪里会要他这样的人啊。殷主任

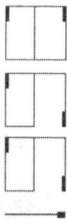

啊，求求你啦。

老李的老婆在这么哭叫的时候，殷主任一声不吭。等那女人哭得差不多了，殷主任砰地拍了一下桌子，骂道，你哭什么？有什么事叫你们老李来说。不就是你们儿子的事吗？你儿子分配时来找我不就完了，老李在不在组织里有什么关系？

老李的老婆被殷主任这么一拍就愣住了，瞪着眼，再也说不出一句话。一会儿，她讪讪地从殷主任那儿退了出来。我们见事情结束了也都回到自己的办公室。

我的心很烦。我已见到两幕戏了，殷主任导演得都很不错很过硬，并且很毒。想起自己有尾巴留在殷主任那儿，我直叹气。

自从和陈琪去了几次咖啡馆，我也染上了去咖啡馆的时髦病。每次我心情不好了就会去那种地方。心情是需要形式做注释的，确实，当我手握咖啡时，我感到我的孤独而苦闷的心情有了盛放之处。我知道我不是在喝咖啡，而是在凭吊我的心情。而现在我想凭吊我留在殷主任那儿的尾巴。当我走进那家咖啡馆时，我又发现了一个意外：我看到小王和陈琪坐在我们坐过的地方亲热地交谈。我一时不知如何是好，是进还是退。我觉得如果让他们看到我一个人来这种地方，怪不好意思的。

我对小王和陈琪坐在咖啡馆里也没多想，但后来我才知道他们的关系已经不同一般了，也就是说他们谈恋爱了。起初我听到这个消息怎么也不相信，可几天以后，在大量事实面前我也只好不情愿地认了。

据说小王和陈琪是在这次分配时才擦出火花的。起因是因为陈琪收到诗人小郁的一封信。小郁的信里诚恳邀请陈琪去他那里负责公关——那一年公关是所有美丽女孩向往的工作，陈琪当然很想去。这事不知怎么地被小王知道了。小王就找到陈琪，十分冷静地对陈琪说了利害关系。小王说，公关是什么？公关就是陪男人喝酒，陪男人跳舞，陪男人唱歌。对，就是人们所说的三陪。你没去过南方吧，南方早已经在这么干了。公关不是书上所说的艺术，也不像电视剧里那么浪漫，公关就是欲望。再说了，你去小郁那里有什么保障呢？在我们这里有党工团等组织，有事可找他们去说，至少有个说理的地方，但小郁那儿什么也没有，小郁他就是规矩，他如果不喜欢你了就会把你赶跑。陈琪被小王这种高屋建瓴的分析震住了，一时没了主意，不知怎么好，陈琪突然觉得小王很有思想，很有内涵，见多识广，不由得对他刮目相看。陈琪说，那怎么办呢？我不能保证殷主任会分配给我好单位，他生病时我都没看过他呀，他肯定很生气。小王说，这你不用担心，我也没去看过他，我有办法。听说这次殷主任手上有不少好单位呢。陈琪说，什么办法呀？小王说，这样吧，我会帮你的，我保证你去想去的地方。陈琪说，小王，我今天才了解你，原来你那么能干，那么会说话，还关心人。

这以后，陈琪和小王老是去喝咖啡。他们开始谈恋爱啦。小王有一天对陈琪说，我们应该去感谢殷主任，殷主任早就看出我们在谈恋爱了，他是最早向我们讨糖吃的人。小王就带陈琪去殷主任家。小王说，殷主任，你差不多是我们的介绍人啊。

后来有人说他们是在奋斗中培育的爱情，比较牢固。

经过一段日子的酝酿讨论，殷主任终于把我们分配出去了。小王和陈琪如愿以偿，去了金融系统。胡沛本来被分到企协当临时工，但胡沛不愿去，她说她打算好好经营舞厅。我的同事们对这次分配基本满意。我？对了，我忘了告诉你，我被分到环卫处。这没有什么不好，虽然环卫处在外面听起来不怎么雅，但那单位比较实惠，也算是我们这个城市不可或缺的一个部门。

顺便说一件事，我们被分配结束的那天，小郁又来我们单位了。小郁是来收他的表格，但他很失望，没有一个人愿到他那里去。于是他站在主席台上又做了一番激情演说：

"让我给你们讲一个故事吧。唐僧西天取经回到长安，想，孙悟空功劳很大，应该有所表示。唐僧就对他说，悟空啊，师傅把你的紧箍咒取下吧。悟空听了赶紧摇头，说，师傅使不得，如果没有紧箍咒，我就没有人管了呀，我就成了社会闲散人员，免不了要旧病复发，耍点流氓，未来没有保障啊。于是唐僧就没取他的紧箍咒。告诉你们吧，你们就是长安的悟空啊！你们就喜欢那个金套子啊。所以，猴孩们，再见了，我不同你们玩了！"

我们见小郁胡说八道，就把他从主席台轰了下来。如果他老兄是唐僧肉，我们肯定把他吃了。

殷主任决定在大家分手前办一个聚会，我们叫它"最后的晚餐"。聚会是在胡沛的舞厅里进行的。那是周末的一个晚上，我们一早就来舞厅。舞厅灯光迷离，使一切若隐若现。大家好不容易认出彼此，都感到新奇，

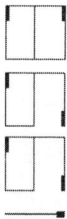

特别是那些从来没进过舞厅的中老年人更是激动，癫癫得仿佛回到了青春时光。那些年轻的父亲或母亲照例带了孩子来参加活动。孩子们被打扮得花枝招展，稚嫩而尖厉的童音在音乐里钻来钻去，给晚会平添了许多热闹。我们都感受到从来没有过的轻松。

我们没想到老汪会来。老汪打扮得整整齐齐，显得春风满面。老汪一进门就嚷道，这个最后的晚餐谁是犹大？谁又要钉死在十字架上？我们对老汪的话不感兴趣，或许是听不懂，没什么反应。老汪只好找个位置坐下。

老李还没来。我们猜想是老李是不会来了。老李要是来的话，他准是埋头吃桌上的糖果瓜子，仿佛谁要跟他抢似的。老李就是太贪小便宜。

殷主任见人基本到齐，清了清嗓子，开始他早已准备好的讲话。殷主任说，同志们，首先我要向大家道歉，你们这几年来工作很辛苦，但你们的辛苦在外人眼里成了笑话。但我们不能这么想，我们不能自卑！这时，殷主任习惯性地扫视了一下全场，继续说，我们应该这么理解，我们并没有虚度光阴，我们本不认识，为了共同的目标走到了一起，相互学习，相互切磋，相互了解，共同提高。可以这么说，经过这样的磨炼你们成熟多了。我们这里就像黄埔军校，或者美国的西点军校，现在你们毕业了，你们一个个都是好样的。现在你们又要走上新的工作岗位，这个城市将到处都是我们的人。

殷主任的话七次被我们的掌声打断，演讲结束我们全体起立，长时间地鼓掌。那一刻我们对未来充满了必胜的信念。

然后，殷主任号召大家自由活动，叙叙旧，展望展望将来。于是我们在舞厅震天动地的舞曲里交谈着，免不了别有一番滋味在心头。没人下舞池，小伙子和姑娘们在依依惜别。

只有那些孩子们，刚刚学会走路便挣脱了父母的怀抱，跟跟跄跄来到舞池中，手挽手随着节奏摇摆起来，旋转起来，像一群天使。

原载《上海文学》1998年第9期

点评

这篇小说的内容很多读者读起来或许会有一种似曾相识，又不太确定的感觉，似曾相识的是小说中的人物及他们之间的关系，相互之间发生的故事，等等，都似乎就是工作中遇到的身边人、身边事，这不太确定的感觉就是他们确乎又不是真实存在于身边的人和事。《到处都是我们的人》叙述了体制内单位的百态，进单位谋上一官半职是当时社会上最吃香的"铁饭碗"，意味着衣食住行和生老病死都上了保险，无论天晴还是下雨都会有工资，无论表现如何都不用担忧失业，还会定时或不定时发放各种福利。单位就是这样一种内部结构十分稳定的存在，是人人都很羡慕的理想之地。但艾伟却通过这篇小说提出了他的担忧和反思，对时代和这种牢固的体制保持警惕。当然，单位这种体制的益处无须赘言，但艾伟看到了隐患：温水煮青蛙般消耗掉人的斗志和积极向上的精神。一个即将解散的单位在上班时间几乎没有一个人在认真工作，串办公室聊天、看闲书、勾心斗角、溜须拍马、三角关系等等几乎每天都在上演。当然，在小说中单位这种体制也受到过冲击，胡沛在这一临时组建的单位解散后并没有按照安排去别的单位报到，而是和她老公一起经营舞厅去了。曾经单位中的一分子，诗人小郁在出狱后自己开公司发了大财，到单位里来劝说大家跟着他干，大家热情高涨听着他充满激情的演说。值得玩味的是，尽管不同的经济形态对单位形成了冲击，但并没有形成强有力的形势，胡沛本来就是临时工，不属于单位的编制内人员，所以她的出走并不具备典型性。尽管大家羡慕小郁的发迹，也都十分捧场，但最终没有一个人成行，都按照殷主任的安排去了别的单位报到。临时组建的单位最终解散，大家各自于不同的单位上任，确实实现了"到处都是我们的人"。单位体制弊端下人性的荒诞也刻画得淋漓尽致。

艾伟的小说给人印象最深的是其现实主义的创作态度，对人性深刻的挖掘。但这篇《到处都是我们的人》却是一篇充满荒诞意味的寓言小说，且是充满中国特色的寓言小说。对此艾伟自己曾做过解释："对人性内在困境和黑暗的探索，在我的处女作《少年杨淇佩着刀》（《花城》1996年第6期）中已有雏形。但在这之后的写作，我走上了另一条道路。或者说其实两条路都坚持走着，只不过另外一条道路的写作可能更醒目一点。这另一条道路即是所谓的寓言化写作。那时

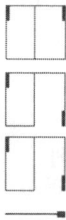

候，我是卡夫卡的信徒，我认为小说的首要责任是对人类存在境域的感知和探询。当时我相信，一部好的小说应该对人在这个世界的处境有深刻的揭示，好小说应该和这个世界建立广泛的隐喻和象征关系。在这种小说观的指引下，我写了一批作品，有《到处都是我们的人》《1958年的唐吉诃德》《标本》等。这些作品的寓言品格是一目了然的……"虽然小说具有强烈的寓言性，但其寓意和哲学精神并不靠完全荒诞化、陌生化的处理完成，相反作者的叙述如同写实小说般顺畅，对单位中各色人物逐一集中描述，甚至有记流水账之嫌。这种外部形式感性、内部寓意理性的叙述使得小说没有令人尴尬的说教，日常化、生活化的情节和场景构成了柔软的象征，而不是显露在外的生硬象征。啼笑皆非的生活化叙述，带来的是力透纸背的效果。通过感性化的夸张、变形手法，揭示出日常生活中令人惊骇的荒诞处境。这样的寓言化小说被作者赋予了本土化的特质，是融合了西方寓言的一种对传统的继承与创新，体现了作者独具匠心的艺术理解与努力。

（朱旭）

目光愈拉愈长/

/东 西

刘井推了一把马男方的膀子，说你怎么还不起床，太阳已经照到你的屁股上了。马男方像一根木头在床上滚了一下，说你的手怎么这么冰凉？刘井说我能不冰凉吗？我从起床到现在已经挑了三挑水，煮了一锅猪潲，熬了一锑锅稀饭，我的手能不冰凉吗？我的手不冰凉才怪呢？这时太阳正穿过屋顶破烂的瓦片，照到马男方的屁股上，他像河马一样张开宽大的嘴巴，然后扬起宽大的手掌重重地拍打屁股。他像是拍打蚊虫又像是拍打阳光，噼噼啪啪的声音比放炮仗还响亮，似有一颗打不到蚊虫誓不下战场的决心。尽管他这么拍打着，已经在屁股上拍出了好几根香肠，但是他还没有醒来，好像那只巴掌不是他的巴掌，那个屁股也不是他的屁股，好像是一个屠夫正在拍打案板上的猪肉。

刘井说今天太阳这么好，我们去把南山上的稻谷收了，如果再不收回来，它们就会全烂在地里，明年我们就没吃的。马男方好像没有听见，他的鼾声竟然在大清早响亮起来。刘井想这哪里是农民的鼾声，这明明是干部的鼾声。马男方啊马男方，你打出了干部的鼾声，却没有干部的命运。马男方在床上又滚了一下，说我喝醉了。听他这么一说，刘井真的闻到了一股浓浓的酒味。刘井说你总是说喝醉了，好像喝醉了就可以不劳动，就可以睡大觉，就可以心安理得地剥削我。你就不能不喝吗？马男方扬手在耳朵边不停地扇着，仿佛要把刘井的声音赶跑。刘井知道现在要马男方起床，除非是太阳从西边出来。这么些年为了叫马男方起床，她差不多把嘴巴都说烂了。但是我不得不说，我要生活，我们全家都要生活。刘井嘟囔着。我先去南山的田里割稻子，中午你送饭给我，顺便跟朱正家借打谷机，叫上几个人把谷子全收了。马男方说好的。这一声马男方说得十分清脆响亮，有一点男人的样子。等刘井准备好镰刀、背篓快出门时，马男方突然在床上叫了起来。刘井说你叫什么，有话你出来跟我说。马男方说现在我还不想起床，我喝醉了，我只是想问你一定怎么办？谁负责带一定？刘井说我带，现在我就把一定带上，这样我也有一个伴。

刘井站在门口喊一定，马一定——她的喊声刚刚落地，马一定就站在她的面前，手里捏着一团黄泥。他的脸上屁股上手上到处都是黄泥，整个人像是用泥巴捏出来的，而不是她从肚子里生下来的。刘井在马一定的屁股上拍了一巴掌，许多灰尘朝着她的鼻子冲上来，落在她的头发上。她本来是想把马一定身上的灰尘拍掉，但是现在她只不过是把马一定身上的灰尘转移到了自己的身上。她说一定，我们走吧。马一定于是跟着他的母亲往南山的方向走去。他的手里仍然捏着那团泥巴，这团泥巴是他最喜欢的玩具。

八岁的马一定只有刘井的腰部高，他的头正好碰到母亲的背篓底。他们每向前走一步，背篓就敲打一下马一定的头。刘井说一定，你走前面吧，你的头又不是铁做的，怎么经得起背篓的敲打。马一定说不。马一定不愿走在他母亲的前面，他一手捏着泥巴，一手拉着他母亲的裤子。

南山的稻田在五里地之外，路愈走愈长愈走愈小，山坡上除了虫子的叫声之外，没有一点多余的声音，太阳照着茅草和树木的顶部，肥大厚实的叶片像打破的玻璃，反射出细碎的光芒，那些被太阳照着的地方，很快就要烧起来了，并且发出奇怪的吱吱声。这种声音比虫子的声音更响，比人的声音更亲。刘井感到自己的裤子被什么咬了一下，脖子很快地扭了回去。她看见一定倒在地上。一定说妈，我走不动了。刘井蹲下来，说一定，你爬到我的背篓里来。马一定爬进他妈的背篓里，咿咿呀呀地叫喊着，不停地伸手去抓路边的树叶。他的手里除了那一团泥巴外，现在又多了一把树叶。他说妈，我要撒尿。刘井说撒你就撒。马一定站在背篓里，对着后面撒尿。他母亲一边往前走，他一边往后面撒尿，路上便留下一道淋湿的水痕。

刘井在稻田里割了一个上午，山路上仍然不见马男方送饭的身影，打谷子的人也没有来。她想马男方一定是睡过头了，或者又喝醉了。她的肚子里堆满气，并且发出一串古怪的叫声。她感到从来没有过的饿，像有一只长着长长的指甲的人，在她的肚子里不停地抓。她伸长脖子在田野里找一定，没有一定的身影。她叫一定——声音小得连她自己都听不见。她又叫了一声一定，一定从别人家已经收割过的稻草堆里钻出来，头上沾着几丝稻草。刘井说一定你饿了吗？马一定说我已经饿了很久了。刘井说饿了你先喝几口水，田角那里有一窝水，你先喝喝，一会儿你爸爸就给我们送饭来了。一定说我已经喝过好几次了，现在我的肚子里全是水，再喝肚子就会胀破。刘井说那你给我用树叶包一点水过来。马一定从稻田边摘了几片树叶，从水洼里给刘井包水。他刚把树叶从水洼里提起来，水就全漏光了。他又重新把树叶放入水中，这次他手里的树叶包住了一点水，他小心地拿着水走向刘井。刚走几步水又全漏光了，他把树叶扔在地上，说你自己过来喝吧。刘井说你怎么能这样，你没看见我忙吗？既然你不给我包水，那你就来割稻谷。刘井把镰刀丢在田里，朝田角的那个水洼走去，她伏下身体看见自己额头上除了汗就是稻草皮。她把嘴巴放到水洼上，拼命地喝了几口，感到肚子一片冰凉。喝水之后，她感觉有了一点精神，她说一定，你怎么还不去割稻谷？你不要和你爸爸一样懒。你们都懒了，我怎么养活你们？

马一定拿着镰刀依然站在那里。刘井说你实在割不了，就过来给我捶捶背。马一定跑过来给刘井捶背。刘井闭着眼睛说你猜猜看你爸爸会给我们做什么菜？马一定说酸菜，除了酸菜还是酸菜。刘井说那不一定，也许我们家的鸡正好下蛋了，你爸爸会给你做个煎鸡蛋。

刘井和马一定到水洼边的次数越来越多，他们喝过之后便不断撒尿。刘井已经没有力气割稻谷了。刘井说马一定你回去叫你爸爸送饭来，你告诉你爸爸如果他今天不来收稻谷，明天我就跟他离婚。这已经不是第一次了，他太欺负人了。一个大男人整天躺在床上，靠一个女人养着，这算怎么一回事？

马一定提着裤子往家里跑。刘井说你要快一点回去，不要在路上玩，要快去快回。马一定嘴里哎哎地答应着。

刘井继续割着稻谷，她一边割一边想一定现在应该到枫木坳了，现在已经到紫竹林了，现在肯定进家了。马男方或许还睡在床上，我就算他

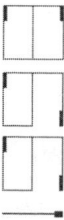

还睡在床上。但是马男方还睡在床上并不要紧，他本来就是一个靠不住的人，而一定是个聪明的孩子，他会把我的话转告马男方。一听到离婚，马男方会从床上跳起来。跳起来之后他就会记住要给我送饭，就会到南山来收谷子。即使马男方不跳起来，他喝醉了仍然睡在床上，一定也会从锅头里装好饭送给我。

刘井这么想了一次又一次，她故意放慢马一定行走的速度，在脑海里为马一定制造几个困难，甚至想象马一定刚刚出发，以便自己能够耐心地等待。但是等啊等，马一定还没有送饭来，马男方也没有来。她想我不能再这样等下去了，再这样等下去我就会饿死。她捆好一捆割倒的稻谷，放在背篓里。她用双手试了试重量，看了看回家的路程，然后又多捆了几把。她想回家的路程很远，而我的力气又只能背这么一点。她看着那些割倒的稻谷，心里痛了一下。

刘井背着稻谷来到枫木坳，她看见马一定睡在一块石板上，马一定的脸上爬着几只蚂蚁。听着马一定均匀的鼾声，刘井心里一下就硬了，她大声吼道你原来在这里睡觉，你差不多把我饿死了。她扬手打了马一定一巴掌，马一定从石板上爬起来，摸摸被刘井打过的头部，好像突然记起了自己的任务。他摸着头说妈妈，我实在是走不动了，其实我和你一样饿。刘井的肚子一阵乱叫，她刚才喝下去的水，现在直往外涌。她往地上吐了一口水，说我现在不想见你，你和你爸爸一个样，你们快把我气死了。马一定的眼睛里含着泪水，他很想哭但最终没有哭。

刘井背着稻谷往前走，马一定跟在她的身后。他们谁也不说话，默默地走着。走了好长一段路，刘井没有听到脚步声。她回头一看，灰色细小的土路上，没有马一定的身影。她放下背篓往回走，走了大约半里路，才发现马一定又倒在路边的石板上睡着了。她背着熟睡的马一定往前走，走到背篓边，她把马一定放下来，说走吧，现在你走在前面。马一定一边打瞌睡一边往前走，有好几次他差不多走到路坎下。走着走着，刘井突然听到马一定喊痛，刘井说哪里痛？马一定说脚。刘井现在才看见在马一定走过的路上，有几滴血迹。马一定的脚板磨破了。马一定站在说痛的地方，血还在流着。刘井说你为什么不穿鞋子？你出门的时候为什么不穿鞋子？马一定说我没有鞋子，从天气热之后，我就没有穿过鞋子。刘井说我不是不想给你买，只是家里没钱，现在你坐到我的背篓上来。刘井把背篓靠到土坎边，等待马一定坐到稻谷上。马一定看看刘井背篓里那捆大大的稻谷，摇晃着头说不。刘井说那怎么办呢？你又不上来，你又不能走。马一定说我能走。刘井说真的能走？马一定说真的能走。马一定像一只受伤的狗，提着左脚一歪一倒地走着。刘井看着他走出去好远，才跟了上去。

回到家里，大门敞开着，天上已经没有太阳了，几只鸡在屋子里走来走去。刘井看见马男方还躺在床上没有起来，屋子里的酒气比早上出门时还重。马男方好像醉得很厉害，连刘井回来他都不知道。刘井故意把声音弄得很响，马男方仍然不知道。刘井想现在我没有力气跟你吵架，等我吃饱了再收拾你。刘井揭开锅头，早上她煮的稀饭一粒不剩。炉子自她离开后没有人动过，猪潲也没有人动过。看到猪潲刘井才听到猪的嚎叫，现在猪的叫声比有人用刀杀它还难听。这么说马男方除了起来喝稀饭喝酒之外，一直躺在床上。刘井想。

刘井煮了一锅雪白的米饭，它把马一定的眼睛都雪白得痛了。刘井说一定，今晚我们比赛吃饭，能吃多少吃多少，别亏待了自己。刘井还没把话说完，马一定已经把头埋到了碗里。刘井说你也别吃得太猛了，如果自己噎着自己，那才亏上加亏。刘井慢慢地吃下三碗米饭，感到力气又回到自己的身体。她想现在要吵要打我都不会怕谁。她走进卧室，在马男方的膀子上狠狠地拍了一巴掌。马男方的身子抽搐一下，说你要干什么？是不是欠打了？刘井说打吧打吧，再不打你就没有机会了。马男方从来没有看见刘井这么坚硬过，他睁开眼睛，有点不相信地看着刘井，说你要干什么？马男方的口气明显疲软了。刘井说我要跟你离婚。马男方说不就是离婚吗？我以为是什么大不了的事，离就离。马男方说完，又继续睡觉。

一个小时之后，马男方突然从床上爬起来。他说你为什么要离婚？你得找出个理由。刘井说还要找什么理由？你最清楚我的理由。马男方说我冤枉啊我冤枉。马男方叫喊着跳动着，好像有天大的冤枉无处伸冤，一点也没有醉酒的痕迹。马男方说你的理由是不是因为我今天没有给你送饭？可是我告诉你，今天我病了，只要是人都会有病，你敢保证你没有病吗？敢不敢保证？打仗的时候抓到俘虏，如果俘虏有病都要关心他，何况我不是俘虏，而是你的丈夫。在你丈夫有病的时候，你不仅不关心你丈夫

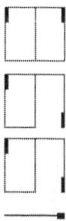

的病，而且还要提出跟他离婚，你有没有一点良心？你以为我不想给你们送饭吗？我不给你送也得给我的儿子送，当时我躺在床上想到你们还没有吃饭，心里比谁都急。只是我怎么也爬不起来，我当时一点力气都没有，真的，一点力气都没有，如果有的话我就爬起来给你们送饭了。我不仅会给你们送饭，还会给你们杀鸡、煎鸡蛋。你想想天底下哪里还有这么好的丈夫？刘井说你的病我怎么不知道，除了懒病还是懒病。你得这个病有好几年了。

第二天早上，刘井认真地梳了一回头，用香皂抹过脸，从柜子里找出一套平时舍不得穿的衣服穿在身上，然后对着床上的马男方说我先走啦。马男方说你去哪里？刘井说去乡政府离婚。马男方说你真的要离？刘井说我说话算话，你是大丈夫说话更要算话。

刘井朝乡政府的方向走去，她的脑子里现在全是那些她昨天割倒的稻谷。她看见那些稻谷随着时间的推移正在腐烂。但是一想到马上就要跟马男方离婚，她浑身是劲，稻谷算什么明年算什么饥饿算什么？她离乡政府愈来愈近，离稻谷愈来愈远。在快要进入乡政府的时候，她回头看了一眼她走过的地方，没有看见马男方。她想他是不是不来了？她站在街头等马男方，街市上基本没什么人，只有几个卖菜的和几个干部在街上走来走去。她从衣兜里掏出一面小圆镜，偷偷照了一下自己，没有发现不满意的地方。她看着自己满意的脸蛋想马男方现在你知道我的厉害了，现在你要后悔了。她把镜子偏了一下，她身后的土路也照到了镜子里，马男方提着一只酒壶正从镜子里朝她走来。她张大嘴巴，吐了一下舌头。她想我为什么要吐舌头呢？难道我害怕了吗？我一点都不害怕。

他们在乡政府二楼找到民政干事谢光明。谢光明大约有四十多岁，头发已秃顶。在刘井的印象中，他们结婚也是他给登的记。谢光明说你们要干什么？离婚，离婚干什么？是不是吃饱了没事干？是不是认为离婚好玩？是不是觉得乡里的事情太少了？首先我问你们，你们晚上在不在一起睡？在一起睡。在一起睡为什么还要离？你们还睡在一起这说明你们的感情还很好，感情不好的人会睡在一起吗？你们见过没有感情的人睡在同一张床上吗？没有。对吧，没有，绝对没有。所以你们不能离婚。还有你们有没有小孩？你们考虑过没有，离婚对小孩子有多么大的伤害。小孩是跟爸爸呢或是跟妈妈，你们考虑过没有？没有考虑。没有考虑怎么来离婚？

还有家产什么的都得考虑，你们把这些都考虑好了再来找我。刘井说谢干事，你说一张床是怎么回事？谢光明说就是说你们要离婚的话，两年之内不能睡在一张床上。刘井说我们家只有一张床。我们的儿子也跟我们一起睡。谢光明把手一挥说那就别离了。

他们从乡政府的二楼走下来，马男方竟然吹起了口哨。刘井说你别太得意了，离是迟早的问题，不就是两年吗？谢干事说只要两年不睡在一起，我们就可以离婚。从今天起，你睡你的我睡我的。马男方说想离，没那么容易，谢干事不同意我们离，你就别想离，还有孩子，我要他永远姓马不姓刘。刘井说你连自己都养不活，还有什么资格提孩子。刘井想还有两年时间，我还要被他剥削两年时间，还要为他种两季水稻、四次玉米。刘井突然想起田里没有收割的稻谷，那是他们的稻谷，既然没有离婚那就是他们一家人的稻谷，是全家明年的口粮。如果我知道是白跑一趟乡政府，还不如叫人去把稻谷收了。刘井挽起裤脚，开始往家里跑步前进。马男方站在小卖部打酒，他对着奔跑的刘井说马一定是属于我的，如果你愿意把马一定让给我，我就跟你离婚。刘井说君子报仇，两年不晚。

刘井手里提着镰刀，站在朱正家的门口。朱正坐在堂屋抽烟，烟雾像一团乱麻缠着他的脑袋，而且愈缠愈大，好像他的脑袋正在生长。但是他的眼睛是明亮的，他能透过烟雾看见刘井的脸。他说刘井你的眼睛红得快出血了，你的镰刀磨得那么锋利，你是不是想把谁杀了？我们朱家可没有人得罪你。刘井举起镰刀说我想把马男方杀了。朱正说杀不得杀不得，他是你的丈夫。朱正从烟雾里走出来，夺下刘井的镰刀。

刘井借了朱正和朱正的弟弟朱木朗两个劳力，还借了朱家的打谷机，他们一行三人朝南山的稻田走去。朱家的兄弟抬着打谷机走在前面，刘井背着背篓提着镰刀走在后面，许多碰上他们的人都问马男方呢？马男方怎么不去收谷子？刘井说马男方已经死了。

等马男方从乡里回到村里，人们告诉他朱家的兄弟为他收谷子去了。马男方说去就去了，有什么大惊小怪的。中午，朱木朗送回来一担谷子，顺便回来拿午饭。马男方问朱木朗现在田里还有些什么人？朱木朗抹着汗

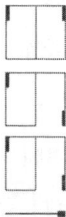

水，张大着嘴巴很久说不出话来。终于他的嘴在张了很久以后合到了一起，他说你让我喘一口气，你先让我喘一口气再问我。马男方看着朱木朗的这副模样，竟然笑了起来。马男方说你真不中用，我像你的年纪的时候，一天来回跑六趟也没有累成你这副模样，现在的年轻人愈来愈不像劳动人民了。朱木朗正在喝一大瓢冷水，他的脸和头发全被瓢瓜盖住。当他听到马男方说他不像劳动人民的时候，他被水呛了一下，瓢瓜里没有喝完的水从他的两个嘴角流出，就像瀑布一样飞流直下。朱木朗说你像劳动人民你为什么不去收你家的谷子？为什么还要我们帮你收？要说不像你才不像。

马男方突然记起了刚才的话题，他再次问道田里还有些什么人？朱木朗说我哥，还有你老婆。马男方双手拍着屁股，像被人捅了刀子，原地跳起一尺多高。他在跳跃中张大嘴巴，做出一副要哭的样子，说你怎么能把他们两个留在田里？你这不是害我吗？你不是成心要使我们夫妻关系破裂吗？他们两个在田里不知道要闹出些什么名堂，你难道还不知道他们的关系吗？他们一直在找这样的机会，现在你把机会白白地送给他们，这种机会用钱都买不来，打着灯笼都找不到。如果你给我这样的机会，我愿意出钱收买你。你为什么不让朱正回来，你留在田里？朱木朗说你不放心，现在你就到田里去。马男方说现在去还有什么用？那只不过是几分钟的事情，该做的他们已经做了，我去还有什么用？为了他们的几分钟，我要跑五里路。马男方看看天上的太阳，好像是在计算一下为了这几分钟，跑五里路划不划算。马男方甚至站到阳光之下，朝南山的方向张望。他说现在一切都晚了，都没有办法补救了，你快一点回到田里去，最好是跑着回去，愈快愈好，否则他们会来好几个几分钟，那样田里的稻谷今天收不完，明天也收不完，后天也收不完，子子孙孙都收不完。

马男方对着朱木朗的背影喊朱木朗，你走快一点，你怎么有气无力的像一头瘟猪？你走快一点，我求你了。朱木朗带着刘井和他哥的午饭，往南山方向走去。他故意放慢脚步，让马男方着急。他想要跑你自己跑，刘井又不是我的老婆，为什么要我跑步前进？

朱木朗走了大约半个多小时，王桂林迈进马男方家的门槛。王桂林的身上冒着热汗，他用一把树叶充当扇子，不停地给自己扇着风。王桂林说这鬼天气，怎么这么热？马男方问王桂林，刚才去了什么地方？王桂林说去南山看了一下我的稻田。

马男方说你看见刘井和朱正了吗？王桂林不阴不阳地笑了一下，说怎么会不看见？马男方说你看见他们怎么了？王桂林又笑了一下。马男方好像被这一笑刺痛了，说他们是不是那个了？王桂林说我不知道，你自己去看一看吧，你一去什么都知道了。马男方说他们肯定那个了，你这么一说我就知道了。王桂林说我可没有告诉你什么。马男方说不用你告诉，我要宰了他们。马男方说宰了他们的时候，已经从墙壁上拉下一把刀子，并在空中做了一个劈的动作，好像已把他要劈的人劈成了几截。王桂林说你现在就去劈他们？马男方说不，让他们把稻谷收回来了我才劈他们。

王桂林走后，马男方站在门口朝南山的方向张望，其实他什么也望不见，南山太遥远了，他只是这么望着心里才感到舒服。望着望着，他感到自己的脖子不够用了，脖子上的皮肤把他的咽喉勒得生痛，连出气都十分困难。这时他看见李民兵拿着一根长长的竹竿，从南山方向走来。他把竹竿举在手里，就像举旗杆那样举着，于是他手里的竹竿高出路旁的树木好一大截。有时竹竿会碰着树木横生的枝叶，李民兵照样坚强地直挺地举着，把挡住他的树枝扫断，许多树叶落到他走过的路上。李民兵渐渐地走近马男方，马男方看见李民兵举着的竹竿上刻着尺寸。马男方说你去了南山是吗？李民兵说去了，我去丈量我的稻田。马男方说你看见什么了？李民兵说我看见他们，唉，太不像话了。李民兵摇晃着脑袋，一直往前走。马男方想拦住他了解一些情况，但李民兵没有停下来交谈的意思，他说我还要去北坡量我的地。李民兵手里的竹竿仍然高高地举着，在走过屋角时，碰落了马男方屋檐上的一片瓦。

又过了一个多小时，马男方看见赵凡骑着一匹枣红色大马，走过他的门口。拴马的绳索稍长，所以赵凡就着绳索的长度骑到了马屁股上。赵凡说我刚买了一匹好马。马男方说你路过南山时看见什么了吗？赵凡撇撇嘴，什么也没说就晃了过去。整个下午南山的消息源源不断地到来，马男方想他们由暗示到不说话，事情已发展到不必说话的地步。赵凡连话都不想说了，可见事情是多么严重。马男方爬上屋顶，站在瓦梁上，他的脖子愈伸愈长，他想我就不相信看不见你们。他的目光越过山梁，看见朱正和刘井钻进稻草堆里，看见刘井肥大的臀部，听到刘井发出被捅了刀子似的

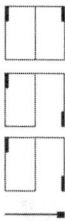

号叫，他还闻到了禾秆和新谷的气味。马男方终于看到了这么一个答案，他的眼睛一黑，双腿一软，跌坐在瓦梁上，差一点就从屋顶上摔了下来。

马男方从火坑里钳出一块烧红的铁块，在刘井的眼前晃动着，说你跟朱正到底那没那个？铁块由红色变为暗色，这已是马男方第三次举起铁块了。刘井说我已经说过了不知多少遍，没有就是没有，你难道要我睁着眼睛说瞎话吗？马男方把铁块往前靠近一步，刘井已感觉到铁块的热气，正烙着她的某个地方。马男方说你再不说我就下手了。刘井的脸往前动了一下，说来吧，你下手吧，即使你杀了我，我也没和朱正那个。马男方想你是不见棺材不掉泪，不被火烧不承认。马男方把铁块朝刘井的大腿按下去，一股焦味自下而上，刘井发出一声号叫，像一只流尽鲜血的鸡倒在地上，被铁块烙过的那条腿抽搐着。马男方说现在你还说没有吗？刘井的眼睛和嘴巴紧紧地闭着，马上就要死了。马男方把一盆冷水泼到刘井的身上，刘井慢慢地睁开眼睛，说没有就是没有。说完她又闭上眼睛，她已经没有力气让眼睛多睁一会儿。

夜已经很深了，刘井还没有从地上爬起来。马男方坐在一旁看她，他看得上眼皮叠下眼皮，最后他睡了过去。到了后半夜，马男方被刘井的哼哼声吵醒，他问她你们到底那个没有？只要你告诉我实话，我就会放过你。刘井的嘴巴尽管动着，但发不出一点声音。马男方把她的手和脚捆住，把她的头发悬在梁上。他说你什么时候招了，你什么时候叫我。你不招我也知道，只有你们两个在田里，就像干柴和烈火，岂有不那个之理，是我，我都忍不住那个，何况是你们。马男方扔下刘井，跑到床上睡觉去了。

马男方和马一定几乎是同时醒来的，他们听到刘井喊一定，快来救我。马一定翻身下床，被马男方抓了回去。刘井听到马一定在卧室里哭，马一定哭着说爸爸你为什么要捆，你为什么要捆我？马一定被马男方用绳子捆到床上，他不知道刘井出了什么事。马男方说你是我的儿子，现在你不要浪费你的眼泪，现在我不准你哭。听见了吗？不要哭，你的每一滴眼泪都是马家的。她早已不是你的妈妈了，她的儿子姓朱不姓马。马一定的哭泣声渐渐消失，他在哭泣声中睡了过去。

马男方听到刘井说，姓马的你给我松绑吧。马男方说我为什么要给你松绑？刘井说我招，我都快要死了，我想我还是全招了。马男方给刘井松绑。刘井晃动着脖子，说你把我扶到椅子上去。马男方哎了一声，把刘井扶到椅子上。刘井说你去找药来敷一敷伤口，现在我的伤口仍然像被烧着那样难受，连说一句话都痛。马男方说痛是没得说的，不说是你，就是我们大男人也会受不住。马男方一边说着一边在柜子里找草药，他把找出来的草药捣细，敷到刘井的伤口上。他说如果你早一点招，你就不会受这么多苦。刘井说如果我知道你对我这么好，我早就招了。马男方说那么说你们那个啦？刘井说那个了。马男方右手握成拳头，打了一下自己的左手掌。他说你终于招了，嘿嘿，你还是招了，嘿嘿。

马男方从地上跳起来，他突然意识到问题的严重。他说这不公平，这一点都不公平，你们都可以那个，我为什么不可以那个？你们这是欺负我。从明天起我也和你们一样，跟别人那个。刘井说你只管那个，我没有意见，我绝对不会像你这样用烧红的铁块，去烙你的大腿。马男方说真的？刘井说真的。

马男方从床上爬起来的时候，天还没有完全明亮。马男方伸头看看窗外，门前的那条土路已经灰得像一条带子，飘动着召唤他上路。他带着一本算命书和他的酒壶拉开了大门。刘井被大门的呀呀声吵醒，她说马男方，你要去哪里？马男方说我要去找女人，去做你和朱正做的事情。刘井说你能不能晚两天再去？马男方说我为什么要晚两天再去？刘井说我不是不让你去，我绝对没有这个意思，只是我的伤口还没有好，我还不能下床行走。你能不能等我的伤口好了再去，这种事情也不在乎一天两天。马男方说我一天也不能等了，我恨不得现在就那个。我如果把你服侍好了再去，那你不是太幸福了吗？你做了这么好的事情，还不想付出一点代价，那是不可能的。我如果现在不走，那就太便宜你了。

马男方就这么简单地走了，他没有洗脸没有关上大门，刘井感到他走的时候门口特别明亮，等他的脚步声消失之后，灰蒙蒙的天空又合拢起来，恢复了原来的麻麻亮，挡住了马男方远去的背影。刘井不知道他要去什么地方。

这天中午，刘井想爬下床做饭，但是她那条被烙伤的腿，像不是她的腿，一点也不听她的使唤。她只好用嘴巴指挥马一定干活。她说一定你先

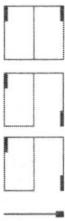

把水烧开。马一定说什么叫把水烧开？刘井说就是用火把锅头里的水烧得滚动。马一定说妈，现在水已经烧开了。刘井说你往锅头里倒上一碗米。马一定说我已经倒了。刘井说现在你不停地用铲子搅拌锅子里的米。马一定说现在我已经搅拌米了。刘井说现在你把锅头盖好，等锅子里的水再滚了，你就把水舀出来，舀到锅子里只剩下一点水。马一定说你说让锅子里剩一点水，一点是多少？刘井说一点就是指让水高出米一筷条那么一点。马一定说然后呢？刘井说然后你把火弄小一点，让火慢慢地把饭烤熟。

厨房里没有一点声音，马一定坐在火炉旁看那些明亮的火子，静静地烤着锅底，锅底被火子烤红了。马一定说妈现在饭已经熟了。刘井说你从坛子里掏出几颗酸辣椒。马一定说我已经掏出来了，它们都是红的。刘井说你这么一说，我就想吃饭了，现在我的口水都流出来了。马一定说我马上把饭送到你的床头去。刘井说你送进来吧。马一定舀好一碗饭，准备送进卧室。刘井突然叫道一定，你先把饭放下，给我送一只尿盆进来，我的尿胀得很厉害。马一定送了一只尿盆进去。刘井说不行，你还是帮我拿一根拐杖来。马一定说你要拐杖干什么？刘井说我要上厕所。马一定说我不是给你拿盆了吗？刘井说我不习惯，我非上厕所不可。马一定找来一根拐杖，刘井慢慢挪到床边，差一点就从床上跌了下来。

刘井拄着拐杖往前挪动着，她那只烫伤的右腿一点都不敢用劲。只要那只脚触到地面，她的嘴角就像被什么刺了一下，很夸张地咧开露出两排牙齿。她的拐杖摇晃几下，她站在原地一步也不敢往前走。她丢掉拐杖把手扶到马一定的肩膀上，这让她多少有了一点安全感。现在马一定成了她的拐杖，成了她的右脚。她每向前迈出一步，马一定就要咧一下嘴角，嘴里发出嘤嘤声。刘井不知道马一定摇摇晃晃的肩膀能够支撑多久，但是她又不得不上厕所，她想还是走一步算一步吧。刘井说一定，你的肩膀受得了吗？马一定说受得了。马一定说受得了的时候，双腿晃动着像是被风吹得快要倒下去的禾草。他们就这么摇晃着，朝厕所走去。刘井一边走一边说都是你爸爸作的孽，你爸爸不是人，他连禽兽都不如。怪只怪我没有给你找到一个好爸爸。

一个时期内，马一定成了刘井形影不离的拐杖。刘井常常让这根拐杖带着她来到大门口乘凉，他们望着门前灰白的土路和那些远处的山，一句话也说不出来或者一句话也不想说，而且这样一望就是一个下午。刘井说马一定你玩一玩泥巴吧。马一定说我不玩。刘井说你不玩泥巴干什么？马一定说不干什么，就陪你这么坐着。刘井说你的爸爸不知道到哪里去了，你猜你爸爸现在在干什么？马一定望一眼山那边的村庄，村庄传来一阵孩子们的喊叫，像是送给他们一个模模糊糊的消息。马一定说我怎么知道他在干什么？刘井说如果我嫁的不是现在你这个爸爸，而是一个勤劳的爸爸，那么我们的生活说不定和现在不一样，说不定会和皇帝差不了多少。那样你可以读书，我也不用下地劳动，你是少爷我是太太，一定，你说那样的生活会有多好。马一定说我想读书，我做梦都想读书。但是我们没有钱。刘井说这事都怪你的外公，因为你的外公喜欢喝酒，所以他把我嫁给了酒鬼。

一提到外公，马一定就朝村外跑去。刘井看见他跑的时候，那件没有扣好的黑衣服往身后飞了起来。他像一只鸟那样飞了起来，双脚几乎离开了地面。刘井只看到他在跑，却看不清他是怎么样跑的。刘井对着他的影子说一定，你要到什么地方去？从土路上吹过来一阵风和一片尘土，风和尘土把马一定的声音灌进刘井的耳朵。刘井听到马一定说我要去找外公。刘井的目光跟随马一定的背影跑了一里多路，马一定站在外公的面前，说外公你是一个坏人，我和妈妈恨死你了。你为什么把我妈妈嫁给一个喜欢喝酒的？你为什么不给我找一个好爸爸？如果你不把妈妈嫁给我爸爸，我们就会过上皇帝一样的生活，我就会有钱读书，我现在就不用光着脚板走路，你就会有好多酒喝。外公，我们现在后悔都来不及了，我们现在无比地恨你，恨得我都不想喊你外公。马一定看见外公墓上的青草，像老人们长长的胡须在风中摆来摆去。外公只不过是一堆泥巴，他在几年前就变成泥巴了，现在他根本听不到马一定的声音。

渐渐地刘井看见出村的道路上，有几个稀稀拉拉的人在走动，他们肩扛农具背着水壶，脸上涂满黄色的泥巴，从劳动的地方归来。只有极少数人穿着崭新的衣服，迈着平时不迈的细小步伐，由这里向外走去。一天又一天，一天又一天，在这个迷迷糊糊的秋天下午，刘井看见一个人来到门口，他放下肩上的担子，说刘嫂借一口水喝。他的担子里装着斧头、刨刀、凿子、铅笔、磨刀石、圆规、木尺等用具，刘井由这些用具想起木

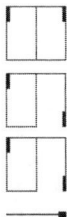

匠，由木匠想起聂文广这个名字。刘井说文广，你去哪里做木工回来？聂文广的嘴里含着瓢瓜，他听到了刘井的询问，却不能回答。他的喉结上下移动着，把水快速地送进食道，像是好几天没喝水的人。喝饱水后，他长长地出一口气，说水还是家乡的甜。刘井说你尽管喝吧，这些水都是一定用盆一点一点地端回来的，我有好几天都不能干活了。聂文广抹了一把湿漉漉的嘴皮，说对啦，我在太阳村做木工时，看见你们家的马大哥了。刘井问他，马男方在那里干什么？聂文广说好像也没干什么，好像在给别人算命。我不太清楚他在那里干什么，他只待了三四天就离开那个地方了。他说如果我回家的话就向你们问好，就说他过得很好。刘井说他还说了些什么？聂文广说他再也没对我说什么了。

第二天，兽医苟日给刘井带来了关于马男方的更确切的消息。苟日说马男方的身边多了一个女人，好像是老风山王恩情的大女儿王美兰。他们手挽手从这个村走到那个村，给别人算命，其实哪里是给别人算命，分明是在骗人家的吃的。我在好几个村子里与他们相遇，转来转去总碰在一起。世界真是太小了。我看见他们时，我都有点不好意思了，我都不敢认他做老乡了，但是他们无所谓，照样手拉手从这个村庄走到那个村庄。有时他们就在路边……简直太不像话了。我都不忍心说给你听。刘井说说吧，我不会怎么样的。苟日说还是不说的好。刘井说你既然说了一半，为什么不把情况说完？要不说，你就应该一点也不要说。现在我听了一半，就像饥饿的人只吃了半碗饭，你却突然把他的碗抢走了，这还不如当初不给他吃，还不如当初一点也不说。苟日闭紧嘴巴，生怕嘴里再漏出点什么。刘井说你难道要我给你磕头吗？

刘井真的想伏在地上给苟日磕头，但是她那只受伤的腿仅仅能让她身子动一下，就再也不理睬她了，她的腿无法实现她的想法。苟日被刘井的举动吓得从地上跳起来，他转身想走。刘井说一定，你抱住苟叔叔的大腿，千万别让他走了，除非他把他知道的全部说出来。马一定追上苟日，双手像铁夹子一样抱住苟日的大腿。苟日每想前进一步，就必须用马一定抱住的那条腿把马一定从地上抬起来，这样走了三步，马一定愈来愈重，他的腿愈来愈沉，苟日再也走不动了。苟日说马男方要我告诉你，他回来后就跟你离婚。这也不是什么好消息，为什么一定要我告诉你？刘井"呜"的一声哭了，眼泪从两个眼角涌出，像是天空突然被划破了口子，雨水大颗大颗地掉下来，就像血脉被刀片割断，再厚的棉花也要湿透。苟日说这不能怪我，是你自己要我告诉你的，这不能怪我。马一定，你把手松开，去看看你妈妈，她怎么哭了？马一定现在才把抱住苟日的手松开，他听到他的妈妈哭着说，他不配，他不配做爸爸，也不配做丈夫。苟日回头看了一眼，撒腿便跑，好像有谁用刀子抵住他的腰部，他愈跑愈快。在他跑过的地方，扬起一片尘土。

刘井常常坐在门口往远处看，有时天边白得像纸，那些飞过的雁或鸟就像是写在纸上的消息，让她的眼睛愉快心情愉快。有一天下午她终于睡过去了，她用手撑住脑袋，口水从她的嘴角不自觉地流出，舌头在嘴唇上舔来舔去，好像是在梦中吃到了什么好东西。这时有一个人走到她面前，叫了她一声嫂子。她没有听见。来人再叫了一声嫂子。刘井睁开眼睛，看见马红英站在她面前，她弯着腰，身上挂着三个旅行包，头发上全是汽油的味道。刘井想站起来拉住她的手，但是刘井的腿晃荡着，怎么也站不起来。马红英说嫂子你怎么了，她挽起她的裤管，露出受伤的大腿。在马红英看到她伤口的一瞬间，她的眼泪回来了。马红英说这是怎么搞的？伤口都化脓了，也不去医一医。是谁把你搞成这副模样？刘井说还有谁？除了你哥哥，还会有谁？

马红英从衣兜里掏出两张大钱递给刘井，说你快到医院去治治你的伤口吧。刘井把钱推回来，说怎么能要你的钱呢？这是你打工的钱，是你用汗水换来的，我怎么能要呢？伤口烂了还会长出肉来，但是钱花出去就再也回不来了。马红英和刘井把钱推来推去，像是在较量她们的手劲，那两张钱差不多被她们的手扯烂。马红英的手最终软下来，她手上捏着皱巴巴的钱，从张家走到赵家，从赵家走到李家，从李家走到朱家，她要请人把她的嫂子抬到乡医院去。人们的目光被她手里的钱吸引着，好像她手里的钱不是钱，而是人们身上的肉，人们感到自己的肉被谁揉疼了。

朱家兄弟做了一副担架，跟着马红英来到刘井家。刘井看见担架，问是谁叫你们做的担架？朱正说马红英。刘井说她给你们多少钱？朱正说二十元。刘井说你们回去吧，医院我不去了。马红英说为什么不去？刘井说我的药费都用不到二十元，何必要坐担架呢。马红英说那你怎么去医院？刘井说让一定扶着我去。马一定像一根拐杖，被刘井捏在手里，他们都拒绝坐担架，开始往乡医院的方向走。朱木朗扛着担架跟在刘井和马一定的身后。朱木朗说钱已经付过了，我们是不会退的，你不坐白不坐。刘井他们走得很慢，她每向前迈进一步，马一定的牙齿就会发出一声响，走了大约一百米，马一定快支持不住了，他像一根即将折断的拐杖，在刘井的手里晃动着。刘井坐在路边的草地上伸伸腿，说朱木朗，你为什么跟着我们？朱木朗说我们已经拿了别人的钱，就得为别人办事，即使扛着空担架，我们也要走到乡医院再走回来。我们答应过马红英要把你送到乡医院。刘井说我不坐你们的担架，你把钱还给她。朱木朗说那是不可能的，我们编了差不多一个小时的担架，我们并不是不抬你，而是你自己不愿坐。不坐担架的责任在你，而不是我们，如果你怕吃亏的话，就赶快坐上来。刘井说早知道你们不退钱，我就不走这么远了。朱木朗把担架放到地上，说现在你后悔了吧，后悔还来得及，快坐上去吧。刘井坐到担架上，说你们让一定也爬上担架来，这孩子为我受了不少苦，你们给他享受享受。朱木朗说两个太重了，我们抬不起，除非你叫马红英加钱。刘井望着担架下的马一定说，一定，等我有钱了，我专门请人给你做一副担架，把你抬来抬上。

朱正在前，朱木朗在后，他们把刘井抬了起来。马一定没有担架高，他走在担架的下面，远远地看过去，好像是三人抬着一副担架往前走。刘井说一定，你一定要记住，马家没有一个好人，只有你的姑姑马红英对我们好。你一定要记住，是谁给我们请担架哎，是姑姑马红英，是谁给我医伤口哎，是姑姑马红英。你一定要记住，这个世上没有几个好人，有的人他占了你的便宜还要收你的钱。

一个星期后刘井出院了，马红英和马一定到山坡上采了一大堆野花到乡医院去接她，他们抱着野花往乡医院走。野花撑着马一定的下巴，他一只手抱着野花，一只手提着下滑的裤子。

马红英说嫂子，不给一定读书实在是可惜。刘井说我们没有办法，我们真的拿不出一点钱来。你又不是不知道你哥哥，他好吃懒做，没有办法找出一分钱给一定读书。一定摊上这么样一个爸爸真是倒霉。我恨不得跟你哥哥离了。马红英和刘井现在正由乡医院往家里走，马一定走在她们的前面。马一定的一只手仍然抱着鲜花，另一只手提着裤子。

晚上，马红英给刘井一个信封。刘井说这是什么？是谁写来的信吗？马红英说不是信，是钱。刘井说你为什么要拿钱给我？马红英说我要把一定带走。刘井说你要带他到什么地方去？马红英说带他到城里，让他读书，我不能眼睁睁地看着你们把一定的前途给毁了。刘井说带你就带，干吗要给我钱？我又不是卖儿卖女。马红英说钱也不多，你收下吧，我知道你现在很困难。你拿这钱去买一条裤子，你的裤子已经破了好几个洞，它已经不能为你遮羞。刘井拍拍自己的裤子，说这有什么可羞的，脱了衣服人和人都一样。马红英把信封留在桌子上，说不一样，绝对不一样，你还是去买一条裤子吧。我明天就走，再拖一天就超假了，只要一超假就不能在厂里打工。

刘井打开信封，看见信封里装着五十元钱。她把这钱缝在马一定的衣兜里。她一边缝一边说，一定，你的姑姑真是个好人，像她这样的人，现在打着灯笼也难找。你跟着她将来有吃有穿有文化，说不定还会当上大官。如果你有钱了，你就给妈妈做一幢房子；如果你当官了，你就让妈妈到你的单位去扫地。这五十元钱我把它缝在你的衣兜里，不到关键的时候不能用，不能因为嘴馋而用了，不能因为玩具而用了，除非是生病或者是姑姑不理你的时候才能用。尽管她是你的姑姑，但她毕竟不比妈妈亲，久了她也会讨厌你，会生你的气，会打你。但是无论怎么样她都是为了你好，你不要惹她生气，听她的话，跟她走。她指到哪里你走到哪里，她叫干什么你就干什么。马一定说我走了你怎么办，谁跟你讲话谁扶你走路谁跟你去南山收谷子？我不跟姑姑走，我宁可不读书也不跟她走。

第二天早晨天还没亮，刘井就被马红英叫醒了。刘井伸手去摸马一定，床上空空荡荡，马一定已经不见了。刘井想天都还没有亮，一定会去什么地方呢？刘井一边穿衣服一边叫马一定，等她穿好衣服时，仍然没听到马一定的声音。于是来不及洗脸的刘井，站在门口大声喊，一定，你在哪里呀，你在哪里呀？你别错过了这样的好机会，你会后悔一辈子的。你难道不想发财吗？你难道不想升官吗？如果不是你姑姑这么好心，你会有这样的机会吗？其实我也舍不得你，但是为了将来，为了你好，我不得不这样。你快出来吧，再不出来就误了你姑姑的时间，她就去不成广州了。

早晨的村庄静悄悄的，只有刘井的声音被夸大了好几十倍，在村庄的上空响着。等她的声音一停下来，什么声音也没有了。马红英说他再不出来，我就要走了。刘井说你再等一等，我去把他找出来，他一定躲到牛棚里去了。

刘井发现马一定睡在牛棚的稻草堆里。她把他从牛棚里抱出来，马一定仍然在熟睡中。他试图睁开眼睛，但是像有什么东西粘住了他的眼皮，无论他怎么努力也睁不开。马红英说嫂子，你把他放到我背上来，我背着他走。刘井说这怎么行？你还要拿行李。这个仔好像一夜没睡，现在刚刚睡着，还是我背着他送你一程吧。马红英说等会他醒来看见你，又不走了，还是我背着他走。刘井把马一定放到马红英的背上，马一定的脑袋在马红英的背上晃来晃去。天愈来愈亮，他们的脑袋愈晃愈远，他们的脑袋愈远刘井看得愈清晰。渐渐地他们的脑袋变成了一个脑袋，马红英的行李包再也不飞起来落下去了，刘井看不见他们了。刘井踮起脚后跟，才又看见他们的背影。他们继续往前走，他们愈来愈小，刘井向前跑了几步，站在一个土坡上，他们的背影又清楚起来。现在她可以看着他们走很长的一段路。终于，他们转了一个弯，从刘井的眼睛里彻底消失。刘井说一定，你就这么走了，你连一句话都没有跟我说就走了。

突然刘井看见路的尽头出现了一个小黑点，在大黑点的下……

……都朝着她飞跑过来。她知道那个小黑点是马一定，那个大黑点是马红英。刘井手里捏着一根细小的鞭子，站在大路的中间，凉风穿过她破开的裤洞和头发，她的手上一片冰凉。马一定的面孔愈来愈清楚了，刘井听到他叫了一声妈——看见他正扑向自己。刘井闭上眼睛举起鞭子狠狠地甩下去，马一定发出一声叫喊倒在地上。刘井举着鞭子追赶马一定，马一定从地上爬起来，往他跑过来的方向跑。他一边跑一边回头望，脚后跟被鞭子抽得一跳一跳的，像是被电触了一样。刘井说你为什么要回来？你的爸爸是一个懒汉，是一个酒鬼，我都不想跟他过一辈子，你还想跟他过一辈子吗？你爸爸从来不下地劳动，你回来喝西北风吗？你不是我的儿子你给我滚。如果你是我的儿子的话，你就不要回来，你就去过好生活，你就去读书去发财。刘井在说这一连串的话时，始终没有睁开眼睛，她的鞭子上下横飞。马一定站在路上再也不跑了，他像承受雨点一样承受着刘井的鞭子。终于刘井听到了哭声，她的鞭子甩到了马一定的眼角上。马一定用手掌捧着眼角，离开刘井往前走，紧迫而来的马红英拉住马一定再一次离开。刘井说你滚吧，你给我滚得越远越好。刘井听着哭声慢慢地变小变细，以至消失，但她始终不敢睁开眼睛，她像盲人一样捏着鞭子一动不动地站在那里，站了差不多一个早晨。

刘井对着这个早上从她身边走过的每一个人说，如果你们碰上马男方，那么你们给我告诉他，他的孩子跟他的姑姑到城市去了。

第二年春天，当山上的树叶和青草全都长起来的时候，刘井的脸上也开始有了红色。她在另一间屋子里铺了一张小床，跟马男方过着分居的生活。她相信只要分居两年，就能跟马男方离婚。一天中午，她看见屋角的那棵李树上挂了许多青色细小的李果。她的嘴里突然冒出好多口水。她想吃那些没有成熟的李子。她爬上李子树去采摘它们。她只吃了一颗，就被李子酸得咧开了嘴巴，她感到李子已酸到她的牙根。她正准备从树上下来的时候，看见一个警察朝村子里走来。警察的手里拿着手铐，他一边往村子里走一边吹着口哨一边摇晃着手铐，警察警察你拿着手枪，口哨口哨你吹得嘹亮，我没有偷也没有抢，我不怕你的手铐也不怕你的枪。

刘井站在树杈上忘记了下来，她被人民警察的身材口哨大盖帽吸引。她折断眼睛前面的树叶，看清了警察的步伐和他身上摆来摆去的挎包。警察来到她家的门口，眼睛往四周望了望，像是观察地形。他看见刘井站在树上，说这是马男方家吗？刘井的身子突然抖动起来，像是被警察的声音吓怕了。警察又问了一句，这是马男方的家吗？刘井说是的，你找他干什么？他犯了什么错误？警察说你是谁？刘井的身子抖得更加厉害。刘井说我是他的老婆。警察说叫什么名字？刘井说叫刘井。警察说我告诉你，不过你先下来。刘井往树上缩了一下，说我不下来，你要干什么？你要抓我吗？如果是马男方犯错误，你可不能抓我。警察说我怎么会抓你呢，我只是要告诉你一个消息。刘井说什么消息？是好消息或是坏消息？警察说你先下来，我才告诉你。刘井说我不下来，你不先告诉我我就不下来。你别骗我了，你肯定是想抓我。警察笑了一下，说我骗你又没有什么好处，我干吗要骗你？下来吧，刘井同志，下来吧。警察甚至向刘井伸出了一只手。

说不下来就是不下来，我说话算话。刘井抱住树枝看着警察说。警察说那么好吧，你们是不是有一个儿子，叫——警察翻了一下笔记本，咳了

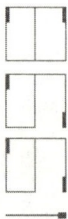

一声接着说，你们是不是有一个儿子叫马一定的？刘井说他怎么了？警察说他被一个名叫马红英的拐卖了。刘井眼睛一黑，从树上栽了下来。

从邻村赶回来的马男方冲进家门，说什么什么，一定被谁拐卖了？你为什么让他被拐卖了？你是不是故意让他被拐卖的？马男方在屋子里走来走去，想找点事情干干，他想我应该惩罚一下刘井，她怎么敢把我的儿子卖掉？他从屋角拿起一根棍子，来到刘井的床前，他说我要把你的身子戳烂。刘井张开大腿躺在床上说，戳吧戳吧，我早就希望有人戳了，有人戳了我会好受一些，我早就希望有人戳了。是我卖了一定，他本来不想跟他的姑姑走，是我用鞭子把他赶走的。我打伤了他的眼角，还叫他滚，滚得越远越好。可是谁会想到他的姑姑会卖掉他？

马男方丢下棍子朝乡政府跑去。他的屁股上晃动着一只酒壶，他跑得越快，酒壶飞得越高。很快他就坐到了乡派出所的门口。他对着所里唯一的汪警察说，你把马红英给我抓回来，我要拿她下油锅，要拿她来点天灯，要拿她来喂狗，要拿她来给所有的男人强奸。汪警察说她已经被关到笼子里去了。但是她毕竟是你妹妹，你真的舍得给别人强奸？马男方说可是她把我的儿子卖了，她做得初一，我做得十五。汪警察笑了笑，说你先回去吧，有什么消息我会及时告诉你。马男方说你不把我的儿子找回来，我就不走。马男方干脆睡到了地上，他说你快点给我找啊。警察说我去哪里找去？马男方说你不去找你不是白拿国家的工资了吗。我们每年都要上缴公粮，你吃了我的公粮，为什么不去给我找孩子？马男方说着说着惚上眼睛，他不知不觉在地上睡着了。

马男方醒来时，天已经完全地黑了，街上除了几只狗走动外，已没有其他动物。他拍拍派出所的门板，里面没有任何反应，汪警察不知道到哪里去了。马男方骂了一声，便开始摸黑回家。还没有进村他就对着村子喊刘井，我回来了，现在我一点都看不见，我的眼睛黑黢黢的什么也看不见，你快点拿手电筒来接我，听见没有，快点来接我。他的喊声不仅刘井听见了，村子里的人都听见了。刘井以为马男方找到了马一定，立即跟赵凡家借了电筒去接马男方。好多人从自己家钻出来，站在村头观看。马男方从人群中穿过，好像是一位刚从战场上归来的英雄，还对着大家挥了挥手。找到了吗？找到了吗？周围全是"找到了吗"的声音。马男方只挥手一句话也没说，脸上挂着十分生动的悲伤。

刘井说怎么样了，有消息吗？马男方说有，但我不会告诉你，除非你给我煎一个鸡蛋。刘井说现在我就给你煎鸡蛋，我知道你忙了一天也该喝一杯了。一阵油的尖叫之后，屋子里飘扬着鸡蛋的味道。马男方开始用煎鸡蛋下着酒喝起来，他一边喝一边说我已经跟汪警察说过了，要他把马红英找回来，我要拿她来下油锅，要拿她来点天灯。他说一句话就狠狠地喝一口酒，仿佛已把马红英下了油锅。刘井说那一定呢，有没有一定的消息？马男方说我已经跟汪警察说了，一有一定的消息就立即跟我们联系，他现在正在跟外面联系，说不定明天就联系上了。

第二天，第三天，一天又一天，马男方从不下地干活，每天都到乡派出所门口睡觉。汪警察进出的时候总会用脚轻轻地踢他一下，说喂，起床了。马男方睁开一条眼缝，接着又睡。汪警察说你总这样睡也不是个办法，你先回去吧。马男方说不，我不回去，我要等我的儿子。每次说到这里，他总会用力地哭几声，并流下几滴眼泪。就这样马男方不停地给刘井带来消息。马男方说睡到我的床上来。刘井说我们还是各睡各的好，我们已经分睡了那么久，现在睡到一起，前面的分睡不是没有用了吗？早知道今晚要睡在一起，又何必当初呢？刘井这么说着的时候，已经来到马男方的床前。马男方说上来吧。刘井说你先告诉我消息，我才上来。马男方说不，你先上来我再告诉你。刘井说上来就上来，这床本来就是我的，我又不是没上来过。马男方说汪警察说了，只要能找到的，他们都会设法找到，万一找不到他也没有办法。

马男方说汪警察今天打了三次电话，都是说一定的事情。

马男方说汪警察是个好人，他今天给我喝了一杯酒。

马男方说那些干部都很同情我，他们下班的时候总问我找到了吗？就像问我吃过了吗一样。

刘井从床上爬起来，说这些消息都没有用，我跟你白睡了好几个晚上，明天晚上我要回到我的床上去。我的一定，你的消息怎么一点都没有？刘井坐在床上又哭了起来，她哭的时候没有眼泪。她已经没有眼泪了。

刘井睡到自己的床上，马男方每晚回来看到的是刘井紧闭的房门。马男方拍打刘井的门板，说开开门吧，刘井，你给我煎鸡蛋，你睡到我的床

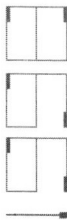

上来，我有重要的事情告诉你。刘井说你不会有什么重要的事情告诉我，你每天只不过是去派出所门口睡觉，他们已经全都告诉我了。马男方说不过今天确实有重要的消息。刘井说那你说吧，说出来看是不是重要。马男方说你得先打开你的房门。刘井说我不会打开。马男方说你真的不打开？刘井说真不打开。马男方说那我可要说了。刘井说你说吧。马男方说汪警察说那伙人已经把一定的眼珠挖出来卖掉了。刘井的身子像是被谁用刀子戳了一下，从床上滚到地上。马男方似乎已听到刘井跌到地上的声音。马男方说他们还砍断了一定的一只手。刘井感到有一把刀子在她的心脏剜了一下，她试图站起来，但只站起半条腿又跌倒了。马男方又一次听到刘井跌倒的声音，而且这次比上次跌得更响亮，好像是脑袋撞击木板发出的声音。马男方说然后他们每天把他放在城市最显眼的地方，让他讨钱。讨得钱以后，他们把钱全装进他们的口袋，一定吃不饱穿不暖，一天一天地瘦了，现在瘦得比猴子还瘦。房门无声地打开，刘井像一根木头从屋子里跌出，像一根木头横躺在地上。刘井躺了好长一段时间才醒过来，她说马男方你不要说了，我的气已经出不来了，我的胸口快要裂开了。

刘井从地上爬起来，朝乡政府跑去。她没有借电筒也没打火把，只跑出村庄几百米就跌下路坎。她感到头被什么敲了一下，然后什么也不知道了。等她知道了的时候，她觉得额头冰凉，伸手一摸是湿漉漉的血。休息一会儿，她又开始往前跑。她不停地跑不停地跌倒，在两公里长的路上，一共跌倒六次。当她扑到汪警察的门上时，她已经没有了拍门的力气。刘井倒在汪警察的门口。刘井没能说一句话，就昏倒了。

第二天早上，汪警察开门时被刘井吓得往后退了一步。汪警察说怎么了，你怎么了？谁打破了你的额头？刘井说汪警察我问你，马一定是不是被别人挖了眼睛？是不是被别人砍断了一只手？是一只还是两只？是不是在为别人讨钱？汪警察说是谁告诉你这些？刘井说是马男方。汪警察说真是岂有此理，我对他说在国外，有的坏人简直不是人，他们买到儿童后就像你刚才说的这么干。我们是社会主义国家，怎么会有这样的事？何况我们还没有马一定的消息。刘井说你说的都是真的？汪警察说看在你跌破额头的分上，我会跟你开玩笑吗？刘井啊了一声，说原来没有，原来是这样。刘井出了一口长长的气，出了一口像公路那么长的气。她的双腿由硬变软，身体由站着变为坐着。

坐着的刘井突然听到远处传来救命的喊声。喊声像从发出喊声的地方伸过来的一条路，她沿着这条时断时续的路往前走，看见一个水库，水库上有几个人撑着竹排正在打捞什么。有几个人脱光衣服，在水面上浮起来又沉下去。他们说有一个小孩掉进水库了。刘井问他们是不是一个八到九岁的孩子？他们说是的。刘井说他是不是有这么高？刘井用手比画一下。他们说是的。刘井说那一定是我家的一定，一定哎，我来救你来了。刘井喊着准备往水库里跳，一个陌生的男人一把抱住她说，她不是你的孩子，她是我的女儿。你来凑什么热闹？刘井说掉下去的是你的女儿？抱住她的人点了点头，眼睛红得像出了血。刘井说你的女儿掉进去了，你为什么不往里面跳？那个人好像是被刘井问得不好意思了，低着头看自己的裤裆，两只手抱住自己的后颈。

刘井坐到水库边，太阳正好出来。水面被太阳照得红红的，一个波浪就像一面镜子。刘井想太阳出来得真不是时候。那个抱过她的男人说我不知道她来这里干什么，这么早她来这里干什么？她如果不是专门来跳水库，她来这里干什么？在男人哭泣的伴奏下，刘井看见他们从红彤彤的水面捞起一个女孩。她的目光在这个女孩的脸上抹来抹去，一直抹了九遍，才把目光从女孩的脸上拿开。

汪警察踢了一下睡在门口的马男方，说我真的不想踢你，我一踢你我的皮鞋就像喝了酒一样。现在踢你，不，严格地说这不是踢，而是碰，现在碰你是因为不得不碰你。你带个口信给你老婆，前几天县公安局从外地解救了几个被拐卖的儿童，但是没有马一定。加速村一农户的儿子被拐卖后，自己出去寻找，也在前几天把儿子找了回来。可见你们的儿子并不是没有回到你们身边的可能，只是我们在寻找的同时，你们也想办法找一找。

刘井望了一眼天边，说可是我们去哪里找他？我们去哪里找到找他的钱呢？坐在门口已两个多小时的刘井，坐在一块冷冰冰的石头上。她的皱纹像众多的蚂蚁瞬间爬满她的脸皮，那些皱纹又像是裂开的土地，现在正一点一点地裂着，并且发出喊喊喳喳的坼裂声。她感到皮肤绷得像快要扯

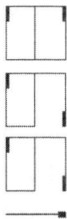

断的橡皮筋，皮肤已经不够用了。她像一只破裂的瓷碗，在碎片分开之前的几万万分之一秒内，勉强地凑合着。她的眼睛从她的眼眶里飞出，看见前面山梁上一排高矮不齐的树，那些树叶以及树叶上的纹路都像摆在眼前一样清清楚楚。她不太相信自己有这么好的眼力，于是用手揉揉眼睛。揉过之后，她的眼睛看得更远了，她看见山那边的一个村落，看见一条大河波浪宽，风吹稻花香两岸。那个村落就是加速村，她曾经到过那里，听马男方说那里的一个小孩失踪之后又找了回来。她想如果我的眼睛一直能看到城市，看到一定那该多好。

她绷紧眼皮，拼命地想往更远的地方看，但是她的目光像一支飞箭的末尾，被一排瓦檐挡住了去路，再也无法翻越那道屋梁。她的目光在屋梁上挣扎一阵，就倒下了，就像一个累坏了的长跑运动员倒在跑道上，心里不停地想跑，身体却没有力气让他再跑下去。那个屋顶是被拐卖的孩子家的屋顶，现在他们全家把孩子锁在卧室里，不让他乱说乱动，以免再次走失。刘井把目光收回来，放到她自己的脚尖上。她的目光就像一团火，烤着她的脚尖，她看见左脚的鞋子开了一个破洞，大脚趾伸出头来，它的指甲慢慢地变大，就像晒场那么大。

这时木匠聂文广挑着他的工具往村外走，他又要外出做木工了。聂文广走过刘井的身旁时说刘嫂，我听说城市里的人吃的都是黑色的馒头，他们没有肉吃，像狗一样天天啃食骨头。啃过一次的骨头他们舍不得丢，他们把骨头再次放到锅里熬，熬啊熬，他们一共熬了三次啃过三次，才舍得把骨头丢掉。他们个个脸色发黄，瘦得皮子贴着骨头，眼窝深得像酒杯，走起路来像苇草，风一吹就会倒。他们没有土地，所以他们比农村人困难一百倍。他们每天要用一半的时间来睡觉，比你们家的马大哥还要懒惰。他们从来不洗澡不梳头，最可怕的是他们只有四个脚趾。聂文广也不管刘井听不听，相信不相信，他低着头一边说一边往前走，好像他刚从城市回来，他的说法千真万确不容置疑。

等聂文广走远了，刘井想马一定现在是不是坐在一座天桥上，正在捡地上的骨头啃食着？那些被别人丢掉的骨头，就像是被剥光树皮的树，已经没有什么东西可啃了，马一定捡起来又丢下去，不知道内情的人又把它捡起来。马一定明知道骨头没啃头，但还是啃着，这说明他实在是饿得不行了。马一定的眼睛还是眼睛，马一定的手还是手，它们都完整地保留在马一定的身上，只是比原先小了一圈。刘井想谣言不可信。刘井刚把谣言不可信想完，就出了一身冷汗，她没有看见马一定膝盖以下的两只脚，马一定的脚被剁掉了，现在他坐在天桥上讨钱。他的面前放着一个纸盒，钱已经堆到了纸盒口，纸盒再也装不下了，钱就落到桥面上。刘井一辈子都没见过那么多钱。有一个肥胖的女人，这是城市中唯一肥胖的女人，她躲在人群中监视马一定的工作。每当纸盒里的钱满得不能再满的时候，她就提着包跑过来把钱收走。马一定说我饿，你给我吃一个黑馒头吧。胖女人说少啰唆。马一定的眼睛就跟随胖女人走，他的舌头舔着干裂的嘴唇。一定，她怎么连一个馒头都不给你吃？你给她挣了那么多钱，她怎么连一个馒头都不给你？刘井闭上眼睛大喊一声，呜呜地哭了。刘井说马男方，我们还是把我们的牛卖了。马男方从屋子里冲出来，手里捏着一件湿衣服，他冲过来的地面上洒满水。他说为什么要把牛卖了？刘井说我们需要钱。

刘井把卖牛所得的钱和跟别人借的钱堆在一起，推到兽医苟日的面前，说苟大哥，马一定就全拜托你了。刘井感到这一沓钱是那么重，那么真实可信，那么可亲。它使拥有它的人一下子有了富裕的感觉。苟日用衣袖抹一抹沾满油花的嘴角，那个嘴角是刘井家的鸡肉给涂油的，它现在闪闪发光，比他身体的任何一个部位都光彩夺目，嘴角简直不是嘴角而是招牌。苟日用衣袖又抹了抹嘴角，说放心吧刘井，还有马男方，你们放心吧，马一定的事情就包在我的身上。你们的事也是我的事。你们也知道我在外边有熟人，你们只管放心地睡觉，放心地喝酒，等着我把马一定带回来吧。苟日把钱揣进衣兜里，马男方的嘴角咧开了一下，好像是得了牙痛。苟日揣好钱，按紧衣兜倒退着往外走，他的头不停地点着，小心得像是他求刘井和马男方办事，而不是刘井和马男方求他办事。

等苟日退出大门，马男方就用手在刘井的大腿上狠狠地拧了一下，刘井发出一声尖叫。尖叫未毕，马男方又扇了刘井一个耳光。刘井说你怎么了？马男方竖起两个指头说，两千，那可是两千元啦，我一分都没有花，他就把它全拿走了。刘井说是你叫我拿给他的，你怎么打我？

马男方紧跟着苟日出了大门，他一直跟着他。苟日说你跟着我干什么？马男方只是笑。苟日走他就走，苟日停他也停。苟日说你到底要干什么？你说出来，你不要光笑，你一笑我的心里就没底。马男方说也没

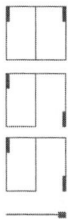

什么，只是，只是……苟日说只是什么，你说呀。苟日急得双脚在地上跺来跺去。马男方说只是，你一下子就拿走我们那么多钱，能不能还给我一点？我曾经割草喂过那头牛，卖牛的钱我也是有份的。但是为了找马一定，我一分钱都舍不得花，就全给了你。你把钱拿走的时候，你猜我怎么样了？苟日摇摇头。马男方说你刚把它揣在怀里，我的心就痛了一下。我想那么多钱被你拿走了，还不知道你找不找得到一定。我没留下几十元钱给自己，实在是亏了。你能不能给我一点打酒喝，只一点点。苟日从口袋里抽出二十元递给马男方，说你要留钱为什么不在给我之前留下来？马男方说当时只想到要你去帮我们找儿子，没想到喝酒，能不能再给一点？苟日说你还找不找你的马一定？马男方说找，找。马男方拿着二十元钱走回家里。他进门之后，又扇了刘井一个耳光。刘井说扇吧扇吧，现在不扇将来你就没机会了。只要一定一找回来，我就跟你离婚。

第二天早上，苟日出发了，他的肩上挎着兽医药箱。马男方说你是去找马一定，又不是去出诊，干吗挎着药箱？苟日打开药箱让马男方检查，马男方看见他的药箱里装满衣服和洗漱用具以及钱。在药箱的一角藏着一包避孕药，它使药箱成为名副其实的药箱。

苟日每到一个地方就给汪警察打一个电话，汪警察把他的电话内容告诉马男方，马男方再转告刘井。苟日的电话内容如下：

我已到县城，你们放心。

我已到达柳州。

我已到广州，正在托亲戚熟人设法寻找马一定，估计不要几天就会有好消息告诉你们。

根据别人提供的线索，今天我到一所学校去看了一个被拐卖来的孩子。刚一看有点像马一定，但仔细一看……汪警察说苟日的电话突然断了。

但仔细一看，他长得一点也不像马一定。我很失望。

我不得不求别人，我送他们烟酒，请他们吃喝，钱已经全部花光了。但他们告诉了我一个好消息。

我已经知道马一定的下落。

马一定被拐卖到一个工人家庭。昨天我已悄悄观察了他们的家。估计要把马一定领走得花几万块钱。你们赶快筹钱，过两天我再告诉你们把钱汇到哪里。

这个晚上马男方没有回家，消息到此突然中断。刘井想他会回来的，说不定他得到了好消息，多喝了几杯。说不定一定已经找到，他去接他们去了。他总是很晚才回来，他会回来的。刘井觉得这个晚上过得很慢，村庄也比往日安静了几百倍，安静得连狗都不发出叫声。屋子外没有脚步走动，会走的似乎都死了。他会不会因为喝多了，栽倒在什么地方？他是不是已经栽死了。刘井愈想愈感到不对，好像哪里出了差错，不是一定就是马男方。她从床上爬起来，打着火把沿着通往乡政府的路找马男方。她一路喊着马男方的名字。她这样喊道，马男方你死了吗？你躲在什么地方？你快点出来。你别吓唬我。你是不是去别的村睡女人去了？你要死也等我们离婚之后再死，现在死了我可说不清楚。而且我们还要找一定，我需要你帮忙。刘井用这些喊声壮胆，一直喊到乡政府门口，也没发现马男方。刘井拍拍汪警察的门板，拍了很久都没有反应。隔壁的人被刘井的拍门声弄烦了，他们隔着玻璃大声喊道，拍，拍，你拍什么？死人了吗？你拍得那么响。姓汪的去县城了，你拍得再响也没有人给你开门。

刘井又打着火把往家走，回到家时，天已经大亮。她坐在门口歇了一会儿，看着早起的人们下地的下地，干活的干活。她对着那些走过她面前的男人们说，你们谁给我找到一定，我就嫁给谁。有的年轻人对着她发笑，说你都结过婚了，谁还会要你。刘井说我和马男方很快就要离婚了。马男方不是一个好丈夫，你们看看他，一点也不关心一定，在这么关键的时刻，在一定就要找到的时刻，他不仅不把消息告诉我，而且还跑了，跑得连人影子都不见了。年轻人说你年纪太大，不适合我们。刘井说不结婚也可以，只要你们给我找到一定，你们爱怎么样就怎么样。有人说又能怎么样了？说完大家就约好似的大笑。笑声一下从刘井的耳边消失，人们已经离开刘井。刘井想一定现在会怎么样呢？苟日和马男方他们都在什么地方？他们为什么不把消息告诉我？刘井从石凳上站起来，她突然发觉自己的眼睛又能往远处看了。她看见山梁上的树，看见加速村的屋顶，看见乡政府看见长长的公路，看见县城旅馆里的一个房间。房间的窗口上遮着一

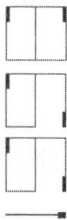

张窗帘，窗帘之后隐约可见两个不穿衣服的男女。那个男的像是苟日。

刘井想进一步看清楚里面的情况，但她目光有限，没办法穿透那一层薄薄的窗帘。她踮起脚跟，发现里面的情况清楚了许多。于是她搬来一张椅子，她站到椅子上，里面的情况全部袒露在她的眼前。她简直不想看，简直不忍看，简直愤怒到了极点。她说好个苟日的，你竟敢拿我的钱来包女人？你竟然没有去找一定？你竟然骗了我们？刘井紧紧地闭上眼睛，恨不得把苟日夹死在眼睛里，她闭了很久，估计苟日被夹死在眼睛里了才睁开眼睛。苟日消失了，县城消失了，她的目光正一点一点地缩回来。刘井想往远处看，但是她什么也看不见，她只看见自己的脚尖。

两天之后的一个中午，马男方跑回家里。他没有看见刘井，于是向邻居打听刘井的去向。邻居告诉他刘井到南山的稻田干活去了。马男方又跑了五里多路，来到南山的稻田里。他看见刘井站在稻田的中央耘田，秧苗遮住了她的下半身。刘井说马男方你跑到什么地方去了？现在才回来。马男方没有回答刘井，他跑到田角伏下身子喝了几分钟的水，他喝水时发出咕咚咕咚的声音，十分响亮。响亮之后，他从田角站起来，嘴巴张着，舌头吊着，像是大热天里的一只狗那样吊着舌头。站了一会儿，他说刘井，我们被苟日骗了。刘井说我已经知道了。马男方说你怎么知道？刘井说我看见了。马男方抹一把脸上的汗，发出一声冷笑，说不管你是怎么知道的，苟日骗我们是真的。我去了一趟县城，在街上碰见他了。他一看见我就跑，他根本没有去广州，去帮我们找一定。刘井说他不仅没有去广州，还用我们的钱养了一个女人。马男方说我们不能就这样被他骗了。我们要找他算账。刘井说怎么个算法？马男方说我们去把他家值钱的东西全搬了。

第二天上午，马男方和刘井来到苟日家，苟日的老婆杨花坐在家门口，说你们谁想搬我家的东西，得先把我搬掉。说着她从身后举起一把斧头，斧头磨得十分锋利，上面可以照见人物和树木的影子。马男方和刘井谁也不敢靠前，他们和杨花对骂着，说一些陈谷子烂芝麻的往事，说你家又怎么怎么了，杨花你跟谁谁睡觉了。杨花说刘井你也不是好货，你想一想你的腿是怎么被你的丈夫烫伤的。架越吵越没有意思，他们只是为吵而吵。他们把太阳从东边吵到西边，谁也没有吃喝拉撒。

几个爬在树上看热闹的小孩，突然大叫道马一定回来了。小孩全都从树上滑到地面，然后朝村头跑去。刘井说什么？他们说什么？杨花说马一定回来了，我们家的苟日帮你把马一定找回来了，现在我看你们还有什么话说？你们用你们的手掌打你们自己的嘴巴吧。刘井和马男方呆呆地站在那里。杨花说打呀，快打呀。

汪警察把马一定送到家门口，全村的人都围了上来。他们像一个句号围着汪警察、马一定、刘井和马男方。刘井说这是真的吗？这是真的吗？刘井不停地用衣袖抹着眼泪，同时也腾出手来把马一定从头到脚摸了一遍。当她的手摸到马一定那双厚厚的鞋子的时候，就把手停在了那双鞋子上。许多人都望着马一定的那双鞋子，它是那样白，那样厚实。刘井说一定，他们没有打你吧。他们是怎么找到你的？你想妈妈吗？他们没有从你的身上拿走什么吧。

这是真的吧？刘井用她的右手掐了一下她的左手，她的嘴巴歪了一下，好像是感到痛了。她说这是真的。说完她又捡起一块石头，狠狠地砸在自己的脚背上。石头刚一落下，她便惊叫一声，双手捧着被砸的脚背，用另一只没有受伤的脚在地上跳着，像是金鸡独立。她跳了一会，把脚放下来，说这是真的，这是真的。哈哈，这是真的。哈哈哈哈……刘井笑得喘不过气来了。

马男方问汪警察，马一定是苟日帮找回来的吗？汪警察说什么苟日？是公安局找回来的，你在这上面签个字，说明我们已经把马一定送到家了。马男方说我不会写字。汪警察说按一个手印也行。马男方在汪警察的本子上按了一个手印。马男方按完手印，对着人群喊杨花，你听到了吗？马一定是公安局找回来的，不是苟日找回来的。苟日他骗了我们几千块钱。

马一定回来的这个下午，刘井高兴得搓着手走进走出，不知道要干点什么。她见人就笑，笑过之后就说一定回来了。光这样说一说她还不过瘾，她说一定，我们到村子里走一走吧。她牵着一定的手，从张家走到李家，从李家走到赵家，从赵家走到聂家。她问一定，城市里的人是不是只有四个脚趾？没有，他们和我们一样，每一只脚都有五个脚趾，五个，知道吗？马一定举起五个手指说。刘井说我也不相信，是聂文广放的屁。

从在村子里串门开始，刘井的手一刻也没有离开马一定的手，她生怕马一定再走丢了。马一定说妈，我要拉尿。刘井说妈妈跟你去。马一定说我要玩泥巴。刘井说妈妈跟你玩。马一定说我想吃鸡肉。刘井说爸爸正在杀鸡。这一切都做过之后，刘井还是觉得没有高兴够。她说一定，今晚我们应该高兴，你最想做的事是什么？什么样的事能使你高兴？马一定说我想捉迷藏。刘井说那就捉迷藏吧。马一定和刘井开始在家里捉迷藏，他们躲在门角，藏在床铺下、被子中、水缸旁……到处是他们的声音和跑动的身影。有一次，刘井怎么也找不到马一定。她说一定，你在哪里？你发出一点声音，要不然我不找你了。马一定叫了一声。刘井听到声音是从卧室里传出来的。但是她在卧室里转来转去，始终找不到马一定。她说马一定你躲在什么地方，你无论躲到什么地方，你都逃不过我的眼睛，你给我出来，我看见你了，你在楼上，你在床铺底，你在尿桶边。不管刘井怎么喊叫，马一定总是不出来，刘井也没有真的看见他，她只是虚张了一下声势。匆忙中刘井碰翻了一个酒瓶，马男方听到酒瓶破碎的声音，像刀子割他的心脏一样难受。他说你们别躲了，你们把我的酒瓶全碰烂了，你们再躲下去我的酒都会被你们打烂的。一定，你再不出来，我就用鞭子抽你。马一定哇地大叫一声，从米桶里跳出来，吓得刘井跌倒在地上。刘井说原来你躲在米桶里，我怎么没有想到呢？你赢了，一定，妈妈输了。

刘井和马一定从卧室走出来，看见马男方黑着脸，好像要下雨的天气。刘井说一定刚回来，今晚谁也不准生气，我们高兴过了，你也应该高兴高兴。马男方说一定你去给我拿酒来。马一定从卧室里拿出一瓶酒。马男方说一定过来，今晚我要跟你喝一杯。马男方真的灌了一小杯酒进马一定的嘴里。马一定不停地咳着，又把酒吐出来。马男方说可惜呀可惜，你怎么吐了出来，我有时想喝都没有。

马一定的那双鞋子慢慢地变黑了，刘井带着马一定去南山耘第二次田。快走到南山时，马一定的鞋裂开一个大大的口子，他的脚从口子里钻出来。他把裂开的鞋提在手里，一只脚穿着鞋一只脚光着，一只脚高一只脚低地往南山走。他看着那只破鞋想哭。刘井说晚上我给你补一补就又可以穿了。马一定说补了就不好看。马一定终于哭了起来。刘井说要不我再给你买一双，再穷也不能穷了你的这双鞋子。马一定说这种鞋这里根本没有卖。

马一定赤脚站在稻田里，秧苗遮住了他的身子。他只有秧苗那么高，他的裤子上沾满了稀泥。天上的太阳像火一样烤着他们，马一定站在稻田里打瞌睡。刘井说一定你困了就到树荫下去睡一睡。马一定把腿从稀泥里拔出来，他的腿上沾满厚厚的泥巴，像是一层脱不掉的铠甲。看着田坎上张开大口的鞋，马一定说妈妈，你还我的鞋子，我要我的鞋子。刘井说不是有一只鞋子还是好的吗？马一定说我又不能只穿一只鞋，我要两只一样新的鞋子。刘井说你不是说我们这里没有这样的鞋卖吗。马一定说我要我原来的那双，如果你不叫我来南山，我的鞋子就不会走烂。刘井说一双鞋子不可能穿一辈子，它总会被穿烂。马一定说我不管你穿不穿烂，我只要你还我的鞋。说完他就开始往家里跑。刘井说你要去哪里？马一定说我要去找我的鞋子，我要和你再见了。马一定愈跑愈快，一种不祥之兆涌上刘井的心头，刘井想马一定又要离开我了。她从田里冲出来，追赶马一定。他们像是两个在小路上赛跑的运动员，拼命地往前面跑着。但是刘井很快就被马一定甩到了身后。刘井脚下绊着了一块石头，摔倒在路上。刘井说一定你给我回来。马一定站在远处回过头看刘井，看了一会儿，他扭头又跑开了，他的脚上、腿上带着稻田里的泥巴，就像带着铠甲。刘井的嘴里发出老马一样的嘶鸣。

一定出走之后，刘井就躺到了床上。她已经这样躺了半个多月。夏天正在悄悄地过去，最后一场暴雨现在落在瓦片上，雨点穿过屋顶上的空隙，滴下来，滴到刘井的下巴上、眼睛上。刘井怎么也想不到马一定会离开她。她的脑袋已经想痛了，她还是想不清楚。她的目光透过瓦片上的大洞，看着雨水落下来的天上，怎么也想不清楚。她想屋顶上开了那么多的洞，好多地方已无法挡住雨水了，等身体好的时候，要到屋顶上去整一整那些滑落的瓦片。

刘井不知道现在是什么时候，一束阳光从屋顶的漏洞跑进来，打着她的脸，天不知道什么时候放晴了。刘井说马男方，现在天晴了，你爬上屋顶去整整那些瓦片，免得再下雨时，雨水淋坏我们的衣服和粮食。刘井没有听到马男方的声音，她想他也许已经跑到什么地方喝酒去了。刘井从床上爬起来，来到门口，太阳很明亮。她想天气怎么这么好，一点灰尘都没有，这么好的天气，我能不能看到一定？

她伸长脖子，没有看见马一定。她踮起脚尖也没看到马一定。她站到椅子上，仍然是看不见马一定。她找了一把梯子架到屋檐上，她想屋顶那么高，如果站在屋顶上，肯定能够看得更远一些，说不定能看到一定。

她沿着梯子爬上去，站在屋顶上，由于阳光太猛烈，她的眼睛还不太适应。她歪着头看了一下太阳，觉得好了一些。现在她站在自家的屋顶上，感到自己特别高大。她伸长脖子，拼命地往远处望，她看见山梁上的树，看见加速村，看见乡政府、县城，看见长长的铁路，看见高高的楼房。她的目光愈拉愈长，她看见马一定坐在一张好看的餐桌旁吃午饭，餐桌上摆着鱼虾和白白的米饭。马一定的身上穿着一件白得像纸一样的衣服。刘井用手在额头上搭了一个凉棚，再认真地看了看，说真是一定，他妈的，他比我还吃得好，穿得好。

刘井刚一说完，她就感到她的脚下开始打飘。她脚下的瓦片现在正一点一点地往下滑，她还没有反应过来，就从屋顶上摔了下来，她身子碰到的瓦片争先恐后地往下掉，砸在她的头上、身上，她一下子就掩埋在瓦片之中。她从瓦片里拱出头，头上鼓着一个大包。她说他竟然比我还吃得好，比我还穿得好。他竟然过着比我还好的生活。

原载《人民文学》1998年第1期

点评

　　小说题为"目光愈拉愈长"，其实这目光就是一个平凡农妇的期盼，作为女人，作为妻子，作为母亲最殷切也是最基本的期盼。期盼着好吃懒做的丈夫能和她一起日出而作，期盼着酒鬼丈夫能给在田间辛苦劳作的她送来最简单的饭食，在这些期盼都落空后，她又期盼着能和自私的丈夫离婚，盼望着虐待她继而出门鬼混的丈夫能有消息传来，期盼着儿子能跟着姑姑在城里吃饱、有学上，盼望着被小姑拐卖了的儿子能找回来，期盼着儿子能在出走后过上吃白米饭的日子……"愈拉愈长的目光"就是刘井这些最朴素的期盼，但她所有的期盼仅仅只能是期盼，没有一样能实现，每个她具体期盼中的期盼寄寓者都不是"好人"，即便儿子也最终抛弃她莫名出走。这一众底层群体生活在苦难又无奈的困境中，仿佛是陷入了泥沼只能愈加沉沦，这种真切得似乎能灼伤人皮肤的绝望感直刺人心，希望忽明忽暗直至最后完全泯灭。尽管这样的小说读起来会让读者更多感受到的是沉郁、压抑，胸口闷闷的，但这正是东西唤起人们关注底层的重要手段。

东西这篇小说回归到了传统的讲故事的方式，但又充分运用了现代小说技法，用真实与虚幻相互交替的叙事方式，展开想象力丰富的荒诞式叙述，充满着夸张与变形。真实在于细节的真实，在于故事情节的完整性，在于小说内在精神实质的真实。但对于真实的呈现方式却是哈哈镜式的，真实的状态折射出来的是显得荒诞的扭曲和变形。不仅刘井的"目光愈拉愈长"，其酒鬼丈夫的目光也曾愈拉愈长，他的目光越过了山梁，"看到"了妻子刘井与其他男人之间的不轨。现实是无论刘井还是马男方，他们的目光都没长出翅膀，他们拉长了目光"看到"的其实是自己的内心，他们相信什么，就能"看"到什么。也正是这"拉长的目光"泄露着他们内心的隐秘，暴露着人心、人性的复杂。可见作者通过自由出入虚实之间，通过荒诞情节的设置，意图抵达的是精神意识的真实，是对现实的夸张化、变形化处理，从而达到批判与反思的目的，充满浓烈的理性思考和哲学意味。

（朱旭）

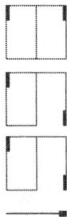

小姐你早/

/池　莉

1.女人的顿悟绝对来自心痛的时刻

　　黑的夜亮了。戚润物一步一步走进这五彩斑斓的亮夜里，压抑在心窝子里的泪水便无法遏制地泛滥了起来。

　　国内贸易部国家物资储备局设计院粮食储备研究所的副研究员戚润物，在她缓缓步入"麦当娜"夜总会的时候，眯起了她的泪眼。她心里无比难过地想：她踏在一百多年前的灯光上。可是，这灯光已经不是那灯光。电灯的最初发明者戴维爵士在1802年向往与创造的是在某一段时间里获得照亮黑暗的弧光，1880年的爱迪生十分明确的理想就是延续白天驱逐黑暗，1996年的人类却已经是那么居心叵测，利用灯光的目的是使黑暗更加黑暗，使原本单纯的黑暗变成复杂的糜烂的黑暗。戚润物展眼望去，"麦当娜"灯具的形状是各种各样的，颜色是各种各样的，所放置的地点也是各种各样的，一切都是那么明显的居心不良。这黑夜的亮是那故意的亮，是那暧昧的亮，是那挑逗的亮，是那诱惑的亮，是那放肆的亮，是那虚伪的亮，是那不洁的亮。人们要这种亮夜做什么？戚润物悲愤地暗笑了一笑：男人。这是男人们要的夜。她猜测设计"麦当娜"灯光的一定是男人。戚润物扬了扬手，一个侍应来到她的身边。戚润物先要了两个小点：一份开心果，一份糖豌豆。侍应很高兴。接着戚润物装出漫不经心的样子，问道："你们夜总会设计得很不错，尤其是灯光。你一定不知道设计者是谁吧？"

　　侍应说："怎么会不知道？阿虫是很有名的设计师啊。"

　　戚润物说："阿虫是男的还是女的？"

　　侍应说："是男的，哇，我很崇拜他的。"

戚润物说："好了，你可以走了。"

男的。男的。男的。戚润物心痛地想：男的男的男的。在戚润物四十五年的人生过程中，她突然地遭遇了一个问题，在1996年的春天，这问题就是：男的。

在此之前，当然是王自力与白三改的事情发生之后，戚润物一连躺了两天，不吃不喝，就那么仰面躺着，茫然地望着空中。后来李开玲实在是着急了，对戚润物说："戚老师，你这样折磨自己是何苦来着？王总可没有苦自己，人家夜夜都在夜总会潇洒。"

"潇洒"和"夜总会"这样的词汇在戚润物看来并不陌生，它们繁茂地生长在电视里、报纸里和人们的口语中，但是戚润物从前还真没有把它们当一回事。戚润物从来不去夜总会潇洒。这几年，我们国家的粮食年年大丰收，年年有大量的粮食霉烂在仓库里，这就使得戚润物的研究工作遇上了特别好的时代机遇，她科研项目研究和论文发表都得心应手，由此顺利地成为全所最年轻的副研究员，眼下已经填表申报了研究员。研究员意味着什么？意味着通常老百姓所说的国家一级教授，这是我们国家给予知识分子的最高级别，象征一个人的事业达到了较高的阶段。戚润物目前正是很潇洒的时候。眼看着我们的粮食还在大丰收，而粮食一般却只能储藏三年，但农民的粮食国家又不能拒绝收购，否则就严重地打击了农民种粮的积极性，国务院的领导们都急得挠脑袋了。在北京的一个专家会议上，国务院一位副总理站起来给大家敬礼，对他们说：我拜托了！斯时斯刻，戚润物在座。副总理的一句话使戚润物感动得热泪盈眶。戚润物抓住了这个时机，猫着腰勇敢地走了过去，轻轻地坐在副总理身边，咔嚓，一道耀眼的闪光，这是戚润物的傻瓜相机在动作，戚润物成功地单独与副总理合影了！无疑这是具有历史意义的人生时刻。戚润物与副总理的合影被最大限度地放大，之后嵌在一只定做的精致的镜框里，挂在戚润物家客厅的最显眼的位置上，人人来了人人都要仔细端详一番。多少人羡慕戚润物啊。能够与国家副总理单独合影的人是什么人！世界上又有几个人能够获此殊荣！戚润物真的觉得自己现在生活得很好，很潇洒，很有意义，很繁忙很

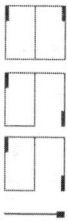

充实。一切都很好的戚润物当然知道她的丈夫王自力有一部分活动在娱乐城里，因为王自力在做生意，而且他也是身不由己，他是市政府委派到某公司的总经理，对于党的信任，你有什么办法呢？唯有勇往直前。几年来，戚润物只是从理论上也只愿意从理论上知道做生意的人总不免要有吃喝玩乐的应酬。说实在的，戚润物一向没有把吃喝玩乐的生活放在眼里。什么档次！

但是，就在1996年春天的这么一天里，李开玲的话忽然非常具体、非常生动地把现实拽到了戚润物眼前，遥远的云朵原来是一只风筝。戚润物饿得发绿的眼睛突然从混沌的状态变得恍然大悟，继而黑白分明，继而精光灼灼。戚润物当时就挣扎着爬了起来，坚定地迫不及待地说："我要吃饭！"

戚润物静静地坐在"麦当娜"夜总会的二楼，挑的是一张最不起眼、观察角度却是最好的小桌子。她慢慢地嚼着果子，让"麦当娜"夜总会这种亮的夜在她眼前徐徐展开。戚润物这是第六次来到"麦当娜"了，已经成了一个比较成熟的客人，除了她那永远流不尽的女人泪永远在说明女人的幼稚之外。这是没有办法的事情，眼泪就是女人之水，戚润物自己无法控制它的表达。

在"麦当娜"的六次，戚润物有三次发现了王自力。王自力和所有男人一样，以大大咧咧的主人翁姿态走进来，敞开西装，半歪半躺，十分放松，就像在自家后院里晒太阳。坐台小姐过来，要么倚在他的身边，要么坐在他的膝盖头，她们半跪着给他点燃香烟，当他有兴致的时候他就一遍又一遍地将火苗吹灭，没有兴致的时候便让小姐一次点燃算了。王自力唱卡拉OK的水平已经很高，高到了令戚润物惊讶的程度，因为王自力原本五音不全，十几年来从来都羞于唱歌。在戚润物的印象中，那还是早些年的时候，王自力最多在洗菜的活动中，趁水龙头放得哗哗作响之机，从喉咙深处细细地挤一点点歌声出来。当然，现在的王自力还是谈不上会唱歌，但是胆量之大可能是第一流的了。他敢公然与歌喉训练有素的小姐对唱"我的思念是无法触摸的网，我的思念不再是决堤的海，为什么总在那些飘雨的日子，深深地把你想起"。这种有拖腔的柔情歌曲把王自力有先天缺陷的情感和嗓子都暴露得一览无余，王自力却还懵懂无知，气壮如牛。尽管灯光是迷蒙的，陪唱小姐的无奈和应付还是被戚润物看了一个清楚，她简直为王自力感到羞愧难当。她完全迈不开脚步去质问王自力。

戚润物一连六个晚上泡在"麦当娜",她没有发现一个像模像样的男人。王自力们一进夜总会就像进了男人的澡堂子,松松垮垮,摇摇晃晃,打酒嗝,乱抽烟,瞎跳舞,胡唱歌,摸小姐,随便吐痰,就地撒野,完全是天不管、地不收,不招人爱,不惹人疼,失去了蓬勃生命活力的行尸走肉。戚润物发现了这一点,她的心疼痛得直哆嗦,比她发现王自力与小保姆在一起的时候更加疼痛。因为她是鼓起了勇气来与王自力计较的,结果她发现王自力已经根本不值得她计较,王自力已经腐烂。而在此之前,戚润物还在爱着王自力。他是她的丈夫,是她孩子的父亲。其实他已经什么都不是。正如"麦当娜",它哪里是麦当娜?整个夜总会表面繁花似锦,实际虚张声势;罗马柱看上去似汉白玉,其实是泡沫;地板号称大理石,其实是塑料;楼梯的扶手上油漆斑驳,沾满无数脏手的污垢;屋顶和窗帘上灰尘累累;提供夜点的小碟不是油腻腻的就是有破损的;穿着制服的保安开口全是乡下土话,指甲缝里积满了黑色的污垢。正如现在的男人,他们哪里还是男人?除了怀里揣着大把钞票之外,他们没有了挺直的脊梁,没有了堂堂正正的仪表和神态,没有了对女性最基本的爱惜、尊重和礼貌,没有了责任、信诺和豪气。他们既没有从前男人的勇猛、忠诚、淳朴和强劲的生命力,也没有现代男人的文化、优雅、含蓄和永不消失的青春感。这就是为什么戚润物的泪水一次又一次无尽流淌的根本原因——她从王自力身上发现了其他男人,又从其他男人身上更深刻地发现了王自力,她恐惧地认识到王自力已经到了某一地步;也正如她恐惧地认识到如今中国的转型期或者说社会主义初级阶段盛行的模仿和抄袭,把自己弄得城市不像城市,乡村不像乡村,新也不新,旧也不旧,饱也不饱,饥也不饥,说落后也不落后,说先进也不先进,说爱爱不起来,说恨恨不下去,一切都似是而非,飘缈无根。戚润物不再想找王自力了。她的心膨胀得无比巨大,怦怦地跳动的是对眼前一切的质问和批评。而戚润物实际能够做到的是:坐在二楼角落的小桌子边,呆呆地坐着,一把鼻涕一把泪。男人糟透了,女人只有哭。

最后,哭着的戚润物终于顿悟。顿悟之后,戚润物冷静地做出了决定:不要急于与王自力离婚了。离婚是肯定的,但是要把离婚变成狠狠

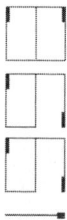

打击王自力的有效手段。通过打击王自力起到打击所有这一类男人的作用，杀一儆百。为社会、为人民、为国家、为中国女性做一件有益的事情。这样的离婚才是有意义的离婚。

显然，只有爱情在女人心中消失以后，女人才比较聪明起来，可以用脑子思考问题了。矛盾的是，当一个女人没有了爱情以后，她的女人味也消失了。当戚润物初次来到"麦当娜"夜总会的时候，她垂着眼睛，含着泪水，身体软软的，脚步款款的，有如细雨中的一绺垂柳。当戚润物最后一天离开"麦当娜"夜总会的时候，她的头高昂着，目芒如锋，脚步刚劲而飞快。她身体上所有可见的线条全都没有了弧度，变成了刻薄和冰冷的直线。一个不同凡响的计划就此萌芽。

2.别人的事情也会发生在自己身上的

特殊的事情永远都是别人的，都只会发生在别人身上，发生在传说之中，戚润物一直都是这么认为的。比如经过某个建筑工地，大吊车突然倒下来砸在了身上；比如房间里根本没有煤球炉子却煤气中毒，原来是别人家的煤气从烟道进来了；比如说很随意地在菜市场买了一条海鱼，剖开的时候发现了一只法国路易十六时代皇室所用的钻戒。这些与众不同的事件全都是别人的事件。就连马路上的热闹，戚润物也都从来没有赶上过。远看围了一大群人，待戚润物走过去，人群准散了，马路上什么也没有。戚润物有一个朋友，她的奶奶已经一百零三岁，一辈子都居住在汉阳，每天都编织毛衣，每天都吃前一天吃剩的饭菜，每一天都心情不错。出于好奇，戚润物去拜见过老人家好几次，有一次老人家告诉她说：生活很平常，百年如一日。戚润物听后长久品味，觉得深有同感。所以戚润物从来都没有想到自己的生活中会发生什么特殊的事件。所以她对特殊事件没有一点预感。所以当她从机场返回来，推开他们自己卧室的房门之前，她丝毫没有思想准备，她就那么毫不在意地把房门推开了，脸上还挂着只对最亲近的人才露出的顽皮的笑容：我不是出差了吗？你猜猜我怎么又回来了？可是，她的丈夫王自力和他们家的小保姆，这两个人，正在他们的床上，赤裸裸地热火朝天地做着男女之事！

小保姆凭空崛起正在抖动的肥硕乳房，几乎是，对着戚润物劈面撞来。如此这般地撞见另一个女人正在状态的乳房，戚润物非常非常不好意思，她全身的血液"呼"的一声全都往脸上涌流，涨得她血管怒张，难受至极，她脱口而出的话是：

"对不起！"

　　说完了"对不起"戚润物便立刻意识到了自己的错误，怎么是她对不起呢？但是第二个错误又接踵而至，在戚润物说完了"对不起"之后和在她跑开之前，她还给他们带上了房门，那种正常的带门，而不是摔门。笨蛋！凭什么要给他们带上房门？！戚润物首先是痛恨自己，但她同时又非常明白她应该首先痛恨他们而不是痛恨自己。一切全乱套了！戚润物在大街上驭风而行，嗖嗖地冲了出去，冲到很远的地方遇见了不知什么障碍物，又转过头，嗖嗖地冲了回来。最后，她停留在公共汽车的街边站棚里，但她永远不上车，与理解不了她而感到恼火的售票员大眼瞪小眼。最后她才发现，这里是距离她家最近的一个站棚，她还是回来了。戚润物就这么坐在站棚里，满脑袋是嗡嗡乱飞的蜜蜂。直到两个多小时以后王自力的手从她的身后试探地落在她的肩上，戚润物这才触电般地跳起来，说出了比较准确的话："请不要用你肮脏的爪子碰我！"一直紧绷的眼泪随之决堤。

　　到此为止，戚润物终于明白：一桩别人的故事发生在了自己身上。紧接着蜜蜂又飞了回来，戚润物的脑袋里又充满了嗡嗡之声：她不知道她该怎么处理这桩故事，而王自力就站在她的面前，装出没有发生故事的模样要她回家。

　　"请不要用你肮脏的爪子碰我！"戚润物再一次地强调说。她抱着一根金属柱子，防止王自力使用他的力量把她拉走。

　　王自力在戚润物眼前展示了他没有任何企图的两只手，然后明确地把它们抄进了裤子口袋。他说："王壮在使劲找妈妈，回家再说吧。"

　　这就是王自力在事情发生之后对戚润物说的第一句话，但这恰恰是戚润物最不能接受的一种话。戚润物的确是气傻了，一时间只会紧抱着公共汽车站里的金属柱子，不知道怎么对待王自力，可是她清楚地知道王自力首先应该做的是什么。他首先应该无条件地认错和忏悔，而不是与她耍心眼。王自力想以儿子为诱饵，把戚润物引诱回家，回了家以后戚润物就不会翻天覆地地闹了，因为他们家里挂着戚润物与国家副总理的合影，因

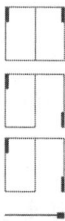

为左右的邻居全都是戚润物副研究员的同事，因为目前戚润物副研究员正待晋升研究员，因为儿子王壮在家，因为王壮有着先天疾患，十五岁的少年有着一颗十五岁少年敏感的心，身体却还是一个蹒跚学步的幼儿，戚润物是绝对不会伤害儿子敏感的心灵的。王自力实在是太卑鄙了！戚润物更加怒不可遏，几乎发狂。她失态地叫道："王自力你太卑鄙了！你想拿儿子作诱饵是办不到的！"

王自力连忙解释说："我不是那样想的。真的是王壮在要你。"

戚润物说："不许你提我儿子的名字！我不许你玷污我的儿子！"

王自力观察了一下眼前的形势，息事宁人地说："好，好，一切都听你的。要不我们去哪个饭店喝点咖啡？"

戚润物说："不！"

王自力说："要不就近去喝茶？"

戚润物说："不！"

王自力说："那就回家。"

戚润物说："不！"王自力的态度还是让戚润物感到别扭，他的态度不对，他采取的是受尽委屈的姿态。他受了什么委屈？

有人在向他们靠拢，这些人是那些"扁担"。"扁担"们终日徘徊在马路边上，抢一些挑抬搬扛的力气活做，这些活是城市男人做不了和不愿意做的。尽管城市男人做不了力气活了，城市生活也少不了"扁担"了，但是大家对"扁担"的态度却是一致地比较讨厌和轻蔑。道理说不清，原因也很多，心态都比较复杂，局面就这么形成了。受尽了城市冷落和欺负的"扁担"们尤其喜欢大街上发生交通堵塞、车祸、火灾、巡警抓人和夫妻当街吵架等事件，这都是当代城市的特殊风景。当戚润物与王自力一露出吵架的架势，"扁担"们就饶有兴致地向他们麇集。

王自力左右扫了扫蠢蠢欲动的扁担们，眉头便纠结起来，他沉吟了一刻，眉头又平坦了，他知道他此刻是一个没有权利发脾气的人。

王自力近乎乞求地对戚润物说："你要干什么都成，但这是大街上，我们总得要找一个适合谈话的地方吧？"

戚润物断然说："不！"她得顶住。她得让事情的本质表现出来。

扁担们公然地吃吃地笑，城市风景使他们快乐。王自力的两手抄在裤子口袋里，黑西服两边分开搭在屁股上，微腆的肚皮突出着白色的衬衣和深色的领带。在戚润物面前无奈晃动的王自力像一只委屈的企鹅。

王自力终于有一点忍不住了，他说："戚润物同志，您是一位高级知识分子，一位教养良好的文静秀气的上海女性，在武汉的大街上吵闹，荒唐不荒唐？"

王自力居然倒打一耙，好了，来了，戚润物说："你说得好！荒唐，这事情发生得实在是荒唐至极。"

戚润物一下子找到了说话的源泉，她向王自力挥出了第一拳，"我不是傻瓜，对吗？我是一向知道自己的分量也知道他人分量的人。我的亲爷爷以及叔爷爷都是中国现代史上留名的人物，我为自己的家庭出身深感自豪。是的，我是上海人，是一个上海姑娘，那又怎么样？现在成了一个话柄吗？在我们中国，尤其是在中国改革开放之前，上海姑娘就是比别的地方的姑娘优越。要不，你一个在武汉工作的北京人，为什么一定要找上海姑娘？告诉你，我不是在浅薄地炫耀自己上海人的身份，我是要你懂得人和人的质量就是不一样。"

王自力抵挡着："好的我懂了。不要在大街上说这些好不好呢？"

戚润物是一往无前的神态："不好！既然你可以荒唐，我就索性荒唐一次。我没有地方可以说话。大街上非常好，他们谁都不认识我。"

戚润物在大街上不可阻挡地向王自力挥出了第二拳："王自力，你也不是一个傻瓜，你应该知道自己的分量。你一贯号称自己是满族人，号称自己祖上是正黄旗。你以为我不知道你的血缘来自一个街头的二流子，你的曾奶奶不幸被一个好逸恶劳混迹街头的二流子青皮强奸之后又不幸有了身孕，如此而已。"

王自力说："太过分了！"

戚润物根本不理睬王自力的插话，她慷慨激昂，口齿流利地面对大街向陌生的人们诉说："王自力，你有什么真本事？无非是好吹牛，好交结狐朋狗友，仗着一口北京话山高水低地神侃而已，浅薄不浅薄？你这一辈子，一直都在逃避艰苦寻找运气。知青下放不想去内蒙古，千方百计找了一个投亲靠友的理由来到了湖北。读电视大学的目的就是为了一张大专文凭，文凭到手就是为了提干。你内疚不内疚？你从骨子里不热

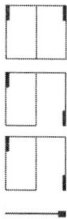

爱任何工作，你一会儿干这个，一会儿干那个，调动了至少八个单位，哪一行你都狗屁不懂。现在经济是热门，你摇身一变又做了总经理。你以为你是为了什么？为了钱，为了享受，为了虚荣。瞧你那模样，头发梳得溜光，皮带上挂一排机器，走到哪里都唧唧响，走到哪里都随便拿出手提拨打，就像随地大小便一样。你知羞不知羞？"

这一拳劈面打在了王自力的脸上。围观者中有人鼓掌。王自力飞快搜寻，没有找到鼓掌的人。王自力的脸色变了。趁戚润物说得起劲忘乎所以放松了胳膊，王自力一把拽过戚润物往他泊在旁边的小车里拉。戚润物拼命挣扎着不肯上车，大街是她的碉堡和战壕。王自力突然抽了戚润物两耳光。一刹那，夫妻之间出现了意外的安静，他们都颇感意外地面对面看着对方。

戚润物说："直到刚才我还在给你留面子，你不仅不认错，还这么不知好歹？你有狐臭，手术了两次还有。你一口烂牙，臭不可闻，只好不停地嚼口香糖。你包皮过长，里面藏污纳垢，令人厌恶。你偷偷地拿着电影明星的画报手淫。你陷害过你们局长。你做两本账，偷税漏税。用公款吃喝玩乐。你下贱到和一个乡下小保姆胡搞。"

王自力一把掀开戚润物，自己钻进了小车。王自力把车"嗤"的一声开走了。不一刻，小车又忽然冒了出来，"嗤"的一声急刹在戚润物身边，王自力从车窗里伸出头，对戚润物说："实话告诉你吧，我真不知道你他妈是这么一个愚蠢的货色。如果不是为了儿子，我他妈撞死你！"

戚润物挺胸道："你撞吧，撞啊！来呀！"

王自力拍打着方向盘，叫道："告诉我，你到底要干什么？"

这个时候的戚润物哪里知道自己要干什么，她要杀了他！戚润物说的却是"我要离婚！"

王自力说："很好。今天你总算说了一句人话。"

戚润物终于明白：又一件发生在别人身上的事情发生在她身上了——她得离婚。

事情刚刚发生，戚润物就已经不敢相信自己居然在大街上喧嚷出了他们夫妻之间从来没有揭露过的私事。她怎么想得出来？又怎么说得出口？但是她的确想到就说了。她是气疯了。人一疯就心口一致，没有遮拦了。通过对大街上看热闹人们表情的回顾，通过对方才自己与王自力较量的回顾，戚润物发现他们的婚姻完全就是一场拳击赛。婚姻的实质是实力平衡。人们说这个与那个相配或者不相配都是根据实力来掂量的。男女之间也是时刻掂量着对方的实力的，只是不用明说而已。实力不相当的，结不了婚，即便一个恍惚结了婚，日后也得离婚，谁轻了谁重了分分钟都感觉得到，人都敏感着呢。戚润物当年对男朋友的要求是身材高大，相貌不俗，有大专以上文凭，有比较好的工作单位，出身于大城市，懂得体贴他人。王自力对女朋友的要求是漂亮文静，温柔体贴，最好是上海姑娘，最好从事文化工作。当年戚润物为找到王自力而倍感欣喜，王自力也为找到戚润物而倍感欣喜。加上他们两人都是在武汉工作的外地人，有着外地人共同的感受和由这感受引发出来的许多话题。一时间好像他们有说不完的话。所以他们结婚了。他们的婚姻有才子佳人十全十美的味道。只是王自力略感戚润物的学历高了一些，但是他也非常知道自己的优势所在：整个中国，有高学历的漂亮姑娘并不少，而有文凭有好单位的高个子男青年相当少。戚润物当时就觉察到了王自力的心思，但是她根本就忽略过去了。原来她忽略的不是小问题。她应该忽略的是实力的对等，而重视他们对对方的感情。要说感情，戚润物也还是懂的。每一个年轻姑娘天生都懂，都埋在心底，都想要，那是人间一点点真的东西，是疯狂的，痛苦的，易碎易爆，杀伤力太强，不太像是婚姻范畴的物质，来得有一点吓人。戚润物真正应该要的是那种东西。戚润物当时是太理智和太世俗了。

戚润物悔悟了！大吵过后的戚润物，耷拉着头的戚润物，在人行道上踽踽独行的戚润物，已经四十五岁的戚润物，雾着双眼告诉自己：原来你真傻！

3.总有一朵玫瑰停留在夏天的最后

李开玲来得非常仓促。王自力往公司打了一个电话，让李开玲放下手中的一切尽快赶到他家里来。李开玲说："好的王总。"李开玲拎起自己的小包，打了个出租车，很快就来到了王自力的家。当李开玲穿过粮食储备研究所宿舍楼陌生的小路时，她猜测王自力可能是发生了家庭问题。家庭发生问题不是一件奇怪的事情，是日常生活。但是王自力是那种对日常生活没有兴趣的男人。他绝对不会抽个空跑到汉正街批发市场，买一些便宜的手纸、洗衣粉和塑料制品回家。他的公司向来不分发袋装泰国米和桶装食油，他给职工的福利就是红包，是纯粹的钱。王自力从来不谈家庭，不谈爱情，不谈孩子。他用一句话概括他们：一切都很好。王自力的兴趣在外面！外面。三朋四友。跷着二郎腿穷聊。抽烟。喝茶。匆匆出差。说走就走。肚子饿了才吃饭。没有时间概念。所以，李开玲猜测不出王自力急急地把她叫来干什么，但是有一点是无疑的，今天发生的事情一定是王自力的私事。王自力的朋友很多，可王自力没有召唤别的朋友，唯独召唤了她。这显然是因为李开玲的许多美德所赢得的信任。李开玲这个人守口如瓶。李开玲这个人忠诚不贰。李开玲这个人一诺千金。李开玲这个人忍辱负重。李开玲这个人善解人意。李开玲这个人吃苦耐劳。作为女人，李开玲这个人母性十足，修饰得当，干净利落。李开玲非常知道自己的一系列美德，她为自己拥有这些美德而深感自豪。

从绿树的穹隆里走过来的李开玲迈的是不慌不忙的脚步，她的处世态度永远都是不慌不忙的，有着天鹅的风韵：身体挺拔着，举手投足有板有眼，眼神静寂得几乎迟缓，仿佛是对世间红尘的不屑。李开玲的眼睛是一个奥秘，它的瞳孔可以随着主人的情绪改变颜色。李开玲情绪好的时候，她的眼睛是一池柔和的碧水，反之颜色就会变深甚至呈现冰凌状。但是她的视力一向不佳，年轻的时候是原因不明的近视，不到五十岁就开始老花。李开玲一辈子都是用感觉来判断是非黑白，她早已习惯自己的方式，所以她从来不戴眼镜。李开玲从绿树的穹隆里走过来，她那花白但依然浓厚的头发在脑后挽着一个硕大的髻，这漂亮的发髻配着一件削肩高领的中式夹袄，夹袄的领口别了一枚镶钻扣花，镶钻扣花被在风中飘动的阳光抚摸得光芒四射，照亮了宿舍楼许多人的眼睛。许多人都注意到了一个矜持的古典的陌生的李开玲，有人互相询问：她是谁？

到了王自力的家里之后，王自力急急地对李开玲说了一番话，李开玲明白了。她是谁？她是一个女佣。王自力是要她到他们家来做女佣，但是王自力不对她坦率地说话。王自力花言巧语，说：李大姐，你是我多年的好朋友。李大姐，现在我遇上大麻烦了。我的儿子有先天疾患，就像婴儿一样需要照料，可我太太戚润物精神又出毛病了。也许是更年期提前到来，也许是看不惯我这个生意人，也许是怀疑我在外面有事，总之，她胡说八道，胡搅蛮缠，赶走了小保姆，自己也跑出去了。李大姐，我只信得过你，我请你来替我管管家，请你替我劝劝戚润物，帮我渡过这个难关。李大姐，我的婚姻破裂了，离婚是迟早的事情，我不会让你长久陷在这个泥坑里的。但是现在我实在需要你的帮助。我不能让我的儿子饿死啊！

李开玲无比难堪地明白了眼前的事情，她一路上的自豪感被彻底粉碎。李开玲垂下了眼睛，王自力对她的使用使她对王自力感到了前所未有的失望和屈辱。多年来，李开玲一直以为王自力欣赏她的美德。通过王自力对她美德的欣赏，她以为女人的美德是可以征服任何男人的。李开玲这一辈子就是靠这种信仰生活来着，做人来着。王自力怎么能够如此卑鄙地利用和轻视她的美德！王自力怎么是这样的一个男人？这些男人为什么要平白无故地就把你伤害得体无完肤呢？

王自力有一点急躁地说："李大姐，这是我的私事，我不愿意让外面人知道。我只信任你一个人。可能我有一点强人所难了，但是你必须答应我。怎么样？"

李开玲还能够怎么样？李开玲想：我还能够怎么样？王自力是她的老板，她欠王自力巨大的人情。他们心里都非常明白这一点。李开玲把自己挪到光线阴暗的一处地方，这才抬起眼睛来。她装出没有受伤的样子对王自力说："好的王总。就怕我做不好，但我将尽力而为。"

王自力也装出没有发现李开玲情绪的样子，干练地决定道："OK！谢谢你！你现在就上班了。你的月薪将提到一千二百元。"

这是使李开玲更受伤的口气。王自力根本没有把她真的当作他的大姐！没有当作朋友！他在哄骗她！在倚势压人！他以为他是谁？

王自力急急火火地走了。他说要去寻找戚润物。他说他也可能从此不回这个破家了。他规定李开玲每天至少呼他一次汇报家里的情况。李开玲一律顺从地回答："好的王总。"王自力出门前着实使李开玲清醒了一下，他说："李大姐，我不会亏待你的。以后你每天还是可以打扮得这么清爽，但你一定要做好家里的活。戚润物这个人虽然有很大的毛病，但她毕竟是硕士生毕业，是他们所最年轻的副研究员，连国家副总理都与她合了影的。"

习惯于忍辱负重的李开玲强作微笑点了点头，话是一句也说不出来了，她喉咙哽咽。李开玲埋藏了一辈子的对男人的怨恨由此爆发。好！她想：好！山不转水转，相信咱们后会有期。

戚润物回来了。独自一个人回来的。比照片中的人憔悴得多。当戚润物正要敲门的时候，李开玲赶紧为戚润物打开了房门。戚润物被李开玲吓了一跳，以为自己走错了家门。李开玲连忙说："戚老师，我是李开玲啊。"王自力让李开玲叫戚润物为小戚，李开玲没有那么叫，既然戚润物是高级知识分子，她就叫她戚老师。

"戚老师，王总说让我来替你们照顾王壮和料理家务。我非常乐意。您有什么事情尽管吩咐。我已经喂王壮吃过饭了，也洗过澡了，饭菜还给您热着呢。"李开玲尽职尽责地说。

在这一天之中，戚润物又一次地被弄傻了。引导戚润物回家的是需要她照料的儿子，支撑着戚润物精神的是对小保姆的严厉审问。她要采取措施，也许要把小保姆带到王自力的公司去，当着众人，一把将她推进王自力的怀抱；然后，让王自力立刻在离婚协议上签字。那将是一份高度简洁的举世罕见的惊世骇俗的离婚协议：戚润物只要儿子，王自力必须拿走他所有的东西以及被他沾染过的所有东西。戚润物不要王自力的一分钱，戚润物要的是：王自力将永无权利与他们母子来往。

然而，家里形势剧变。王自力又领先了一着。他在短短的两个小时里，让小保姆消失了，让新的女佣生长出来了。方才在大街上，戚润物唇枪舌剑，她以为她痛击了王自力。现在她才发现，王自力比她想象的要狡猾得多。他已经消灭了证据并且已经派人监视了她。李开玲哪里是一个女佣？中式高领围着挺拔的脖子，发髻梳得比芭蕾舞演员还地道，分明是一个老妖精。王自力的女心腹总是这一类有狐气的女人，无论老少；而戚润物压根儿都瞧不上狐媚女人。戚润物又发现了她与王自力的一个根本分歧，这是以前没有认真想过的问题。看来，戚润物与王自力的离婚势在必行。一个王自力还没有对付过来，又突然冒出来了一个李开玲，戚润物不得不重新调整思路，思考对策。戚润物看过儿子之后，就坐到了客厅里，她捧着脑袋，呆呆地坐着，心里又气又急。

李开玲给戚润物倒了一杯水，送到她的手边。

戚润物没有理会。

李开玲又给戚润物端上了菜饭，说："先吃一点，看看合不合您的口味。"

戚润物还是不予理会。

李开玲的脸忽忽地热了一阵，退到一边，心里十分别扭和难受。

时间就这么过去。除了夜色在房间悄悄地弥漫之外，戚润物没有任何变化，从进家门到现在，戚润物还一句话都没有说过。

李开玲是头一次遇到这种死不开口的女人，她不知道她该怎么办，她的尴尬渐渐地加重，她开始在房间走动，寻找一些事情做。她去看王壮，王壮已经睡着了。她看见阳台上非常零乱，便去收拾阳台，给干枯的盆花浇水。她一边做着这些事情，一边注意着戚润物的动静。她想：天下居然也有这样的女人，这种女人就是学问再大，又有什么意思？是不是学问大的女人都这么臭不懂事呢？

李开玲正这么想着，戚润物叫她了。

戚润物已经想出了办法，她决定收拾掉李开玲。她要赶走这个矫揉造作的、无端地穿中式高领的、生着一双阴险的猫眼的、替王自力来监视她的女人。

戚润物平静地说："您是李开玲？"

李开玲说："是的。今年春节，您和王总请我们公司全体职员吃团年饭，您在我身边坐了好长时间。您还记得吗？"

戚润物说："您还是穿高领的中式衣服啊？看来您很讲究自己的风格。"

李开玲谨慎地回答："哪里谈得上什么风格，只是习惯而已。"

戚润物话锋一转，单刀直入，"三改她人呢？"

李开玲说："谁？"

戚润物说："您真的不知道白三改是谁？"

李开玲说："我真的不知道。"

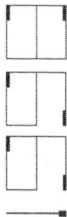

戚润物望着李开玲说："白三改是我们家的小保姆。几个小时之前她还在这里，现在她到哪里去了？"

李开玲说："我不知道。"

戚润物说："混账！"

李开玲说："戚老师！您怎么随便骂人呢？"

戚润物说："你给我滚！"

话说到这一地步，李开玲就不能再忍让了。她说："戚老师，我不是自己要求来的。是王总请我来的，我替你们照顾了孩子，做了饭，你不能这么不讲道理。"

戚润物说："王总请的更要滚蛋！李开玲同志，我看你年纪和我姐姐一般大，我就给你留一点面子，不戳穿你们狼狈为奸的关系，可条件是你立刻给我滚蛋！"

到了这种时刻，李开玲的眼泪再也忍不住了，她扯掉围裙，拿过自己的小包，哆嗦着说："戚润物同志！我走，我马上就走！但是我也要告诉你，你真是让我大开眼界，一个高级知识分子，竟然不如我们普通人有文化有档次，我感到非常遗憾！我要郑重地告诉你：我和王自力没有什么不可告人的关系。他是老板，他让我来我就来了。我看孩子被扔在家里，我不忍心离开这样的一个孩子，就遇到了你。但是我是共产党员，是国家人事干部，是工人阶级，是一家大公司的职员，我从来就不是女佣。王自力污辱了我的人格，现在你又污辱我的人格，无非是你们暴富了，有一点臭钱而已。我不在乎这一点臭钱。我正要告诉你我必须离开。所以，我很高兴现在就离开你们家。"

灯光下，李开玲愤怒的眼睛骤然起了变化，她的瞳孔由浅入深，又渐渐地放射出黑色的光芒来。戚润物惊奇地发现了这个现象。她完全忍不住好奇，一时间忘掉自己在进行"阶级斗争"，跟着自己的感觉走到另一个话题上，她说："嘿，你的眼睛，颜色在明显变深。怎么回事？"

戚润物突如其来的变化更使李开玲吃惊，她万万没有想到戚润物是一个如此天真的人。

戚润物的惊奇还在继续："你不要紧吧？"

李开玲无奈地叹了一口气，说："不要紧。天生的，因为生气。"

戚润物并不注意李开玲无奈的叹气，一股劲儿地问："有科研单位发现你吗？"

李开玲说:"没有。"

戚润物说:"我说呢,怎么我进门就感觉你像猫。原来你有特异功能。"

李开玲说:"我没有特异功能。"

戚润物兴奋地说:"你有的!"

李开玲沧桑地摇了摇头,说:"戚老师,你这个人哪!你多保重,我走了。"

其实戚润物已经相信李开玲的话了。她相信李开玲的精神受到了王自力的重创。她在设法转弯。

当李开玲转过身,走到门口,握住门把手的时候,一直望着她的背影的戚润物说:"对不起,你知道不知道,今天中午我从机场突然回来,王自力和小保姆,他们在我们的床上。"戚润物终于把真话说出口了。

李开玲停住了。戚润物需要有多大勇气对一个素昧平生的人坦言啊!她感觉得到这种困难的程度,感觉得到这种勇气来自信任和依赖。这可怜的女人完全气傻了。李开玲慢慢扭过了头。戚润物的眼睛是一双受了欺负的孩子的眼睛,呼唤着她的帮助。她已经许多年许多年没有遇上这种呼唤了。

李开玲瞬间就做出了一个非常重大的决定:她得留下来。

4.倾诉比什么都重要

国内贸易部国家物资储备局设计院粮食储备研究所的宿舍坐落在汉口沿江大道的某一处。临街的围墙原来爬满常春藤,绿绿的,绒绒的,亲切又漂亮。"文化大革命"后期,常春藤被破坏得七零八落,院子里又屡屡出现小偷,革委会开会决定在墙头扎上碎玻璃。春天来到的时候,顽强的常春藤伸出孤独的嫩叶缠绕尖锐的碎玻璃,这情形也有动人之处。后来就是改革开放的年代了,围墙外面终日被小商小贩挤满,所里的人回家,日日都要踩在烂菜帮子上面,所长的妻子因此还滑摔了一跤,导致骨盆骨折,用了所里一大笔医疗费。所里的老人逐年增多,医疗费已经是一个大问题。于是,所里也动了脑筋,开放搞活,依靠临街的围墙做了一

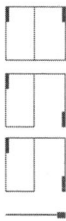

排简陋的房子，间隔成窄窄的十间门店，出租给小商小贩们，每间每月的租金八百元，现在涨到一千二百元。这样，所里从宿舍区的围墙上每年可收获十几万元。常春藤终于变成了钱。戚润物是眼看着常春藤变成钱的。从社会现状来说，戚润物理解这个变化。但是从感情上来说，她还是喜欢和怀念常春藤。从前，爬满常春藤的围墙脚下是她年轻的身影。她和她的同事们在这里散步，交心谈心。她也经常和王自力在这里散步，也是交心谈心。他们沿着围墙慢慢地走，沿江大道上偶尔跑过一辆汽车。长江的风从长江里吹来，带着一股新鲜的江水的气息。十七码头和十八码头的客轮总是在傍晚起航去上海，汽笛浑厚的呜呜声漫长而悠远，一直荡到人心的最深处，谁都会由此生出几分柔情——那时候人和人之间就是亲，就是互相信任，只要你做了自我批评，我必定也要抢着做一个自我批评——那个时代注定是已过去的了。

现在，戚润物没有地方好散步了。围墙外的门店早上早点；白天家常小炒，煤炉煨汤；晚上火锅，烧烤，大排档；美容美发，洗面洗足；台球乒乓；卖书卖报；小葱大蒜，柴米油盐，烟酒副食；冲洗胶卷，维修家电；钟点旅馆；音像租借；介绍婚姻；工商部门不纠察的时候还清洗汽车，突然来纠察了就狼奔豕突，儿哭母叫。这些门店的食品吃是不能够吃的，东西也是不能够用的，几乎全是假冒伪劣产品，哄的是民工的几个钱和码头上外地流动人员的几个钱。粮食研究所的领导每次开大会必定要警告大家千万不要购买宿舍楼门口的东西。现在，戚润物不出门了，她就在她的家里散步，在家里走来走去。

戚润物在她的家里走过来，走过去。李开玲一会儿站一会儿坐。她们都受了王自力的伤害，转眼就成了知己。她们在一套光线昏暗，设施陈旧，凡转弯抹角处都积满多年油垢的两居室里团团散步，无头无序地做着女人之间的讨论。她们的讨论与她们的人生感受在这样局促的灰色的空间里出现，没有一处光明与亮堂。

戚润物说："李大姐，恕我直言，如果王自力是与一个漂亮的有文化有品位的姑娘，我还能想得通。一个乡下的小保姆？耳朵根子从来都没有洗干净过的。难道我还不如她？"

李开玲说："戚老师，你也要恕我直言，照我看来，小保姆给你提鞋都不配。可男人有时候是不可理喻的。男人是动物。永远喜欢年轻漂亮的女人。永远喜欢刺激。就像他们永远喜欢权力和金钱一样。"

戚润物说："是吗？"以前戚润物没有时间去研究男人，李开玲的经验之谈使她有茅塞顿开之感。戚润物想了想，说："你说得对。但是好像理论上可以这么说，可现实生活中应该有所不同，小保姆耳朵根子都没有洗干净，恶心不恶心？"

李开玲说："我以为正好相反，理论上倒是不好讲的，因为理论总是比较堂皇。生活中他们倒是什么事情都做得出来。王自力现在不缺女人，一大群白领小姐围着他讨好，但他还是干出这么恶心的事情。是的，男人就是动物。我活了五十岁了，我算是看透了。"

戚润物不停地走过来走过去，穿着一双破旧的拖鞋，皱巴巴的睡衣外面套了一件毛衣，毛衣刺痒了她的脖子，她一边走一边大肆挠痒痒，抓得呼呼响。

李开玲总是端庄的，起床后一定要换下睡衣，梳好发髻，修饰修饰眉毛，在嘴唇上抹一点口红。五十岁的嘴唇不滋润一下是不行的了。李开玲这个女人一辈子都非常注重自己的性别。因此，当年她的局长最后抛弃她而回到他那邋遢的老婆身边，这是李开玲心中永远解不开的结和永远的痛。也正是她在一瞬间决定留在戚润物身边的根本原因，该与男人计较计较了。戚润物的事情，李开玲觉得并不难理解。首先，她了解王自力。她知道王自力内心里喜欢的不是戚润物这一类的女人。有多少男人喜欢早上起来不梳不洗的女人呢？喜欢大肆地挠痒痒挠到腋窝里之后还抽出手指闻闻的女人？哪怕你学问再高，社会地位再高，这些外在的东西对男人来说没有实用性。

李开玲提醒戚润物说："一个女人要有实用性。"

戚润物说："什么意思？"

李开玲说："就是要能够勾起男人的性欲。"

戚润物说："天！那不成了妓女？"

李开玲说："你呀！"

李开玲恨铁不成钢地苦笑了一下。她站起来，去看厨房里正在烧的水。她搅动了房间里分布的光线，一条细长的人影从厨房里倾泻出来。戚润物心有所动，若有所思，但她自己也捉摸不着自己在想什么，一切都是

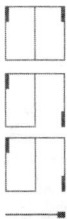

飘忽的，让人忧郁和难受。

戚润物说："不管怎么样，李大姐，你是有盼头的，你的女儿在国外读博士，还嫁了一个外国人，自己健健康康。可我的王壮等于是一个终身残疾，王自力不能够这样对待我们母子。"

李开玲说："那是的。有一点是不能含糊的，要向王自力讨个说法。他们哪里知道一个独身女人抚养孩子的艰辛！尤其像王壮这样的病孩子。说起来，我简直都不敢想过去抚养女儿的那些日子。但是问题是，现在时代不同了，你现在把男人怎么办？过去有组织，他们犯了作风错误要受到严厉的处分，现在呢？嫖了妓，罚个款就行了。"

李开玲把烧开的水灌进了开水瓶，给戚润物沏了一杯茶。戚润物端着茶就喝，茶一进口就"呸呸"地吐了，茶太烫了。李开玲还以为戚润物是不会猛喝刚沏的茶的。李开玲赶紧拿拖把来擦地。戚润物说："谢谢。"李开玲无奈地摇头。李开玲来戚润物家只有三天，就养成了无奈摇头的习惯。李开玲喜欢戚润物的笨拙和粗糙，她因笨拙和粗糙而显得天真可爱，但是李开玲明白戚润物无法讨得男人的喜爱，如果戚润物按自己的说法很有志气地与王自力离婚，娘儿俩以后的日子将不堪设想。

女人对男人与情感问题的讨论是永无结果的。戚润物与李开玲智者见智、仁者见仁。她们被局限在家里，无法与大自然沟通。她们一天又一天，不见日出、不见日落，阳台上的视线本来是可以目及长江的，但是阳台上安装了防盗网，防盗网无情地把长江分割成了条状，条状的长江不太容易被戚润物她们看成是长江了。江上轮船的汽笛应该依旧，只是被城市空前喧嚣的市声所冲淡，到达戚润物的窗前就像虚弱的猫叫。现在像她们这种年纪和状况的女人的苦恼类似于腌菜的苦恼，被闷在封了口的坛子里，没有任何的可能性。最后戚润物又暴躁起来，她又哭了，她觉得怎么就不是那么气顺呢！她说："李大姐，我很感谢你，但是心里头我还是很难受。"李开玲到底比戚润物有生活经验，她按照生活常识告诉戚润物："那就别想为什么了，只想具体办法吧。"

戚润物的具体办法还是赶紧离婚。李开玲说："看来你还是太不了解王自力。"

戚润物说："怎么说？"

李开玲说："他是巴不得离婚啊！"

戚润物说："为什么？"

李开玲说："这不是明摆着的事情吗？现在他找一个年轻姑娘是轻而易举的事情，而你却一天天地人老珠黄。"

戚润物说："我人老珠黄了？我才四十五岁，是我们所最年轻的副研究员。"

李开玲说："是的，你的事业很成功，但你毕竟四十五岁了不是？"

不错，戚润物今年是四十五岁了，但戚润物自己觉得自己就没有受到年龄的伤害。她的四十五岁与她的二十五岁有什么不同呢？在戚润物自己看来，没有根本的不同，时间一晃就过去了，真的仅仅是一晃而已，非常快。要说不同之处也许就是：现在四十五岁的戚润物比从前二十五岁的戚润物更好。现在的戚润物身材并没有太大的变化，服装也比较地多了起来，有时候也戴一戴项链和戒指。才四十五岁却已经功成名就。二十五时候的戚润物整天穿一件老蓝色的春秋装，冬天用"百雀灵"或者"万紫千红"香脂油抹脸，甚至还用蛤蜊油，春秋用雅霜抹脸，夏天什么都不用。除了不考上大学就不谈恋爱是自己的想法之外，其他什么自己的想法也没有，胸部发育了就把胸窝起来。那样的年轻姑娘有多大的意思？

李开玲说："戚老师，戚老师，你要知道，现在的年轻姑娘没有把胸部窝起来的了。你要知道，年龄是女人的致命伤啊！"

戚润物说："年龄是女人的致命伤吗？"她想了一会儿，走到镜子前面照看自己，照看了半天，扯了扯衣服，抓了抓头发，欲言又止，泪水便哗哗地流了出来，拉着李开玲的胳膊说，"李大姐，这种事情怎么会落到我的头上？只有杀了他我才解恨啊！"

戚润物不再说话了。她躺在床上不再起来。任李开玲怎么劝慰，戚润物就是不吃不喝。一连两天，戚润物就那么仰面躺着，茫然地望着空中。

李开玲出去用公用电话给王自力打了呼机。王自力早已恢复常态，夜夜在酒店住，天天在娱乐城潇洒，正等着戚润物提出离婚。李开玲被这朱门酒肉臭，路有冻死骨的现实激怒了。李开玲回到屋里，径直走到戚润物的床前，激动地对她说："戚老师，刚才我和王总通电话了。今天他连王壮都忘记了问候，一心等着你找他离婚。戚老师，你这样折磨自己是何苦来着？王总可没有苦自己，人家夜夜都在夜总会潇洒。"

戚润物的灵感从天而降，"夜总会"一词突然把王自力得意忘形的嘴脸刻画得淋漓尽致，尽管它不是什么形容词。好像现在的生活越来越不需要形容词了，形容词的心太软。理想不是现实。遥远的云朵原来是一只风筝。风筝就是风筝，不要想象得如云那么美好空灵。戚润物饿得发绿的眼睛突然从混沌状态变得恍然大悟，继而黑白分明，继而精光灼灼，她立时就挣扎着从床上爬了起来，坚定地迫不及待地说："我要吃饭。"

女人模糊不清的讨论永远结不出具体的果实。重要的是戚润物没有继续垮下去。她要吃饭了。这就是女人的胜利。

5.回旋是深刻的前提

黑的夜亮了。戚润物一步一步走进这五彩斑斓的亮夜里，压抑在心窝子里的泪水便无法遏制地泛滥起来。

国内贸易部国家物资储备局设计院粮食储备研究所的副研究员戚润物，在她缓缓步入"麦当娜"夜总会的时候，眯起了她的泪眼。她心里无比难过地想：她踏在一百多年前的灯光上。可是，这灯光已经不是那灯光。电灯的最初发明者戴维爵士在1802年向往与创造的是在某一段时间获得照亮黑暗的弧光，1880年的爱迪生十分明确的理想就是延续白天驱逐黑暗，1996年的人类却已经是那么居心叵测，利用灯光的目的是使黑暗更加黑暗，使原本单纯的黑暗变成复杂的糜烂的黑暗。戚润物展眼望去，"麦当娜"灯具的形状是各种各样的，颜色是各种各样的，所放置的地点也是各种各样的，一切都是那么明显地居心不良。这黑夜的亮是那故意的亮，是那虚伪的亮，是那不洁的亮。人们要这种亮夜做什么？戚润物悲愤地暗笑了一笑：男人。这是男人们所要的夜。她猜测设计"麦当娜"灯光的一定是男人。戚润物扬了扬手，一个侍应来到她的身边。戚润物首先要了两个小点：一份开心果，一份糖豌豆。侍应很高兴。接着戚润物装出漫不经心的样子问道："你们这里设计得不错，尤其是灯光，你一定不知道设计者是谁吧？"

侍应说："怎么不知道？阿虫是很有名气的设计师啊。"

戚润物说："阿虫是男的还是女的？"

侍应说："是男的。哇，我很崇拜他的。"

戚润物说："好了，你可以走了。"

男的，男的，男的。戚润物心疼地想：男的男的男的。在戚润物四十五年的人生过程中，她突然地遭遇了一个问题，在1996年的春天。这个问题就是：男的。

戚润物坐在"麦当娜"夜总会的二楼，挑的是一张最不起眼、观察角度却是最好的小桌子。她慢慢地嚼着果子，让"麦当娜"夜总会的这种亮夜在她眼前徐徐展开。戚润物这是第六次来到"麦当娜"了，对夜总会一次比一次熟悉。除了她那永远流不尽的女人泪水永远证明着女人的幼稚之外。这是没有办法的事情。眼泪就是女人之水，戚润物自己无法控制它的表达。

戚润物眼中已经没有王自力了，她看见的是许多男人，是王自力们。王自力们一进夜总会就像进了男人的澡堂子，松松垮垮，摇摇晃晃，打酒嗝，乱抽烟，瞎跳舞，胡唱歌，摸小姐，随地吐痰，就地撒野，完全是天不管、地不收，不招人爱，不惹人疼，失去了蓬勃生命力的行尸走肉。戚润物发现了这一点，她的心疼痛得直哆嗦，比她发现王自力与小保姆在一起的时候更疼痛。因为她是鼓起勇气来寻找王自力，来了解王自力的，结果她发现王自力已经根本不值得她计较。王自力已经腐败。而在此之前，戚润物还在爱着他，他是她的丈夫，是她孩子的父亲。其实他已经什么都不是了。现在的男人他们除了怀里揣着大把钞票之外，他们没有了挺直的脊梁，没有了堂堂正正的仪表和神态，没有了对女性最基本的爱惜、尊重和礼貌。没有了责任、信诺和豪气。他们既没有从前男人的勇猛、忠诚、淳朴和强劲的生命力，也没有现代男人的文化、优雅、含蓄和永不消失的青春感觉。这就是为什么戚润物的泪水一次又一次无尽流淌的根本原因。戚润物从王自力身上发现了其他男人，又从其他男人身上更深刻地发现了王自力，她恐惧地认识到王自力已经发展到了某一地步；也正如她恐惧地认识现在盛行的是简单的模仿和抄袭，把自己弄得城市不城市，乡村不乡

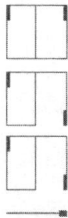

村，新也不新，旧也不旧，饱也不饱，饥也不饥，落后也不落后，先进也不先进，说爱爱不起来，说恨恨不下去，一切都是似是而非飘缈无根。戚润物不再想找王自力了。她的心膨胀得无比巨大，怦怦跳动的是对眼前一切的质问和批评。通过质问和批评，戚润物确切地明白自己该怎么做了。哭是没有用的，戚润物擦干泪水，告诉自己别哭了。

至此，戚润物已经敢说自己比较了解王自力了。戚润物踏着夜色归来，走着走着，渐渐地开朗了起来，她发现这个城市的夜色还是很漂亮、很不错的。戚润物胡思乱想着，她不同凡响的计划在这漂亮的城市之夜萌芽。基于王自力的现状，对他摧毁性的打击就是使他沦为穷光蛋。如何使王自力变成穷光蛋呢？还是女人！现在的王自力，糖衣炮弹一击就中。那么戚润物可以设法找到或者购买一枚糖衣炮弹。无数的小报都有报道，说现在带有黑社会性质的流氓团伙非常猖獗，明码实价地替雇主杀人，卸一只胳膊多少钱，卸一条大腿多少钱。当然，戚润物不会去找黑社会，不会去触犯法律。要知道，她是一个高级知识分子，她又不是一个傻瓜，她相信自己的智商远远高于一般人。但是既然现在的社会风气如此这般，为什么她就不可以收买一个女人呢？

戚润物一踏进家门，李开玲就发现了戚润物变了，一派天高云淡的景象，李开玲很高兴。

戚润物说："李大姐，你会打麻将吧？"

李开玲说："当然会。"

戚润物说："快，你下楼去买一副麻将回来，教我打麻将。"

李开玲说："出什么事了？"

戚润物理直气壮，充满弦外之音地说："倒没有出什么事情，只是我想通了。我的病假到此结束，我明天就上班。今天我要学会打麻将，以后我将广泛接触社会，享受人生，做一个时代的强者。"

6.女人的游戏不是好玩的

这么一天，约好了在大将军饭店，戚润物和王自力见面了。或者说王自力和戚润物见面了。这次见面是双方都愿意的。事情已经过去了一定的时间，他们双方都希望得到隐藏在对方打算中的某个结局。

戚润物是乘坐公共汽车来的，时间不好掌握，结果早到了半个小时。她在大堂吧台一落座，水手打扮的小姐就过来亲切地问她：喝点什么？要不要时鲜水果盅？戚润物没有经验，无法拒绝他人的热情，慌忙说：行吧行吧，水果吧，茶吧。小姐又问：要不要冰糖红枣人参茶，女士喝了很滋补的？戚润物仍然说行吧行吧。

王自力自己开小车来，故意迟到了三分钟，看见早到的戚润物面前摆上了水果盅和冰糖红枣人参茶，就知道她被饭店小姐宰了一把。他不由得暗笑。他想如果今天他不来了，戚润物说不定会被扣在这里，她口袋里的钱一般都不会超过百元，她付不起这一坐的。王自力有一些怜悯戚润物了。他想这女人也太没见过世面了，人家毕竟还是一个副研究员呢。

王自力步履匆匆地来到戚润物身边，坐下，假装抱歉，使劲撸头发，装出处理了工作赶来的样子。戚润物没有表情。她以为她再见到王自力眼睛就会出血，但她的眼睛没有出血。时间绝对是疗伤的灵丹妙药，你不相信还真不行。小姐过来，问：先生喝什么？王自力大大咧咧地打发她说："一壶不加糖的菊花就行了。"

第一个回合，王自力小胜。

戚润物默默喝茶。她绝不会首先搭理他。这一点小心眼一般女人都有。王自力看透了戚润物的心理活动，不以为然。关键不在这里，王自力想，关键在于结局。王自力以男人的豁达首先搭理了戚润物。

王自力说："儿子好吧？"

戚润物说："好。"

王自力说："你好吧？"

戚润物说："很好。"

王自力说："你看这环境还行吗？不然我们换地方。"

戚润物说："不用了。"

王自力说："还想吃点什么喝点什么就说。"

戚润物说："谢谢。"

戚润物的"谢谢"是习惯性用语，有时候并不表示她真的感谢什么，而是表现她自己的文雅，此时此刻就是这样。就是这样王自力也感到由

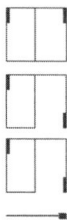

衷高兴，看来戚润物的文质彬彬、温文尔雅、温良恭俭让的美德已经恢复，大街上的疯狂不会重现，王自力暗自松了一口气。王自力暗自松的一口气立刻就被戚润物感觉到了。戚润物也暗暗高兴。她希望今天她能够既使王自力感到压力又使王自力放松警惕还希望王自力自以为是，男人一旦自以为是，就会尽力表现自己的坦诚与大度，问什么都愿意回答。戚润物时刻告诫自己要低调、要笨拙、要迟钝，要在低调、笨拙和迟钝中小心地把握和操纵形势。

今天形势大好。王自力、戚润物双方都这么认为。

让王自力绞尽脑汁的是，他将如何把今天的大好形势维持并发展下去，引导戚润物解放思想，利用戚润物对他的嫌恶，顺利地达成快速离婚的结果。离婚的确不是王自力首先想到的，因为他的家庭一贯不错，因为戚润物一贯也不错，在事业上干得也挺风光，还因为有一个令人心疼的病孩子，离婚与他们没有关系。但是当戚润物斩钉截铁地宣布"我要离婚"之后，王自力突然觉得眼睛一亮，大有"解放区的天是明朗的天"的感觉。原来没有想到过离婚是不敢去想离婚，不敢去想离婚的潜意识里埋伏的就是渴望离婚。现在不是从前了，从前一切都受制于环境、受制于他人，找个老婆也要首先考虑是否对自己的生存有利。现在王自力不愁生计了，作为一个男人，他有权利，他应该重新生活一次，否则他这一辈子也太亏了。

自从戚润物提出离婚的强烈要求以后，王自力天天盼望着戚润物的实际行动。放眼展望，现在我们的祖国，大地满园春，处处有芳草。要紧的是时间。现在真的是一寸光阴一寸金。已经是人到中年了，莫等闲白了少年头，空悲切。但是王自力又不能操之过急，王自力了解戚润物，人家看上去是一个平庸的不会修饰打扮的神情麻木的中年妇女，实质上人家一肚子的书没有白读，分析能力和思考能力绝对是第一流的，而且前几天大街上的发作也证明人家该泼的时候也会泼，该刻毒的时候也刻毒。王自力是不能流露出渴望离婚的意思来的。要从形式上表现出是她抛弃他，让她占据精神上的优势，而王自力是不得不被抛弃，是孤家寡人的下场；她是高尚和清洁的，而他是低俗和肮脏的。只有这样，才能够顺利离婚。与读书太多的人打交道，你必须弯弯绕。这一点常识王自力还是有的。王自力不能直奔主题，王自力必须迂回前进，先拉一些家常话。

王自力说："李开玲怎么样？"

戚润物说："就那样。"

王自力说："她是不是还有一点放不下臭架子？她以为她是谁？落难的公主？"

戚润物说："她还好。"

王自力跷起了一条二郎腿，说："应该还好。她是一个明白人，我看中她的就是这一点。想当初，在轻工局，她被局长玩了还被打发到下属工厂去当工人，是谁替她抱不平的？是我。后来，工厂又被兼并，下岗了天天在家里哭，是谁给了她饭碗？是我。我这样的外贸公司，懂一门外语的大学毕业生都不要，至少要双外的研究生，让她来，明摆了是在养活她和她女儿。现在她女儿已经出息了，嫁了老外，定居法国。应该是她报答我的时候了。你不要对她太客气，我就是让她去伺候你和儿子的，她可以伺候你们一辈子。这个人最大的优点就是口比较紧，心里很明白，是现在少有的好保姆。"

一个不当心，王自力蹦出了"保姆"一词，说完他就拿巴掌打在自己的嘴巴上。掌嘴也来不及了，戚润物果然就想到了小保姆，她说："你把白三改弄到哪里去了？"

王自力说："我的姑奶奶，你饶了我行不行？就算我对不起你了。"

戚润物说："就算？"

王自力说："就是，就是。"

戚润物说："白三改呢？"

王自力说："给了她一点钱，让她回乡下去了。"

戚润物说："你为什么要搞她？"

王自力把眼睛望向别处。然后，王自力沉痛地说："我检讨，现在我正式向你检讨。我腐朽，我堕落，我流氓，我他妈真不是东西！后来我认真想了想，觉得非常对不起你，我实在是配不上你。你说要离婚，开始对我打击很大，一时间接受不了。现在我明白了，你这么淳朴高尚的一个人和我在一起实在是不公平，那就离吧。"

戚润物与外界接触太少，电视也看得太少，不然她就会发现王自力的又一大缺点，这就是：贫嘴。王自力是想装出沉痛的样子来的，但说着说着就有一点贫了。现在从北京到外省，从中央电视台到地方电视台，男人

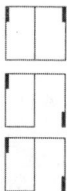

正流行贫嘴。都误以为贫嘴是幽默和潇洒。男人现在就剩下一张嘴了。所幸的是戚润物对社会变化没有那么敏感。她憨厚地与王自力就事论事还自以为切中要害。她说："你的记性真不好，我记得你当时就表示同意离婚。"

王自力说："那是气话，要面子的。一个大男人，谁愿意当街被女人甩了！"

戚润物说："你还是得告诉我你为什么要搞她？"

王自力说："求求你不要痛打落水狗了，我已经在灵魂深处挖了根子，做了沉痛的检讨。"

戚润物说："我要知道的是你当时的真实想法。"

王自力说："当时还能够有什么想法？人都失去理智了，满脑袋流氓念头而已。哪里知道一失足成千古恨呢。"

戚润物说："你少来这一套！"

王自力说："说真的，我的心都碎了。世上又没有后悔药卖，要是有，花多少钱我都不眨眼。"

侍应小姐过来了，继续使用亲切的语气，说："小姐先生，你们还要一点什么？需要加水吗？"

戚润物和王自力的交谈被人为地打断了。他们都点头同意加水。加水的过程中他们都挪了挪屁股，换了换坐姿，四处闲看了一下。大堂是舰艇状，基调是白色的，很纯洁的样子。钢琴也是白色的。一个穿长裙的女孩子提着裙边走过来，打开钢琴，放好琴谱，目不斜视地弹奏起来。她弹奏的是《致爱丽丝》。大堂里的人不少，三三两两，成双成对，坐在沙发里，轻言细语地交谈。男人都是楚楚衣冠，皮鞋尖亮得晃眼。女性绝大多数是年轻女子，一个个粉面朱唇，香气扑鼻，穿着都很入时，故意穿黑或者穿咖啡的，为的是强调自己独特的身体特点，确实她们也达到了这个效果。戚润物显然就感到了无形的压力，在穿着打扮这一点上，戚润物就很没有学问。戚润物看女孩子们，女孩子们根本不看戚润物，她们的眼睛忙碌在她们的领域。戚润物的落寞与感伤想要隐藏也不容易。王自力选择谈话地点是预先考虑过这个效果的，他以为要解放思想也须有合适的环境和气氛给予暗示。看来戚润物是受到暗示了。王自力想：不管怎么说，戚润物这个人还是比较淳朴和老实的。这么一想，王自力不觉又生出了对戚润物的一些怜悯。现实就摆在面前：男人正是好时候，而女人已经过时了。王自力想：只有在离婚的时候多给一点钱了。

王自力对戚润物说我要上一下洗手间，你呢？戚润物摇摇头。戚润物主要是不好意思在大堂走动，她不知道洗手间在哪里，进去要钱不要，等等，总之，不去算了。戚润物干脆就一直看着那弹琴的女孩子在琴键上跳舞的手指。那是多么美丽的跳跃！

这一回合，似乎又是王自力小胜。

谈话在《童年的回忆》的琴声中继续展开。

戚润物说："王自力，离婚的问题今天我要谈的。今天我就是来谈离婚的问题的。但是在这之前，我有几个简单的问题。我也没有别的意思，只是坐在这里，这环境，让人有一些感慨，想了解一下现在的情况。因为我发现我好像落伍了，也许我应该跟上时代。"

王自力相信这是戚润物的真实感受，他已经看出来了。他说："好哇。你一向是一个研究生。你问吧。"

戚润物说："现在的社会，对于一个男人来说，最重要的东西是什么？"

王自力说："那我就坦率地告诉你吧，是相当一级的权或者相当数量的钱。没有的话，任何理想都谈不上，老婆孩子也过不好。"

戚润物说："要多少钱和多大的权？"

王自力说："有了房子和私车之外，至少还要上百万的钱，有一点可以随时出去的美金，当干部嘛至少要省级干部以上级别。"

戚润物说："谢谢。现在的男人怎么看待离婚？"

王自力沉吟了一刻，小心地回答："现代社会，离婚和再婚都不是一件特别不正常的事情。中国过去婚姻质量不高，现在离婚其实是有一点拨乱反正的意思。"

戚润物说："谢谢。何谓婚姻质量高呢？"

王自力回避说："你不用每答必谢，又不是记者采访，咱们闲聊，探讨一下社会现状而已，你这些问题对我也很有启发。"

戚润物说："你没有回答我的问题。"

王自力谨慎地说："我看一些杂志上说，高质量的婚姻主要在精神上

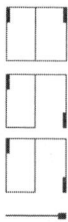

有饱满的爱情感觉和生理上有和谐的性。"

戚润物说："孩子在婚姻中的地位呢？"

王自力更加谨慎了，他怕踩上地雷。他说："孩子应该是爱情的结晶。不过孩子与父母的血缘关系不会随着离婚断掉。孩子跟谁生活都不会影响婚姻质量。"

戚润物没有在意，也没有联想，有一点索然寡味的态度了。她说："算了算了，说这些太理论了。来一点儿通俗的，男人是否总是喜欢年轻漂亮的女性？"

王自力笑了，这就得告诉她一点真情况了。他说："一般来说，当然。"

戚润物说："男人从心底里是不是觉得他这一辈子多睡一些女人好？"

王自力脱口而出："肯定了。"

戚润物讥诮地说："哦。"

王自力连忙解释："你听我说，要是寻找理论根据，我们可以去读弗洛伊德。"王自力一边说一边这么想：索性就给你上一课吧。他说："要是说通俗的社会心态，那就是我说的这样。所谓石榴裙下死，做鬼也风流。又所谓千金买一笑。其实我们现在的婚姻制度也是自欺欺人，说是一夫一妻制，可又容许离婚再婚，这种再组合的概率是无限的，实际上还是造成了群婚。制度本身就不合理，我们还在那儿穷讲究干什么？像我这样的优秀男人，多有几个女人爱我，我多爱几个女人，不是很合情合理的事情吗？我是不是有一点儿厚颜无耻？"

戚润物说："非常厚颜无耻。"

王自力忍不住大笑一声，说："好了，我是从理论上说的，我并没有那么去做。"

戚润物说："怎么没有？白三改也一定是爱你的。"

王自力说："看，又提这事了吧？但是我实话告诉你，的确是她非常主动的，要不我不会犯这个错误。毕竟她是一个小保姆，还是很丢人的嘛。"

戚润物说："注意，我只有最后一个问题了，你有多少钱？或者说目前我们家有多少钱？"

王自力一愣，说："这是两个概念。我可以告诉你的是，我负责养活你和儿子一辈子。你们一辈子的温饱是没有问题的了。"

戚润物说："这就是说，其实我从来都没有弄清楚你的收入是多少？"

王自力说："你没有必要弄清楚，你也弄不清楚，因为连我自己都不太清楚。"

戚润物说："我提醒你，你是政府委派的总经理，不是私营企业的老总。你不要太贪婪。你的财路说断就可以断的。有一句话，说是多行不义必自毙，我送给你，但愿你好自为之。"

王自力说："这我当然明白。你放心好了。无论如何，我一定要养活你和儿子。"

戚润物说："谢谢，我自己能够养活我们母子。"

戚润物不再说话，低下头去吃水果盅，一口气把它吃完了。她不愿意浪费东西。

话到这里，已经是告别的意味。王自力以为戚润物马上就要谈到离婚的具体打算了。他眼珠不敢错动看着戚润物一口一口吃水果，盼望她尽快吃完。当戚润物吃完水果抬起头来的那一刻，王自力甚至心惊肉跳了。

戚润物告诉王自力："今天我终于对你有了一个比较全面的认识。对于你这么优秀的男人，你可以暂时不回家，但是，我不想离婚了。"

王自力一败涂地，片甲不留。

戚润物走了。小姐送来账单，加上王自力要的一盒香烟，一共是两百八十八块钱。王自力失去了绅士风度，他暴跳起来，吼叫道："我肏！怎么他妈的这么贵？"

戚润物回到家里，什么都来不及做，首先是要上厕所。尽管戚润物比较土气，不敢在大饭店上厕所，但事实证明今天的结局是戚润物赢了，王自力输了。

7.最难得的境界是进入人与人之间

人是会变化的，戚润物相信这一点，但是她的相信是针对一般人的，一般是年轻人和犯了错误的人。戚润物想都没有想到自己会有什么变化。戚润物已经有了一定的成就，有了一定的社会地位，形成了自己的学术观点和整套的世界观。她早上几十年如一日地吃泡饭。她觉得吃泡饭很好。一碗开水泡米饭，一样两样小菜，这当然是世界上吃得最舒服的早点。一个人到了人生的这个阶段，就是他影响和改变别人的时候了。戚润物就是

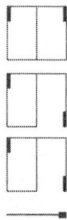

这样的一个人，仿佛泰山顶上一青松。她每天早上早早起床，睁开眼睛就打开伴随了她多年的小半导体收音机，她要听新闻。她的梳洗五分钟即可，牙呼啦一刷，脸呼啦一洗，短发呼啦梳几下，雪花膏一边走出卫生间一边在脸上抹，到了餐桌前，雪花膏已然抹毕。泡饭吃罢，套上外衣，骑着自行车去上班，车网里放着黑色公文包，悠然地前行。

戚润物的处世哲学是首先严格要求自己，这一点在研究所有口皆碑。当年她生了孩子，发现孩子患有先天性疾病之后，她上班总是心神不定，思想一会儿就溜到了孩子身上，时常不由自主地流出眼泪来。为此，戚润物痛苦极了。后来，她想了一个办法，她主动写了自我检查，主动地将自我检查公开贴在食堂里，让全所的人们都知道，让自己感知羞耻，这样，她终于使自己的思想稳定了下来，一心扑在工作上。

戚润物不是一个一般的女人。所里新来的小青年，三天以后就敢与所长嘻嘻哈哈，与戚润物是绝对不敢的。改革开放以来，所里经常有一些外面的人出入，有的说是来买粮食储藏技术的，有的说是来谈合作项目的，有的说是来挂靠办公司的，有的是欠了租金的宿舍区门店的小老板，等等，这些人总是谈着谈着就要求请所里的有关人员出去吃个工作餐，办公室有时候通知戚润物去，戚润物是从来都不去的。戚润物不止一次地撞见中午出去吃了工作餐的领导和同事回来，他们的汽车门一开，酒气就冲了出来，随后是一个个赤红脸膛的人，睁着一双兔子眼。戚润物当着他们的面就用手绢扇鼻子。如果有人胆敢仗着酒兴说："扇什么扇？"戚润物立刻就会迎头痛击，说："我们是什么人？我们是什么单位？我们受的是什么教育？我们应该保持什么样的形象？这还用我说吗？我认为现在的知识分子的确是丧失了自己的精神家园，丧失了理想和追求，正在腐化和堕落。作为知识分子的一员，我感到痛心和忧愤。"这种不着边际的空泛的批评人家不生气，领导装作没有听见，上楼去了。领导的跟班与戚润物逗着玩，说："戚老师！戚老师说得对说得好，我们深受教育和启发。"但是群众不答应，群众义愤地说："你们干什么！吃了玩了得了便宜还卖乖？戚老师当然说得对了！"每当这个时候，戚润物就淡然一笑，退下，她心里非常踏实。一个人只要下有群众上有党，他做人就会非常踏实。这就是戚润物的原则。

后来，王自力开上了他们公司的小车。王自力是一个以四海为家、以家为旅馆的人。这样的人难免好赶潮头，社会上一流行老总自己开小车，他就把公司的小车开着上下班。研究所里的人与戚润物开玩笑说：老公当老板了，开上小车了，戚老师要坐小车当太太了。戚润物说：不稀罕。王自力的确邀请过戚润物乘他的便车上班，戚润物真的谢绝了。戚润物认为，小车终归是领导坐得比较多，商人用车多少都有一点儿摆阔的味道，戚润物既不愿意把自己凌驾于领导之上，更不愿意沾王自力的摆阔之气。戚润物骑自行车十分钟之内就可以到达研究所，又朴素又方便还能够锻炼身体。二十年来，戚润物一直骑着她的自行车上班，穿过风雨，越过四季，路边的小树苗在她的车轮边渐渐地长成了参天大树。在研究所的人们的眼里，戚润物是不变的，就像时钟，在她自己的轨道里，每天以同样的姿态经过同样的地方，给人以岁岁年年的感觉。这岁月在悄然褪色，颜色在渐渐地发灰和陈旧，为他人提示着红尘易老的感觉，而她则永远游离在红尘之外。

突然，戚润物家里发生了故事：女主人的丈夫偷搞小保姆。绝对的丑闻一桩。戚润物无法稳稳当当地骑着自行车去上班了。她病倒了。岁月停顿了一下，偏离了原来的方向。

戚润物自己一点觉察都没有，但是她确确实实因此开始发生巨大的变化。首先，戚润物跑到大街上，激烈地痛斥了王自力一通，现场居然有许多"扁担"和候车人围观。这是戚润物生平第一次做出这种张扬的不顾体面的事情，简直像鬼魂附体了。后来她想起来都后怕。

接着，李开玲出现。再接着，她六进夜总会。再接着，她约见王自力。事情总在节外生枝，一环套着一环，戚润物不得不去应付这一切。

现在，她已经与单位的同事们一样被请出去吃过多次的饭了，她还参加了各种聚会，积累了一大把名片。戚润物最初的意思是想通过这些渠道寻找一枚糖衣炮弹，狠狠打击王自力。可在寻找的过程中，戚润物不知不觉地对社会有了一些新的了解，对生活产生了一些新的认识，接受了一些新的观念。春风挡不住，一夜入墙来。好事可以变成坏事，坏事可以变成好事，这就是生活的辩证法。你不信就是不行。

戚润物要去夜总会看看王自力在怎么生活，但是她没有去过夜总会。李开玲去过。李开玲告诉戚润物：你这个样子去，人家都不会让你进。戚

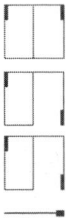

润物问：什么样子进去才行呢？李开玲就翻箱倒柜地替戚润物寻找和搭配服装。最后，李开玲把自己的扣花、香水和唇膏都贡献出来了。这才使得戚润物得以理直气壮地缓缓迈进"麦当娜"夜总会。

尤其在大将军饭店与王自力交锋之后，瓶插鲜花，水晶吊灯，氤氲的香气，弹琴少女靓丽的手指，打扮入时的姑娘们那挺拔的身姿，都长久地在戚润物眼前晃动。戚润物把感想告诉了李开玲，说她本来是针对王自力去的，可是另外的那些东西倒是让她注意上了，好看的东西就是好看，现在的女孩子就是好看。话从这里又聊开了。

李开玲说："是啊，现在的女孩子就是好看。她们从小就营养好，身体长得高，皮肤长得滋润，又有各种服装、首饰和化妆品，怎么能够不好看呢？"

戚润物说："可是我以前是最看不惯谁化妆的。"

李开玲说："我也是。可我在公司上班后，想法就不一样了。尤其是中年以后的妇女，身段皮肤就是在走下坡路，我们不承认人家承认，你不用一点化妆品，不穿得整整齐齐，人家就是不爱看你，对你没有信任感。"

戚润物说："问题有这么严重？"

李开玲说："有。"

戚润物说："接着说下去听听。"

李开玲说："你知道空姐一律是要年轻女孩子的，你可能还不知道现在火车列车员都要年轻漂亮女孩，通勤车的售票员都只要漂亮女孩。这是因为中国女人自己不争气，上了一点年纪就不爱惜自己了。其实国外的航班上有许多空嫂和空奶奶，因为人家非常讲究自己的个人形象，所以社会也就非常重视她们。女人为什么不能适当地化妆呢？"

这是女人之间一些琐碎如细雨的话语，打湿的却是戚润物对世界的观照。她忽然就意识到了自己的不足之处，她说："你看我是不是太不讲究了？你看我这个样子是不是不行？"

李开玲说："谢天谢地。你到底明白了。"

戚润物说："说干就干，你和我现在就上街去买衣服怎么样？我一切都听你的。"

她们说着就上街了。李开玲调动了她这些年在公司工作积累的全部经验，精心为戚润物选购了一批服装和化妆品。日子不长，戚润物自动地就改口说"我的润肤露"，而不再说"我的雪花膏"了。

对于李开玲，戚润物最初自然就是把她当作一个保姆看待的。李开玲已经五十岁了，文化程度也就是个初中毕业，身上还有一股狐媚之气，到底也是王自力派来的。最初戚润物无法重视李开玲。戚润物受过高等教育，当然懂得人和人之间一律平等，她不会因为李开玲是他们家的保姆而轻视她，但是戚润物觉得至少她们之间不会有多少共同话语。然而生活的现实与戚润物的认识很不一致。李开玲这个女人一旦出现，就渗透进了他们家生活的核心。戚润物每一天都会发现一些李开玲的与众不同之处。她知道许多戚润物不知道的事情，有许多新的观念，能安详地面对许多问题，菜烧得很精致，把家庭看得很重要。戚润物的这套两居室并不算很小，但是被戚润物、王自力越住越小，最后只剩下一条小径，从大门口到厨房再到卫生间再到卧室，其余的地方充斥着乱七八糟的家具，儿童玩具，水果纸箱，大小书架，四季的鞋子，等等，连阳光和风都找不到钻进来的缝隙。就是这样一个家庭，在李开玲手里一天一个新模样，戚润物每天下班回来都惊奇地发现自己家在变宽敞，变亮堂，尤其使戚润物感动的是，她十五岁的王壮可以在这变宽敞和亮堂了的家里推着学步车，大步地笑声朗朗地学习走路了！

戚润物与李开玲的关系在微妙地变化着。戚润物变得很愿意服从李开玲的管理。李开玲成了戚润物的新单位。戚润物几十年如一日的泡饭，李开玲开始几天迁就，后来不再苟同。李开玲在征求过了戚润物的意见之后，她和王壮的早餐是一片新的局面。李开玲还是替戚润物把泡饭做好，让她吃，而她自己是熬粥，黄灿灿二米粥或者是芸豆粥、黑米粥什么的，李开玲和王壮坐在戚润物的对面，他们喝粥，每人还有一只煎鸡蛋和蒸得热乎乎的馒头、花卷之类的，每人还有一杯牛奶。李开玲倒是吃得斯文，动静不大，王壮却吃得狼吞虎咽，幸福地哼哼像一只饱餐的小猪。终于有那么一天的早晨，僵局被戚润物打破，戚润物对李开玲说："我可以喝一碗粥吗？"

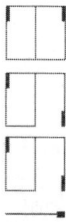

李开玲说："当然了。"

李开玲给她端来了粥，戚润物喝了一碗还想要。这个时候李开玲给了她一杯牛奶。李开玲说："戚老师，女人要对自己好一些，至少应该每天喝一杯牛奶。"

戚润物说："为什么应该喝一杯牛奶？难道泡饭就不行吗？"

李开玲说："女人到了中年以后缺铁缺钙，骨质容易疏松。早餐的营养是最重要的，它们要为你一整天的工作打下基础。"李开玲总是这么头头是道，娓娓动听。

戚润物下意识中想压倒李开玲。她说："现在外面卖的牛奶不可靠，馒头也不可靠，那么白的馒头一定是放了洗衣粉的。"戚润物顺手抓过一张晚报，说，"你看看：《三桶泔水一桶油》。这则消息揭露说不法分子从饭店的泔水里把油煮出来，加一点硫酸，再怎么简单地弄一弄，就把又脏又臭的油还原成了花生油的颜色，当作牛油出售。你看看！你看看！我们买的油炸食品和副食品都有可能是这种油！怎么得了哇！"戚润物一说就激动。

李开玲不容易激动。她接过报纸阅读了《三桶泔水一桶油》，说："是的，现在的人为了钱，什么假冒伪劣商品都弄，但是我们还是得生活。我们得尽量选择优质商品。我们的早餐还是应该保证营养。女人还是应该每天喝一杯牛奶。社会主义初级阶段，资本原始积累时期，大概就是会这么乱一阵，关键是我们自己要珍惜自己。"

李开玲比戚润物说得有条理、有水平，话放得出去收得回来。不由戚润物不服气。

戚润物是一个从善如流的人，她想了想，说："我是不是在这些问题上思想有一些混乱？"

李开玲明确地回答："是的，你只是对你的专业研究得非常深入和透彻。"

戚润物久久思考，最后对李开玲说："明天早上我再尝尝你们的早点怎么样？"

李开玲笑了起来，说："欢迎品尝。"

戚润物吃了多少年的泡饭就这样退居到了第二线。戚润物与李开玲的关系也自然调整到了正常的位置。她们是朋友了。她们相处得越来越融洽。从前戚润物根本想不到女人之间可以有这种新型的关系。

女人是被女人引导前进的。作为女人的戚润物被李开玲引导上了回女人之家的道路。戚润物来例假的时候使用的是月经带。戚润物的月经带是十年前她母亲给缝制的。戚润物还清楚地记得，十年前的某一天，她收到了她母亲从上海写来的一封平安家信，信的最后告诉她这么一个喜讯，说是她哥哥从一个沙发厂弄到了一块质量很好的人造革，做母亲的准备把它们缝制成十条月经带，送戚润物七条，送她嫂嫂三条，以支持戚润物抓紧全部的时间从事科研工作。戚润物回信向母亲表示了衷心的感谢。事后不久，上海寄来包裹。戚润物收到了母亲送给她的七条月经带。她母亲的手很巧，月经带做得比商店卖的合身，并且非常结实。戚润物很高兴自己从此不必再为购买月经带而操心了。这七条月经带就一直使用到了现在。李开玲来了之后，戚润物当然还是使用她的月经带。不过戚润物知道一般人是不愿意替别人洗这种东西的。白三改就坚决表示不洗，她认为洗了就不吉利。戚润物也没有让李开玲洗涤月经带的打算，她自己使用完毕之后，自己关在卫生间洗干净了，挂在衣架上，用一条毛巾遮盖着，晒在阳台上。李开玲从毛巾下面垂挂出来的参差不齐的布带子上猜测出了戚润物晾晒的是什么东西。好脾气的李开玲居然沉不住气了。李开玲说："戚老师，这是那东西吗？"

戚润物出来阳台上看了看，说："是的。我不要你洗，我自己洗就行了。"

李开玲说："不是谁洗的问题。你还在使用这种东西？"

戚润物说："当然。我还没有绝经的迹象。"

李开玲说："我的天，我向毛主席保证这是一个奇迹。"

戚润物一点都不明白李开玲说的是什么意思。李开玲告诉她，现在的女人早就使用卫生巾了。谁能够想象一个居住在大城市中心的，在某研究所工作的，老公是当老总的，自己是年轻的副研究员的女人，还在使用十年前妈妈缝的月经带？

这一下是戚润物吃惊了，她说："这和我的工作，和我的职称，和王自力有什么关系？难道现在的女性都不用月经带了？"

李开玲说："是的，时代早就进步了。我敢说至少城市的女性都不用

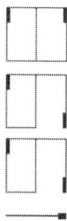

了。商店里早就没有卖的了。有更适合女人的东西了。"

戚润物说："那怎么从来没有人告诉我呢？"

李开玲说："这我就不知道了。也许是没有人告诉你，但是电视里的广告你总归看到了吧？"

戚润物说："你知道我很少看电视。就是偶尔看看，广告也太多了，我根本就没有往心里去。"

李开玲百感交集，没有人关爱的女人就是无法与时代同步。她同情地望着戚润物说："我明白了。"

李开玲的表情和语气触摸到了戚润物的本质。戚润物望着李开玲，咀嚼着、回味着由李开玲生发出来的某种东西，觉出了自己作为一个女人的落寞。戚润物的眼睛不再像平日那样的模糊恍惚，大而化之了。平日里戚润物的眼睛不习惯与人直接对视，它们总是含糊的，就像无所事事在街上闲逛的孩子。现在，戚润物的眼睛终于用心地落到李开玲的身上。她发现了李开玲。李开玲这个女人无论是上楼下楼，进进出出，弯腰起身，还是阳台上晒晾，她都是非常飘逸和柔软的。她像狐狸，像蛇精，是细雨，是微风。她具有这些品质，人就是五十岁了也非常好看。女人的年龄唯一不能够伤害的就是女人的品质，戚润物明白了。戚润物明白得太晚，但她到底是明白了。

李开玲替戚润物买回来了一袋卫生巾。戚润物将卫生巾一把拿进了她的卧室，晚上在台灯下仔细地阅读和研究了包装上的说明书。然后，戚润物就像一个初潮来临的小姑娘，欣喜而又害羞地第一次使用了卫生巾。她母亲缝制的人造革月经带终于被戚润物卷起来，放到了箱子的最底部，就如历史一般进入了以往的岁月。而戚润物正从以往的岁月中脱颖而出。

有一个夜晚，李开玲坐在王壮的床前，轻轻摇晃着身子，若有若无地哼着那支安详的摇篮曲。午夜的李开玲头发依旧一丝不乱，衣着依然整洁如新，她像一朵永不凋谢的花。

戚润物放下手中的笔，走到隔壁的房间，看着李开玲光滑流畅的侧影，心想有一个比喻也许不太恰当，但是她还是说了。她叫了一声"李大姐"，然后有一点羞涩地说："你就像一朵永不凋谢的花。"

李开玲淡然一笑，"什么花？一棵草罢了。"

戚润物说："我要告诉你一句话：我衷心地感谢你。"

李开玲说："用不着的。"

戚润物说："我和王壮一样，我们的生活能力都很弱。"

李开玲说："只要你愿，我可以照顾你们一辈子。"

一个宁静的夜晚，几句女人之间的絮语，看着是不经意的。可是它们是从一个人心里出来直接到另一个人心里去的，是一般中国人之间做不到的。它们鸿毛泰山，一言九鼎，这就是女人的诺言了。

8.如今谁请你吃晚餐

在戚润物认识艾月的这一天，事先戚润物并没有想到会认识艾月和最终获得艾月。李开玲也没有想到。但是她们都觉得这个晚宴是一个比较重要的活动。首先，晚宴的来源结构就比较复杂：晚宴是戚润物的大学同学出面邀请的，这位同学姓张，过去在班级与戚润物的成绩旗鼓相当，竞争厉害，有上层背景，毕业的时候光荣地被分配到国家部委机关，当时戚润物被气得哭过几次鼻子。现在张同学从北京打来长途电话，说要特意来武汉看望并宴请戚润物，这不能不让戚润物高度重视。但是实际上，要在武汉最高档的海鲜城为戚润物花钱的人并不是张同学，而是张同学的外甥的朋友，这位朋友称为刘先生。在张同学牵线搭桥之后，刘先生分别从香港、广东和北京多次来电话。首先是表示感谢，其次是介绍自己，再次是约定武汉的晚宴时间。后来，又是戚润物打电话过去，因为她还没有弄清楚那位素昧平生的刘先生为什么要如此兴师动众地宴请她。张同学的回答是：主要是我想去武汉看看你，我的外甥和他的朋友是崇拜你。戚润物得不到实质性的回答心里很不踏实，又要往香港打电话问刘先生。戚润物又兴奋又紧张又好奇，到处找香港的电话区号。李开玲劝阻了戚润物。李开玲说："别花冤枉钱了。现在的饭局约的时候都是这样含糊不清的。去吃了，就明白了。"

戚润物说："现在还有很多这样的饭局？"

李开玲说："多极了。约到香港去吃一顿饭也不是什么稀奇事。"

戚润物说："那大家是为了什么？难道那位刘先生真的崇拜我，我有什么好崇拜的？"

李开玲说："也许是真的崇拜你，他对你会有要求的。去吃了，就明白了。大家这么做一般都是为了做成生意。"

戚润物更加惊奇，她说："我与生意有什么关系？"

李开玲只好高度概括地告诉戚润物："现在这年头，谁一不当心都会和生意发生关系。"

总之，可以肯定的是，这次晚宴是一次比较重要的晚宴。不是一般宴请。一般的宴请一般是寻找价廉物美的餐馆，而这次是直奔最豪华、最昂贵、高举屠刀随时准备宰客的"海皇帝"海鲜城。刘先生的崇拜可以留到去了以后弄清楚。但是与张同学的竞争是没有硝烟的战场，十几年过去，现在倒要看看谁比谁过得好：谁的成就高一些，谁的职称高一些，谁的白头发多一些，谁的面相苍老一些。人到了一定的年龄，叙旧就成了最重要的生活内容之一。那么戚润物是不是要染染发呢？

从来没有染过头发的戚润物下了决心：染！她想现在谁不染？现在北京开会，中央领导坐一长排，一长排头发清一色乌黑，个个是返老还童的模样，就是精神，挺好。

戚润物不愿意去美发厅，让李开玲在家里替她染发。李开玲非常高兴戚润物在深受王自力打击的时候有了积极的人生态度。李开玲比戚润物还要忙碌，替她染发，替她准备服装，替她擦亮皮鞋。这套衣服配在一起看看，那套衣服又配在一起看看，近距离看看，远距离又看看，繁复的过程弄得戚润物光是看着就累。戚润物坚持不下去了，她叫苦说："太累了！"

李开玲反问说："撒切尔夫人累不累？"

戚润物只好服输。李开玲替戚润物成功地染了头发同时还焗了油，头发是黑褐色的，非常自然。衣服是一套锈红西服套裙，里面是茶色衬衣，黑皮鞋，深肤色丝袜。脸上稍微打了一些粉底，涂了唇膏，修了乱眉，这是戚润物人生中第一次认真地细致地打扮。在打扮的过程中，戚润物始终有可笑之感。打扮停当，李开玲把戚润物推到了镜子面前，戚润物只觉得眼前一亮，她愣了。镜子里头是一个亭亭玉立、漂亮大方的女子，西服上简单的几条锈红缎面装饰闪动着华丽的光芒，勾勒出她的胸脯和腰身，呼应出她头发、皮肤和眼睛的光泽。光泽是女人的生命，是生命的核心。这光泽随着步态的摇曳而散发出的便是女性之馨香。光泽是香的，戚润物觉得自己清晰地闻到了。戚润物百感交集。她望着自己傻呵呵地笑起来。她恍若隔世地想起了从前的一天，那天她穿一双破旧肮脏的拖鞋，皱巴巴的睡衣外面套着一件已经松弛了的毛衣，头发花白，胡乱支棱着，青黄不接的一张脸上布满蛛网。那天她看了镜子里头的自己，脑子里晃动着白三改肥硕健壮的乳房，她是多么痛苦啊，她清楚地记得她当时说的话是："只有杀了王自力我才解恨！"

现在，镜子里头的这个年轻女人不想杀王自力了。杀人那是胡说。戚润物现在有更好的办法惩罚王自力。戚润物自信地想：咱们走着瞧。

晚上七点整，戚润物打的到了"海皇帝"海鲜城的大门口。她闪过了一个念头：现在应该是看新闻联播的时间。一般情况下，戚润物必须看晚上七点的中央电视台新闻联播，否则，她就觉得她与国家失去了联系。戚润物扫了一眼"海皇帝"门口云集的各种小车，心中讶异居然有如此多的人宁愿与国家失去联系。

穿制服的迎宾侍应上前一步替她拉开车门。大门两边的礼仪小姐程式化地给她来了一个九十度的鞠躬，说："欢迎光临。"小姐们一扭一扭地带领戚润物登上台阶。大堂里迎上来一个光艳照人的姑娘，极高的个子，冰蓝色丝绒旗袍，胸口缀一朵珠绣牡丹。姑娘一眼就看出戚润物乘的是出租车，并且是一个人。她眼皮向下，貌似礼貌，暗藏不屑地问："请问小姐您有订座吗？"戚润物一下子就被激怒了，她想：一个餐馆还如此势利，怎么得了！戚润物原本还准备乘坐公交的，可她不知道应该乘坐哪一路。是李开玲建议打车算了。说是现在的公交上大多是外地打工仔和做小生意的人，又脏又不准点，你今天要去的地方和今天这一身打扮坐公交都不合适。戚润物幸亏还打了一个出租车来，若是乘坐公交和骑自行车来呢？戚润物想：难怪王自力要与她离婚了。现在外面成了什么样子了！是什么风气！中国还远没有到发达国家那一步，就已经如此腐朽。戚润物想：此风不可长！于是戚润物不卑不亢地说："请教姑娘，订了座如何？没有订座又如何？"

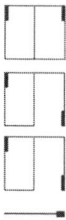

冰蓝色的姑娘似笑非笑，说："订了座我就带您去，没有订座的话，对不起，散客已经客满。"

戚润物说："岂有此理，餐馆还有客满一说！餐馆是流水席，来一个走一个，凡是进门的都得请坐。"

冰蓝色的姑娘脸色不好看了，说："我们这里是海鲜城，不是一般餐馆。"

就在这时候，一个俏丽的女郎插了一嘴，她说："傻×，海鲜城不也是餐馆吗？！吃海鲜的餐馆，而已！"女郎手里夹了一支香烟，吸了一口，公然地朝冰蓝色的姑娘徐徐吹了一口烟雾，说，"小姐我看你干这一行好像不合适，眼水不亮堂。你以为这位女士是谁？在我看来，这位女士绝非等闲之辈，怎么着也是一个高级知识分子，你看人家这气质，这语言，这派头，说不定今晚的'美人捞'就是为她而包下的。"女郎指点江山的手指好似白嫩葱管，食指戴着一枚硕大的镂花银戒，出手便惊人。她的出现使冰蓝色的姑娘黯然失色，走过的男人无不瞟一眼女郎，有的还回头注意地张望。男人们无意中的那一瞟都被戚润物看了一个分明，那一瞟里尽是灵魂。女郎是一个年轻的狐狸，一个青春洋溢的狐狸，一个品质外露的狐狸。戚润物忽然想到王自力在这种女郎面前一定会俯首就擒。戚润物不由自主地对女郎露出了亲切的微笑。

女郎的一番话使冰蓝色的姑娘顿时就慌了手脚，她左一声对不起，右一声对不起，神色间早已十分卑微。

俏丽的女郎懒得理睬那姑娘。她迎着戚润物的微笑挽住了戚润物的胳膊，说："一定是戚老师吧？我们都在等您呢。"

戚润物高兴地说："我是戚润物。"

女郎说："我是艾月。"

这就是艾月。艾月就是这样闯进了戚润物的生活。没有任何人的介绍。艾月一出现就替戚润物报了一箭之仇。艾月这一天穿的是黑色紧身裤，雪白的棉衫。棉衫烘托着艾月异常丰满的胸脯，裤子闪闪发亮显得她双腿浑圆，她耳朵上两只装饰性很强的耳环夺目地晃荡着，短发的颜色是稻草黄。戚润物对艾月印象非常深刻。印象中艾月是一匹精神抖擞、敢于挑战、勾人魂魄的小母马。

戚润物说："请问你是谁？"

艾月说："我是刘先生的朋友，我们崇拜您。"

戚润物说："你怎么知道我是谁？"

艾月说："我有巫气。"

戚润物说："你很漂亮。"

艾月说："谈不上漂亮。性感而已。"

戚润物想，果然是一匹小母马。她感叹道："嗬！"

艾月说："嗬，一个坏女孩。"

戚润物想：就是她了！

　　"美人捞"是海鲜城的一个包间。正是刘先生宴请戚润物的包间。也是"海皇帝"唯一的一间不公开对外只接待熟客的包间，并且以昂贵的收费体现它的价值。"美人捞"不叫美人捞，房门上有一个名字，写的是"听月轩"。听月轩是公开的名字，面对社会和公众，也面对工商和税务，是一个一般的名字，比较文雅，世俗气重的餐饮业都喜欢用。在中国，你绝对不会因为好风雅而被收高税。美人捞是熟客们叫的，是面对自己面对内心的，也是名副其实的。美人捞房间里面的墙壁不是一般的墙壁，是玻璃，是仿造的海。里面游动着大海龟、小鲨鱼、海参、海螺、龙虾、基围虾等一些奇奇怪怪的可供食用的海鱼。食客想要吃什么，就点什么，看图说话。点了什么，就可以目睹一个小姐下水去捞。下去捞海鲜的小姐当然是年轻的，漂亮的，穿泳衣的。关键的地方就在这里了。小姐可以很快就替你把你要的海鲜捞出来，也可以捞得很慢，捞得很不容易。小费是现场给，如果小费给得高，小姐就捞得很不容易，如果高到一定的程度，小姐还会与鲨鱼搏斗，还会充满劳动喜悦地与海龟拥抱，还会向客人飞吻。水中的飞吻玲珑剔透，可望不可即，非常刺激。在美人捞，吃的是过程而不是简单的结果。吃结果现在在中国太容易了，一般餐馆，路边大排档，几个钱就能够吃饱。吃过程就是吃艺术了。艺术总是非常昂贵的，这就有一点和国际接轨的意思。

　　戚润物对饭局的想象力显然比较苍白，首先她没有想到"美人捞"真的是美人下海捞鱼，二来她也没有想到客人多得连握手都是批发式的，名片如雪花飘飘。艾月为戚润物与客人之间一一地做介绍。

艾月说："这是我们公司的董事长兼总经理刘总刘先生。这是我国著名粮食储备专家戚润物戚老师。"

戚润物与刘先生握手，互相说：你好你好！久仰久仰！哪里哪里！

艾月说："这是李先生李总。这是我国著名的粮食储备专家戚润物戚老师。"

戚润物与李先生握手，互相说：你好你好！久仰久仰！哪里哪里！

艾月说："这是外贸部的张厅长，我们国家年轻有为的新一代干部——"

张厅长打断艾月，抢过一步握住戚润物的手，正要说话，戚润物也认出了她的老同学。这就是她的张同学。张同学发胖是发胖了一些，但不是一般的发胖，是中部崛起，干部款式的发胖；头发也谢了顶，留了一个欲盖弥彰的发型，民间俗称"地方支援中央"，但是现在有各种摩丝，张同学把边缘地带的长发覆盖并固定在头部中央，猛一眼看去，一个黑油油的头，还是很青春的样子。再加上张同学脸色滋润，神色爽朗，穿着精纺全棉衬衣，高级领带和高级皮鞋，挺胸腆肚的，有一点儿仪表堂堂的气势了，这是从前的一个清瘦大学生所绝对没有的。

张同学说："戚润物，你好吗？你一点都没有变，好像更漂亮了嘛！"

戚润物说："是吗？哪里。"戚润物话说得这么谦虚，其实是顺口说的，她心里还是很高兴。但张同学的话显然一贯是应酬场面的。在今晚的来客中，除了戚润物，其他三位女性都是年轻小姐，因为现在的美容化妆术，小姐们盛装之下，个个都漂亮非凡。其中有一位林小姐在刘先生的安排之下，从北京陪伴张厅长飞到武汉，一路上他们已经聊得十分投机。对于张厅长来说，林小姐至少是非常养眼的。四十五岁的戚润物埋头读书十几年，废寝忘食地从事科研工作十几年，不逛商店不逛街，不看电视不娱乐，业余一点时间全都消耗在孩子身上，她能够不变？能够漂亮到哪里去？再说她的漂亮是另一种，是靠智慧来表现的，需要机会和具体的过程，只有少数人才会欣赏这另一种漂亮，绝不是在灯红酒绿的海鲜城一见面就可以发现的，即便是戚润物今天被李开玲打扮了一番也不成。年龄绝对是女人的致命伤。对女人最大的欺骗莫过于不顾场合、不顾年龄，信口开河地恭维她一点没有变还是非常漂亮，干吗呢？戚润物场面见得少，被随意欺骗了还浑然不觉，咧着嘴对她的张同学笑。艾月是老手了，一眼就明白，知道戚润物是一个老实人，她推开了张同学，说："得了，你们老同学稍后再谈心，现在是戚老师和大家见面的时候。"

艾月说："这是林小姐，我们公司项目部经理，精通三种外语，与老外谈判不用翻译的。这是我国著名的粮食储备专家戚润物戚老师。"

戚润物与林小姐握手，互相说：你好你好！请多关照！哪里哪里！

艾月说："这是电视台新闻部记者黄先生，是我国举足轻重的人物，我们都怕他。这是我国著名的粮食储备专家戚润物戚老师。"

戚润物与黄先生握手，互相说：你好！黄记者见多识广，不屑多说话。

艾月说："这是《神州风》报社记者孙先生，大名鼎鼎的名记。这是我国著名的粮食储备专家戚润物戚老师。"

戚润物与孙先生握手，互相说：你好！孙记者也不屑多说话。

艾月说："这是卓越公司的老总欧阳天，这是我国著名的粮食储备专家戚润物戚老师。"

戚润物与欧总握手，互相说：你好你好！久仰久仰！哪里哪里！

艾月说："这是新世纪集团公司武汉分公司老总魏先生魏总，这是我国著名粮食储备专家戚润物戚老师。"

戚润物与魏总握手，互相说：你好你好！久仰久仰！哪里哪里！

艾月说："这是当今中国最火的电视明星缨子小姐，这是我国著名粮食储备专家戚老师。"

戚润物与缨子小姐握手，互相说：你好你好！你真漂亮你真漂亮！

艾月说："这是汉里斯拉国际时装大赛金奖获得者苗修绣小姐，这是我国著名粮食储备专家戚润物戚老师。"

戚润物与骨瘦如柴的苗小姐握手，互相说：你好你好！很高兴认识你很高兴认识你！

还有一位腹大如鼓的年轻人，条子T恤衫，背带裤，模仿的是歌星尹相杰的打扮，艾月介绍他是本店老板，戚润物也与他握了手。老板高声地对大家说："欢迎欢迎，衷心地欢迎，今天我的小店迎来了这么多著名人物，真是蓬荜生辉。如果我今天把你们灌醉了，明天中国股市就会摇荡。所以今晚我要奉送一道菜给诸位，每人一盅酸辣鱼翅羹。"

大家参差不齐地说：谢谢！

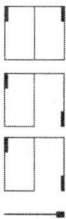

艾月对戚润物说："OK。可以坐下歇一会儿了。"

戚润物与一张张笑脸笑过了，与一双双手握过了，这些人是谁，她已然混淆，信息爆炸，都是碎片，就连做东的刘先生也被她混淆在了一群老总里，张同学也不知被人们裹挟到哪里去了。瞧这一通乱，戚润物都出汗了。

"美人捞"表演开始，大家的兴奋点都集中在那里了。转眼间戚润物又感到空落落地不知道干什么好。艾月来到她的身边，提醒她说："您也点菜呀，重要的在于参与。"艾月的话让大家暧昧地笑起来。大家都兴兴头头地参与了点菜。并且比较着谁点的海鲜能够更充分地展现和暴露小姐的身体。戚润物没有点菜。艾月劝戚润物点一个，戚润物只是摇头。艾月小声说："您不太习惯这种节目是吗？"

戚润物说："我头都昏了。"

艾月说："那我替您点一道最近特别流行的蔬菜吧。"艾月点的是樱桃萝卜。

樱桃萝卜是大棚里培育的绿色蔬菜，红殷殷的萝卜只有蒜头大小，带着绿油油的萝卜叶，水灵灵地放了十来只在瓷盘里，旁边配了黄酱，萝卜蘸酱生吃。吃的是北方风格。戚润物喜欢这道菜。艾月又一次地为戚润物解了围。

等到海鲜上桌，人们才坐定下来。艾月安排座位。戚润物坐在刘先生和电视台的冷面黄先生之间，艾月坐在黄先生和张厅长之间。张厅长身边坐的是林小姐。林小姐一直在与张厅长热烈地交谈。大家都在热烈地交谈，时而爆发出大笑。戚润物独自坐着，没有话谈，觉得有一点不知所措，她使劲地看着张同学。张同学终于侧了一下脑袋，戚润物抓紧时机叫了他一声。隔着两个人，戚润物伸过身子小声问张同学："喂，今天是干什么？"张同学说："什么？"

戚润物说："今天是干什么？"

张同学笑眯眯地说："吃海鲜吃海鲜。"

戚润物说："我知道是吃海鲜。"

张同学强调说："就是吃海鲜，叙旧，没有别的。你要放松，好好享受一下。"张同学嘱咐了戚润物，并没有与戚润物叙旧，又去与旁的人说话了。戚润物明白张同学已经走远，已经很滑，她抓不住他了。但是戚润物没有办法让自己好好享受这顿饭，为什么吃这顿饭？她实在是觉得莫名其妙。在她莫名其妙的情况下，她安定不下来。

戚润物与艾月只隔了一个人，所以戚润物想她还是得问艾月了。戚润物这个人做事情必须弄明白这是一件什么事情，她的作风一贯如此，她认为这是一个基本的道理。可是艾月却被刘先生支使出去再要一份樱桃萝卜，接着又发现在座的客人差一听饮料，艾月又被支使出去要某种饮料，艾月在不断地被刘先生支使着，大家需要什么也都叫唤她，艾月殷勤地忙碌着，像一只旋转的陀螺。戚润物找不到艾月，只好独自揣着一颗不安定的心，后悔不该轻易应邀出来吃饭。

因为刘先生不断以主人的身份支使艾月，戚润物终于认清了刘先生，一个很年轻的年轻人，个子矮小，相貌平常。张同学的外甥也是一个年轻人，也是个子矮小，相貌平常。他们的区别在于一个是白脸，一个是黄灰色的脸。大家坐定了，各人面前都有了白酒、白葡萄酒、饮料、醋碟和日本绿芥末之后，刘先生站起来给大家祝了酒。他说感谢大家给他面子，光临他的晚宴，他祝大家身体健康，心想事成，戚润物听得很认真但是还是没有从刘先生的祝酒词里琢磨出自己被邀请的原因。大家纷纷碰杯。圆桌很大，碰杯不是一件很容易的事情，每个人的胳膊都要拼命地往前伸，跟打架一样，缨子小姐和苗小姐显然非常顾及自己的衣饰，生怕弄翻了面前的酒菜。刘先生是很灵光一个人，见此情形，便说："坐下坐下，请大家都坐下，'过电'就行了。咱们这是在武汉，咱们武汉有一句很朋友的话，说是：屁股一抬，喝了重来。话是粗了一些，对在座的小姐女士不敬了，但是这的确是一句很重友情的话。我们谁也不许再站起来了。"于是大家再喝酒，就把酒杯往台子上蹾，蹾出一片杂乱而清脆的响声。

刘先生分别给客人敬酒首先就是敬的戚润物，他热情而诚恳地说：我要向我久仰的我们国家级的粮食储备专家敬上这一杯。他端的是满满一杯高度白酒。

戚润物说：我不会喝酒。她端起了一杯西瓜汁。有人起哄说：这不行这不行！刘先生说："行！行行！戚老师喝什么都行，我虽然也不会喝酒，但是我一定要干了这杯白酒，以表示我对戚老师无比崇敬的心情。"刘先生说完，一仰头喝了一个底朝天。戚润物虽然对刘先生的无比崇敬有一些摸不着头脑，但是她还是感动了，感觉也好了一些，毕竟人家是首先敬她，毕竟人家不会喝酒的人为这无比崇敬喝了这么大一杯酒。戚润物也猛喝了一口西瓜汁，然后说："刘先生你赶快吃菜。"接着张同学的外甥李总也上来给戚润物敬酒，这个年轻人一口地道北京话，用北京话奉承人那是最好使的，所以他的嘴巴比刘先生还要甜。说因为他舅舅与戚老师同学的缘故，他打小就非常崇拜戚老师，戚老师身为女性，不仅在大学里出类拔萃，而且在事业上获得如此成就，人还生得如此漂亮，这真是何等造化！戚润物被张同学的外甥说得一阵一阵脸红，一口口猛喝西瓜汁，脑子发热得迷迷糊糊的。戚润物与刘先生和张同学的外甥碰杯的时候，有人替他们拍照，闪光灯不住地照耀戚润物，她的眼睛就跟长了翅膀一样一下一下地飞翔。戚润物的感觉更加好了起来，不再那么局促不安，于是心里就自己劝自己要入乡随俗一些，不要扫大家的兴。这样，戚润物暂时隐藏了自己的情绪，与大家七嘴八舌地聊起天来。记者有许多官场秘闻，讲一段，有一段民谣作为总结，比如说跑官的诀窍就是这么说：不跑不送，降职使用；光跑不送，原地不动；又跑又送，提拔重用。现在中国盛产民谣，诸如此类的民谣多得数不胜数，在戚润物听来，却也还是很新鲜有趣，便学着说，强行地记忆。刘总和李总，与戚润物聊的都是戚润物的专业问题，这使戚润物异常兴奋，她有问必答，倾其才情，谈得神采飞扬，十分深入。在混乱的谈话之中，刘先生还插空请戚润物签了字，题了词什么的。艾月伺候宣纸笔墨，伺候戚润物的吃吃喝喝。艾月专门给戚润物布菜，特意为她一个人介绍哪是日本北海道的三文鱼刺身，哪是南太平洋的龙虾刺身，扇贝怎么吃味道鲜美，而生吃海参又该怎么吃才味道鲜美，海螺的哪一截是泥肠不要吃，有蟹黄的母蟹才好吃，应该如何辨别蟹的公母。吃到后来，戚润物甚至有一点得意了。这个晚上的客人虽然很多，但是戚润物感觉自己特别受重视，受重视的感觉总是很好的，戚润物甚至为自己没有坚持自己的不安而感到了内疚。她内疚地想：人啊人，人的意志真是太薄弱了。

后来，刘先生他们终于去照顾别的客人了。张同学坐到了戚润物身边。两个老同学正式见面说话。两人互相望了望，都在猜测对方是否染了头发。但是大家都没有就头发的问题说什么，只是说：哎呀，老了老了，一晃人就老了。

戚润物刚进门的时候，他们握过一个手。握手的时候就彼此问过好了。都说好好。现在坐在了一起，细说起来，又都说不好了。都说自己身体不好，发胖了，有胃病，血脂高，早搏早跳，等等。都说要锻炼啊。都说工资低，养不活人了。都说单位效益不好，医疗费很困难了，子女很花钱了。说着说着，戚润物就觉得有一些没有意思了。两人说的也许都是真话，却给人以假话的感觉，不是十几年没有见面的同学要说的话。

戚润物说："你没有老。你现在是很发达的样子。"

张同学说："是吗？那就借你的吉言了。"

戚润物说："你做生意了吗？"

张同学说："谈不上吧。"

戚润物说："我看你像。"

张同学又打一个大哈哈。戚润物记得张同学以前是不会打这种哈哈的，现在好像已经成了习惯了。以前张同学与戚润物较量，十分认真，具体到考试解题的每一个步骤，现在却海阔天空，不着边际，没有任何具体的东西让你摸得着了。人的变化真是大！戚润物如果早就知道她从前的张同学已经不复存在，她来吃这顿庞杂的晚宴做什么！

戚润物问张同学："你们请我吃这饭是做什么？"

张同学说："看你问的！不做什么。我们十几年不见了，见一个面呀。我看不是吃得很高兴吗？"

戚润物忍不住她的不高兴了："你呀，变了！"

张同学说："我变了？也许是变了。在今天这个时代，你怎么能够不变？不过，我发现你倒是保持和发扬了某种天真和质朴的东西。"

戚润物说："算了。我们没有办法谈了，还不如和他们年轻人谈得有趣。但是你应该告诉我，他们到底为什么要请我吃这么豪华的晚宴。"

张同学说："到了现在你还来问我？"

戚润物说："我不问你问谁？是你请的我。"

张同学说："你看你，我说你天真你还更天真了，刚才不是把事情都办了吗？"

戚润物说："办了什么事情？"

张同学说："你是真不明白还是喝多了？小刘和我外甥想在国家的粮食储备设施方面投资，刚才已经请教过你了。"

戚润物"哦"了一声，晃了晃脑袋，如梦初醒，昏昏沉沉的，也不知为什么，她心里忽然不舒服起来。戚润物不想与张同学再说什么了。再说

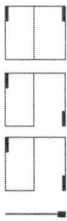

出口的话肯定太重了。她想说的是：你们在利用我！你们在欺骗我！但是这种话显然是不能够说的，说了就是一个很不懂事理的人了，因为人家并没有明确地构成利用和欺骗。现实生活中的情况总是比理论上来得复杂和微妙得多。戚润物一时间找不到合适的语言和表情。戚润物站了起来，前后左右四处打量，她的膀胱发胀了，她想上一个厕所。刘先生十分敏锐地注意到了戚润物的动态，他一看就知道戚润物想做什么事情，便将正在吃菜的艾月瞪了一眼。

艾月说："什么？"

刘先生严厉地说："什么！你说什么！"

艾月说："我刚刚坐下吃一口东西。"

刘先生人比较矮小，脾气倒不小，说发脾气就发了脾气，他立眉竖眼地呵斥道："让你来就是吃的？你还没有吃够？！"

众人忽儿静了下来，都看着艾月和刘先生。艾月将一根长长的椒盐虾须叼在红唇间，与刘先生对峙。张厅长出面了。他说："刘总，这就是你的不对了。我们是男人，无论如何也不能够让小姐当众难堪。"刘先生嘘了一口气，把眼睛低下了。艾月这才吐掉了虾须，走到戚润物身边。戚润物倒吓了一跳，说："找我？"

艾月说："我想陪您去一趟洗手间，好吗？"

戚润物说："好的。但是，很不好意思了。"

艾月说："没事。我没有不好意思的时候。"

戚润物与艾月离席。电视明星缨子小姐与服装模特苗小姐在她们的身后对刘先生提出了抗议，认为他太不尊重女性，太大男子主义了。刘先生的声音清晰地送达戚润物和艾月的耳边，他说："我什么时候没有尊重你们？她是什么人？她就是给我伺候人的！"

戚润物震惊，飞快看了艾月一眼。艾月吊儿郎当模样。出了美人捞，艾月回头啐了一口，说："我肏他妈和他妹妹！我肏！"

上罢厕所，戚润物洗手，艾月也洗手。戚润物左右开不了水龙头，艾月替她摁了一下，水出来了。戚润物说："谢谢。"艾月说："别客气。"艾月说话的时候语气有一点闷，戚润物发现艾月的脸很阴沉。戚润物觉得这事和自己有关，她说："艾月，我很抱歉。"

艾月说："您用不着抱歉，这杂种一贯拿我泄火。"

艾月说话这么坦率，戚润物也没有了许多顾忌，所以她问道："艾月，我想问你一个特别私人的问题，可以吗？"

艾月说："您尽管问好了。"

戚润物说："刘先生那么歧视地说你'她是什么人？'这是什么意思？"

"您真天真可爱。"艾月说，"简单明了地通俗地告诉您吧，我是他的妾。"

戚润物连忙说："对不起对不起！"

艾月笑了。艾月说："戚老师，您真的是非常可爱。我爱您。"

戚润物慌乱地支支吾吾了一番，她架不住现在的小姐直截了当地抒发个人感情。人家没有不好意思，她倒不好意思了。

戚润物、艾月两人站在镜子面前整理头发。艾月补妆，补完说："您带了口红吗？"

戚润物说："没有。"

艾月说："用我的吧。"

戚润物说："算了，吃饭总归是要吃掉口红的。"

艾月对这件事情却是非常认真的，她说："完全吃掉倒也无所谓，可它总是被弄残了，残了很难看。"

戚润物仔细一看自己的嘴唇，只剩下外圈是红的，内圈因此被对比得格外苍白，是比较难看，戚润物不好意思照镜子了。艾月拉住她说："难看就是难看，修补一下不就行了。"艾月用小拇指蘸了一些口红，给戚润物补上了唇妆。艾月半开玩笑地说："女人不能残。志残身也不能残。"然后她们俩在镜子望见了对方，都是有心事的样子。戚润物感到艾月其实是一个有思想、有个性的女孩子，很理想的一颗糖衣炮弹。她们沉默了一刻。戚润物在沉默中焦急地想：机不可失，时不再来。她一定要有勇气，千万不要错过这个机会。戚润物踌躇了一会儿，她决定主动出击。

戚润物说："艾月，我也很喜欢你，你非常聪明，完全可以依靠自己的劳动养活自己。你为什么要走这条路呢？"

艾月从镜子里看着戚润物，半贫嘴半真实地说："您知道吗？您的

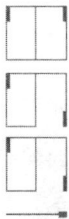

话像春风温暖了我的胸怀。好久好久没有人对我说这种正直的火辣辣的话了。戚老师，说来话就长了。长话短说吧，总之我必须要在青春的时候，在漂亮的时候享受最好的生活。我热爱生命。"

戚润物说："热爱生命就不能够出卖灵魂呀！"

艾月说："我没有出卖灵魂，我只出卖了肉体。"

戚润物痛心地说："艾月，不要这样糟蹋自己！宁为玉碎不为瓦全。"

艾月说："戚老师，二十世纪末了！生命如此短暂！应该是宁可碎瓦，不可碎玉了！"

戚润物做梦都没有想到，她会在二十世纪末的一天晚上，于一个海鲜城的洗手间里，与一个给大款做妾的小姐进行一场突如其来的推心置腹的直接对话。瞬间走进你的心，这种对话的方式本身就让戚润物非常激动。她的身体在战栗。她下意识地拒绝所有的人闯进这个公共的洗手间。她怕人打断她们。

戚润物说："艾月呀艾月，你这个姑娘好糊涂。"

艾月说："戚老师，不要和我争论了。我看您比我还糊涂，如果您的行为与您的理论是一致的话，恕我直言，您今晚就不会来了。他们也就是一顿饭和一个红包，您却倾其所有地为他们提供非常重要和非常珍贵的科研信息。我相信这也是您的灵魂吧？"

戚润物此时此刻真正梦醒。她这才知道现在人家请你吃晚饭不是那么单纯的，都在玩花样。这简直太侮辱她、太小看她了，她不是玩花样的人。她是一个真诚的人。

艾月看戚润物气呼呼的模样，粗声大气地笑了。她说："好了好了。这就是现在的世道。吃的就是心跳。不过您和我绝对不是一回事情。放心吧。"

有几个小姐进了洗手间。艾月说"我们回去吧"。戚润物就跟在艾月后面走了。在推开美人捞的房门之前，戚润物说："我还要见你。我有一件非常非常重要的事情和你商量。"艾月奇怪地看了戚润物一眼，戚润物说，"我会让你有丰厚的收入的。"艾月说："OK。"

后来戚润物反复回味自己的话：我会让你有丰厚的收入的。这种话她怎么说出了口？一个粮食储备研究所的副研究员，埋头做了半辈子学问的人。结果是她不仅说出了口并且机智地与艾月约定了下一个约会。这顿饭果真吃的就是心跳。

在吃罢晚饭赠送红包的时候，戚润物谢绝了刘先生的红包，提出一个别的要求。她说："我看艾月的发型非常漂亮，我希望艾月在武汉多待几天，陪我去做个发型，买一点衣服。"刘先生当场答应了戚润物的要求，说："这个太容易了，艾月留下就是。"艾月递上她的另一张名片，上面是她的手机号码和BP机号码。艾月说："戚老师，您随时呼我。"

夜深了，"海皇帝"海鲜城美人捞的晚宴终告结束。这个晚宴的结果是各取所需、皆大欢喜。这是当今比较典型和比较成功的一例晚宴。刘先生一行人的欢喜自不必说了，投资粮食储备设备的第一步开端良好，这意味着不久的将来金钱滚滚。像戚润物这样具有传统美德的知识分子，书生气十足，一顿晚饭就搞定，只要你捧着她，让她觉得自己是一个重要人物，你的咨询她就会创造性地回答。这顿饭钱算什么？何况同时还请了记者，宣传炒作的事情也就算办妥了。如果不请他们，电视台和报纸总归是要广告费、版面费的。明星与模特也就是买个机票，住个饭店用个车而已，吃不了几口东西花不了几个钱，带上她们是档次，她们的档次那就是与三陪小姐不一样，她们本身就有新闻效应，记者见她们如蝇逐血，知识分子也喜欢社会热点人物，这种晚宴没有几个美女怎么行？晚宴既罢，送走客人，刘先生等人的下一个节目就是去洗桑拿，按摩按摩，彻底地放松一下。做生意就是这么累人。

戚润物还是比较高兴的。尽管她有一点上当受骗的感觉，但是用她专业上一些资料换取一个艾月，这是非常值得的。她已经寻找这么一个女孩子寻找得很焦心了。这真是天可怜见，她踏破铁鞋无觅处，得来全不费功夫。

艾月也高兴，她遇上了戚润物。戚润物这个女人对她很感兴趣，与她很有缘分，好像有一扇神秘的门在向她开启，她酷爱新的挑战和机遇。

电视台与报社的记者当然没有什么不高兴的，他们是经常吃这种晚饭的。他们如果愿意，吃饭是完全不用花钱的。经商必须依靠媒体的宣传，这已成商品社会的定律之一。他们注定了要被人捧着求着。作为新闻媒体，由国家保证权威性和提供生产资料，自己又不需要付出，反正不宣传你就是宣传他，应该宣传的人多了，总要有所选择，当然是选择够朋友的人了。朋友让你免费地吃了喝了洗了桑拿还有一个六百元钱的红包，多懂事理。这不挺好吗，要不光靠工资怎么活人？再说，这种场合还经常可以搜罗到一些奇闻轶事，社会花絮，正好卖给眼下的许多报刊，稿费又是一块收入，足够经常带孩子去吃个麦当劳，不也很好？

两位小姐也是非常习惯和喜欢这种生活的，在天上飞，在地上跑，吃喝玩乐看风景，都不用自己费心和掏钱。也许是朋友在利用她们，可谁又能弄清她们不是在利用朋友呢？她们的名气不也是靠不断地出头露面而赢得和扩大吗？

海鲜城的老板当然也很高兴了。话说顾客就是上帝，像这种一来就成千上万消费的主儿那就是他的上帝。

美人捞的小姐就更高兴了，游个泳，就能够得到几百块钱的小费，这是多么惬意的事情。回家洗了澡，躺在床上数小费，脑子里便有高级时装店和化妆品店在过电影，数小费是绝对愉快的事情。一个人在哪里游泳不是游泳？在哪里游泳又可以杜绝男人的目光？一般游泳还要收你的费用，一般男人看了你也不会给小费。所以可以肯定的是这是一份很好的工作，本小姐一定要好好干下去。

9.要想认识你却很是不容易

在一个没有什么特点的、排列在无数日子里的一天，戚润物把艾月请到了自己家里。

这是一个雨天，李开玲从阳台上看见了远远移动过来的两把伞，一把深蓝，一把浅绿。浅绿色的伞面下露出的是一双抛光的黑色牛皮鞋，李开玲一看就知道这是一双昂贵的新款的皮鞋，在白领小姐中正流行，这一定是艾月了。只有艾月们才满不在乎地穿着这种皮鞋蹚水。李开玲也有一双昂贵的皮鞋，她一般都是擦好了鞋油，放在鞋盒里，再放在鞋柜里，在大好的天气里，出一趟重要的门，才穿这双皮鞋。李开玲认为自己不是吝啬，李开玲认为没有必要，李开玲认为平时就穿一般的鞋很舒服。李开玲还认为舒服与漂亮有时候无法统一，正如形式与内容，在这种时候，人就得有自己的主观能动性，或者取漂亮或者取舒服，鱼和熊掌不能兼得。在王自力的问题上，戚润物的头脑发热了，想兼得鱼和熊掌，异想天开地起用艾月，李开玲觉得这就有点接近胡闹了。如果是她，她就不会这么做。她的做法是自强自立，保持和发扬一个女人的全部优点，让那个男人后悔一辈子吧。当然，让男人后悔的同时女人也是很苦的了，要让他后悔一辈子你就得苦一辈子，孤独的玫瑰静悄悄地开，血一样残酷的寂寞会渗透你生命的每一分钟。在这个雨天里，李开玲倚着阳台等候着戚润物和艾月。艾月闪动着漆光的皮鞋尖撩动了李开玲的遐思：难道生命对于女人不也是一次吗？也许不该那么苦自己，也许有另一种活法呢？李开玲看着戚润物和艾月一步步地走来，她忽然有了一种期待的心情，或许她们是对的？

艾月来了。浅绿色果然是她。艾月进门就仔细打量了李开玲一番，赞叹说："哇，好古典的小姐！"

李开玲说："什么小姐，老太婆了。"

李开玲在餐桌上铺了一块洁净的方格子桌布，茶具上流动着瓷器温润的光泽。李开玲请艾月坐下喝茶。艾月喝茶，戚润物、李开玲笑盈盈地看着她。她的青春，她的美貌，她的气息，她的顽皮，她的袅娜，她那一些儿的嗲，她那一点点不由自主的以小卖小，搅动和激活了戚润物、李开玲曾经经过的岁月和记忆。经过的时候远没有回味的时候懂得欣赏。在细雨淅沥的午后，端一杯茶，与往事干杯——非常好——这就是人生幸福时刻的一种。

艾月说："我好喜欢这样喝茶！这是多么温馨啊！"无须过程，没有客套，艾月越过许多世俗的障碍直接逼近了戚润物和李开玲。像一只敏捷的小鹿，这非常好。艾月说："这种情调才像一个家呢，我有好久好久没有自己的家了。"她说："我喜欢你们。你们知道吗？你们是很好很好的人，你们知道吗？我在梦中曾经千百次与你们相遇，就像遇见我的妈妈和姐姐。"她说："今天与你们在一起，我不知道有多么开心。我想说爱你们又怕吓坏了你们。"艾月的唇鲜润如花蕾，说一说，停一停，牙齿的贝光在鲜润的唇里面一躲一闪。她的手指习惯性地缠绕着耳后的发丝，她的发丝丰盈如漫天细雨。当女人能够感觉到另一个女人的美丽并且能够欣赏这美丽的时候，她们的心将自然贴近与靠拢，她们必定是密友。年龄的差距，身份的差距，社会地位与经济实力的差距以及所有现实中存在的差距都不存在了。浪漫是女人的骨髓。只要到了某一火候，女人就糊涂了，就

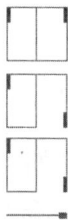

超越了，就傻了，就成仙了。

艾月的到来使戚润物的家里充溢着仙气。她们开始使用一种新的语言和语气。所有的线条在纷纷地清晰着和缩短着：心与心，身与身，物质与物质，世界与世界。戚润物用目光与李开玲交流着自己的得意。李开玲的眼睛开朗如蓝天。她感觉她的期待在向她走来。戚润物悲惨的故事在这里又一次地徐徐展开。她以为往事不堪回首，却不料不堪的往事与新的气氛竟然十分协调。

戚润物的故事不是平铺直叙地讲下去的，艾月不时地打断戚润物，插进自己的意见。她说："我肏！"她说："我肏他妈和他妹妹！"她说："他妈个×，真贱！"她说："你们家厨房里有刀呀，那还不趁热剁了这对狗男女！"艾月使戚润物的故事变得一唱三叹，有声有色。

李开玲的提问是过去向未来的提问，她说："这么说来，现在没有好男人了？"

艾月回答她："没有。现在没有。尤其是在九十年代暴富起来的四十岁左右和以上的男人这一群体中，没有！他们个个贪财贪色，跟饿狼似的。他们都觉得自己的青春虚度了，拼着命要讨回来。完全是不要命了，理智彻底丧失。你们家王自力呢？是九十年代暴富的吧？"

戚润物老实地说："我不知道他是不是暴富了，但他的确是一九九一年去做公司的。"

李开玲说："我看王总是有钱的，但我没有想到他会让家里这么简单清贫。"

戚润物说："是我喜欢这样，我没有提什么要求。"

艾月大笑了，她说："别价。求求你们清醒一点儿。就是您提出什么要求，王自力也绝不会答应。他们一定是要装出清正廉洁的样子来的，他们的老婆基本是不用的，他们的爱人之心已经彻底湮灭，他们此生此世的目的就是享受。他们的钱都深藏在他们的保险柜里或者存在境外银行里，数目大得惊人。我太了解他们了。"

戚润物呆呆地望着艾月。李开玲也呆呆地望着艾月。她们知道艾月说得不错，她们也曾看过许多的报道。但是艾月面对面的锋利还是划破了她们少女时代遗留下来的理想。那理想虽然从来没有在她们的现实生活中出现过，可它总在她们的头顶上方悬挂着，影响着她们的视线，以至于她们商量好久也没能拿出一个具体的办法对付王自力。

艾月说:"很简单,做他一把,让他回到七十年代的老家去,甚至比从前还要穷困,没有权力也没有金钱。现在的男人,没有了权力和金钱就完蛋了。"

戚润物想起了在大将军饭店与王自力的谈话。王自力就是这么说的。权力与金钱是现在男人的根本。看来王自力果真早就离开戚润物了。他们必须离婚了。王自力非常迫切地要求离婚。已经又打过好几次电话了,让戚润物提出离婚的条件。戚润物能够提出什么条件?且不说她不知道王自力有多少钱,就是让她提出钱的问题和数目她都感到羞耻,她成什么了?商品?

艾月几句话就解决了问题。她说:"首先,在今天这个社会里,大家都是商品。这是客观事实。我以为商品并不让人感到羞耻。其次,王自力他有没有搞错?应该是他首先给条件,结婚证是一纸契约,是合同,他要撕毁就必须承担损失,付出代价。"

戚润物对李开玲说:"看,她说得多么精辟。"

李开玲点头微笑,她感叹道:"时代不一样就是不一样了!"

在这个让人记不住日子的雨天里,艾月直接进入了戚润物的家庭。她走遍了戚润物这个两居室的每一个角落,划痕累累的墙壁,窗台上积年的灰尘,疲惫不堪的扫把和无精打采的蛛网,还有戚润物多年的旧自行车,衣柜里陈年的衣服,床底下磨掉了后跟的鞋。这一切都使艾月深受触动,倍感心酸,这就是女人的未来!即便是李开玲在奋力打扫和维护,也不敌岁月的吞噬,这就是女人的未来!即便是戚润物这么一个人物,国内贸易部国家物资储备局设计院粮食储备研究所的副研究员,能够和国家领导人合影的专家,也就是这样的现在和未来。这种日子分分秒秒都在被污垢所淹没,与谁合影都挽救不了命运。在这里女人升腾不起来,衰老得很快,爱情必将成为笑话。不是笑话吗?谁爱你这么一个女人?女人是一种水做的物质,她要滋润、光鲜、饱满,她要无污染、无噪音、无暴晒,她要与宇宙同大的空间,因为她是曲线,要逶迤而去,要摇曳而来,她要奔流和跌宕。她是大地,她需要天,她是苔藓和所有的植物,她需要雨露和充足的阳光。女人所需并非金钱!金钱太狭隘太有限并且总在散发臭气。但

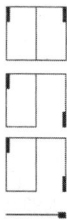

是，男人的准则是金钱。所以，你必须首先重视金钱然后升腾自己，让一切都是新的，你们明白吗？亲爱的。

艾月最后停留在了王壮身边。王壮的头颅有十五岁那么大，身子却只有三四岁的幼儿那么小，他的鼻梁凹了进去，额头凸了出来，非常丑陋。可是他的眼睛是沉静和明白的，看你看得你心碎。这是一个极其痛苦的生命，是做母亲的人永远永远的创口和疼痛。艾月抚摸着王壮，跪了下来，泪如泉涌。在这种时刻，艾月密封不了自己的秘密了。原来她也是母亲。她有一个没有父亲的私生儿子，一个三岁的漂亮小男孩，名叫贝比，一直寄养在四川偏僻的乡村。艾月破涕痛哭。艾月在这里找到了破涕痛哭的地方。艾月紧紧地抱着王壮，亲吻着孩子，叫道："我要我的贝比！我的贝比！贝比！贝比！"

李开玲将艾月揽在了怀里，戚润物也挨了过来。三个瑟瑟发抖的女人都哭了。为了孩子，为了怀孕与生育那段共同的女人经历，那疼痛，那憔悴，那隆起又塌陷的乳房，她们哭了，她们不用语言了，她们有自己的密码。她们凭借这密码便紧紧地相聚在一起了。

王壮患的是地中海贫血症。这是一种遗传性疾病。王自力的曾祖父有一个患此病的兄弟。戚润物从来都没有想到的一个问题被艾月犀利地指了出来。艾月说："那王自力就更不是人了！首先他就不应该生育！既然生育了这样的孩子，他就不该抛弃他，他没有权利离开这个孩子，没有权利与孩子的母亲离婚。戚老师，这是一种特殊的情况，他作了孽，他就必须为孩子奉献一切，要对孩子一生的幸福负责。王自力连这一点都不懂，太畜生了！那么，咱们要求的赔偿价格就不应该是一般的价格了。"

李开玲说："法律上有这种条款吗？"

艾月说："法律是人定的。苍天在上，创造、背叛和遗弃王壮这样的孩子天理不容！"

李开玲说："是啊，戚老师必须要向他讨一个说法。"

艾月说："讨什么说法？不要说法，要让他从此下课。"

戚润物说："对，这就对了。要想王自力这种人悔过自新就必须让他彻底丧失他现在的权力和金钱。"

艾月说:"正点!"

在中国的改革开放进行到二十世纪九十年代末期的一天,在一个有雨的日子里,三个不同年龄段的女性在这个历史时刻不期而遇。她们谈了很多很多,多得无法计量,谈得很深很深,深得无法测量。女人是感性的,她们的谈话也许没有什么道理,也许毫无道理,一如没有经纬的地球,真实和精辟得接近了原初。这一天晚上,艾月当然就没有回到饭店去。她住在了戚润物的家里。晚上她们躺在床上,仰望着没有星星的夜空,继续着她们的探讨。日出日落,花开花谢,那是自然景观,不再是她们的时间。

女人原本是不认识女人的,逐渐逐渐地,她们认识了自己。认识自己其实是最不容易的。李开玲花了五十年的时间,戚润物花了四十五年,艾月的代价是青春与爱情。她们认识了女人,她们成了密友。艾月的贝比将被接到武汉,进入戚润物的家庭。李开玲非常得意自己老来得子。艾月要求李开玲送贝比去青少年官学习踢足球。她希望贝比是中国未来的罗纳尔多。既然现在的中国没有好男人,那就让她们来培养。戚润物虽然没有见过贝比,但是她对贝比将来踢进世界杯是有信心的。李开玲不懂足球,但公司的许多小姐都看球,都很想爱哪个球星,伤心的是她们无人可爱。

一个新的早上,戚润物、李开玲、艾月三个人坐在一起吃早餐,吃着吃着,她们互相瞅瞅,忽然地笑了。

李开玲和戚润物对艾月说:"看你的了。"

艾月用勺子敲着玻璃杯,踌躇满志地说:"真好玩。咱绝对是绩优股,你们就等着瞧吧。"

她们又笑了。

10.故事很古老但一再从头开始

黑的夜亮了。在这五彩斑斓的亮夜里,艾月一步一步走近了王自力。艾月一袭黑装,无限风情,眼含凄楚,在经过王自力身边的时候被他的脚绊了一下。王自力见是一妙龄女郎,便赶紧扶住艾月的胳膊,说:"对不起!"

艾月同时也扶住了王自力的胳膊,定定地说:"应该是我说对不起。"艾月说得一字一顿，这是她酝酿了千百次的话，说出来已经很成熟，带着浓厚的酒香，味道里传达出多种可能性。王自力感到了意外的惊喜。在他的向往中，男女一见钟情的第一句话就应该是这么说的：眼睛定定地望着对方，话是一字一句地吐，传达的是多种可能性。王自力顿时就有被熏醉的感觉，愉快的眩晕笼罩了他。

王自力放不开艾月的胳膊了。他对她说："我请你跳一个舞好吗？"

艾月是一个冷面佳人，她冷幽幽地说："谢谢。"

音乐起，歌声响，王自力与艾月双双步入舞池，一场人生故事徐徐拉开帷幕。这真是上下五千年，往来多少事啊！

话说光阴似箭，日月如梭，转眼就是1998年的春天了。在这个春天的某一天，一家发行量巨大的晚报上刊登了这么一则半文半白的报道，大意这么写的：哗，拍案惊奇！中国当下的婚姻关系进入前所未有的动荡阶段，小姐终于敢对先生说"不"，五千年封建男权意识受到巨大挑战。话说有一位知识女性甲，无意中撞见丈夫与他人的奸情，一气之下，当即要求离婚。其夫正是年富力强的好年华，做着一家大公司老总，腰缠万贯，美女如云，对于离婚正求之不得。但是事情并没有顺利发展。甲的生活中意外出现乙，乙系一生深受感情所伤害之女性。甲乙聚会，交流心得，更激起对不检点男性的愤慨，遂合谋要向甲夫讨个说法。其间节外又生枝，甲偶尔又与青春靓女丙结识。丙为九十年代小姐，深懂自身价值。结识甲的时候，正巧嫌栖身之大款出手不够大方，渴望寻找新的发展。甲突发奇想，想收买丙为一糖衣炮弹击毁其夫。甲丙一拍即合。于是甲乙丙三女性密谋于暗室，策划阴谋。之后，丙出面勾引甲夫，甲夫被惑，不能自拔，不日就替丙购豪宅购好车，以求与之长期欢聚。这边厢，甲对离婚以巨款赔偿相挟。对峙一段时间，甲夫坚持不住，只好忍痛付款，了结婚姻。有趣的是，正当甲夫怀揣离婚证书兴冲冲地与丙相会，不料丙已离去，不仅豪宅好车系她产权，且所有现款以及家私一并被卷走。与此同时，甲夫所作所为以及公司经营中种种经济问题由一台多点式传真机把材料传到各级纪检部门以及各级检察院。顷刻间，甲夫一贫如洗，身陷无比狼狈凄惨之境。而后来的故事更其精彩，据说在甲乙鼎力相助之下，丙成功地飞到境外，在某小国家做服装公司，甲乙皆为公司股东。不日甲乙业已搬迁宽敞新居，心情愉快，面貌一新。一日，甲乙的新居里出现了一个活泼的小男孩。乙每周送他去青少年宫踢足球。男孩子球感极好，万分可爱。据说原来是丙之私生子。故事越传越奇，大有演绎附会之可能，不可全信。但也不可不信，因为笔者曾经亲睹丙之风采，对其他当事人也不陌生。因考虑到社会影响，当事人的真实姓名就一概隐去。总而言之，当今之世，中国女性意识觉醒迅猛，中国男性当好自为之。

这篇报道的题目是《小姐说"不"，男士当心》，署名为：九九归一九。这自然是笔名了。不过圈内还是有人知道这个九九归一九就是《神州风》报社的孙记者。孙记者经常编一些奇闻轶事赚稿费这在行内已经不是什么秘密，所以并没有人把他的文章当真。但是，这一次他编得不是太假。现在生活中有许多事情，凭他孙记者怎么想象，也想象不出来。在孙记者以及一般人眼里，戚润物她们的故事也就是以上的小报故事而已。不过，小报故事永远是小报故事，与戚润物她们的生活无关。

原载《收获》1998年第4期

点评

《小姐你早》其实就是三个性格各异的女性合力突围，共同成功复仇的故事。鲁迅当年认为，娜拉走后不是堕落就是回来。在世纪之交的中国社会，池莉告诉我们娜拉出走后，可以实现突围。尽管有论者认为这篇小说过于理想化，女性主义思想过于极端，将两性置放于绝对的对立位置，但其实这是池莉的一种策略，这样处理的目的在于救赎。《小姐你早》不再满足于撕扯开女性在遭遇到背叛后的伤痕给人看，也不再执着于揭发男人们道德的败坏继而批判。池莉要达到的是借小说，借这三个性格各异的女人共同的突围对男权中心进行反抗，女性不仅可以说"不"，更可以在说了"不"之后建构属于自己的独立精神和物质家园。写出了都市新女性逐渐的意识觉醒，并进一步寻求经济和人格独立的鲜明时代主题。

三位女性代表着新都市时代不同类型的女性：戚润物，具有高

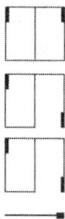

学历的知识分子，事业有成却对生活不甚上心且观念落伍；李开玲具有古典气质和美德，且自视甚高，是新时代的古典怨妇形象，自诩具有善解人意的"美德"；艾月是新都市时代滋养下的新新人类，年轻貌美、思想大胆开放，深谙消费主义时代的运行准则。她们三人都曾遭到男性的伤害，背叛戚润物的那位暴富丈夫将这三人联结在了一起，共同策划并上演了精彩的复仇大戏。这篇小说是池莉书写的女性反抗史诗，正如艾月所说"女人所需并非金钱！金钱太狭隘太有限并且总在散发臭气。但是，男人的准则是金钱。所以，你必须首先重视金钱然后升腾自己，让一切都是新的，你们明白吗？亲爱的"。女性的反抗不仅仅在于对于男权的反抗，更在于自我升华、自我救赎。不仅如此，小说更是毫不留情批判了男权中心主义的猖獗，揭露了金钱原则至上的社会准则所带来的丑陋现实。

池莉在这篇小说中运用了大量的叙事干预，通过叙事者或者人物进行干预式评论。在谈论到到底有没有好男人的时候，艾月斩钉截铁地说"没有。现在没有。尤其是在九十年代暴富起来的四十岁左右和以上的男人这一群体中，没有！他们个个贪财贪色，跟饿狼似的。他们都觉得自己的青春虚度了，拼着命要讨回来。完全是不要命了，理智彻底丧失"。在吃早餐的时候，谈到食品安全问题，李开玲说："现在的人为了钱，什么假冒伪劣商品都弄，但是我们还是得生活。我们得尽量选择优质商品。我们的早餐还是应该保持营养。女人还是应该每天喝一杯牛奶。社会主义初级阶段，资本原始积累时期，大概就是会这么乱一阵，关键是我们自己要珍惜自己。"在故事的最后叙述者甚至自己跳出来了，直接发表意见道："故事越传越奇，大有演绎附会之可能，不可全信。但也不可不信，因为笔者曾经亲睹丙之风采，对其他当事人也不陌生。因考虑到社会影响，当事人的真实姓名就一概隐去。总而言之，当今之世，中国女性意识觉醒迅猛，中国男性当好自为之。"这些评论干预或许会有略显生硬之嫌，但这些评论干预无处不透露着小说的价值判断以及强烈的情感指向，一步步引导读者走进小说所要表达的思量立场和价值取向之中。叙述者强烈主体意识的呈现也使得小说更具说服力，和读者之间更能形成互动和情感共鸣。池莉的这篇小说从书写普通人细碎的现实人生中跨出一步来，不再满足于"写实"，更加关注于新的社会形势下，女性意识的觉醒和女性命运，以及物欲急速膨胀带来的社会畸形等重大问题。

（朱旭）

牛 /

莫 言

一

那时候我是个少年。

那时候我是村里调皮捣蛋的少年。

那时候我也是村里最让人讨厌的少年。

这样的少年最令人讨厌的就是他意识不到别人对他的讨厌。他总是哪里热闹就往哪里钻。不管是什么人说什么话他都想伸过耳朵去听听；不管听懂听不懂他都要插嘴。听到了一句什么话，或是看到了一件什么事，他便飞跑着到处宣传。碰到大人他跟大人说，碰到小孩他跟小孩子说；大人小孩都碰不到他就自言自语，好像把一句话憋在肚子里就要爆炸似的。他总是错以为别人都很喜欢自己，为了讨得别人的欢心他可以干出许多荒唐事。

譬如说那天中午，村子里的一群闲人坐在池塘边柳树下打扑克，我便凑了上去。

为了引起他们的注意，我像猫一样蹿到柳树上，坐在树丫里学布谷鸟的叫声，学了半天也没人理我。我感到无趣，便居高临下地观看牌局。看了一会儿我的嘴就痒了起来。我喊叫："张三抓了一张大王！"张三仰起脸来骂道："罗汉，你找死吗？"

李四抓了一张小王我也忍不住地喊叫："李四手里有一张小王！"李四说："你嘴要痒痒就放在树皮上蹭蹭！"我在树上喋喋不休。树下的人们很快就恼怒了。他们七嘴八舌地骂我。我在柳树上与他们对骂。他们终

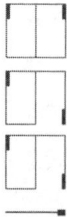

于忍无可忍了，停止打牌，纷纷地去四下里找来砖头瓦块，前前后后地站成一条散兵线，对着树上发起攻击。起初我还以为他们是跟我闹着玩儿呢，但一块断砖砸在我头上。我的脑袋"嗡"的一声响，眼前冒出许多金星星，幸亏双手搂住了树杈才没掉下去。我这才明白他们不是跟我开玩笑。为了躲避打击，我往树的顶梢蹿去。我把树梢蹿冒了，伴着一根枯树枝坠落在池塘里，弄得水花四溅，响声很大。闲人们大笑。能让他们笑我感到很高兴，他们笑了就说明他们已经不恨我了。尽管头上鼓起了血包、身上沾满了污泥。当我像个泥猴子似的从池塘里爬上来时，模模糊糊地意识到：其实我是故意地将柳树梢蹿冒了。为了引起他们的注意，为了赢得他们的笑声，为了让他们高兴。我的头有一点痛，似乎有几只小虫子从脸上热乎乎地爬下来。闲人们看着我。我也看着他们。

我看到他们脸上露出了一些惊讶的神色。当我将摇摇晃晃的身体靠在柳树干上时，其中一个闲人大叫："不好，这小子要死！"闲人们愣了一下，发一声喊，风一样地散去了。我感到无趣极了，背靠着柳树，迷迷糊糊地很快就睡着了。

等我醒过来时，柳树下又聚集了一群人。我本家的一个担任生产队长的麻脸的叔叔将我从树下提拎起来。"罗汉，"他喊叫着我的乳名，说，"你在这里干什么？头怎么破了？瞧瞧你这副模样，真是美丽极了！你娘刚才还扯破嗓子的满世界喊你，你却在这里鬼混，滚吧，滚回家去吧！"

站在耀眼的阳光下，我感到头有点晕。听到麻叔对我说："把身上的泥、头上的血洗洗！"我听了麻叔的话，蹲在池塘边上，撩着水，将自己胡乱洗了几下子。冷水浸湿了头上的伤口，有点痛的意思，但并不严重。这时，我看到生产队里的饲养员杜大爷牵着三头牛走过来了。我听到杜大爷咋咋呼呼地对牛说："走啊，走，怕也不行，丑媳妇脱不了见公婆！"

三头牛都没扎鼻环，在阳光下仰着头，与杜大爷较劲。这三头牛都是我的朋友，去冬今春饲草紧张时，我与杜大爷去冰天雪地里放过它们。它们与其他本地牛一样，跟着那头蒙古牛学会了用蹄子刨开雪找草吃的本领。那时候它们还很小。没想到过了一个冬天它们就长成了半大牛。三头牛都是公牛。那两头米黄身体白色嘴巴的鲁西牛长得一模一样。好像一对傻乎乎的孪生兄弟。那头火红色的小公牛有两道脊梁骨，是那头尾巴弯曲的蒙古母牛下的犊子，我给它起了个名字叫双脊。双脊比较流氓，去年冬天我们放牧时，它动不动就往母牛背上跳。杜大爷瞧不起它，认为它跳也是白跳，但很快杜大爷就发现这家伙已经能够造孽了，急忙用绳子将它的两条前腿挂起来，拴起来也没挡住它跳到母牛背上，包括跳到生它的蒙古母牛背上。杜大爷曾说过："骡马比君子，牛羊日它娘。"

"老杜，你能不能快点？"麻叔大声吆喝着，"磨磨蹭蹭，让老董同志在这里干等着？"

蹲在小季家山墙下的老董同志抽着烟卷说："没事没事，不急不急！"

老董同志是公社兽医站的兽医，大个子，黑脸，青嘴唇，眍眼窝，戴一副黑边眼镜，腰有点虾米。他烟瘾很重，一支接一支地抽，不停地咳嗽，不停地吐痰。他的右手食指和中指被烟熏得焦黄，一看就知道是老烟枪。他夹烟的姿势十分好看，像唱戏的女人做出的那种兰花指。我长大后夹烟的姿势就是模仿了老董同志。

麻叔冲到牛后，打了两个鲁西牛各一拳，踢了双脊一脚。它们往前蹿了几步，就到了柳树下。

杜大爷被牛缰绳拖得趔趔趄趄，嘴里嘟哝着："这是怎么个说法，这是干什么吃的……"

麻叔训他："你嘀咕个什么劲！早就让你把牛牵来等着！"

老董同志站起来说："不急不急，也就是几分钟的活儿。"

"几分钟的活儿？您是说捶三头牛只要几分钟？"老杜摇摇他的秃头，瞪着眼问，"老董同志，俺见过捶牛的！"

老董同志嘴里叼着烟，跑到柳树后边，对着池塘撒尿。水声停止后他转出来，劈开着两条腿，系好裤扣子，搓搓手，眯缝着眼睛问："您啥时见过捶牛的？"

杜大爷说："解放前，那时候都是捶，先用一根油麻绳将蛋子根儿紧紧地扎了，让血脉不流通，再用一根油汪汪的檀木棒槌，垫在捶布石上，轻轻地捶，一直将蛋子儿捶化了，捶一头牛就要一上午，捶得那些牛直翻白眼，哞哞的叫。"

老董同志将烟屁股啐出去，轻蔑地说："那种野蛮的方法，早就被我们淘汰了；旧社会，人受罪，牛也受罪！"

麻叔说："对嘛，新社会，人享福，牛也享福！"

杜大爷低声道："旧社会没听说骗人的蛋子，新社会……"

麻叔说："老杜，你要是活够了，就回家找根麻绳子上吊，别在这里胡说！"

杜大爷翻着疤瘌眼道："我说啥了？我什么也没说……"

老董同志抬起腕子看看手表，说："开始，老管，你给我掐着表，看看每头牛平均用几分钟。"

老董同志将手表指下来递给麻叔，然后挽起衣袖、紧紧腰带。他从上衣兜里摸出一柄亮晶晶的小刀子。小刀子是柳叶形状，在阳光下闪烁。然后他从裤兜里摸出一个着红色的小瓶子，拧开盖子，夹出一块碘酒棉球，擦擦小刀和手指。他将用过的棉球随手扔在地上。棉球随即被看热闹的吴七抢去擦他腿上的疥疮。

老董同志说："老管，开始吧！"

麻叔将老董同志的手表放在耳朵边上，歪着头听动静。他的脸上神情庄严。我跑到他面前，跳了一个高，给他一个猝不及防，将那块手表夺过来，嘴里喊着："让我也听听！"

我刚把手表放到耳边，还没来得及听到什么，手腕子就被麻叔攥住了。麻叔将手表夺回去，顺手在我的头上扇了一巴掌。"你这熊孩子怎么能这样呢？"麻叔恼怒地骂道："你怎么这么招人烦呢？"骂着，他又赏给我一巴掌。虽然挨了两巴掌，但我的心里还是很满足。我毕竟摸到了老董同志的手表，我不但摸到了老董同志的手表，而且还将老董同志的手表放到了耳朵上听了听，几乎就算听到了手表的声音。

老董同志让杜大爷将手里的三头牛交出两条让看热闹的人牵着。杜大爷交出双脊和大鲁西，只牵着小鲁西。老董同志撇着外县口音说："好，你不要管我。只管牵着牛往前走。"

杜大爷就牵着牛往前走，嘴里嘟嘟哝哝，听不清他了些什么。

老董同志对麻叔说："老管哪，你看到我一弯腰就开始计时，我不弯腰你不要计时。"

麻叔有点不好意思地说："老董同志，实不相瞒，这玩意儿我还真有点不会看。"老董同志只好跑过去教麻叔看表计时，我只听到他对麻叔说："你就数这红头小细针转的圈数吧，转一圈是一分钟。"

这时杜大爷牵着小鲁西转回来了。

老董同志说："转回去，你只管牵着牛往前走，我不让你回头你不要回头。"

杜大爷说："回头溅你一脸血！"

这时阳光很是明亮，牛的皮毛上仿佛涂着一层油。杜大爷在牛前把缰绳抻得直直的，想让小鲁西快点走，但不知为什么小鲁西却不愿走。它仰着头，身体往后打着坐。其实它应该快走，它的危险不在前面而是在后面。老董同志尾在牛后，跟着向前走了几步。我们跟老董同志拉开了三五米的距离，都目不转睛地盯着他的背。

我们听到他急促地说了一句："老管，开始！"然后我们就看到，老董同志弯下了他的虾米腰。他的后脑勺子与小鲁西的脊梁成了一个平面。他的双手伸进了小鲁西的两条后腿之间。我们看不清楚他的双手在牛的两条后腿之间干什么；但我们都知道他的双手在牛的两条后腿之间干什么。我们只看到与老董同志的后脑勺子成了一个平面的小鲁西的脊梁扭动着，但我们弄不明白小鲁西为什么不往前蹿几步。我们还听到小鲁西发出沉重的喘息声，但我们弄不明白小鲁西为什么不尥蹶子将老董同志打翻。说时迟那时快老董同志已经直起了腰。一个灰白色的牛蛋子躺在滚烫的浮土上抽搐着，另一个牛蛋子托在他的手掌里。他嘴里叼着那柄柳叶刀，用很重的鼻音说："老管，好了！"

"三圈不到，"麻叔说，"就算三圈吧！"

麻叔一直定睛看表，没看到老董同志和小鲁西的精彩表演，他嚷起来："怎么，这就完了吗？"他随即看到了地上和老董同志手中的牛蛋子，惊叹道："我的天，三分钟不到您就阉了一头牛！老董同志您简直就是牛魔王！"

杜大爷转到牛后，看到小鲁西后腿之间那个空空荡荡的、滴着血珠的皮囊，终于挑出了毛病："老董同志，你应该给我们缝起来！"

老董同志说："如果你愿意缝起来，我马上就给您缝起来。不过，根据我多年的经验，缝起来不如不缝起来。"

麻叔嚷道："老杜，你胡嚷什么你，人家老董同志是兽医大学毕业的，这大半辈子研究的就是这点事，说句难听的话，老董同志骗出的蛋子

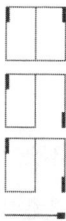

儿比你吃过的窝窝头还要多……"

"老管呀，你太喜欢夸张了！您是一片'燕山雪花大如席'！"老董同志说着，用一根血手指将眼镜往上戳了戳，然后很仔细地将地下的那个牛蛋子捡起来，然后他将两个牛蛋子放到柳树下边凸出的根上，然后他说："老杜，牵条过来。"

杜大爷将小鲁西交到一个看热闹的人手里，从另一个看热闹的人手里将大鲁西牵过来。杜大爷眼巴巴地看着老董同志，老董同志扬了一下下巴，示意他牵着大鲁西往前走。杜大爷就牵着大鲁西往前走。大鲁西与小鲁西一样不愿意往前走。我心里替它着急，大鲁西，你为什么不往前跑呢？你难道看不到小鲁西的下场吗？老董同志一声不吭就弯下了腰。麻叔也不看表了，直着眼盯着老董同志看，我们脚步不由自主地都跟着老董同志往前走。我们看到一个灰白的牛蛋子落在了滚烫的浮土上抽搐。我们紧接着看到老董同志手里托着一个牛蛋子、嘴里叼着那柄柳叶刀站直了腰。我们听到麻叔拍着大腿说："老董，我服了你了！我他妈的口服心服全部地服了你了！您这一手胜过了孙猴子的叶底偷桃！"

老董同志将大鲁西的两个蛋子拿到柳树下与小鲁西的两个蛋子放在一起，回转身，用血手指将黑边眼镜往上戳了戳，然后扬扬下巴，示意杜大爷将双脊牵过来。

杜大爷可怜巴巴地看看麻叔，说："队长，不留个种了？"

麻叔说："留啥种？我千叮咛万嘱咐，让你们看住它，可你们干了些什么？只怕母牛的肚子里都怀上这个杂种的犊子了！"

老董同志将柳叶刀吐出来，吃惊地问："怎么？这头牛与母牛交配过？"

我急忙插嘴道："我们队里的十三头母牛都被它配了，连它的妈都被它配了！"

杜大爷训我道："你一个屁大的孩子，插啥嘴？你知道母牛从哪个眼里撒尿？"

我说："我亲眼看到它把队里的母牛全都配了。这事只有我有发言权。杜大爷只看到双脊配它的妈。他以为给它把前腿拴起来就没事了。所以他让我看着牛他自己蒙着羊皮袄躺在沟崖上晒着太阳睡大觉。热闹景儿全被我看到了。大鲁西和小鲁西也想弄景，但它们的"小鸡鸡"像一根红辣椒。它们往母牛背上跳，母牛就回头顶它们。双脊可就不一样了，它装作低头吃草，慢慢地往母牛身边靠，看看差不多了，它轰地就立起来，趴在了母牛背上，我用鞭杆子戳它的屁股它都不下来……"

我正说得得意，就听到麻叔怒吼了一声，好像平地起了一个雷。

我打了一个哆嗦，看到麻叔的麻脸泛青，小眼睛里射出的光像锥子一样扎着我。

"我们老管家几辈子积德行善，怎么还能出了你这样一块货！"麻叔一巴掌将我扇到一边去，转过脸对老杜说："牵着往前走哇！"

老董同志说："慢点慢点，让我看看。"

老董同志弯下腰，伸手到双脊的后腿间摸索着。双脊的腰一拧，飞起一条腿，正打在老董同志的膝盖上。老董同志叫唤了一声，一屁股坐在了地上。

麻叔慌忙上前，把老董同志扶起来，关切地问："老董同志，要紧不？"

老董同志弯腰揉着膝盖，咧着嘴说："不要紧，不要紧……"

杜大爷拍了双脊一巴掌，笑眯眯地骂道："你这个坏蛋，怎么敢踢老董同志？我看你是活得不耐烦了！"

老董同志瘸着一条腿，跳到小季家山墙的阴凉里，坐在地上，说："老管，这头牛不能阉了！"

麻叔着急地问："为什么？"

老董同志说："它交配太多，里边的血管子粗了，弄不好会大出血。"

麻叔说："你听他们胡说什么？！这是头小牛，比那两头还晚生了两个月呢！"

老董同志伸出手，对麻叔说："给我。"

麻叔说："什么给你？"

老董同志说："手表给我。"

麻叔抬手看看腕上的表，说："难道我还能落下您的手表？！真是的！"

老董同志说："我没说你要落下我的手表。"

麻叔说："老董同志，我们把您请来一次也不容易，您听我慢慢说。咱们这里不但粮食紧张，草也紧张，要不寒冬腊月还能去放牛？就这些牛

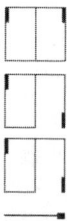

也养不过来了。牛是大家畜，是生产资料，谁杀了谁犯法。杀又不能杀，养又养不起。去年我就对老杜说，如果你再让母牛怀了犊子，我就扣你的工分。谁知道这家伙让所有的母牛都怀了犊。老董同志您替我们想一想，如果不把这个家伙阉了，我们生产队就毁了。

我们去年将三头小牛扔到胶州集上，心里得意，以为甩了三个包袱，可还没得意完呢，它们就跑回来了。不但它们跑了回来，它们还带来了两个小牛，用棍子打都打不走。我们的保管员用棍子打牛还被人家告到公社革委会，硬把他拉到城南苗圃去办了一个月的学习班——宁愿下阴曹地府，不愿进城南苗圃——说他破坏生产力，反革命，打瘸了一条腿，至今还在家里趴着……"

老董同志打断麻叔的话，说："行了行了。老管，您这样一说，我更不敢动手了，我要把这头牛阉死，也要进城南苗圃学习班。"说完，抓起一把土搓搓手，站起来，瘸着腿，走到自行车前，蹬开支架就要走。

麻叔抢上前去，锁了老董的车，将钥匙装进口袋里，说："老董，你今天不把这头牛阉了你别想走！"

老董同志脸涨得青紫，嘴唇哆嗦着起了高声："你这人怎么这样？！"

麻叔笑着说："我这人就这样，您能怎么着我？"

老董同志气呼呼地说："你这人简直是无赖！"

麻叔笑着说："我就是个无赖，您怎么着？！"

老董同志说："这年头，乌龟王八蛋都学会了欺负人，我能怎么着您？贫下中农嘛，领导阶级嘛，管理学校嘛！"

麻叔说："老董同志，您也别说这些难听的话，您要是够朋友，就给我们把这个祸害阉了，您要是不够朋友，我们也拿您没办法。但是您的手表和自行车就留给我们，我们拿到集上去卖了，卖了钱去买点麦穰草喂牛，把人民公社的大家畜全都饿死，也是个很严重的问题。"

老董同志说："老管你就胡扯蛋吧，饿死牛与我有屁的关系？"

麻叔说："怎么会没有关系呢？全公社的牛都饿死了还要您兽医站干什么吗？还要您这个兽医干什么，人民公社先有了牛，才有您这个兽医。"

老董同志无可奈何地说："碰上了你这号的刁人有啥办法？"

"随您怎么说吧，反正这块形势就明明白白地摆在这里，干不干都随你。"麻叔笑嘻嘻地说着，把手腕子夸张地举到耳边听着，说："好听好听，果然是好听，一股子钢声铜音儿！"

老董同志说："你把表给我！"

麻叔瞪着小眼，说："您有什么凭据说这表是您的？您说它是您的，但您能叫应它吗？您叫它一声，如果它答应了，我就还给您！"

老董同志恼怒地说："今日我真他妈地倒了霉，碰上了你这块滚刀肉！好吧，我阉，阉完了牛，连你这个王八蛋也阉了！"

麻叔说："阉我就不用您老人家动手了，去年春天我就让公社医院的快刀刘给阉了。"

老董同志摸出刀子，说："麻子，咱把丑话说到前头，这头牛要是有个三长两短，你可要负完全彻底的责任！"

麻叔说："有个屁的三长两短？那玩意儿本来就是多余之物！"

老董同志扬起脸，对我们说："广大的贫下中农同志们作证，我本来不想阉，是麻子硬逼着我阉的……"

麻叔说："好好好，是我逼着你阉的，出了事我承担责任。"

老董同志说："那好，你说话可要给话做主。"

麻叔说："老先生，您就别啰唆了！"

老董同志看看双脊，双脊乜斜着眼睛看他。老董同志伸着手刚想往它尾后靠，它甩了一下尾巴就转到了杜大爷背后。杜大爷急忙转到它的头前，它一甩尾巴又转到了杜大爷背后。杜大爷说："这东西，成了精了！"

老董同志看看麻叔，说："怎么样？麻子，不是我不想干。"

麻叔说："看刚才那个吹劲儿，好像连老虎都能骗了，弄了半天连个小公牛都治不了！把刀子给我，您到一边歇着，看我这个没上过兽医大学的老农民把它阉了！您哪，白拿了国家的工资！"

老董同志脸涨得青紫，说："麻子，你真是狗眼看人低！老董我今天不阉了它我就头朝下走回公社！"

麻叔说："您可别吹这个牛！"

老董同志也不说话，弯下腰就往双脊尾后靠。它不等老董靠到位，就

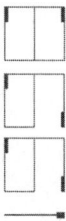

飞快地闪了。老董跟着它转，它就绕着杜大爷转。牛缰绳在杜大爷腰上缠了三圈，转不动了。

杜大爷鬼叫："毁了我啦……毁了我啦……"

老董趁着机会，将双手伸进了双脊后腿间，刚要下手，小肚子就挨了双脊一蹄子。老董同志叫了一声娘，一屁股就坐在了地上。然后双脊又反着转回来，尾巴梢子抡起来，扫掉了老董同志的眼镜。老董同志毕竟是常年跟牛打交道的，知道保护自己，当下也顾不了眼镜，一个滚儿就到了安全地带。麻叔冲上去，将老董同志的眼镜抢了出来。几个人上去，将老董同志扶到小季家山墙根上坐定。老董同志小脸蜡黄，憋出了一脑门子绿豆汗。麻叔关切地问："老董同志，不要紧吧？没伤着要害吧？"

老董同志不说话，好像连气儿也不敢喘，憋了半天，才哭咧咧地说："麻子，我日你老娘！"

麻叔充满歉意地说："真是对不住您，老董同志。不阉了，不阉了，走，到我家去，知道您要来，我让老婆用地瓜干子换了两斤白酒。"

老董同志看样子痛得轻点了，他从衣兜里摸出了半包揉得窝窝囊囊的烟，捏出一支，战战抖抖地划火点上，深深地吸了一口，憋了足有一分钟才把吸进去的烟从鼻孔里喷出来。

"真是对不住您，老董同志，"麻叔将黑边眼镜放在自己裤头边上擦擦，给老董同志戴上，然后摘下手表，摸出钥匙，说，"这个还给您。"

老董同志一摆手，没接手表和钥匙，人却忽地站了起来。

"哟哈，生气了？跟您闹着玩呢。"麻叔道，"走吧走吧，到我家喝酒去。"

麻叔说着，就去牵老董同志的手，同时回头吩咐杜大爷："老杜，你把牛拉回去吧！"然后又对我说，"罗汉，把那四个牛蛋子捡起来，送到我家，交给你婶子，让她炒了给我们下酒。记住，让她把里边的臊筋儿先剔了，否则没法吃……"

遵照着麻叔的吩咐，我向柳树下的牛蛋子跑去。杜大爷眼睛盯着柳树下的牛蛋子，拉着牛缰绳往前走。这时，我们听到老董同志大喊："慢着！"

我们都怔住了。麻叔小心地问："怎么了，老董同志？"

老董同志不看我们，也不看麻叔，眼镜后的青眼直盯着双脊后腿间那一大团物件，咬着牙根说："奶奶个熊，今日我不阉了你，把董字倒过来写！"

麻叔眨眨眼睛，走上前去扯扯老董同志的衣袖，说："算啦算啦，老董同志，您这么有名的大兽医，犯不着跟这么头小牛犊子生气。这一蹄子蹬在您腿上，我们这心里就七上八下的难受了；它要是一蹄子蹬在您的蛋子上，我们可就担当不起了……"

老董同志瞪着眼说："麻子，你他妈的不用转着圈子骂我，你也甭想激将我出丑。别说是一头牛，就是一头大象、一只老虎，我今日也要做了它。"

麻叔说："老董同志，我看还是算了。"

老董同志挽起衣袖，紧紧腰带，打起精神，虎虎地往上凑。双脊拖着杜大爷往前跑去。杜大爷往后仰着身体，大声喊叫着："队长，我可是要松手了……"

麻叔大声说："你他妈的敢松手，就把你个狗日的骟了！"

麻叔追上去，帮着杜大爷将双脊拉回来。

老董同志说："看来只能用笨法子了。"

麻叔问："什么笨法子？"

老董同志说："你先把这家伙拴在柳树上。"

杜大爷将双脊拴在柳树上。

老董抬头望望柳树，说："去找两根绳子，一根杠子。"

杜大爷问："怎么，要把它捆起来？"

老董同志说："对这样的坏家伙只能用这种办法。"

麻叔吩咐侯八去找仓库保管员拿绳子杠子。侯八一溜小跑去了。

老董同志从衣袋里摸出了一支烟，点着。他的情绪看来大有好转。他从衣袋里摸出一支烟扔给麻叔。麻叔连声道谢。杜大爷贪婪地抽着鼻子，想引起老董同志的注意，可老董同志根本就不看他。老董同志对麻叔说："去年，国营胶河农场那匹野骡子够厉害了，长了三个睾丸，踢人还加上咬人，没人敢靠它的身。最后怎么着？我照样把它给骗了！"

麻叔道："我早就说过嘛，给您只老虎您也能把它骗了！"

老董同志说："你要能弄来只老虎，我也有办法。有治不好的病，没

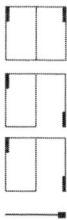

有骗不了的畜生。"

杜大爷撇撇嘴，低声道："真是吹牛皮不用贴印花！"

老董同志扫他一眼，没说什么。

侯人扛着杠子，提着绳子，飞奔过来。

老董同志将烟头狠劲吸了几口，扔在地上。

我扑上去，将烟头抢到手里，用指尖捏着，美美地吸了一口。

小乐在我身边央求着："罗汉，让我吸一口行不？让我吸一口……"

我将烟头啐出去，让残余的那一点点烟丝和烟纸分离。

我很坏地笑着说："吸吧！"

小乐骂道："罗汉，你就等着吧，这辈子你总有用得着我的时候！"

麻叔把我们轰到一边去。几个看热闹的大人在麻叔和老董同志的指挥下，将那根木杠子伸到双脊肚皮下，移到它的后腿与肚皮之间的夹缝里。老董同志一声喊，杠子两头的男人一齐用劲，就把双脊的后腿抬离了地面，但它的身体还在扭动着。老董同志亲自动手，用绳子拴住了双脊的两条后腿，将绳子头交给旁边的人，让他们往两边拉着。老董同志又掀起它的尾巴，拴在绳子上，将绳子扔到柳树杈上，拉紧。老董同志将这根绳子头交给我，说："拽紧，别松手！"

我荣幸地执行着老董同志交给我的光荣任务，拽着绳子头，将双脊的尾巴高高地吊起来。

杜大爷嘟哝着："你们这哪里是上庙？分明是在糟蹋神嘛！"

双脊哼哧哼哧地喘息着。那几个抬杠子的汉子也喘起了粗气。其中一个嚷："队长，挺不住了……"

麻叔在他头上敲了一拳，骂道："看你这个熊样！把饭吃到哪里去了？挺住！今天中午，每人给你们记半个工！"

老董同志很悠闲地蹲在地上，嘴里念叨着："你蹦呀，踢呀。你的本事呢……"

老董同志将一个硕大的牛蛋子狠狠地扔在地上，说："我让你踢！"

老董同志又将一个硕大的牛蛋子狠狠地扔在地上，说："我让你踢！"

老董同志抬起腰，说："好了，松手吧！"

于是众人一齐松了手。

双脊一阵狂蹦乱跳，几乎把缰绳挣断。杜大爷远远地躲着不敢近前，嘴里叨咕着："疯子，疯子……"

双脊终于停止了蹦跳。

老董同志说："蹦呀，怎么不蹦了呢？"

黑色的血像尿一样滋滋地往外喷。双脊的两条后腿变红了，地下那一大片也洇红了。双脊脑袋抵在树干上，浑身打着哆嗦。

老董同志的脸顿时黄了，汗珠子啪嗒啪嗒地落下来。

杜大爷高声说："大出血，大出血！"

麻叔骂道："放你娘的狗臭屁！你知道什么叫大出血？"

老董同志跑到自行车旁，打开那个挂在车把上的黑皮药箱子，拿出了一根铁针管子，安上了一个针头，又解开了一盒药，提出了三支注射液。

麻叔说："老董同志，我们队里穷的叮当响，付不起药钱！"

老董同志不理麻叔的嚷嚷，管自将针剂敲破，将药液吸到针管里。

麻叔吵吵着："一头鸡巴牛，那么娇气？"

老董同志走到双脊的身边，很迅速地将针头扎在了它肩上。双脊连动都没动，可见这点痛苦与后腿之间的痛苦比起来，已经算不了什么。

老董同志蹲在双脊尾后，仔细地观察着，一点也不怕双脊再给他一蹄子。终于，双脊的伤口处血流变细了，变成一滴一滴了。

老董同志站起来，长长地出了一口气。

麻叔看看西斜的太阳，说："行了，都去地里干活吧！罗汉，把牛蛋子送给你婶子去。老董同志，走吧，喝二两，压压惊。"

老董同志说："从现在起，必须安排专人遛牛，白天黑夜都不能停，记住，千万不能让它们趴下，趴下就把伤口挤开了！"

麻叔说："老杜，遛牛的事你负责吧！"

"牛背上搭一条麻袋，防止受凉；记住，千万不能让它们趴下！"老董同志指指双脊，说："尤其是这头！"

"走吧，您就把心放到肚皮里去吧！"麻叔拉着老董同志的胳膊，回头骂我，"兔崽子，我让你干什么了？你还在这里磨蹭！"

我抱起那六个血淋淋的牛蛋子，飞快地向麻叔家跑去。

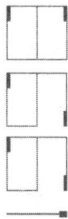

二

我窜到麻叔家，将牛蛋子往麻婶面前一扔，气喘吁吁地说："麻婶，麻叔给你的蛋子……"

麻婶正在院子里光着膀子洗头，被那堆在她脚下乱蹦的牛蛋子吓了一跳。她用手攒住流水的头发，眯着眼睛说："你这个熊孩子，弄了些什么东西来？"

"麻叔的牛蛋子，"我说，"麻叔让您先把臊筋儿剔了。"

麻婶道："恶心死了，你麻叔呢？"

我说："立马就到，与公社兽医站的老董同志一起，要来喝酒呢！"

麻婶急忙扯过褂子支到身上，弄条毛巾擦着头发，说："你这孩子，怎么不早说呢！老董同志可是贵客，请都请不来的！"

正说着，麻叔推着老董同志的车子进了院。老董同志虾着腰，头往前探着，脖子很长，像只鹅；腿还有点瘸，像只瘸鹅。

麻叔大声说："掌柜的，看看是谁来了？"

麻婶眉飞色舞地说："哟，这不是老董同志嘛，什么风把您这个大干部给刮来？"

老董同志说："想不到您还认识我。"

麻婶说："怎么敢不认识呢？去年您还给俺家剿过小猪嘛！"

老董同志说："一年不见了，您还是那样白。"

麻婶道："我说老董同志，咱骂人也不能这个骂法，把俺扔到煤堆里，才能显出白来。"

麻叔道："青天大白日的，你洗得什么鸡巴头！"

麻婶道："这不是老董同志要来吗？咱得给领导留下个好印象。"

麻叔道："洗不洗都是这副熊样子，快点把牛蛋子收拾了，我和老董同志喝两盅；还有没有鸡蛋了？最好再给我们炒上一盘鸡蛋。"

麻婶道："鸡蛋？我要是母鸡，就给你们现下几个。"

老董同志说："大嫂，不必麻烦。"

麻婶道："您来了嘛，该麻烦还是要麻烦。老董同志，您先上炕坐着去，我这就收拾。"

　　"对对，"麻叔推着老董同志，说："上炕上炕。"

　　麻叔将老董同志推到炕上，转出来说："罗汉，快帮你婶子拾掇。"

　　"陪你的客人去，别在这里添乱！"麻婶说，"罗汉，帮我从井里压点水！"

　　我压了两桶水。

　　麻婶说："给我到墙角那儿割一把韭菜。"

　　我从墙角上割了一把韭菜。

　　麻婶说："帮我把韭菜洗洗。"

　　我胡乱地洗了韭菜。

　　我蹲在麻婶身边，看着麻婶将那几个牛蛋子放到菜板上，用菜刀切。刀不快，切不动。麻婶把菜刀放到水缸沿上镗了几下，嗤嗤嗤，直冒火星子。拿过来一试，果然快了许多。将牛蛋子一剖两半，发现里边筋络纵横，根本没法剔除。偏这时候麻叔敲着窗棂子叮嘱我们："把臊筋剔净，要不没法子吃！"麻婶高声答应着："放心，不放心自己下来弄！"麻婶低声嘟哝着："我给你剔净？去医院把快刀刘请来也剔不净！"麻婶根本就不剔了，抢起菜刀，噼噼啪啪，将那六个牛蛋子剁成一堆肉了。麻婶还说："这玩意儿，让蒋介石的厨师来做也不能不臊，吃的就是这个臊味儿，你说对不对？"我连声说对。这时，麻叔又敲着窗棂催："快点快点！"

　　麻婶说："好了好了，这就下锅。罗汉，你去帮我烧火。"

　　我到了灶前，从草苫晃里拉了一把暄草，点着了火。

　　麻婶用炊帚将锅子胡乱涮了几下，然后从锅后的油罐子里，提上了几滴油。香气立刻扑进了我的鼻。

　　这时，就听到大门外有人喊叫："队长！队长！"

　　我一下就听出了杜大爷的声音。

　　紧接着杜大爷就拉着牛缰绳进了大门，那三头刚受了酷刑的牛并排着挤在门外，都仰着头，软着身体，随时想坐下去的样子。

　　麻叔从炕上跳下来，冲到院子里，道："干什么？你想干什么？"

　　老董同志也跟着跑到院子里，关切地问："有情况吗？"

杜大爷不搭老董同志的话茬儿，对着麻叔发牢骚："队长大人，您只管自己吃香的喝辣的，我呢？"

麻叔道："老杜，您这把子年纪了，怎么像个小孩子似的不懂事？国家还有个礼宾司宴请宾客，乔冠华请基辛格吃饭，难道你也要去作陪？"

"我根本不是这个意思！"杜大爷焦急地说。

"你不是这个意思是什么意思？"麻叔问。

杜大爷说："老董同志反复交代不能让它们趴下，尤其不能让双脊趴下对不对？一趴下伤口就要挣开对不对？伤口挣开了就好不了对不对？可它们就想趴下，我牵着它们，它们都要往下趴，我一离开，它们马上就趴下了。"

麻叔道："那你就不要离开嘛！"

杜大爷说："那我总要回家吃饭吧？我不去陪着老董同志吃牛蛋子总得回家吃块地瓜吧？再说了，生产队里那十三头母牛总得喂吧？我也总得睡点觉吧？……"

"明白了明白了，你什么也甭说了，党不会亏待你的。"麻叔在院子里大声喊，"罗汉，给你个美差，跟杜大爷遛牛去，给你记整劳力的工分。"

麻婶将牛蛋子下到油锅里。锅子里吱吱啦啦地响着，臊气和香气直冲房顶。

"罗汉，你听到了没有？"麻叔在院子里大叫。

麻婶悄悄地说："去吧，我给你留出一碗，天黑了我就去叫你。"

我起身到了院子里，看到红日已经西沉。

三

杜大爷将牛们交给我，转身就走。我追着他的背影喊："大爷，您快点，我也没吃饭！"杜大爷连头也不回。

我看看三头倒了血霉的牛。它们也看着我。它们水汪汪的眼睛里流露出深刻的悲哀。它们这一辈子再也不用往母牛背上跨了。双脊还算好，留下了一群后代；两个鲁西就算断子绝孙了。我看到它们的眼睛里除了悲哀之外，还有一种闪闪发光的感情。我猜想那是对人类的仇恨。我有点害怕。我牵着它们往前走时，它们完全可能在后边给我一下子，尽管它们身负重伤，但要把我顶个半死不活还是很容易的。

于是我对它们说："伙计，今日这事，你们可不能怨我，我们是老朋友了，去年冬天，冰天雪地，滴水成冰，我们在东北洼里同患过难。如果我有权，绝对不会阉你们……"在我的表白声中，我看到牛们的眼里流露出了对我的理解。它们泪水盈眶，大声地抽泣着。我摸摸它们的脑门儿，确实感到非常同情它们。我说："鲁西，双脊，为了你们的小命，咱们还是走走吧。"我听到鲁西说："蛋子都给人骗了去，活着还有什么意思？"我说："伙计们，千万别这样想，俗话说得好，'好死不如赖活着'，咱们还是走吧……"我拉着牛们，沿着麻叔家的胡同，往河沿那边走去。

我们一行遛到河边时，太阳已经落山，西天上残留着一抹红云，让我想起双脊后腿上那些血。河堤上生长着很多黑压压的槐树，正是槐花怒放的季节，香气扑鼻，熏得我头晕。槐花原有两种，一种雪白，一种粉红，但它们现在都被晚霞映成了血红。

我牵着牛们在晚霞里漫步，在槐花的闷香里头晕。但我的心情很不愉快。牛比我更不愉快。我时刻挂念着麻婶锅里的牛蛋子。那玩意儿尽管臊一点，但毕竟是肉。而我还是在五年前姐姐出嫁时偷吃了一碗肥猪肉。我不愉快因为吃不到牛蛋子，牛不愉快恰恰是因为丢了牛蛋子。我们有那么点同病相怜的意思。

暮色已经十分地苍茫了，杜大爷还不见踪影。我跟这个老家伙共同放牛半年多，对他的恶劣品质十分了解。他经常把田鼠洞里的粮食挖出来，装进自己的口袋，他还说要把他的小女儿嫁给我做媳妇，骗得我像只走狗一样听他招呼。他家紧靠着河堤那块菜园子里，洒满了我的汗水。那园子里长着九畦韭菜，每一茬都能卖几十元钱。春天第一茬卖得还要多。想着杜大爷家的菜园子，我就到了杜大爷家的菜园子。

园子边上长着一圈生气勃勃的泡桐树，据说是从焦裕禄当书记的那个兰考县引进的优良品种。那九畦韭菜已有半尺高，马上就该开镰上市了。我一眼就看到杜大爷正弯着腰往韭菜畦里淋大粪汤子，人粪尿是公共财产，归生产队所有，但杜大爷明目张胆地将大粪汤子往自留园里淋。他依仗什么？依仗着他大女婿是公社食堂里的炊事员。他大女婿瘦得像一只螳螂。据说前几任炊事员刚到公社食堂时都很瘦，但不到一年，身体就像用气吹起来一样，胖得走了形。公社书记很生气，说食堂里的好东西全被炊事员偷吃了。所以那些很快胖起来的炊事员都被书记给撵了，唯有杜大

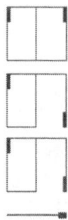

爷的女婿干了好几年还是那样瘦，书记就说这个炊事员嘴不馋。杜大爷私下里对我说，其实，他这个瘦女婿饭量极大，每顿饭能吃三个馒头外加一碗大肥肉。啥叫肚福？杜大爷说，我那女婿就叫肚福，吃一辈子大鱼大肉，没枉来人世走一趟。我满腹牢骚，刚想开口喊叫，就看到杜大爷的小女儿，名叫五花的，挑着两桶水，从河堤上飘飘扬扬地飞下来了。

　　杜大爷就是将她暗中许配给了我，我也围绕着她做了许许多多的美梦。有一次，我从麻叔的衣袋里捡了两毛钱，到供销社里买了20块水果糖。我自己只舍得吃了两块，将剩下的18块全部送给了她。她吃着我送的糖，乐得咯咯笑，但当我摸了她一下胸脯时，她却毫不犹豫地对着我的肚子捅了一拳，打得我一屁股坐在了地上。她说："毛都没扎全的小东西，也想好事儿！"我越想越感到冤枉，白送了18块水果糖，还挨了一个窝心拳。全世界再也找不到比我更傻的人了。我哭着说："你还我的糖……还我的糖……"她啐了我一脸糖水，说："拉出的屎还想夹回去？送给人家的东西还能要回去？"我说："你不还我的糖也可以，但你要让我摸摸你！"她说："回家摸你姐去！"我说："我不想摸我姐，我就想摸你！"她说："你说你这样一丁点大个屁孩子，就开始耍流氓，长大了还得了？"我说："你不让我摸就还我的糖！"她说："你这个熊孩子，真粘人！"她往四下看了看，低声说："非要摸？"我点点头，因为这时我已经激动得说不出话来了。她隐到一棵大槐树后，双手按着棉袄的衣角，不耐烦地说："要摸就快点。"我战战兢兢地伸过手去……她说："行了行了！"我说："不行。"她一把推开我，说："去你的吧，你已经够了本了！"她说："今晚上的事，你要敢告诉别人，我就撕烂你的嘴！"我说："其实，你爹已经将你许给我做老婆了。"她愣了一下，突然捂着嘴巴笑起来。我说："你笑什么？这是真的，不信你回家问你爹去。"她说："就你这个小东西？"我突然想起麻婶讲过的一个大媳妇小女婿的故事，就引用了故事中的几句话，我说："秤砣虽小坠千斤，胡椒虽小辣人心，别看今天我人小，转眼就能成大人！"她说："这是谁教你的？"我说："你甭管。"她说："那好，你就慢慢地长着吧，什么时候长大了，就来娶我。"讲完这话她就走了。

　　这件事过去不久就发生了一件让我痛苦不堪的事。说好了等我长大娶她的杜五花竟然跟邻村的小木匠订了婚。小木匠个头比我高不了多少，他龇着一口黑牙，头上生了七个毛旋，所以他的头发永远乱糟糟。这家伙经常背着一张锯子一把斧头到我们村里来买树。他的耳朵上经常夹着一支铅笔，很有风度。我猜想杜五花很可能因为他的耳朵上夹铅笔才与他订婚。杜五花订婚那天，村里很多人围在她家门口，等着看热闹。我也混迹其中。我听到那些老娘们儿一起议论，说老杜家的闺女个个胖头大脸，所以个个都是洪福齐天。老大嫁给公社的炊事员，天天跟着吃大鱼大肉。

老二嫁给了东北大兴安岭的林业工人，回来走娘家两口子都戴着狐狸皮帽子，穿着条绒裤子、平绒褂子。老三嫁给县公安局的狼狗饲养员，虽有个不好听的外号叫"狗剩"，但狼狗吃剩的是肉。老四更牛，嫁给了公社屠宰组组长宋五轮，宋手里天天攥着几十张肉票，走到哪里都像香香蛋似的。老五嫁给小木匠，那孩子一看就是个捞钱的耙子。正说着，小木匠家订婚的队伍来了。我的天，一溜四辆"大金鹿"牌自行车，每辆自行车后驮着三个大筐斗，筐斗上都蒙着红包袱。车子一停，老娘们儿呼啦啦围上去，掀开包袱，看到了那些庞大的馒头，馒头白得像雪，上边还点着红点儿。杜大爷和杜大娘都穿得时时务务地迎出来；对着小木匠家的人嬉皮笑脸。

我就想着看看杜五花是个什么表现，但她隐藏得很深，像美蒋特务一样。后来还听人家说，小本匠家送给了杜五花三套衣服，其中有一套条条线，一套平绒，一套"凡尼丁"。还有三双尼龙袜子，其中一双是红色，一双是蓝色，还有一双是紫色。三条腰带，其中一条是牛皮的，一条是猪皮的，还有一条是人造革的。还说杜五花对着小本匠的爹羞羞答答地叫了一声爹，小木匠的爹就送给了她一百元钱。听到这些惊人的财富，我原本愤愤不平的心平静了许多。我想如果我是杜五花，我也会毫不犹豫地嫁给小木匠。

现在，我的前未婚妻杜五花挑着两桶水像一个老鹞子似的从河堤上飞下来了。

她什么都大。大头，大脸，大嘴，大眼，大手大脚。她的确能一巴掌将我扇得满地摸草，她的确能一脚将我踢出两丈远。我要娶她做老婆，弄不好会被她打死。但我的心里对她的处处都大的身体充满了感情，因为她曾是我的未婚妻。那时候她有一个外号叫"六百工分"，其实她一年能挣

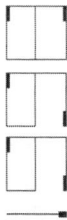

三千多工分。她是我们生产队里挣工分最多的妇女。她还有一个外号叫"三大"，当然不是指大鸣大放大字报，据说是指她的大头、大腚、大妈妈。我不喜欢她这个外号，我知道她也很反感这个外号。她与小木匠订婚后，我在河边遇到她时，曾恶狠狠地喊了一声"三大"。她举着扁担追了我足有三里路。幸亏我从小爬树上房，练出了两条兔子腿，才没被她追上。我知道，那天我要被她追上，基本上是性命难保。后来她见了我就横眉立目，我见了她就点头哈腰。

她挑着水飞到我身边，说："小罗汉，你在这里转悠什么？是不是想偷我们家的韭菜？"

我说："稀罕你们家这几畦烂韭菜！"

她说："不稀罕你在这里转悠什么？"

我说："我来找你那个老浑蛋的爹！"

她顾不上回答我的话挑着水就飞进了菜园子。她家的韭菜马上就要开镰了，我知道，每次开镰前她家就没死没活地往韭菜畦里灌水，为的是增加韭菜的分量。我看到她扁担不用下肩就将两桶水倒进了韭菜畦，这家伙真是山大柴广力大无穷。她挑着水桶昂首挺胸地从我面前过，我拉着牛横断了胡同，挡住了她的去路。她瞪着眼睛说："闪开！"我瞪着她的眼睛说："我给生产队里遛牛，你搞资本主义，凭什么要我给你让路？"她说："小罗汉，知道你肚子里那个小九九，你也不撒泡尿照照自己。这怎么可能呢？"我说："自从你跟小木匠订了婚，我发现你越来越丑。"

她说："我原来就不俊，你才发现？"我说："你嘴唇上还长出一层黑胡子！"她摸摸嘴唇，无声地笑了。然后她低声说："我丑，我嘴唇上长了胡子，我是'三大'，行了吧？放我过去吧？"我说："你骗了我……你说好了等我长大了跟我结婚的……"说完了这话，我的眼泪竟然夺眶而出。我原本是想伪装出一点难过的样子，趁机再占她点便宜什么的，没想到眼泪真的出来了，而且还源源不断。这时，我听到从她宽广的胸脯里发出一声深沉的叹息，随着这声叹息，她的脸上显出了一丝温柔的神情，她的脸上显出一丝温柔的神情她立刻变得美丽无比，在我的眼里。她迷迷瞪瞪地说："小罗汉，小罗汉，你真是人小鬼大……让我说你什么好呢？你怎么不想想，等你长大了，我就老成白毛精了……"我说："好姐姐，好'三大'……你跟小木匠订婚是完全正确的决定，就冲着那些大白馒头你也该跟他订婚，可是你为什么不给我一个馒头吃呢？"她笑道："吃了馒头你就不生气了吗？"我说："是的，吃了馒头我很可能就不生气了。"她说："那好办，咱们一言为定。"我说："我还想……""你还想干什么？"她瞪着我说："你别踩着鼻子上脸。"我说："我还想摸你一下……"她说："那你去找小木匠商量一下吧，现在我身上的东西都归他管，只要他同意，我就让你摸。"我说："我怎么敢去找他？"她说："我谅你也不敢去，他那把小斧头比风还要快，一下就能把你的狗爪子剁下来。""五花，你不快点挑水，在那儿嘀咕什么？"杜大爷直起腰，气呼呼地喊叫。

"杜大爷，是我，"我高声说："您光顾了搞资本主义，把三头牛扔给我，像话吗？您这是欺负小孩！"

杜大爷说："罗汉，你再坚持一会儿，等我吃了饭就去换你。"

我说："我从中午就没吃饭，肚皮早就贴到脊梁骨上了！"

杜大爷说："咱爷俩谁跟谁？放了一冬半春的牛，老交情了，你多遛一会儿，吃不了亏。"

我心里话：老东西，还想用花言巧语来蒙我？我可不上你的当了。于是，我扔下牛缰绳，说："双脊可是马上就要趴下了，死了牛，看看队长找谁算账！"

我这一招把杜大爷激得像猴子一样从菜园子里蹦出来。他说："罗汉罗汉，你可别这样！"

杜大爷将牛缰绳捡起来，交到我手里，说："你先遛着，我这就回家吃饭。"

杜大爷回家去了。

五花冷冷地说："你对我爹这样的态度，还想摸我？"

我说："你如果让我摸你，我能对你爹这样的态度？"

四

我们拉着疲乏至极的牛，在麻叔家那条胡同里转来转去。转到麻叔家大门口，我们总是不约而同地停住脚步，竖起耳朵，听着屋子里的动静。杜大爷的眼睛在昏暗中闪闪发光。他哄嗤着鼻子，说："香，真他奶奶

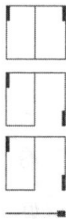

的香！"

我确实也闻到了一股香气，是不是炒牛蛋子的香气我拿不准。但除了炒牛蛋子的香气还能有炒什么的香气呢？

我把鲁西们的缰绳扔给他就往麻叔家里跑，我什么都忘了也不能把麻婶许给我的那碗牛蛋子忘了。麻婶说给我留出一碗，还说等天黑了就来叫我。但现在天黑了许多，她也没来叫我。我何必等她来叫我？想吃牛蛋子还等人家来叫我？我怎么这么大的架子？我要是现在不借机冲进去，那碗牛蛋子很可能就要被不知道什么人吃掉了。

杜大爷不但没接我扔给他的牛缰绳，连他自己手里的牛缰绳也扔掉了。他扯住我的胳膊，怒冲冲地问："你想到哪里去？"

我说："我进去看看麻婶在家炒什么东西。"

"那也轮不到你去看，"杜大爷说，"要看也得我去看。"

"凭什么要你进去看？"我努力往外挣着胳膊，大声说。

"我比你年纪大，"杜大爷说，"我还有事要向队长请示。"

杜大爷把我推到牛头前，说："好生看着，别让它们趴下！"然后他就虎虎地闯进麻叔家院子里去了。

我感到一股怒火直冲头顶。我仿佛看到老杜把那碗本来属于我的牛蛋子吞到了他肚里。大小鲁西，双脊，你们这三头丢了蛋子的牛，你们愿意趴下就趴下吧！你们不怕把伤口挣开你们就趴下吧！你们活够了就趴下吧！我是村子里恶名昭著的不良少年，我可不能把属于我的美味佳肴让老杜抢去。我扔了牛，悄悄地进了院子。

但我毕竟怕麻叔，不敢硬往里闯。我需要观察。我避开灶间门口射出的光线，弯着腰摸到那扇透出光亮的格子窗前。窗棂上蒙着白纸，我仿照故事里说的，伸出舌尖，舔破了窗纸。我从这个小洞眼里看进去。我首先看到的当然是那张红木炕桌上摆着的盘子。炕桌子摆着三个盘子，一个盘子里残留着一点韭菜炒牛蛋子。第二个盘子里残留着一点韭菜炒牛蛋子。第三个盘子里还剩下小半盘韭菜炒牛蛋子。除了这三个盘子，炕桌上还有两个绿色的酒盅子。除了这两个绿色的酒盅子，还有两双红色的筷子。桌上还放着一个盛过农药的绿瓶子。当然现在这瓶子里盛的不是农药而是烧酒。那时候我们喜欢用盛过农药的瓶子装酒。我们用完了农药就把药瓶子扔到河里泡着，泡个三五天我们就把瓶子提上来装酒。麻叔说用这种药瓶子装酒特别香。

炕上，麻叔与老董同志对面而坐，中间隔着一张红木炕桌。那张红木桌子像茄子皮一样发亮，这是麻婶与麻叔结婚时，麻婶带过来的嫁妆。这炕桌是麻叔家的镇家之宝，除非来了贵客，否则决不会往外搬。我心里想老董同志您的面子可是不小哇！

在麻叔这边，麻婶侧着身子坐在炕沿上。她的嘴上油嘟漉的，看样子她也用麻叔的筷子吃了一点。她的脸上红扑扑的，看样子她也就着麻叔的酒盅子喝了一点。最后，我不得不看到了坐在炕前长条凳上那个坏蛋老杜，那个明明说把他的女儿杜五花许配给我做老婆但却食言让杜五花跟邻村小木匠订了婚的老浑蛋杜玉民。杜玉民是他的官名，但我们根本不叫他杜玉民，我们叫他杜鲁门。"杜鲁门"坐在长条凳上，双手扶住膝盖，腰板挺得笔直，活像个一年级小学生。他下巴上留着一撮花白的山羊胡子。他的脸很长，上嘴唇很短，下嘴唇很长。他的下嘴唇不但很长而且很厚。他的双眼一只大一只小。那只大眼之所以大是因为他年轻时眼皮上生过疖子。他那只小眼睛滴溜溜转，那只大眼睛却直直地不会转。他穿着一件对襟黑棉袄，当胸一排铜纽扣。他说这排铜纽扣是他的爷爷传下来的。铜纽扣闪闪发光，他的头也闪闪发光。

他的厚嘴唇哆嗦着说："老董同志，队长，我向你们报告，大小鲁西的蛋子不流血了，吃晚饭的时候，双脊的蛋子也不流血了。"

老董同志说："好好好，只要不流血，就不会出问题了。"

老董同志的灰白色脸已经变成了紫红色脸，看样子已经喝了不少。他是公家人，不会像麻叔那样盘腿大坐。他的两条长腿别别扭扭的，一会儿伸开，一会儿蜷起。麻婶说，"老董同志，您要是不舒服就坐着我们的枕头吧！"

老董同志说："不好意思，不好意思，那怎么好意思。"

"您客气什么呀？"麻婶说着，从炕头上拉过一个枕头，塞在老董同志屁股下。老董同志说："这下舒服了。"

麻叔拿起酒瓶子，给老董同志的盅子里倒满酒，说："多喝点，今日让您吃累了。"

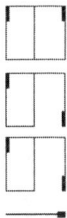

老董同志端起酒盅，"吱"的一声，就把酒吸干了。

"杜鲁门"舔舔嘴唇，说："队长，我有个建议。"

麻叔不耐烦地说："什么建议？"

"杜鲁门"说："牛割了蛋子，是大手术，我建议弄点麸皮、豆饼，泡点水饮饮它们，给它加点营养，让它们好得快点……"

麻叔说："你站着说话不腰痛，麸皮，豆饼，能从天上掉下来吗？队里穷得连点灯油都打不起了。"

杜鲁门说："老董同志您说，割了蛋子的牛要不要补补营养？"

老董同志看看麻叔，说："有条件嘛，当然补补好；没有条件，也就算了。牛嘛，说到底还是畜生。"

麻叔说："你还有事吧？没事就去遛牛吧，罗汉那皮猴子精，靠不住。"

"我这就走。"杜鲁门站起来，突然想起来了似的说，"你看你看，光顾了说话，差点把要紧的事给忘了。"

麻叔盯着他，好像看穿了他的心思。

"俺大闺女女婿听说咱队里阉牛，特意赶了回来，"他盯着桌上那盘牛蛋子说，"俺女婿说，公社党委陈书记最喜欢吃的就是牛蛋子，让他回来弄呢！我说，你回来得晚了，这会儿，别说六个牛蛋子，就是六十个牛蛋子也进了队长的肚子了！俺女婿怕回去挨训，我说，你就说队里把那牛蛋子送给烈属张大爷吃了，陈书记心里不高兴，也不好说什么了不是？俺女婿说，爹，您真有办法。俺女婿让我来告诉你们，做牛蛋子，应该加点醋，再加点酒，还要加点葱，加点姜，如果有花椒、茴香，最好也加一点，这样，即便是不剔臊筋也不会臊。如果不加这些调料，即便把臊筋剔了，也还是个臊。"他从老董同志面前拿起一根筷子，点点戳戳着盘子里的牛蛋子块儿，说，"你们只加了一点韭菜？"他又拿了一根筷子，两根筷子成了双，夹起一块牛蛋子，放到鼻子下闻了闻，说："好东西，让你们给糟蹋了，可惜啊可惜！这东西，如果能让俺女婿来做，那滋味肯定比现在强一百倍！"他把那块牛蛋子放在鼻子下又狠狠地嗅嗅，说，"臊，臊，可惜，真是可惜！"

麻婶说："杜大哥，您吃块尝尝吧，也许吃到嘴里就不臊了。"

麻叔骂麻婶道："这样的脏东西，你也好意思让杜大哥尝？杜大哥家大鱼大肉都放臭了，还喜欢吃这！"

杜大爷把那块牛蛋子放到盘子里，将筷子摔到老董同志面前，说："说我家把大鱼大肉放臭了是胡说，但你要说咱老杜没断了吃肉，这是真的，孬好咱还有一个干屠宰组的女婿嘛！"

老董同志说："老杜，您是我见到的最有福气的老头，公社书记的爹也享不到您这样的福！"

"托您的福，"杜大爷说着，往外走，走了两步，又回头道，"队长，我年纪大了，熬不了夜，前半夜我顶着，后半夜我可就不管了。"

麻叔说："你不管谁管？你是饲养员！"

杜大爷："饲养员是喂牛的，不是遛牛的。"

麻叔说："我不管你这些，反正牛出了毛病我就找你。"

杜大爷说："你这是欺负老实人！"

杜大爷骂骂咧咧地走出来了。我生怕被他发现，一矮身蹲在了窗前。但他从灯下刚出来，眼前一抹黑，根本看不到我。我看到他头重脚轻地走了出去。我趁机溜到灶间，掀开锅，伸手往里一摸，果然摸到一个碗。再一摸，碗里果然有东西。我一下子就闻到了炒牛蛋子的味道。麻婶真是个重合同守信用的好人。我端着碗就窜到院子里。这时，我听到杜大爷在大门外喊叫起来："队长，毁了！队长，毁了！牛都趴下了！"

我可顾不了那么多了。我蹲在草垛后边的黑影里，抓起牛蛋子就往嘴里塞。我看到麻叔和老董同志急急忙忙地跑出去了。我听到麻叔大声喊叫："罗汉！罗汉！你这个小兔崽子，跑到哪里去了？"我抓紧时间，将那些牛蛋子吞下去，当然根本就顾不上咀嚼，当然我也顾不上品尝牛蛋子是臊还是不臊。吃完了牛蛋子，我放下碗，打了一个嗝，从草垛后慢悠悠地转出来。他们在门外喊成一片，我心中暗暗得意。老杜，老杜，你这个老狐狸，今天败在我的手下了。

我一走出大门，就被麻叔捏着脖子提起来："兔崽子，你到哪里去下蛋啦？"

我坦率地说："我没去下蛋，我去吃牛蛋子了！"

"什么？你吃了牛蛋子？"杜大爷惊讶地说。

我说："我当然吃了牛蛋子，我吃了满满一碗牛蛋子！"

杜大爷说:"看看吧,队长,你们是一家人,都姓管,我让他看着牛,他却去吃了一碗牛蛋子,让这些牛全都趴在了地上,不死牛便罢,死了牛我一点责任都没有!老董同志您可要给我做证。"

老董同志焦急地说:"别说了,赶快把牛抬起来。"

我看着他们哼哼哈哈地抬牛。抬起鲁西,趴下双脊;拉起双脊,趴下鲁西。折腾了好久,才把它们全都弄起来。

老董同志划火照看着牛的伤口,我看到黑血凝成的块子像葡萄一样从双脊的肿胀的蛋子皮里挤出来。老董同志站直腰,打了一个难听又难闻的嗝,身体摇晃着说:"老天保佑,还好,是淤血,说不定还有好处,挤出来有好处,留在皮囊里也是麻烦,不过,我要告诉你们,郑重其事地告诉你们,千万千万,不能让它们趴下了,如果再让它们趴下,非出大事不可。老管,您这个当队长的必须亲自靠上!干工作就是这样,抓而不紧,等于不抓……"

麻叔说:"您放心,我靠上,我紧紧地抓住不放!"

五

麻叔根本没有靠上,当然也就没有抓住不放。送走了骑着车子像瞎鹿一样乱闯的老董同志,他就扶着墙撒尿。杜大爷说:"队长,我白天要喂牛,还要打扫牛栏,您不能让我整夜遛牛!"

麻叔转回头,乜乜斜斜地说:"你不遛谁遛?难道还要我亲自去遛?别以为你有几个女婿在公社里混事就忘了自己姓甚名谁。杀猪的,做饭的,搁在解放前都是下三滥,现在却都人五人六起来了!"

杜大爷冷冷地说:"你的意思是说现在不如解放前!?"

麻叔道:"谁说现在不如解放前?老子三代贫农,苦大仇深,解放前泡在苦水里,解放后泡在糖水里,我会说现在不如解放前?这种话,只有你这种老中农才会说,别忘了你们是团结对象,老子们才是革命的基本力量!你明白吗?"

杜大爷锐气顿减,低声道:"我也是为了集体着想,这三头公牛重要,那十三头母牛也重要……"

麻叔说:"什么重要不重要的,你把我绕糊涂了,有问题明天解决!"麻叔进了院子,咣当一声就把大门关上了。

杜大爷对着大门吐了一口唾沫，低声骂道："麻子，你断子绝孙。"
我说："好啊，你竟敢骂我麻叔！"

杜大爷说："我骂他了，我就骂他了，麻子你断子绝孙，不得好死！怎么着，你告诉他去吧！"

杜大爷牵着双脊，艰难地往前走去。双脊一瘸一拐，摇摇晃晃，像两个快要死的老头子。想起它在东北洼里骑母牛时那股生龙活虎的劲头，我的心里感到很不是滋味。

我拉着大小鲁西跟在双脊尾后，我的头脸距双脊的尾巴很近。我的鼻子与双脊的脊梁在一条水平线上，我的双眼能越过它的弓起了的背看到杜大爷的背。

我们默默无声地挪到了河堤边上，槐花的香气在暗夜里像雾一样地弥漫，熏得我连连打喷嚏，双脊也连打了几个喷嚏。我打喷嚏没有什么痛苦，甚至还有那么一点精神振奋的意思，但双脊打喷嚏却痛苦万分。因为它一打喷嚏免不了全身肌肉收缩，势必牵连着伤口疼痛。我看到它每打一个喷嚏就把背弓一弓，弓得像单峰骆驼似的。

杜大爷不理我，都是那碗牛蛋子闹的，我完全能够理解他的心情。他把双脊拉到一棵槐树前，把缰绳高高地拴在了树干上。为了防止双脊趴下，他把缰绳留得很短。双脊仰着脖子，仿佛被吊在了树上。我不由地佩服他的聪明，这样一个简单的办法，我怎么想不出呢？我学着他的样子，将大小鲁西高高地拴在另一棵槐树上。

我也获得了自由。我说："杜大爷，您的脑子可真好用。"杜大爷蹲在河堤的漫坡上，冷冷地说："我的脑子再好用，也比不上你老人家的脑子好用！"

我说："杜大爷，我今年才14岁，您可不能叫我老人家！"

杜大爷说，"您不是老人家谁是老人家？难道我是老人家？我是老人家我连一块牛蛋子都没捞到吃，你不是老人家你他妈的吃了一碗牛蛋子！这算什么世道？太不公平了！"

为了安定他的情绪，我说："杜大爷，您真的以为我吃了一碗牛蛋子？我是编瞎话骗您哪！"

"你没吃一碗牛蛋子？"杜大爷惊喜地问。

我说："您老人家也不想想，麻叔像只饿狼，老董同志像只猛虎，别说六只牛蛋子，就是六十只牛蛋子，也不够他们吃的。"

杜大爷说："那盘子里分明还剩下半盘嘛！"

我说："您看不出来？那是他们给麻婶留的。"

杜大爷说："你这个小兔崽子的话，我从来都是半信半疑。"

但我知道他已经相信我也没吃到牛蛋子，我从他的喘息声中得知他的心里得到了平衡。他从怀里摸出烟锅，装上烟，用那个散发着浓厚汽油味的打火机打着火。

辛辣的烟味如同尖刀，刺破了槐花的香气。夜已经有些深了，村子里的灯火都熄灭了。天上没有月亮，但星星很多。银河有点灿烂，有流星滑过银河。河里的流水声越过河堤进入我们的耳朵，像玻璃一样明亮。槐花团团簇簇，好像一树树的活物。

南风轻柔，抚摸着我的脸。四月的夜真是舒服，但我想起了地肥水美的杜五花，又感到四月的夜真真令人烦恼。大小鲁西呼吸平静，双脊呼吸重浊。它们的肚子里咕噜咕噜响着，我的肚子也咕噜咕噜响着。因为我跟牛打交道太多，所以我也学会了反刍的本领。刚才吞下去的牛蛋子泛上来了，我本来应该慢慢地咀嚼，细细品尝它们的滋味，但我生怕被比猴子还要精的杜大爷闻到，所以我就把它们强压回去。我的心里很得意，这感觉好像在大家都断了食时，我还藏着一碗肉一样。现在我不能反刍。我往杜大爷身边靠了靠，说："大爷，能给我一袋烟抽吗？"

他说："你一个小孩子，抽什么烟？"

我说："刚才您还叫我老人家，怎么转眼就说我是小孩子了呢？"

"刚才是刚才，现在是现在，人哪，只能什么时候说什么时候的话！"他把烟锅子往鞋底上磕磕，愤愤不平地说："退回20年去，别说他娘的几只臊乎乎的牛蛋子，成盘的肥猪肉摆在我的面前，我也不会馋！"

我说："杜大爷，您又吹大牛啦！"

"我用得着在你这个兔崽子面前吹牛？"杜大爷说，"我对你说吧，那时候，每逢马桑集，我爹最少要割五斤肉，老秤五斤，顶现在七斤还要多，不割肉，必买鱼，青鱼、巴鱼、黄花鱼、披毛鱼、墨斗鱼……那时候，马桑镇的鱼市有三里长，槐花开放时，正是鳞刀鱼上市的季节，街两边白晃晃的，耀得人不敢睁眼。大对虾两个一对，用竹签子插着，一对半斤，两对一斤，一对大虾只卖两个铜板。那时候，想吃啥就有啥，只要你有钱。现在，你有钱也没处去买那样大的虾，那样厚的鳞刀鱼，嗨，好东西都弄到哪里去了？好东西都被什么人吃了？俺大女婿说好东西都出了口了，你说中国人怎么这样傻？好东西不留着自己吃，出什么口？出口换钱，可换回来的钱弄到哪里去了？其实都是在糊弄咱这些老百姓。可咱老百姓也不是那么好糊弄的。大家嘴里不说，可这心里就像明镜似的。现在，这么大个公社，四十多个大队，几百个小队，七八万口子人，一个集才杀一头猪，那点猪肉还不够公社干部吃的。可过去，咱马桑镇的肉市，光杀猪的肉案子就有三十多台，还有那些杀牛的、杀驴的、杀狗的。你说你想吃什么吧。那时候的牛——大肉牛，用地瓜、豆饼催得油光水滑，走起来晃晃荡荡，好似一座肉山，一头牛能出一千多斤肉。那牛肉肥的，肉膘子有三指厚，那肉，一方一方的，简直就像豆腐，放到锅里煮，一滚就烂，花五个铜子，买上一斤熟牛肉，打上四两高粱酒，往凳子上一坐，喝着吃着，听着声，看着景。你想想吧，那是个什么滋味……"

我咽了一口唾沫，说："杜大爷，您是编瞎话骗我吧？旧社会真有那么好？"

杜大爷说："你这孩子，谁跟你说旧社会好了？我只是跟你说吃肥牛肉喝热烧酒的滋味好。"

我问："你吃肥牛肉喝热烧酒是不是在旧社会？"

他说："那……那……好像是旧社会……"

我说："那么，你说吃肥牛肉喝热烧酒好就等于旧社会好！"

他恼怒地蹦起来："你这个熊孩子，这不是画了个圈让我往里跳嘛！"

我说："不是我画了圈让你往里跳，是你的阶级立场有问题！"

他小心翼翼地问："小爷们儿，您给我批讲批讲，什么叫阶级立场？"

我说："你连阶级立场都不懂？"

他说："我是不懂。"

我说：“这阶级立场嘛……反正是，旧社会没有好东西，新社会都是好东西；贫下中农没有坏东西，不是贫下中农没有好东西。明白了吗？”

他说：“明白了明白了，不过……那时候的肉鱼什么的确实比现在多……”

我说：“比现在多，贫下中农也捞不到吃，都被地主富农吃了。”

“小爷们儿，你这可是瞎说，有些地主富农还真舍不得吃，有些老贫农还真舍得吃。比如说方老七家，老婆孩子连条囫囵裤子都没有，可就是好吃，打下粮食来，赶紧着换来钱买鱼买肉，把粮食造光了，就下南山去讨饭。”

我说：“你这是造谣污蔑老贫农！”

他说：“是是是，我造谣，我造谣。”

我们并排坐着，不言语了。夜气浓重，而且还有了雾。河里一传来蛤蟆的叫声。他自言自语道：“蛤蟆打哇哇，再有30天就吃上新麦子面了……新麦子面多筋道哇，包饺子好吃，擀面条好吃，烙饼好吃，蒸馒头也好吃……那新馒头白白的、暄暄的，掰开有股清香味儿，能把人吃醉了……”

我说：“杜大爷，求您别说吃的了！您越说，我越饿！”

“不说了，不说了，”他点上一锅烟，闷闷地抽着，烟锅一明一暗，照着他的老脸。

我打了个长长的哈欠。

他也打了个长长的哈欠。

“罗汉，咱不能这样傻，”他说，“反正咱不让牛趴下就行了，你说对不对？”

我说：“对呀！”

他说：“那咱们俩为什么不轮班睡觉呢？”

“万一它们趴下呢？”我担心地说。

他站起来检查了一下牛缰绳，说：“没事，我敢保证没事。缰绳断不了，它们就趴不下。”

我说：“那我先回家睡去了。”

他说：“你这个小青年觉悟太低了，我今年68了，比你爷爷还大一岁，你好意思先回去睡？”

我说：“你这个老头觉悟也不高，你都68了，还睡什么觉？”

他说："那好吧，我出个题给你算，你要是能算出来，你就回家睡觉，你要是算不出来，我就回家睡觉。"

不等我答应，他就说开了："东南劳山松树多，一共三万六千棵，一棵树上九个杈，一个杈里九个窝，一个窝里九个蛋，一个蛋里九个雀，你给我算算一共有多少雀？"

上学时我一听算术就头痛。十以内的数我掰着手指头还能算个八九不离十，超过了十我就犯糊涂。杜老头子开口就是上万，我如何能算清？再说了，我要能把这样大的数算清楚，我还用得着半夜三更来遛牛吗？

我说："杜老头，你别来这一套，我算不清，算清了我也不算，我凭什么要费那么多脑子？"

杜大爷叹息："现如今的孩子怎么都这样了？一点亏都不吃。"

我说："现如今的老头也不吃亏！"

杜大爷说："碰上你这个小杂种算是碰上对手了。好吧，咱都不睡，就在这里熬着。"

杜大爷一屁股坐在地上，吧嗒吧嗒地抽烟。

我背靠着一棵槐树坐下，仰着脸数天上的星星。

六

在朦胧中，我听到三头小公牛骂声不绝。它们的大嘴一开一合，把凉森森的唾沫喷到我的脸上。大小鲁西骂了我几句就不骂了，双脊却不依不饶，怒气冲天。它说：你这个小杂种，我与你无冤无仇，你为什么说我把十三头母牛都跨了一遍？你让老董同志下那样的狠手。把我的蛋子骗了。你不但让老董同志把我的蛋子骗了，你还把我的蛋子吃了。大小鲁西帮腔道：他把我们的蛋子也吃了。双脊说："想不到啊想不到想不到你这个小杂种是如此地残忍。我大喊冤枉，但我的喉咙被一团牛毛堵住了，死活喊不出声来。双脊对大小鲁西说：伙计，咱们这辈子就这么着了，虽然活着，但丢了蛋子，活着也跟死了差不了。咱们以前怕这小杂种，现在还有什么可怕的？大小鲁西说：的确没有什么好怕的了。双脊说：既然没有什么好怕的了，那咱就把这小杂种顶死算了，咱们不能白白地让这小杂种把

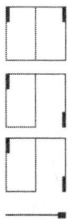

咱们的蛋子吃了。大鲁西道：兄弟们，你们有没有感觉？当他吃我们的蛋子时，我的蛋子像被刀子割着似的痛。我真纳闷，明明地看到他们把我们的蛋子给摘走了，怎么还能感到蛋子痛呢？

双脊和小鲁西说：我们也感觉到痛。双脊说：他们不仁，我们也不必讲义。我看咱们先把这个小杂种的肠子挑出来，然后咱们再去跟麻子他们算账。我把身体死劲地往树干上靠着，眼睛里充满了泪水。我大喊，但只能发出像蚊子嗡嗡一样的小声音。

我说：牛大哥，我冤枉啊……我也是没有办法子呀……队长让我干，我不能不干……双脊，双脊你难道忘了？去年冬天我用我奶奶那把破木梳子，把你全身的毛梳了一遍，我从你身上刮下来的虱子，没有一斤也有半斤，大鲁西，小鲁西，我也帮你们梳过毛，拿过虱子，如果没有我，你们早就被虱子咬死了……你们当时都对我千恩万谢，双脊你还一个劲地用舌头舔我的手……你们不能忘恩负义啊……我的声音虽然细微但它们听到了。我看到它们通红的眼睛里流露出了一丝温情。我抓紧时机，摇动三寸不烂之舌，尽拣那些怀念旧情的话说。我看到它们交换了一下眼神，好像有放过我的意思。我说：牛兄弟们，只要你们饶了我，我这辈子不会忘了你们，等我将来有了权，一定把最好的草料给你们三个吃。我保证不让你们下地干活，夏天我给你们扇扇子，冬天我给你们缝棉衣。我要让你们成为世界上最幸福的牛，最最幸福的牛……在我的甜言蜜语中，我看到大小鲁西的眼睛里流出了泪水。双脊说：我们不用你扇扇子，你也不可能给我们扇扇子；我们不用你缝棉袄，你也不可能给我们缝棉袄。你自己都找不到个人给你缝棉袄。你的好话说得过了头，所以让我听出了你的虚伪。你的目的就是花言巧语地蒙混过关，然后你撒开兔子腿儿，跑一个踪影不见。我说：牛大哥呀，村里人说话说了算，一片真心可对天。双脊道：你甭给俺唱戏文，您这几句俺们从小就听。接下来是"擒龙跟你下海，打虎跟你上高山"，对不对？我连声说对。双脊对大小鲁西说：伙计们趁着天还没亮，咱们把这小杂种收拾了吧！它们竖起铁角，对准我的肚皮顶了过来。我怪叫一声，睁开眼，看到一轮红日已从河堤后边升起来。

一轮红日从河堤后边升起来，耀得我眼前一片金花花。我搓搓眼，看看眼前的情景，不由地叫了一声娘。我的娘哟，三头牛都趴在了地上，尽管缰绳没断，但它们把脖子抻得长长的与树干并直，龇着牙、咧着嘴、翻着白眼，好像三个吊死鬼。

我更加仔细地看了一眼，它们的身体的的确确是趴在了地上。我不顾被夜露打湿了的又僵又麻的身体，蹦起来，跳过去，拉牛缰绳。牛缰绳挺得梆硬，如何拉得动？拉不动我就踢它们的屁股，我踢它们的屁股它们毫无反应。我的心里一片灰白。我想坏了事了，这三头牛死了。这三头牛一定是趁着我睡着了时，商量了商量，集体自杀了。

它们这辈子不能结婚娶媳妇，所以它们集体上了吊。这时我就想起了杜大爷，这老东西趁我睡着了竟然偷偷地跑了。他想把死牛的责任推到我身上。我心中顿时充满了对杜大爷的恨，忘了我对杜五花的爱。"杜鲁门"！"杜鲁门"！我明知"杜鲁门"不可能听到我的喊叫，但我还是大声喊叫。"杜鲁门"，我饶不了你！如果"杜鲁门"此时在我眼前，我会像狼一样扑上去把他咬死。三头牛其实是死在他的手里。我扑上去把他咬死实际上是替牛报仇雪恨。我撒腿往"杜鲁门"家跑去。

我跑到"杜鲁门"家的菜园子，看到"杜鲁门"正猴蹲在那里割韭菜。刚割了韭菜的韭菜畦就像刚剃了的头一样新鲜。他女儿杜五花也在园子里忙活。"杜鲁门"把韭菜捆得整整齐齐。杜五花把"杜鲁门"捆好的韭菜一捆捆地往水桶里放，一捆也不落地放到水桶里用水浸泡。用水浸泡过的韭菜既好看又压秤，这家人的脑子个个好用。杜五花从水桶里把韭菜提上来时韭菜真是好看极了，一串串的水珠像珍珠似的顺着韭菜梢流下来，流到水桶里，发出撒尿般的响声。往水里浸韭菜的杜五花也很好看，尽管此时我对她的爹恨得咬牙切齿，但我还是没办法不承认她的漂亮。根据我的经验，女人只要跟水一接近马上就会变漂亮。漂亮的女人跟水一接近会变得更漂亮，即便是不漂亮的女人跟水一接近也会变漂亮。譬如说女人在河里洗澡，譬如说女人在井边洗头，譬如说女人在水桶边浸泡韭菜。红太阳照耀着杜五花肉嘟嘟的四方大脸，好像一块红玻璃。她留着两条又短又粗的辫子，好像两根驴尾巴。如果没有杜五花在场，我肯定会大喊："杜鲁门，王八蛋，牛死了！"因为杜五花在场，我只好说："杜大爷，坏了醋了！"

杜大爷抬起头，问我："罗汉，你不在那里看着牛，跑到这里来干什么？"

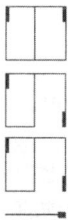

我说："您快去看看吧，杜大爷，我们的牛死了……"

杜大爷像豹子一样蹿起来，问我："你说什么？"

我说："牛死了，我们的牛死了，我们那三头牛都死了……"

"你胡说！"杜大爷弓着腰跑过来，一边跑一边说，"你胡说什么呀，我离开时它们还活蹦乱跳，怎么一转眼就死了？"

"我也不知道它们为什么死了，看那样子，好像都是自杀……"

"你就胡编吧，我活了68岁，还没听说牛还会自杀……"

杜大爷往我们挂牛的地方跑去。

杜五花问我："罗汉，你弄什么鬼？"

我说："谁跟你弄鬼？你爹把牛扔了不管，跑回家来搞资本主义，结果让三头牛上了吊！"

"真的？"杜五花扔掉韭菜跑过来，拉着我的手就往河堤那边跑，她的手像铁钩子一样，她的胳膊力大无穷，我几乎是脚不点地地跟着她跑，边跑她边说："你是怎么搞的？我爹不在，不是还有你吗？"

我气喘吁吁地说："我睡着了……"

"让你看牛你怎么能睡着呢？"她质问我。

我说："我要不睡着你爹怎能跑回家割韭菜？"

我还想说点难听的话吓唬她，但已经到了槐树下。

杜大爷拽着缰绳想把牛拽起来，但拽不起来。我心里想，牛都死了，你怎么能把它们拽起来呢？杜大爷掀着它们的尾巴想把它们掀起来，但掀不起来。我心里想，你怎么可能把一个死牛掀起来呢？虽然他没把牛弄起来，但经他这么一折腾，我看到双脊的尾巴动弹了一下。老天爷，原来双脊还活着。既然双脊还活着，那么，大小鲁西更应该活着。果然我看到大鲁西晃了晃耳朵，小鲁西伸出舌头舔了一下鼻孔。

发现三头牛都没死让我感到很高兴；发现三头牛都活着又让我感到很不高兴。那时候我正处在爱热闹的青春前期，连村子里的狗都讨厌我。我希望村子里天天放电影，但这是绝对不可能的。我希望村子里天天有人打架，这也是绝对不可能的。没有了上边所说的这些大热闹，那么生产队里的母牛生小牛、张光家的母狗与刘汉家的公狗交配最好能天天发生，但这也是绝对不可能的。老董同志来给牛割蛋子这样的热闹能够每天发生吗？当然也是不可能的。所以我想，如果这三头牛一起上吊自杀，这个大热闹足可以让全村轰动，而这令全村轰动的大事与我直接有关系，你想想这会让我的生活多么充实，这会让我多么令人关注，人们必定眼巴巴地望着我、盼着我讲出事情的前因后果，那会让我多么神气。可是，三头牛一个都没死。杜大爷瞪着一大一小两只眼，对着我和他女儿吼："你们俩死了吗？"

老东西这句话是什么意思呢？他让我跟他的女儿死在一起是什么意思？这话虽然不是好话，但我听出了亲近，好像我跟杜五花有着特殊关系似的。我又想其实我跟杜五花的关系就是不一般，我曾经……

"别傻站着了，帮我把牛抬起来呀！"杜大爷说。

于是我上前揪住了双脊的尾巴。

杜五花一把将我搡到一边，什么也没说，她什么也没说就弯下腰，自己揪住了牛尾巴。

我上前抱住了牛脖子。

杜大爷把我推到一边，亲自抱住了牛脖子。

最后，我只好站在杜五花身边，握住了她的手腕子。

我们一齐努力，将双脊抬了起来。

我很担心把牛尾巴从牛屁股上拔下来。其实我是有点盼望着将牛尾巴从牛屁股上拔下来。能将牛尾巴从牛屁股上拔下来肯定也是一件大事，甚至会比死三头牛还热闹，但牛尾巴还在牛屁股上我们就把牛抬起来了。

抬起了双脊，我们紧接着把大鲁西抬起来。

然后我们又把小鲁西抬起来。

我们把三头牛抬起来后，杜大爷马上就转到牛后，弯下腰去仔细观察。

我和杜五花也弯腰观察。

大小鲁西的蛋皮略有肿胀。

双脊的蛋皮大大肿胀，肿成了一只饱满的大口袋，比没阉之前还要饱满。颜色发红，很不美妙。而且这伙计还在发高烧。我站在它的身边就感到它的身体像一个大火炉子似的烤人。

杜大爷解开了牛缰绳。他把大小鲁西的缰绳交给我，他亲自牵着双脊的缰绳。

他对五花说："你回去吧，让你娘擀一轴子杂面条，待会儿我和罗汉回去吃。"

杜五花好像不认识似的看看我，我也好像不认识似的看看她的爹。我心里想，这简直是太阳从西边升起来了。我又看看杜大爷，我看到他老人家的脸慈祥极了。

我活在人世上14年，还从来没见到过像杜大爷这样慈祥的老头。

我们拉着牛，在胡同里慢吞吞地走着。杜大爷咳嗽了几声，说："罗汉小爷们儿，其实，你是咱村里最有天分的孩子，他们都是狗眼看人低，我把这句话放在这里，20年后回头看，你保证是个大人物！"

杜大爷的话我真是爱听。

他说："咱爷俩一夜都没合眼，双脊的蛋子还是肿成了这样，可见这头牛不能阉，人家老董同志也说不能阉，这头牛配过牛不能阉了，你麻叔非要阉，所以说万一有个三长两短，责任也落不到咱爷俩头上，你说对不对？"

我说："对极了！"

七

那天早晨，杜大爷没有食言，他果真让我到他家去吃了一碗杂面条。他的老婆也就是杜五花的娘对我还挺亲热，我吃面条时她一个劲地往我的碗里加汤，好像怕我噎着似的。杜五花态度蛮横地对她娘说："你一个劲地往他的碗里加汤干什么？"

她娘说："吃饭多喝汤，胜过开药方。"杜五花不理她娘，把一个咸鸭蛋几乎全抠到我的碗里。那黄澄澄、油汪汪的鸭蛋黄滚到我碗里时，杜大娘对着杜五花挤鼻子弄眼的。使眼色，杜五花装作看不见，连杜五花都装作看不见，我更没必要冒充好眼色。我毫不客气地一口就将那个鸭蛋黄吞了，免除了杜大娘再把那个鸭蛋黄抢走的危险。仓皇之间没顾上品咂鸭蛋黄的味道，这有点遗憾，但也没有什么好遗憾的，因为在我吞蛋黄的同时，杜大娘抢蛋黄的手已经伸过来了。杜大娘气呼呼地说："你这孩子，真是有爹娘生长无爹娘教养！人家都是一丁点一丁点地品品滋味，你竟然一口吞了！"杜五花替我帮腔道："不就那么个鸭蛋黄嘛，您嘀咕什么？！让人吃就别心疼！"杜大娘愤怒地说："不是我心疼，我是怕他吃坏了嗓子。"我说："大娘您就放心吧，我跟方小宝打赌，空口喝了一斤酱油，嗓子还像小喇叭似的。"

杜大娘撇撇嘴，转身走了。杜五花对我眨眨眼，鬼鬼地笑了。这一笑让我感到她和我心连着心，这一笑让我感动了许多年。

那个白天，我和杜大爷牵着牛在村子里转。时而杜大爷牵着双脊在前，时而我牵着大小鲁西在前。我在前时我的心情比较好，因为看不到双脊的蛋子。我在后时我的心情很恶劣，因为我没法不看到双脊那越肿越大的蛋子。转入大街转小巷，起初我们身后还跟着几个抹鼻涕的孩子，但一会儿他们便失去了兴趣。小孩子们走了，苍蝇来了。起初只有几只苍蝇，很快就来了几百只苍蝇。苍蝇的兴趣集中在双脊的蛋子上。它们叮住不放，改变了那地方的颜色。苍蝇让双脊更加痛苦，我从它的眼神里看出了它欲死不能的神情。我折了一束柳条，替它轰赶苍蝇，但那地方偏僻狭窄，有很多死角，另外还要拂蝇忌蛋，所以也就干脆不赶了。

杜大爷让我看着双脊，他去向麻叔汇报双脊的病情。

杜大爷回来，气呼呼地说："麻子根本不关心，说没事没事没事，他妈的巴子，他没看怎么知道没事？"

这天夜里，大小鲁西开始认草了，但双脊的病情越来越重。

第三天上午，我们不管大小鲁西了，放它们回了生产队的饲养室。我和杜大爷把全副精力放到双脊身上。

我们一前一后，推拉着它在街上走。我们必须高度警惕着，才能防止它像堵墙壁一样倒在地上。

我们把它拉到生产队饲养室门外。杜大爷提来一桶水，想让它喝点。但它的嘴唇放在水面上沾了沾就抬起来了。它的嘴唇上那些像胡须似的长毛上滴着水。清亮的水珠从它嘴唇上那些长毛上啪哒啪哒地滴下来，好像一滴滴眼泪。它的眼睛其实一直在流泪。泪水浸湿了它眼睛下边两大片皮毛，显出了明显的泪痕。杜大爷跑进饲养室，用一个破铁瓢，盛来了半瓢棉籽饼，这是牛的料，尽管这东西牛吃了拉血丝，但还是牛最好的料。只有干重活的牛才能吃到这样的好料。杜大爷把那半瓢棉籽饼倒进水桶里，

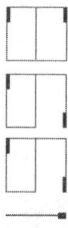

伸进瓢去搅了搅。杜大爷温柔地说："小牛，你喝点吧，你闻闻这棉籽饼有多么香！"双脊把嘴插进水桶里，蘸蘸嘴唇就抬起来了。杜大爷惊异地说："怎么？你连这样的好东西都不想喝了吗？"拴在柱子上的那些牛们，其中包括大小鲁西，闻到棉籽饼的香味，都把眼睛斜过来。杜大爷说："罗汉，你去跟麻子说吧，你是他的侄子，你的面子也许比我大。你去说吧，你就说双脊很可能要死。你说他如果不来，那么，牛死了他要负全部的责任，你去吧。"

我跑了好几个地方，最后在生产队的记工房里看到了麻叔。

我说："双脊要死了，很可能马上就要死了……"

麻叔正和队里的保管、会计在开会，听到我的话，他们都跳了起来。

麻叔嘴角上似乎挂着一丝笑容，问我："你说双脊要死？"

我说："它连香喷喷的棉籽饼都不吃了，它的蛋皮肿得比水罐子都要大了。"

麻叔说："我要去公社开会，王保管你去看看吧。"

王保管就是那位因为打牛进过苗圃学习班的人。他红着脸，摆着手，对麻叔说："这事别找我，跟牛沾边的事你们别找我！"

麻叔狡猾地笑着说："吃牛肉时找不找你？"

王保管说："吃牛肉？哪里有牛肉？"

麻叔道："看看，一听说吃牛肉就急了嘛！"

王保管说："吃牛肉你们当然应该找我，要不我这条腿就算白瘸了！"

麻叔说："徐会计，那你去看看吧。"

徐会计说："要不要给公社兽医站的老董同志打电话？"

麻叔说："最好别惊动他，他一来，肯定又要打针，打完了针还要换药，换完了药咱还得请他吃饭喝酒，队里还有多少钱你们也不是不知道！"

徐会计说："那怎么办？"

麻叔道："一个畜生，没那么娇气，实在不行，弄个偏方治治就行了。"

我们在徐会计的指挥下，往双脊的嘴里罐了一瓶醋，据村里的赤脚医生说醋能消炎止痛。我们还弄来一个像帽子那样大的马蜂窝，捣烂了，硬塞到它的嘴里去，据徐会计的爹说，马蜂窝能以毒攻毒。我们还弄来一块石灰膏子抹到它的蛋皮上，据说石灰是杀毒灭菌的灵药。

我真心盼望着双脊赶快好起来，它不好，我和杜大爷就得不到解放。但双脊的病情不但没有好转，反而加重了。它的蛋皮流出了黄水，不但流黄水，还散发出一股恶臭。这股恶臭的气味，把全村的苍蝇都招来了。我们牵拉着他走到哪里，苍蝇就跟随到哪里。它的背弓得更厉害了。由于弓背，它的身体也变短了。它身上的毛也戗起来了，由于戗毛，它身上的骨节都变大了。它的泪水流得更多了。它不但流眼泪，还流眼屎，苍蝇伏在它的眼睛周围，吃它的眼屎，母苍蝇还在它的眼角上下了许多蛆。它的蛋皮上也生了蛆。

第四天早晨，我们把双脊拉到麻叔家门口。麻叔家还没开门，我捡起一块砖头，用力砸着他家的门板。麻叔披着褂子跑出来，骂我："浑蛋罗汉，你想死吗？"

我说："我不想死，但是双脊很快就要死了。"

杜大爷蹲在墙根儿，说："麻子，你还是个人吗？"

麻叔恼怒地说："老杜，你这么大年纪了，怎么连句人话都不会说了？"

"你逼得我哑巴开口，"杜大爷说："你看看吧，怎么着也是条性命，你们把它的蛋子挖出来吃了，你们舒坦了，可是它呢？"

麻叔转到牛后，弯下腰看看，说："那你说该怎么办？"

杜大爷说："解铃还得系铃人，赶快把老董叫来。"

麻叔道："你以为我不急？牛是生产资料，是人民公社的命根子，死个人，公社里不管，死头牛，连党委书记都要过问。"

杜大爷问："那你为什么不去请老董？"

"你以为我没去请？"麻叔道，"我昨天就去了兽医站，人家老董同志忙着呢！全公社有多少生产队？有多少头牛？还有马，还有驴，还有骡子，都要老董同志管。"杜大爷说："那就看着它死？"

麻叔搔搔头，说："老杜，想不到你一个老中农，还有点爱社如家的意思。"

杜大爷说："我家四个女婿，三个吃公家饭！"

麻叔说："这样吧，你和罗汉，拉着双脊到公社兽医站去，让老董给治治。"

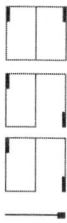

杜大爷说："简直是睁着眼说梦话，到公社有20里地，你让我们走几天？"

麻叔说："走几天算几天。"

杜大爷说："只怕走到半路上它就死了！"

麻叔说："它实在要死，咱们也没有办法，连县委书记都要死，何况一头牛？"

杜大爷说："我去了，家里那些牛怎么办？"

麻叔说："同志，不要以为离了你地球就不转了，让你去你就去，家里的事就甭管了！"

杜大爷说："好好好，我去，丑话说在前头，这牛要是死在路上，你们可别找我麻烦。"

麻叔道："还有小罗汉当见证人嘛！"

八

我们拖着双脊，走上了去公社之路。

我背着一个包袱，包袱里包着一个玉米面饼子，一棵大葱，一块黑酱。这是因为我要出门，家里对我的奖赏。如果不出门，我的主食是发霉的地瓜干子。杜大爷背着一个黄帆布书包，书包上绣着红字，这是很洋气的东西，在当时的情况下，只有知识青年才能背这种书包。我做梦都想有这样一个书包，但我弄不到。杜大爷很牛气地背着一个只有知识青年才有的书包拉着牛缰绳走在牛前头，书包让他生气勃勃。我背着古旧的包袱，拿着一把破扇子跟在牛后头。我用破扇子不停地轰着双脊蛋皮上的苍蝇。我扇一下子苍蝇们就嗡地飞起来，苍蝇飞起来时我看到双脊那可怜的蛋皮像一团凉粉的形态、像一团凉粉的颜色。我刚一停手苍蝇们就落回去，苍蝇落回去我就只能看到苍蝇。我们出了村，过了桥，上了通往公社的那条砂石路。夸张点说我们走得还不如蛆爬得快。不是我们走不快，是双脊走不快。双脊连站立都很困难，但我们要它走，它就走。它已经连续三天没捞到趴下歇歇了，我猜想它的脑子已经昏昏沉沉。如果是人，早就活活累死了，累不死也就困死了。想想做头牛真他妈的不容易。如果我是双脊，就索性趴下死了算了。但双脊不是我。我和杜大爷一个在前拉着，一个在后催着，让它走，逼它走，它就走，一步，一步，一步更比一步难。

太阳正响时我们走到了甜水井。甜水井离我们村六里地。杜大爷说："罗汉，咱爷们儿走的还不算慢，按这个走法，半夜十二点时，也许就到兽医站了。"

我说："还要怎么慢？我去公社看电影，20分钟就能跑到。"

杜大爷说："已经够快了，不要不知足。歇歇，吃点东西。"

我们把双脊拴在井边的大柳树上。我解开了包袱，杜大爷解开了书包。杜大爷从书包里摸出了一块玉米面饼子，我从包袱里也摸出了一块玉米面饼子。我摸出了一根大葱，他也摸出了一根大葱。我摸出黑酱他也摸出黑酱。我们两个的饭一模一样。吃了饭，杜大爷从书包里摸出了一个玻璃瓶子。玻璃瓶颈上拴着一根绳。他把绳抖开，将瓶子放到井里，悠一悠，荡一荡，猛一松手，瓶子一头扎到水里，咕咕嘟嘟一阵响，灌满了水就不响了。杜大爷把灌满水的瓶子提上来。我说："杜大爷，您真是有计划性。"

杜大爷说："让我当生产队长，肯定比麻子强得多。"

我说："当生产队长屈了您的才，您应该当公社书记！"

杜大爷说："可不敢胡说！公社书记个个顶着天上的星宿，那不是凡人。"

我说："大爷，您说，我要有个爹当公社书记，我会怎么样？"

"就你这模样还想有个当公社书记的爹？"杜大爷把瓶子递给我，说，"行了，爷们儿，别做梦了，喝点凉水吧，喝了凉水好赶路。"

我喝了一瓶凉水，肚子咕咕地响。

杜大爷又提上一瓶水，将瓶口插到牛嘴里。水顺着牛的嘴角流了出来。

"无论如何我们要让它喝点水，"杜大爷说，"否则它病不死也要渴死。"

杜大爷又从井里提上一瓶水，他让我把双脊的头抬起来，让它的嘴巴向着天，然后他把瓶子插到牛嘴里。这一次，我听到了水从双脊的咽喉流到胃里去的声音。杜大爷兴奋地说："好极了，我们终于让它喝了水，喝了水它就死不了了。"

　　我们离开柳荫，重返砂石路。初夏的正午阳光其实已经十分暴烈，砂石路面放射着红褐色的刺眼光芒。我建议歇一歇，等太阳落落再走。杜大爷说多歇无多力。

　　而且他还说阳光消毒杀菌，而且他还说其实双脊冻得要命，你难道没看到它浑身上下都在打哆嗦吗？我相信杜大爷的生活经验比我要丰富得多，所以我就不跟他争辩。我更希望能早些到了公社兽医站，让双脊的病及时得到治疗，我其实是个善良的孩子。

　　我从路边拔了一把野草，编成一个草圈戴在头上。我看到杜大爷的秃头上汪着一层汗水，便把头上的草圈摘下来扔给他。杜大爷接了草圈戴在头上，说："你这孩子，越来越懂事，年轻人，就应该这样。"杜大爷一句好话说得我心里暖洋洋的。

　　我说："大爷，您活像个老八路！"杜大爷叹息道："人哪，可惜没有前后眼，要有前后眼，说什么我也要去当八路。"我问："您为什么不去当八路呢？"他说："说句不中听的话，那时候，谁也看不出八路能成气候。八路穿得不好，吃得也不好，武器更不好，就那么几条破大枪，枪栓都锈了，子弹也少，每人只有两粒火，打仗全靠手榴弹，手榴弹也是土造的，十颗里铁定有五颗是臭的。国民党军可就不一样了，一色的绿哗叽军装，美式汤姆枪，红头绿屁股子弹开着打，那枪，打到连发上，哇哇地叫，脆生生的，听着都养耳朵。手榴弹一色是小甜瓜形状，花瓣的，炸起来惊天动地，还有那些十辆大卡车才能拖动的榴弹大炮，一炮能打出五十里，落地就炸成一个湾，湾里的水瓦蓝，一眼望不到底。爷们儿，那时候不比现在，现在都打破头地抢着当兵，那时谁也不愿当兵。"好男不当兵，好铁不打钉"嘛。就是当兵，爷们儿，我也不去当八路，要当我也去当国民党军了。当国民党军神气，国民党军吃得好、穿得好，还能看到前途。八路，不是正头香主，爷们儿，说起来好像在撒谎，一直到了1947年咱们这块地方还不知道八路的头是谁，后来才听说八路的头是朱毛，后来又说朱毛是两个人，还是两口子，朱是男的，毛是女的。但那时谁都知道蒋介石……"

　　我说："那你说说国民党军为什么被八路打败了？"

　　杜大爷说："依我看，八路的人能吃苦，国民党军的人不能吃苦。八路的人没有架子，大官小官都没架子，国民党军的人架子大，国民党军的大官架子倒不大，小官反倒架子大，官越小架子越大。俺家东厢房里住过国民党军一个少尉，连洗脚水都要勤务兵给端到炕前，但八路的团长还给俺家扫过院子。还有，八路的人不跟女人黏糊，我看他们不是不想，是不敢；国民党军的人就不一样了，见了漂亮娘们儿，当官的带头上。就这几条，国民党军非败不可。"

我说："你既然看出国民党军必败，为什么还不去当八路？"

"那会儿谁能看出来？那会儿我要看出来肯定当了八路。"他说："我要是当了八路，熬到现在，最次不济也是公社书记，吃香的，喝辣的，屁股下坐着冒烟的。不过也很可能早就给炮子打死了。人的命，天注定，这辈子该吃哪碗饭，老天爷早就给我安排好了，胡思乱想是没有用处的。人不能跟天对抗，我是很知足的，比上不足，比下有余嘛！"

我们天上一句地下一句地胡扯着，一步一步、摇摇晃晃地往前挪动。我们说累了，就沉默。在沉默中我们昏昏欲睡。现在回想起来，那是一幅很有情调的画面：一轮艳阳当头照，砂石路在阳光下变成了金黄色，一个头戴草圈、斜背书包的老头子，迎着阳光眯着一大一小两只眼，肩膀上背着牛缰绳，抻着黑色的脖子，一步一探头地往前走着，像我后来看到过的在江上拉纤的船夫。在他的身后，是被缰绳拉得仰起来的牛脸。牛脸上有泪水还有苍蝇。再往后是弓起来的牛背、夹起的牛尾。牛蛋皮太难看，就不要画了。重点应该画画我。我很丑，我很丑却缺乏自知之明，喜欢扮鬼脸，做怪相，连我的姐姐都曾经质问我的母亲：娘，你说他怎么这样丑？

简直是气死画匠，难描难画。母亲对姐姐的质问当然不高兴。母亲说狗养的狗亲，猫养的猫亲，你们不亲他，所以就觉得他丑。当然母亲生了气时也骂我丑。我趴到井台边上看自己的模样，确实有些问题。譬如说我嘴里生着一颗虎牙，姐姐说我锯齿獠牙。我一怒之下，找了一把铁锉，硬是一点点地将那颗牙锉平了。锉牙时整个牙床都是酸的，好像连脑子都给震荡了，但是为了美，我把那样长的一颗虎牙给锉平了。我把这事说给村里人听时，他们都不相信，以为我又在胡说。我留着那种头顶只有一撮毛的娃娃头，脸上是一片片铜钱大的白癣，那时候男孩子脸上爱长这种白癣，据说用酸杏擦能擦好，我们就去偷酸杏来擦，也没见谁擦好过。我斜背着一个蓝布包袱，穿一条大裤头子，脚上拖拉着一双大鞋，手里摇着一柄破芭蕉扇，有一下没一下地扇着牛的蛋皮。我们都不好看，人不是好

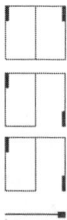

人，牛也不是好牛。但我们很有特色。如果愿意，其实还可以画画路两边的树。路两边的树多半是杨树，杨树里夹杂着一些槐树。杨树上生了那种名叫"吊死鬼"的虫，它们扯着一根游丝在风里荡来荡去。路两边的麦子正在开花，似乎有那么点甜甜的香气。这幅图画固然很好，但我的肉体却很痛苦。我头痛，眼前有点发黑，口里是又干又苦，脚也很痛。

但我的这点痛苦跟牛比起来肯定是不值一提。牛受的罪比天还高，比地还厚。它的头不痛是不可能的。我们多少还睡了一点觉，可它却一点觉都不能睡。现在我想起来，其实不让骟过的牛趴下是没有道理的。即使是一条没骟过蛋子的牛，让它四天四夜捞不到趴下，也是一桩酷刑，何况它身受酷刑，大量失血后，又伤口发炎。它的腿已经肿了，它血管子里的血也坏了，它那个像水罐一样的蛋皮里肯定积了一包脓血。与牛相比，我受的这点小罪的确是轻如鸿毛了。杜大爷难道就好受了吗？他也不好受。他是68岁的人了，那时候68岁的人就是高龄了，也就是说，杜大爷的大部分身体已经被黄土埋起来了。他嘴里的牙几乎全掉光了，只剩下两个特大的门牙，这两个长门牙给他的脸上增添了一些青春气象，因为这两个门牙使他像一匹野兔，野兔无论多么老，总是活泼好动的，一活泼好动，就显得年轻。接下来发生了一件重要的事情，我在路上捡到了一把刀子。

那是一把三角形、带长柄的刀子。因为我曾经在生产队的苗圃里干过活，所以我一眼便看出那是一把嫁接果树时用的刀子。这种刀子很锋利，跟老董同志使用的阉牛刀在外形上有些相似之处。我捡起这把刀子后，就忘了头痛和脚痛，鬼使神差般地就想把双脊那肿胀的蛋皮给豁了。我清清楚楚地看到，那里边全是脓血。我听到双脊也在哀求我：兄弟，好兄弟，给我个痛快吧！我知道这事不能让杜大爷知道，让他知道了，我的计划肯定不能实现。借着一个小上坡，我捏紧刀子，心不软，手不颤，瞄了个准，一闭眼，对着那东西，狠命地一戳。我抽刀子的动作很快，但还是溅了一手。

杜大爷惊喜无比，说："罗汉，你他妈的真是个天才！你这一刀，牛轻松了，我也轻松了。你要早来这么一刀，双脊没准早就好了，根本不用到公社去……太好了……太好了……我见了老董同志一定让他把你留下当学徒，我的眼光是没有错的，我看准了的人没有错的……"

杜大爷折了一根树枝，转到牛后，将树枝戳到牛的蛋皮里搅着。牛似乎很痛苦，想抬起后腿蹚人。但它仅有蹚人的意念，没有蹚人的力气了。它的后腿抬了抬就放下了。它只能用浑身的哆嗦表示它的痛苦。杜大爷真诚地说："牛啊牛，你忍着点吧，这是为了你好……"蛋囊里的脏物哗哗地往外流，先是白的、黄的，最后流出了红的。杜大爷扔掉树枝，说："好了，这一下保证好了！"

我们拉着它继续赶路。它走得果然快了一些。杜大爷从槐树上扯下了一根树枝，树枝上带着一些嫩叶，递到它的嘴边，它竟然用嘴唇触了触，有点想吃的意思。尽管它没吃，但还是让我们感到很兴奋。杜大爷说："好了，认草就好了，到了公社，打上一针，不出三天，又是一条活蹦乱跳的牛了。"

太阳发红时，我们已经望到了公社大院里那棵高大的白杨树。我兴奋地说："快了，快要到了。"

杜大爷说："望山跑死马，望树跑死牛，起码还有五里路。不过，这比我原来想的快多了，该说什么说什么，多亏了你小子那一刀，不过，如果没有我那一根树枝也不行。"

我们越往前走，太阳越发红。路边那个棉花加工厂里的工人已经下班，一对对的青年男女穿着色彩鲜亮的衣服在路上散步。他们身上散发着好闻极了的肥皂气味。那些漂亮女人身上，除了肥皂气味之外，还有一些甜丝丝香喷喷的气味。

杜大爷对着我眨眨眼，低声说："罗汉，闻到大闺女味了没有？"

我说："闻到了。"

他说："年轻人，好好闯吧，将来弄这样一个娘们儿做老婆。"

我说："我这辈子不要老婆。"

杜大爷说："你这是叫花子咬牙发穷恨！不要老婆？除非把你阉了！"

我们正议论着，一对男女在路边停下来。那个一脸粉刺、头发卷曲的男青年问："老头，你们这是干啥去？"

杜大爷说："到兽医站去。"

男青年问："这牛怎么啦？"

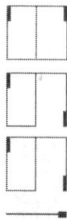

杜大爷说："割了蛋子了。"

男青年说："割蛋子，为什么要割它的蛋子？"

杜大爷说："它想好事。"

男青年问："想好事？想啥好事？"

杜大爷说："你想啥好事它就想啥好事！"

男青年急了，说："老头，你怎么把我比成牛呢？"

杜大爷说："为什么不能把你比成牛？天地生万物，人畜是一理嘛！"

女青年红着脸说："毛，快走吧！"

女青年细眉单眼，头很大，脸也很大，脸很白，牙也很白。我不由自主地想看她。男青年跑到牛后，弯着腰，看双脊那个地方。

"我的天，"男青年一惊一乍地说，"你们真够残忍的，小郭小郭你看看他们有多么残忍！"

男青年招呼那女青年。女青年恼怒地一甩辫子，往前走了。男青年急忙去追女青年。我的脖子跟着女青年转过去。我看到男青年将一只胳膊搭在女青年肩上，奇怪的是女青年竟然让他把胳膊搭在肩上。

杜大爷说："转回头吧，看也是白看。"

我回过头，感到有点不好意思。

杜大爷说："刚才还说这辈子不要老婆呢，见了大闺女眼睛像钩子似的！"

我说："我看那个男的呢！"

"别辩了，大爷我也是从年轻时熬过来的。"杜大爷说，"这个大闺女，像刚出锅的白馒头，暄腾腾的，好东西，真是好东西呀！"

公社的高音喇叭播放《国际歌》时，我们终于赶到了兽医站。那时候公社的高音喇叭晚上七点开始广播，开始广播时先播《东方红》，播完了《东方红》就预告节目，预告完了节目是《新闻联播》，播完了国家新闻就播当地新闻，播完了当地新闻就播样板戏，播完了样板戏就播天气预报，播完了天气预报就播《国际歌》，播完了《国际歌》就说："贫下中农同志们，今天的节目全部播送完了，再会。"这时候就是晚上九点半，连一分钟都不差。我们在兽医站前刚刚站定，播音员就与我们"再会"了。杜大爷："九点半了。"

我打了一个哈欠说："在家时播完国际歌我就睡了觉了。"

杜大爷说："今天可不能睡了，咱得赶快找老董同志给双脊打上针，打上针心里就踏实了。"

兽医站铁门紧闭，从门缝里望进去，能看到院子里竖着一个高大的木架子，似乎还有一口井，井边的空地上，生长着一些蓬松的植物。一只狗对着我们叫着，屋子里黑乎乎的，什么也看不见。

我问："大爷，咱到哪里去找老董同志呢？"

杜大爷说："老董同志肯定在屋里。"

我说："屋里没点灯。"

杜大爷说："没点灯就是睡觉了。"

我说："人家睡觉了咱怎么办？"

杜大爷说："咱这牛算急病号，敲门就是。"

我说："万一把人家敲火了怎么办？"

杜大爷说："顾不了那么多了，再说了，老董同志吃了双脊的蛋子，理应该给双脊打针。"

我们敲响了铁门。起初我们不敢用力敲，那铁门的动静实在是太大了，铿铿锵锵地，像放炮一样。我们敲了一下，那条狗就冲到门口，隔着铁门，往我们身上扑，一边扑一边狂叫。但屋子毫无动静。我们的胆壮了，使劲敲，发出的声音当然更大，那条狗像疯了似的，一下下地扑到铁门上，狗爪子把门搔得嚓嚓响，但屋子里还是没有动静。杜大爷说："算了吧，就是个聋子，也该醒了。"

我说："那就是老董同志不在。"

杜大爷说："这些吃工资的人跟我们庄户人不一样，人家是八小时工作制，下了班就是下了班。"

我说："这太不公平了，咱们辛辛苦苦种粮食给他吃，他们就这样对待我们？不是说为人民服务吗？"

"你是人民吗？我是人民吗？你我都是草木之人，草木之人按说连人都不算，怎么能算人民呢？"杜大爷长叹一声，"我们好说，可就苦了双脊了！双脊啊双脊，去年你舒坦了，今年就要受罪，像大小鲁西，去年没舒坦，今年遭的罪就小得多。老天爷最公道，谁也别想光占便宜不

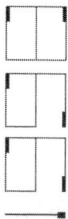

吃亏。"

我看看黑暗中的双脊，看不到它的表情，只能听到它的粗浊的喘息。

杜大爷打着打火机，围着双脊转了一圈，特别认真地弯腰看了看它的双腿之间。

打火机烫了他的手，他嘶啦一声，把打火机晃灭。我的面前立即变得漆黑。天上的星斗格外灿烂起来。杜大爷说："我看它那儿的肿有点消了，如果它实在想趴下，就让它趴下吧。"

我说："太好了，大爷，好不好也不在趴不趴下上，大小鲁西不也趴过一夜吗？不是照样好了吗？"

杜大爷说："你说的有点道理，它趴下，咱爷俩也好好睡一觉。"

杜大爷声音未了，双脊便像一堵朽墙，瘫倒在地上。

九

黎明时，我被杜大爷一巴掌拍醒。我迷迷糊糊地问："大爷，天亮了吗？"杜大爷说："罗汉，毁了炉子……我们的牛死了……"听说牛死了，睡意全消，我的心中既感到害怕又感到兴奋。从铁门边上一跃而起，我就到了牛身边。这天早晨大雾弥漫，虽是黎明时分，但比深更半夜还要黑。我伸手摸摸牛，感到它的皮冰凉。

我推它一下，它还是冰凉。我不相信牛死了，我说："大爷，您怎么能看到牛死了呢？"大爷说："死了，肯定死了。"我说："你把打火机借给我用用，我看看是不是真死了。"杜大爷将打火机递给我，说："真死了，真死了……"我不听他那套，点燃打火机，举起来一照，看到牛已经平躺在地上，四条腿伸得笔直，好像四根炮管子。它的一只眼黑白分明地盯着我，把我吓了一跳。我赶紧摁灭打火机，陷入黑暗与迷雾之中。"

"怎么办？大爷，你说咱们怎么办？"我问。杜大爷说："我也不知道怎么办，等着吧！""等什么？""等天亮吧！""天亮了怎么办？""该怎么办就怎么办，反正是死了，顶多让我们给它抵命！"杜大爷激昂地说。我说："大爷啊，我还小，我不想死……"杜大爷说："放心吧，抵命也是我去，轮不到你！"我说："杜大爷您真是好样的！"杜大爷说："闭住你的嘴，别烦我了！"

我们坐在兽医站门口，背倚着冰凉的铁门，灰白的雾像棉絮似的从我们面前飘过去。天气又潮又冷，我将身体缩成一团，牙齿嘚嘚地打战。我努力克制不去看死牛，但我的眼睛却忍不住地往那里斜。其实那里也是浓雾弥漫，牛的尸体隐藏在雾里，就像我们的身体隐藏在雾里一样。但我的鼻子还是闻到了从死牛身上发出来的气息。这气息是一种并不难闻的冷冰冰的腐臭气息，像去年冬天我从公社饭店门前路过时闻到的气息一模一样。

雾没散，天还很黑，但公社广播站的高音喇叭猛然响了，放《东方红》。我们知道已经是早晨六点钟。喇叭很快放完了《东方红》。喇叭放完了《东方红》东方并没有红，太阳也没有升起。但很快东方就白了。雾也变淡了些。我站起来活动了一下腿脚。杜大爷背靠着铁门，浑身哆嗦，哆嗦得很厉害，哆嗦得铁门都哆嗦。我问："大爷，您是不是病了？"他说："没病，我只是感到身上冷，连骨头缝里都冷。"我立刻想起奶奶说过的话，她说，人只要感到骨头缝里发冷就隔着阴曹地府不远了。我刚想把奶奶说过的话向杜大爷转述，杜大爷已经哆哆嗦嗦地站了起来。

我尾随着杜大爷，绕着死牛转了一圈，我们现在已经能够清清楚楚地看见它了。它死时无声无息，我和杜大爷都没听到它发出过什么动静。它可以说是默默地离开了人世。它侧着躺在地上，牛的一生中，除了站着，就是卧着，采取这样大大咧咧的姿势，大概只有死时。它就这样很舒展也很舒服地躺在地上，身体显得比它活着时大了许多。从它躺在地上的样子看，它完全是一头大牛了，而且它还不算瘦。杜大爷说："罗汉，我在这里看着，你回家向你麻叔报信去吧。"

我说："我不愿去。"

杜大爷说："你年轻，腿快，你不去，难道还要我这个老头子去吗？"

我说："您说得对，我去。"

我把那个包饼子的蓝包袱捆在腰里，跑上了回村之路。

我刚跑到棉花加工厂大门口就碰到了麻叔。麻叔骑着一辆自行车，身体板得像纸壳人一样。他骑车的技术很不熟练，我隔着老远就认出了他，一认出他我就大声喊叫，一听到我喊叫他就开始计划下车，但一直等车子越过了我十几米他才下来，而且是很不光彩地连人带车倒在地上

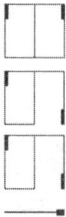

后从车下钻出来的。我跑过去，沉痛地说："麻叔，咱们的牛死了……"麻叔正用双腿夹着车前轮，校正车把。我认出了这辆车子是村里那位著名的大龄男青年郭好胜的车子，因为他的车子上缠满了花花绿绿的塑料纸。郭好胜爱护车子像爱护眼睛一样，能把他的车子借来真是比天还要大的面子。郭好胜要是看到麻叔把他的自行车压在地上，非心疼得蹦高不可。我说："麻叔……"麻叔说："罗汉，你要是敢对郭好胜说我把他的车子压倒过，我就打烂你的嘴。"我说："麻叔，咱们的牛死了……"麻叔兴奋地说："你说什么？"

我说："牛死了，双脊死了……"麻叔激动地搓着手说："真死了？我估计着也该死了，我来就是为了这……走，看看去，我用车子驮着你。"麻叔左脚踩着脚踏子，右脚蹬地，一下一下地，费了很大的劲将车子加了速，然后，很火暴地蹦上去，他的全身都用着力气，才将自行车稳住，他在车上喊着我："罗汉，快跑，蹦上来！"

我追上自行车，手抓住后货架子，猛地往上一蹦，麻叔的身体顿时在车上歪起来，他嘴里大叫着："不好不好……"然后就把自行车骑到沟里去了。麻叔的脑袋撞在一块烂砖上碰出了一个渗血的大包。我的肚子挤到货架子上，痛得差点截了气。麻叔爬起来，不顾他自己当然更不顾我，急忙将郭好胜的车子拖起来，扛到路上，认真地查看。车把上、车座上都沾了泥，他脱下小褂子将泥擦了。然后他就支起车子，蹲下，用手摇脚踏子，脚踏子碰歪了，摇不动了。麻叔满面忧愁地说："坏了，这一下坏了醋了……"我说："麻叔咱们队的牛死了……"麻叔恼怒地说："死了正好吃牛肉，你咕哝什么？生产队里的牛要全死了，我们的日子倒他妈的好过了！"

我知道我的话不合时宜，但麻叔对牛的冷漠态度让我大吃了一惊。早知道生产队的当家人对队里的牛是这个态度，我们何必没日没夜地遛它们？我们何必吃这么大的苦把它牵到公社？我们更不必因为它的死而心中忐忑不安。但双脊的死还是让我心中难过，这一方面说明我的善良，另一方面说明我对牛有感情。

麻叔坐在地上，让我在他对面将车子扶住，然后他双手抓住脚踏子，双脚蹬住大梁，下死劲往外拽。拽了一会儿，他松开一只手，用另一只手，摇动脚踏子，后轮转起来了，收效很大。他高兴地说："基本上拽出来了！再拽拽！"于是他让我扶住车子，他继续往外拽。又拽了一会儿，他累了，喘着气说："他妈的，倒霉，早晨出门就碰到一只野兔子，知道今日没有什么好运气！"我说："您是干部，还讲迷信？"他说："我算哪家子干部？"他瞪我一眼，推着车往前走，吐了几口唾沫，回头对我说，"你要敢对郭好胜说，我就豁了你的嘴！""保证不说，"我问，"麻叔，牛怎么办？"他微微一笑，道："怎么办？好办，拉回去，剥皮，分肉！"

临近兽匠站时，他又叮嘱我："你给我紧闭住嘴，无论谁问你什么，你都不要说话！"

"要我装哑巴吗？"

麻叔："对了，就要你装哑巴！"

十

麻叔一到兽医站门口，支起车子，满脸红锈，好似生铁，围着牛转了一圈，然后声色俱厉地说："好啊！老杜，让你们给牛来治病，你们倒好，把它给治死了！"杜大爷哭丧着脸说："队长，自从这牛阉了，我和罗汉受的就不是人罪，它要死，我们也没有办法！"

我说："我们四天四夜没睡觉了。

麻叔说："你给我闭嘴！你再敢插嘴看我敢不敢用大耳刮子扇你！"

麻叔问杜大爷："兽医站的人怎么个说法？"

杜大爷道："直到现在还没看到兽医站一个人影子呢！"

"你们是死人吗？"麻叔道："为什么不喊他们？"

杜大爷说："我们把大铁门都快拍烂了！你要不信问罗汉。"

我紧紧地闭着嘴，生怕话从嘴里冒出来。

麻叔卷好一支烟，伸出舌头舔了一下烟纸，吐出舌头上的烟末，顺便骂了一句："狗日的！"

杜大爷说："队长，要杀要砍随你，但是你不能骂我，我转眼就是奔70岁的人了。"

麻叔道："我骂你了吗？真是的，我骂牛！"

杜大爷说："你骂牛可以，但你不能骂我。"

麻叔看看杜大爷，将手里那根卷好的烟扔过去。

杜大爷慌忙接住，自己掏出火机点燃。他蹲下抽烟，身体缩得好像一只受了惊吓的刺猬。

这时广播停了，雾基本散尽，太阳也升起来了。太阳一出头，我们眼前顿时明亮了。公社驻地的繁华景象展现在我们面前。兽医站对面，隔着一条石条铺成的街道就是公社革委的大院子。大门口的两个砖垛子上，挂着两个长条的大牌子，都是白底红字，一个是革命委员会的，一个是公社党委。迎着大门是一堵长方形的墙，墙上画着一轮红日，一片绿浪，还有一艘白色的大船，船头翘得很高。红日的旁边，写着一行歪三扭四的大字：大海航行靠舵手。公杜大门左边，是供销社，右边是饭店。饭店右边是粮管所；供销社左边是邮局。我们背后是兽医站；兽医站左边是屠宰组；兽医站右边是武装部。全公社的党政机关、商业部门都在这一团团，我们的牛几乎就躺在公社的正中心。我感到那些机关的大门口一个个都阴森森的，好像要把我们吞了，这种感觉很强烈，但麻叔已经不许我说话，我只能把我的感觉藏在自己心里。

石条街上的人很快就多起来。机关食堂的烟囱里冒出白烟，很快就有香气放出来。这些气味中最强烈的、最迷人的就是炸油条的香气。我仿佛看到了金黄的油条在油锅里翻滚的情景。我随即想起，杜大爷的大女婿不是在公社食堂里当大师傅吗？如果杜大爷进去找他，肯定可以吃他个肚子圆。杜大爷可能因为死牛的事把这门亲戚给忘了。他还有个四女婿在屠宰组里杀猪，杜大爷要进去找他，肯定也能吃个肚儿圆。杜大爷把这门亲戚也给忘了。更重要的是，杜大爷的女婿们很可能把我和麻叔也请进去，让我们跟着他们的老丈人沾光吃个肚儿圆。我看着杜大爷，用焦急的眼神提醒他。但杜大爷的眼睛眯着，好像什么也看不见。话就在我嘴边，随时都可能破唇而出。这时麻叔说话了："老杜，你没去看看你那两个贵婿？"

杜大爷说："看什么？他们都是公家人，去了影响他们的工作。"

麻叔道："皇帝老子还有两门穷亲戚呢！去看看吧，正是开饭的时候。"

杜大爷说："饿死不吃讨来的饭。"

麻叔道："老杜，我知道你那点小心眼，你不就是怕我跟罗汉沾了你的光吗？我们不去，我们不会去的！"

杜大爷咧着嘴，好像要哭，憋了半天才说："队长，您这是欺负老实人！"

"跟你开个玩笑，你还当了真了！"麻叔别别扭扭地笑着说，突然又严肃地说："老董同志来了！"

老董同志骑着自行车从石头街上上蹿下跳地来了。他骑得很快，好像看到了我们似的。他在牛前跳下车，大声说："老管，是你？"他看了看我和杜大爷，又说："是你们？"然后他就站在牛前，说："这是怎么搞的？"

老董同志蹲下，扒着牛眼看看，蹲着向后挪了几步，端详着牛的蛋皮，好像看不清楚似的，他摘下眼镜，放到裤子上擦擦，戴上，更仔细地看，他的鼻尖几乎要触到牛的蛋皮上了。他伸出一根手指戳戳那儿，叹了一口气。他站起来，又把眼镜摘下来擦擦，眼睛使劲挤着，一脸痛苦表情。他说："你们，为什么不早来？"

麻叔说："我们昨天晚上就来了！敲门把手都敲破了！"

老董同志压低了声音说："老管，如果有人问，希望你们说我抢救了一夜，终因病情严重不治而死！"

麻叔说："您这是让我们撒谎！"

老董同志说："帮帮忙吧！"

麻叔低声对我们说："听清楚了没有？照老董同志吩咐的说！"

老董同志说："多谢了，我这就给你们去开死亡证明。"

十一

麻叔叮嘱杜大爷看好牛，当然更忘记不了叮嘱杜大爷看好郭好胜的自行车，千千万万，牛丢不了，活牛没人要，死牛拉不走，自行车可是很容易被偷，甚至被抢，这种事多得很。然后他拉着我，拿着老董同志给我们开好的牛死亡证明，走进了公社大院。

这是我第一次走进公社大院，大道两边的冬青树、一排排的红瓦高房、高房前的白杨树、红砖墙上的大字标语，等等，这些东西一齐刺激我，折磨我，让我感到激动，同时还感到胆怯。我感到自己像个小偷，像个特务，心里怦怦乱跳，眼睛禁不住地东张西望。麻叔低声说："低下头走路，不要东张西望！"

麻叔问了一个骄傲地扫着地的人，打听主管牛的孙主任的办公室。

刚才老董同志对我们说过，全公社的所有的牛的生老病死都归这位孙主任管。我心中暗暗感叹孙主任的权大无边。全公社的牛总有一千头吧？排起来将是一个漫长的大队，散开来能走满一条大街。这么多牛都归一个人管，真是牛得要死。当时我就想，这辈子如果能让我管半个公社的牛我就心满意足了。

我小心翼翼地跟在麻叔身后，进了孙主任的办公室。一个胖大的秃头男子——不用问就是孙主任——正在用一根火柴棒剔牙，用左手。他的右手的中指和食指缝里夹着一根香烟。我知道那是丰收烟，因为桌子上还放着一盒打开了的丰收烟。丰收烟是干部烟，一般老百姓是买不到的。丰收烟的气味当然好，那支丰收烟快要烧到他的手指了，我盼望他把烟头扔掉，但我知道他把烟头扔掉今天我也不能捡了，如果我捡了，麻叔非把我的屁股踢烂不可。我还是有毅力的，关键时刻还是能够克制自己的。麻叔弯了一下腰，恭敬地问："您就是孙主任吧？"

那人哼了一声，算是回答。

麻叔马上就把老董同志开给我们的死亡证明递上去，说："我们队里一头牛死了……"

孙主任接过证明，扫了一眼，问："哪个村的？"

麻叔说："太平村的。"

孙主任问："什么病？"

麻叔说："老董同志说是急性传染病。"

孙主任哼了一声，把那张证明重新举到眼前看看，说："你们怎么搞得？不知道牛是生产资料吗？"

麻叔说："知道知道，牛是社会主义的生产资料，牛是贫下中农的命根子！"

孙主任说："知道还让它得传染病？"

麻叔说："我们错了，我们回去一定把饲养室全面消毒，改正错误，保证今后不再发生这种让阶级敌人高兴让贫下中农难过的事……"

"饲养员是什么成分？"

"贫农，上溯八辈子都是讨饭的！"

孙主任又哼了一声，从衣袋里拔出水笔，往那张证明上写字。他的笔里没有水了，写不出字。他甩了一下笔，还是写不出字。他又甩了一下笔，还是写不出字。

他站起来，从窗台上拿过墨水瓶，吹吹瓶上的灰，拧开瓶盖子，把水笔插进去吸水。

水笔吸水时，他漫不经心地问："你们的牛在哪里？"

麻叔没有回答。

我以为麻叔没听到孙主任的问话，就抢着替他回答了："我们的牛在公社兽医站大门外。"

孙主任皱了一下粗短的眉，把墨水瓶连同水笔往外一推，说："传染病，这可马虎不得，走，看看去！"

麻叔说："孙主任，不麻烦您了，我们马上拉回去！"

孙主任严厉地说："你这是什么话？革命工作，必须认真！走！"

孙主任锁门时，麻叔狠狠地看了我一眼。

我们的牛前围着一大堆看热闹的人。孙主任拨开人靠了前。他扒开牛眼看看，又翻开牛唇看看，最后他看了看牛蛋子。他直起腰，拍拍手，好像要把手上的脏东西拍掉似的。围观的人们都聚精会神地看着他，好像病人家属期待着医生给自己的亲人下结论。孙主任突然发了火："看着我干什么？你们，围在这里看什么？一头死牛有什么好看的？走开，该干什么干什么去，这头牛得的是急性瘟疫，你们难道不怕传染？"

众人一听说是瘟疫，立即便散去了。

孙主任大声喊："老董！"

老董同志哈着腰跑过来，站在孙主任面前，垂手肃立，鞠了一躬，说："孙主任，您有啥吩咐？"

孙主任挥了一下手，很不高兴地说："既然是急性传染病，为什么还放在这里？来来往往的人，不怕传染吗？同志，你们太马虎了，这病一旦扩散，那会给人民公社带来多大的损失？经济损失还可以弥补，而政治影响是无法弥补的，你懂不懂？！"

老董同志用双手摸着裤子说："我麻痹大意，我检讨，我检讨……"

孙主任说："别光嘴上检讨了，重要的是要有行动，赶快把死牛抬到屠宰组去，你们去解剖，取样化验，然后让屠宰组高温消毒，熬成肥料！"

麻叔急了。抢到牛前，说："孙主任，我们这牛不是传染病，我们这

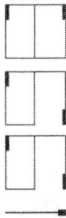

牛是阉死的！"

我看到老董同志的长条脸唰地就变成了白色。

麻叔指着我和杜大爷说："您要不相信，可以问他们。"

孙主任看看老董同志，问："这是怎么回事？"

老董同志结结巴巴地说："是这么回事，这牛确实是刚阉了，但它感染了一种急性病毒……"

孙主任挥挥手，说："赶快隔离，赶快解剖，赶快化验，赶快消毒！"

麻叔道："孙主任，求求您了，让我们把它拉回去吧……"

孙主任大怒："拉回去干什么？你想让你们大队的牛都感染病毒吗？你想让全公社的牛都死掉吗？你叫什么名字？什么阶级出身？"

麻叔麻脸干黄，嘴唇哆嗦，但发不出声音。

十二

我们的牛死后第三天，也就是1970年5月1日，公社驻地发生了一个惊人的事件：三百多人食物中毒，这些人的共同症状是发烧、呕吐、拉肚子。中毒的人基本上是公社干部、吃国库粮的职工和这些人的家属。这件事先是惊动了县革委会，随即又惊动了省革委会，据说还惊动了中央。县医院的医生坐着救护车来了，省里的医生坐着火车来了，中央没来医生，但派来了一架直升飞机，送来了急需的药品。小小的公社医院盛不下这么多病人，于是就让中学放假，把课桌拼成病床，把教室当成了病房。正好解放军6037部队在我们这块地拉练，部队的医生也全力以赴地投入了抢救。据病人说，解放军的医生水平真高，那些打针的小女兵，扎静脉一扎一个准，从来不用第二下。我们公社医院那些医生扎静脉，扎一针，不回血，再扎一针，还不回血，一针一针扎下去，非把病人扎得一手血，自己急出一头汗，才能瞎猫碰上了死耗子。

当时可没想到是食物中毒，自打盘古开天地，三皇五帝到如今，我们那儿还没听说食物还能中毒。公社革委会往县革委会报告时就说是阶级敌人在井水里投了毒，或是在面粉里投了毒。县革委会往省革委会大概也是这样报告的。所以这事一开始时弄得非常紧张、十分神秘。领导们的主要精力一是放在破案上，二是放在救人上。据分析，下毒的人，一可能是台湾国民党派遣来的特务，二可能是暗藏的阶级敌人。马上就有人向临时组成的指挥部报告，说夜里看到了三颗红色信号弹，还有的人发现敌人扔掉的电台。指挥部的人都是从县里和其他公社临时调来的，我们公社的领导全都中了毒，而且病情都很严重。于是大喇叭里不停地广播，让各村的贫下中农提高警惕，防止阶级敌人的破坏活动。各个村就把所有的"四类分子"关到一起看守起来，连大小便都有武装民兵跟随。同时各村都开始清查排队，让"四类分子"交代罪行，打得这些冤鬼血肉横飞，叫苦连天。解放军也积极配合，封锁了公社驻地，每条路口，都有英俊威武的战士持枪站岗，夜里还有摩托兵巡逻。有一次他们巡逻到我们村后，可让我们这些土包子开了眼界。大家谁也没看到过能跑这样快的东西。先是看到一溜灯光从西边来了，还没看清楚呢，震耳的摩托车就到了身边，刚想仔细看看，还没来得及呢，人家已经窜得没了影。真是一道电光，绝尘而去。

折腾了几天，既没抓到特务，也没挖出暗藏的阶级敌人。大多数的病人也病愈出院。县卫生防疫部门在省卫生防疫部门的指导下，终于找到了使三百多人中毒的食物，这食物就是我们的双脊，他们说我们双脊的肉和内脏里含着一种沙门菌，这种菌在三千度的高温下还活蹦乱跳，放到锅里煮，煮三年也煮不死它。

找到沙门菌后，阶级斗争就变成了责任事故。公社革委会沙门菌中毒事件调查组的两个干部到我们村里来调查，把我、杜大爷、麻叔全都叫到大队部里，一个问，一个拿着笔记录。我是杀死也不开口，问急了我就咧开大嘴装哭。杜大爷也颠三倒四地装糊涂。于是一切就由着麻叔说。麻叔先是说老董同志给双脊做手术时故意地切断了一根大血管，又说他拖延着不给双脊打针，他和公社孙主任早有预谋，想把我们的双脊搞死，搞死我们的双脊，他们好吃牛肉，过"五一"。谁知道老天爷开了眼，麻叔说。

调查的人回去怎么样汇报的我们不知道，但这件大事最后的处理结果我们知道。最后，所有的责任都由杜大爷的四女婿——公社屠宰组组长宋五轮承担，是他不听孙主任的话，把有毒的牛肉卖给了公社的各级领导和机关的各位职工，导致了这次沉痛的事件。尽管宋五轮本人也因为食牛肉中毒，而且是重症患者，但还是受到了撤销组长职务、留党察看一年的处分。

在战无不胜的毛泽东思想的光辉照耀下，在人民解放军的无私帮助下，在省、地、县、公社各级革委会的正确领导下，在全体医务人员的共同努力下，308个中毒者，只死了一个人（死于心脏病），这是无产阶级"文化大革命"的伟大胜利。这事要是发生在万恶的旧社会，308个人，只怕一个也活不了，我们虽然死了一个人，其实等于一个也没死，他是因为心脏病发作而死。

发心脏病而死的那个人就是杜大爷在公社食堂做饭的大女婿张五奎。

我们村里的人都说他是吃牛肉撑死的。

原载《东海》1998年第6期

点评/

　　与《生死疲劳》《丰乳肥臀》《红高粱》《透明的红萝卜》等作品相比，《牛》这个中篇在莫言的小说中实在算不上有名。但在获得诺贝尔文学奖后的获奖感言中，莫言提到"我在小说《牛》里所写的那个因为话多被村里人厌恶的孩子，就有我童年时的影子"。而放牛也确实是莫言童年时经常要完成的一项农活，也正是在放牛的过程中，他更加与鸟兽、花草亲密交流。至少从这点来看，《牛》寄托着莫言更为切肤的，或许更"真实"的个人经验和情感体验。那么莫言到底想表达什么呢？再赘述小说故事的时间背景所隐喻的所谓时代与历史已没有太大必要，再对所谓特定时代中各色身份的人物进行详尽剖析或者批判也会显得累赘，再对莫言小说叙事的魔幻、象征进行赞扬也颇感冗余。当然，以上并非笔者非要标新立异否定莫言小说的这些价值和特质，而是除此之外，是不是还有些似朦胧似暧昧，又确乎存在的意义应该毫不犹豫地深刻抓住的呢？！

　　其实莫言自己早已抓住这一意义，他说："我知道，每个人心中都有一片难用是非善恶准确定性的朦胧地带，而这片地带，正是文学家施展才华的广阔天地，只要是准确地、生动地描写了这个充满矛盾的朦胧地带的作品，也就必然地超越了政治并具备了优秀文学的品质。"不对事件、人物做泾渭分明的价值判断，不将人物或者动物的命运与历史或者时代做完全对号入座式的勾连，而是"准确地、生动地描写这个充满矛盾的朦胧地带"。小说中最震撼笔者的不是牛之死，不是300多人的食物中毒，不是各种身份之人物们荒诞的言行。而是小说最开始的时候，罗汉因为捣蛋被众人合力"围攻"，以至头被打破出血，然后摇摇晃晃靠着树干有点头晕，担任生产队长的麻脸叔叔喊叫着罗汉的乳名，说，"你在这里干什么？头怎么破了？瞧瞧你这副模样，真是美丽极了！"用"真是美丽极了"形容一个被打得头破血流，因虚弱靠着树干的14岁少年真是神来之笔，也真是触目惊心。这该是怎样的人会说出这样的话，该是怎样的环境塑造了这样的人，这样的人又该会发生什么样的故事等等，如此推演下去，想象似乎难以企及。于是后面再过荒诞的故事似乎也顺理成章。寥寥几笔既不境界、意味全出。

（朱旭）

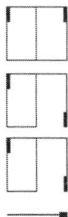